攀援

美学高原前的足迹

徐　辉　杨道圣　张海平／编

文化艺术出版社
Culture and Art Publishing House

图书在版编目（CIP）数据

攀援：美学高原前的足迹 / 徐辉、杨道圣、张海平编.
—北京：文化艺术出版社，2017.5
ISBN 978-7-5039-6299-8

Ⅰ.①攀… Ⅱ.①徐…②杨…③张… Ⅲ.①美学—文集 Ⅳ.①B83-53

中国版本图书馆CIP数据核字（2017）第072687号

攀援：美学高原前的足迹

编　　著	徐　辉　杨道圣　张海平
责任编辑	齐大任
书籍设计	马夕雯
出版发行	文化藝術出版社
地　　址	北京市东城区东四八条52号（100700）
网　　址	www.whyscbs.com
电子邮箱	whysbooks@263.net
电　　话	（010）84057666（总编室）84057667（办公室） （010）84057691—84057699（发行部）
传　　真	（010）84057660（总编室）84057670（办公室） （010）84057690（发行部）
经　　销	新华书店
印　　刷	国英印务有限公司
版　　次	2017年8月第1版
印　　次	2017年8月第1次印刷
印　　张	24.25
字　　数	360千字
开　　本	710毫米×1000毫米　1/16
书　　号	ISBN 978-7-5039-6299-8
定　　价	58.00元

版权所有，侵权必究。如有印装错误，随时调换。

阎国忠先生在"美学的西方渊源与中国问题学术研讨——暨阎国忠先生八秩寿诞祝寿会"上发言

"美学的西方渊源与中国问题学术研讨——暨阎国忠先生八秩寿诞祝寿会"全体与会专家、学者合影

目录

编者的话 ··· 1
学者本色师者心（代序） ··· 张海平 3

第一编　思想赞词

祝贺阎国忠先生八秩寿诞 ··· 钱中文 3
阎国忠教授的学术贡献 ··· 曾繁仁 6
"美是人的名字"
　　——中世纪神学美学及其他 ································ 蒋承勇 8
长河探美潜游深
　　——阎国忠先生的学术品格及其影响 ·················· 郑学诗 17
沿着朱光潜、宗白华开辟的中国美学道路攀援前行
　　——读阎国忠先生《美是上帝的名字》、《攀援集》有感 ······ 李衍柱 30
学术与书生 ·· 章启群 34
缺乏爱与美的教育，何以救赎人 ································ 陈理宣 38
明师与原创 ·· 王建疆 42

第二编　体系研究

严谨的学者　求实的学问 ··· 张玉能 55
探索马克思主义美学与中华美学如何"接着说" ············ 夏锦乾 67

1

守正与创新
　　——论阎国忠先生的文艺理论思想……………………………石长平 82
美学的学科内涵与马克思主义美学的当代创新
　　——简谈著名美学家阎国忠先生攀援的学术高峰…………………张　涵 99
当代美学的提问者
　　——阎国忠对当代美学的学术贡献…………………………………邢建昌 123
阎国忠的美学研究与中国当代学科体制……………………………………杨道圣 133
美的辩证思维与美学研究的辩证法
　　——阎国忠美学研究方法论初探……………………………………李文中 140

第三编　专题研讨

在人类童年的审美世界采撷智慧
　　——读《古希腊罗马美学》…………………………………………章启群 155
朱光潜美学思想及其理论体系………………………………………………王志敏 159
迈向新世纪的美学历程
　　——读阎国忠教授的《走出古典——中国当代美学论争述评》…陈文忠 162
持论公允　别具一格
　　——评阎国忠教授的《走出古典——中国当代美学论争述评》…朱志荣 168
一份不该被遗忘的美学遗产
　　——读阎国忠教授《美是上帝的名字——中世纪神学美学》的一点体会
　　………………………………………………………………………王元骧 171
"以述为作"的杰出范例
　　——《美是上帝的名字——中世纪神学美学》的著述策略与意义……周　义 177
美学建设须彰显超验之维
　　——读阎国忠先生《攀援集——经验之美与超验之美》有感………胡家祥 188
作为美学原理的攀援美学
　　——《攀援集——经验之美与超验之美》阅读札记………………李茂增 200

超验之美：在信仰与自由与爱之间
　　——读阎国忠老师《攀援集——经验之美与超验之美》的一点体会 ……潘知常 213
阎国忠的自然美与艺术美关系论……………………………………杜寒风 235
从现象学的观点看"超验之美"………………………………………张云鹏 254
意象·意境·艺术
　　——读阎国忠先生《攀援集——经验之美与超验之美》有感………高 译 266

第四编　学术访谈

通向艺术哲学之路
　　——阎国忠教授访谈录………………………………………………楚小庆 283
美学：从感性之学到信仰之学
　　——阎国忠教授访谈录………………………………………………杨道圣 299

第五编　新的攀援

镜·灯·路
　　——论美的神圣性………………………………………………………阎国忠 323
美因何而神圣？……………………………………………………………阎国忠 329
美学为什么要奠立在哲学一元论之上？………………………………阎国忠 339
我们的立足点在哪里？
　　——兼谈当代美学的中国问题…………………………………………阎国忠 346
信仰问题论纲………………………………………………………………阎国忠 354
文艺理论何以可能？
　　——读孙绍振诗学一得…………………………………………………阎国忠 363

后　记……………………………………………………………………………371

编者的话

2015年8月15日是我国当代美学家阎国忠先生八十寿辰，北京大学美学与美育研究中心为此举办了"美学的西方渊源与中国问题"学术研讨会。来自全国各地的美学学者相聚于燕南园，可谓"群贤毕至，少长咸集"。与会专家围绕阎先生新近出版的著作集《美学七卷》及《攀援集——经验之美与超验之美》展开深入、热烈的讨论，涉及当代美学研究中的基本问题和许多热点、难点，水平之高，为近些年所少见。本书收录的各位学者的文章，多数是在会议发言基础上修改扩充而成。

本书除序言外，分为五个部分：

"祝辞"部分收入了钱中文、李衍柱、曾繁仁等著名学者在祝寿会上的发言，共八篇。文辞简短、生动，集中体现了文艺学界、美学界对阎先生学术生涯的评价。

"论文"部分收入七篇。从实践观点、美与爱、信仰关系、艺术理论等多个层次对阎先生的美学思想进行了讨论，深入揭示了其理论背景、思想内涵和在学术史上的地位。

"书评"部分收入十二篇。涉及阎先生主要代表作：《古希腊罗马美学》、《美是上帝的名字——中世纪神学美学》、《朱光潜美学思想及其理论体系》、《走出古典——中国当代美学论争述评》、《美学建构中的尝试与问题》等。其中王元骧、王志敏的两篇评论尤为深入、系统，获学界赞誉。

"访谈"部分收入两篇，之前分别发表于《艺术百家》和《文艺研究》。访谈涉及阎先生对美学基本问题以及马克思主义实践观点、中国传统美学、审美文化、艺术学与艺术哲学以及未来美学走向等问题的独特理解与评价。

"附编"部分收入阎先生八十寿诞之后应报刊之邀撰写的文章六篇。论及美学的哲学基础、美的神圣性、美学与信仰、当代美学研究的立足点等一系列问题。

另,国内著名学者李泽厚、刘纲纪、朱立元等先生特为阎国忠先生八十寿辰及研讨会发来了贺电表示祝贺。因考虑本书关注及体例,未收入。

本书由徐辉、杨道圣、张海平编辑完成。

学者本色师者心（代序）

张海平

时光进入四月底，残红满地，枝头新绿，春天已渐行渐远。蓦然回首，与阎国忠教授相识已经 27 年。27 年前，也是这个落花成殇的暮春时节，我到北京大学哲学系复试，从此投到阎老师门下，攻读西方美学史方向的硕士学位。27 年来，有过成功的惊喜，有过失败的沮丧，跟随阎先生的三年一直是生命中最美好的岁月，未名湖的一池碧水和灼灼桃花始终是心中永不凋谢的春天。

阎先生是新中国成立后培养的第一代大学生，也是北京大学美学教研室的第一批教师，是新中国美学教育与研究的开拓者。他早年担任朱光潜先生的助手，得过朱先生的真传，在学术巨匠身边工作，阎先生收获的不仅是与美学相关的专业知识，就像阎先生自己所说，"还有他们那种数十年如一日孜孜于学术的献身精神，耐得住清贫和寂寥的超越精神，孤军奋战时不畏强权、坚持真理的求实精神"。在阎先生自己五十多年的学术生涯中，他也是这种精神的忠实信仰者和坚定实践者。正当年轻的阎先生准备大展宏图之时，一纸调令将他调离北大，脱离了学术研究，这在当时是不容商量和犹豫的。从此，在祖国的大西北，阎老师开始了长达十几年的"仕宦"生涯，直到 1979 年重新回到北大。美是人对自身和世界的一种正向的价值追求，审美一开始就是人性的一部分。这十几年中，阎先生洞悉了人性的幽微与复杂，感受了社会的冷酷与温暖。他将自己独特的人生历练融入、渗透到后来的学术研究中，他将爱、信仰、文艺政治学等概念带入美学思想来，恐怕与此间经历不无关系。重回北大的阎先生很快为"文革"后第一批大学生开设了"古希腊罗马美学"课,那个时候,百废待兴,学术研究队伍青黄不接。老先生如朱光潜、宗白华等已年届耄耋,步入生命的暮年。阎老师这一代"文革"前就留校任教的中年人成了培养人才、传道解惑的中坚力量,他们从前辈手中接过学术的燧火,点燃了"文革"后考入大学的那一代青年人的精神之烛,用文明的雨露滋养着那一代青年人渴望知识的心灵。现在活跃在美学研究领域的中青年学者,无不从阎老师那代学者中得到过教诲,汲取过营养。他们这代学者,历经磨难,初心不改。他们不似老辈学者的鸿博精深,也无后生晚辈的虚浮矫激。他们承前启后,培养新人,传递薪火,"此之功德,垂之永永"。(明·朱国祯语)

我是20世纪80年代末投到阎先生门下攻读研究生的。读研究生一年级时,阎先生就用自己的课题费带我出去开学术会,使我这个刚入行的年轻学子大开眼界。毕业时,阎先生偶染小恙,住院治疗。每次到医院探望,寒暄过后,他便仔细认真地谈对我毕业论文的看法,从确定主题、谋篇布局到材料收集,遣词造句,阎师都悉心指导。那个难忘的夏季,先生在病床上为我指导了整个论文。其提携后人的胸怀,严格认真的态度,一丝不苟的精神令我深受感动。我的毕业论文是关于德国启蒙运动美学的。那时,阎先生的研究重点在启蒙运动美学,几个学生按国别有所侧重。阎先生要求很严格,每次研讨都要读一大堆书,上课时大家本着"以仁心说,以学心听,以公心辩"(荀子语)的态度展开热烈讨论。这种研习经典、力戒浮论的学风使我受益终生。在阎先生的精心指导和严格要求下,我的毕业论文各部分分别在《二十一世纪》、《文艺研究》上发表。可惜,由于自己的愚钝和懒惰,并未在这条道路上坚持下来,深感愧对先生。

纵观阎先生的学术生涯,我以为特点有三:一是原创性。阎先生这一代知识分子身上依然有着传统文人那种"六经责我开生面"(王夫之语)的强烈使命感。学术之于他们,不是蹿升官场、缙绅仕宦的敲门砖;不是养家糊口的稻粱之术。而是为往圣继绝学、为学术传余脉的历史责任。因此,他们治学,不东拼西凑,不人云亦云,不浅尝辄止,注重原创性,有强烈的问题意识。阎先生的开创性表现在多个方面,阎先生的《古希腊罗马美学》是国内第一本系统论述古希腊罗马美学的专著。作为一部探讨两千年前西方美学源头的专业学术著作,一次开机印刷三万册,且在不到两年的时间内销售一空。不能不说是一个小小的奇迹。我也是通过这本书认识了阎先生并下决心报考他的研究生的。此书中对于影响了西方两千多年的一些基本美学概念的梳理和分析是十分精到和准确的。

在那个国门刚开、资料匮乏的年代,写出此书殊为不易,开创之功不可湮灭。对于中世纪美学,即使是西方那些著名的美学史家也大都语焉不详,一笔带过。阎先生爬罗剔抉,刮垢磨光,收集了大量资料,阅读了众多文献,发先人之未发,写出了《基督教与美学》,后来在此基础上又写出了《美是上帝的名字——中世纪神学美学》,阎先生没有满足于中世纪的神父们关于文学艺术的只言片语,而是从上帝、人的救赎与美的关系来把握中世纪美学思想的精髓。这不仅准确地摸到了中世纪宗教神学美学思想的命门,而且也使对这一时期思想的研究真正进入了哲学——美学的层面。因而,中世纪不再是毁灭文学艺术的"千年黑暗",中世纪美学也不再是美学发展长河中的干涸、枯水的贫瘠之地。而是"美学史的一个不可逾越的、必然的阶段"。是美学"发展的第二个阶段——以神学方式完善和展现自身的阶段"。"中世纪美学是古希腊罗马美学的延续,同时也是文艺复兴之后近、现代美学的另一个源头"(阎国忠语)。至今,该书仍是研究中世纪美学的必读书目。

二是广泛性。阎先生以《古希腊罗马美学》起步,在西方美学史领域用功甚勤。在写出了《古希腊罗马美学》后,他又写出了《基督教与美学》(后又修改为《美是上帝的名字——中世纪神学美学》)。他主编的三卷本《西方著名美学家评传》在当时弥补了西方美学史研究与教学上所需参考书的不足,按人物从总体上把西方美学史梳理了一番。将枯燥的美学理论、概念还原成有血有肉的人物生活,让概念返归于思想,把思想返归于生命,最后呈现出来的是融概念、思想和生命为一体的活生生的独特的生命个体。

作为朱光潜先生的学生和助手,阎先生在国内学界较早开始了对朱先生美学思想的研究。他的《朱光潜美学思想研究》是目前国内第一部全面、系统研究朱光潜美学思想的著作。该书采取历史与逻辑相统一的方法,按照时间顺序对朱光潜美学做了梳理和评论。为读者描绘出一个在半个多世纪中深刻影响了中国美学界的真实的朱光潜。从阎先生的学术生涯可以看出，朱光潜先生的人格魅力和学术品格深深影响了阎先生。他做到了朱先生所说的"忠"和"公"：他忠于学术，对学术怀有"宗教家的精神"，"死心塌地爱护自己的职守，坚持到底，以底于成"（朱光潜语）；他公于学术，于学术有"科学家的头脑"，既"不可无我"，又"不可执我"，一切以弘扬真理为依归。

从20世纪60年代到70年代，阎先生有过十几年的机关工作经历，这使得他与其他美学研究者相比，更广泛地接触了社会，更深刻地体察了民情。因此，他不纯然是一个象牙塔里的冬烘学究，他将自己的学术视野投向了现实，投向了社会。他深入基层调查农民审美趣味的变化；他提出了"文艺政治学"的概念，首次将毛泽东的美学思想概括为八个美学命题；他首倡对邓小平文艺政治学的研究，为文艺研究开辟一个新视角；他总结、梳理、评价当代中国美学的论争，呼吁中国当代美学走出二元论为特征的古典美学，重新返回生活世界；他对艺术本质的理解，他对"人类学本体论"的批评，他对"审美文化"的质疑；他对100年来的中国美学七种发展模式的概括；他对"什么是美学"的回答。凡此种种，他经纬万端，补苴罅漏，张皇幽眇。在多个领域为中国美学的发展做出了重大贡献，显示了阎先生宽广的学术视野和深厚的学术功力。

三是持久性。除去六七十年代离开北大的十几年，阎先生从事美学教学、研究工作近四十年。四十年来，阎先生心无旁骛，一心精研学问，"焚膏油以继晷，恒兀兀以穷年"（韩愈）。令人感佩的是，在他退休之后，仍然笔耕不辍。参加学术会议，接受访谈，出书，写文章，根本停不下来。倘若不是把学术视为自己生命一部分的人，这时也许早就颐养天年、含饴弄孙了。在他八秩大寿时，商务印书馆为先生出版了七卷本的文集，洋洋数百万字记录了先生所走过的学术历程，凝聚着先生半生的心血，是那一代知识分子在艰苦的环境中孜孜追求真理、弘扬学术的见证。"先生之著述，或有时而不彰。先生之学说，或有时而可商"（陈寅恪语）。唯此阎先生身上所体现出来的这种不懈的探索精神值得我们后辈学习和效仿。

《礼记》曾言："师也者，教之以事而喻诸德也。"阎先生在北大执教期间，培养了众多学生和来自各地的访问学者。他的严谨、他的勤奋、他的待人和蔼、他的宅心仁厚深深影响着这些晚生后辈，是我们做人治学的一笔宝贵人生财富。这本纪念文集就是向阎先生致敬的诚意之作。

北大哲学系是一个有着长寿传统的系。冯友兰、梁漱溟、张岱年等先生都是90多岁的高寿哲人，85岁以上的人更比比皆是，超过20人。这大概就是孔子说的"仁者寿"吧。与这些高寿者比起来，阎先生还属于"年轻人"。祝先生在未来的岁月中"从今把定春风笑，且作人间长寿仙"。（宋·李鼐）

是为序。

第一编 思想赞词

祝贺阎国忠先生八秩寿诞

钱中文

今天，我国不少著名的美学家聚会于北京大学燕南园，祝贺阎国忠先生八秩寿诞，祝贺他的《美学七卷》的首发。对于阎先生来说，这真是双喜临门，人生快事！我作为阎先生的老朋友，和同行们一样，向他表示衷心的祝贺，祝贺他健康长寿！

20世纪50年代以来，北京大学的美学研究一直是我国美学研究的重镇，它促成了我国现代美学的形成，宗白华、朱光潜等名家为它确立了不可动摇的地位。50年代由于美学研究受到的干扰相对较少，所以那时可说有些百家争鸣的气氛，名家辈出。80年代以来，北京大学的美学家们的成就得到了充分的肯定，借着改革开放的东风，北京大学就成了传播与建设我国现代美学的中心地，特别是宗白华、朱光潜先生的各具特色的美学思想，以及杨辛和李醒尘等先生的美学思想得到了广泛的发扬，极大地推动了我国现当代美学的发展。

北京大学的美学研究的影响可说长盛不衰，老学者们培养的几位后来人如今都已成为著名的美学家，叶朗与阎国忠两位先生以及其他先生，堪称是继宗先生与朱先生之后的重要代表。今天的话题中心是阎国忠先生，所以我只好谈谈阎先生了。

阎先生有着令人羡慕的经历，即他长期是朱光潜先生的助手，受到朱先生与宗先生的亲炙。在阎老师身上，我们可以看到，他是如何体现了老一代美学家的治学精神的。这治学精神，首先表现为重视传统，重视研究文本，全面地把握研究对象，这需要具有一种甘坐十年冷板凳的心态，而不是现在那种走路拿着手机看些花边新闻搞些学术泡沫的时髦。20世纪80年代初，我阅读阎先生的《古希腊罗马美学》时十分匆促，未留下什么深刻印象。后来读到他参与撰写的《基督教与美学》、他的《美是上帝的名字——中世纪神学美学》，再联系《古希腊罗马美学》，这时我对阎老师才有了进一步的了解，原来他是位真正意义上的西方美学研究家，他把西方美学古今搞通了，而且他以丰富的资料，对一般学者特别不易弄清楚的西欧中世纪的美学思想进行了独到的分析，而有所拓展，有所创造，大大丰富了朱先生的《西方美学史》的不足方面。

其次，我发现阎先生在反复地清理中国近现代美学和当代美学的发展，从中做了大量的整合工作。他十分熟悉20世纪我国近现代美学中的各个学派的代表人物，了解他们的学术个性，他们各自的美学思想所铸成的成就与理论的不足，分析有据，意见中肯，并在这基础上思索了我国当代美学进一步发展的道路。《走出古典》与《美学建构中的尝试与问题》就是这方面的代表作，它们资料丰赡，条理清晰，有理论综合的高度和独到的见解。

再次，阎先生对于中国当代美学的意义，在于他在继承、批判、综合的基础上，实现了卓有成效的创新与超越。有意思的是，他的美学思想来自朱先生那里，但他对朱先生敬重而不盲从，对朱先生的分析可谓细致入微，深中肯綮。他不是跟着说，不是接着说，而是和朱先生对着说，这就进入更高的、脱俗的学术境界了。阎先生通过对于经典的反复细读与综合，而走入学术的新境地，在美学研究方面提出了新思想、新观点而自成一家。比如他对柏拉图的美学思想进行了新的阐述，提出了"美·爱·自由"说，提出了有别于前贤的"爱的哲学"与"美的哲学"的思想。他将作为美学对象的审美活动做了独特的界说，他说感性要被超越，理性同样要被超越，审美活动的终极境界即超验之美是感性与理性，即在爱与美的秩序中人与自然的完美结合。他指出信仰是个大问题，是人文科学特别是美学不能回避的课题，等等。他的著作中有着不少充满睿智的深刻的论述而会启迪来者，它们对于当代美学的研究与建设，无疑会起到促进作用。

任何学科的研究，在于从特定的观点、方法，提出新思想、新问题。它们提出的历史前提是什么,前人已达到何种境界,当今的现实意义又是如何?如果这些新思想、新问题确实具有历史的渊源、现实的实效性,那么我们就应去理解它们在与前人文本的对话中,实现了何种程度的创新与超越,而不应对它们所研究的问题,要求作出一劳永逸的阐明与解决。人文科学是不可能做到这点的,人文科学是理解的科学,它只能通过无数学人的努力,在对话中点点滴滴地不断接近真理。阎先生以其执着的追求,贡献了他独创的点点滴滴。学者的本色是攀援,攀援可以增加真理的亮度,阎先生在不断的攀援中获得了丰硕的成果,为学科增加了亮色。

在这里,我再次祝贺阎国忠先生的八秩寿诞,笔体双健!愿他为我国当代美学的进步,做出更多贡献!

作者简介:钱中文,中国社会科学院荣誉学部委员、中国社会科学院文学研究所研究员。

阎国忠教授的学术贡献

曾繁仁

首先我代表山东大学文艺美学研究中心向阎国忠教授表示衷心的祝贺，祝贺阎国忠教授55年来对于我国美学事业做出的杰出贡献，祝福阎国忠教授生日快乐，健康长寿。

对于阎国忠教授我本人还是比较熟悉的，主要是我长期以来做西方美学教学和科研，对于阎国忠教授的《古希腊罗马美学》与《美是上帝的名字——中世纪神学美学》还是熟悉的，因为这两本书是我们的教学必备书，一直到现在在给博士生上课时还是用这两本书。但在参加会议前我还是读了一下阎老师写的《我的学术历程》长文。看了很感动，所以今天我要特别向阎老师表示我本人的敬意和感谢。

阎老师今年80岁了，从1960年开始在美学战线整整奋斗了55年，阎老师的学术贡献是什么呢，我们，特别是我本人应该向阎老师学习什么呢？我想概括为三点：一是阎老师以自己勤奋踏实创新的学术工作为我国美学学科建设奉献了具有很高学术含量的学术论著，今天放在我们面前的《美学七卷》和《攀援集——经验之美与超验之美》，这些著作中我个人比较熟悉的是《古希腊罗马美学》与《中世纪神学美学》以及《朱光潜美学思想研究》三本书，这三本书都有很高的学术质量，至今代表了国内这三个领域的学术水平。其他的著作我想也一定有很高的水平，我本人会好好学习；二是阎老师的学术研究工作继承延续和一定程度上发展了北大的美学研究优良传统。阎老师担任过朱先生的助教，受到朱先生的直接教育和影响，他的工作也就在很大程度上继承和发展了以朱先生为代表的北大美学研究的传统，在内容上阎老师的西方美学研究就是朱先生开创的西方美学研究的继承与延续，并有一定发展，例如对于古希腊罗马美学中和谐美与崇高美的深入研究，对于中世纪神学美学有关上帝与审美的关系与五种审美意识的研究等都具有开创性；在学风上阎老师继承了朱先生等老一辈严谨扎实的学风，强调材料的充分性和尽量穷尽，给我们很深的印象；三是阎老师近二十多年来对于我国当代与今后美学的发展做了有效的探索。其主题就是1996年出版的《走出古典——中国当代美学论争评述》，梳理总结了现代美学研究的七种研究模式，提出了"走出古典"的重要命题，指出实践美学是由古典到现代的过渡形态。在此主题下阎老师对中西马相结合走出美学创新之路，中西交融走向天人合一与天地神人四方游戏，对于信仰与爱在审美之中重要作用的思考以及美学作为感性学的特点等做出了自己的研究与思考。特别是对于我国现代美学应当尽速由传统认识论过渡到现代存在论等这样一些论述可谓切中当下美学研究的要旨，具有很强的针对性，都具有重要的价值与意义。阎老师尽管已经80岁了，但精神矍铄，一直没有停止自己的美学探索，前不久还组织我们写有关美学发展的笔谈，衷心祝愿阎老师学术青春永在。

作者简介：曾繁仁，山东大学终身教授、山东大学文艺美学研究中心主任。

"美是人的名字"
——中世纪神学美学及其他

蒋承勇

一

历史是割裂的断片还是绵延的河流？肯定的回答无疑是后者。然而，毋庸讳言，国内学界在文学史乃至一般历史撰写中，长期存在着的却往往是前者：一味强调"斗争"而看不到"扬弃"，持续的历史成了人为割裂的断片，文化传统没有了绵延的血脉，而是在"创新"名义下前后对峙的独立板块。比如，在西方文学史的叙述中我们常常会看到这样的现象：20世纪现代主义与19世纪自然主义是断裂的，19世纪现实主义与浪漫主义是断裂的，浪漫主义与自然主义是断裂的，中世纪文学与文艺复兴人文主义文学是断裂的……"断裂"的叙述思维模式被运用得如此轻易而普遍，从而使文学史著作中常常充斥了人为的断壁残垣。

然而，历史的事实却常常与此相反。正如艾略特所说："一种新艺术作品之产生，同时也就是以前的一切艺术作品之变态的复生。"传统的力量总是以一种潜在的形式对历史的发展产生作用，所以，文学史著作对历史的把握就不能只看到创新的一面而忘却传统的延续；不能只看到历史长河此起彼伏的表面现象，还应看到河道深处汩汩不绝的潜流。在这一问题上，同样关涉历史观与思维方法问题，为此，引用一段历史哲学家汤因比的话，可能有助于我们拓宽思路：

> 受到大肆宣扬的那些事吸引了我们的注意力,因为,它们处于生活之流的表面,而且,它们使我们的思想不能专注于比较迟缓的、无法去直接感触到与无法衡量的运动,这些运动是隐藏在表面下一定深度上进行的。当然,千真万确的是,这些较为深层、较为迟缓的运动造就了历史,并在那些耸人听闻的事件时过境迁之后,在这些事件造成的心灵效应已缩小到它适当的比例的时候,正是它们在回忆中撑起了伟大的历史。①

汤因比这段话中所体现的史学观念和思维方式与艾略特是相似的,所强调的都是对历史传统的深度把握,而这种观念和方法正是我们以往的文学史、艺术史叙述明显欠缺的。

"认识你自己!"这是写在古希腊太阳神阿波罗神庙上的一句名言。这一名言正好体现了西方文化精神的本质特征:把人作为衡量一切事物的标准,不断探寻人的生命的意义与价值。这种执着的探寻精神乃是西方文化与文明演变的深层动因。受这种文化传统的影响,西方文学与文明也自始至终回荡着人对自我灵魂的拷问之声,蕴含着深沉而深刻的生命意识和人性内涵,从而形成了绵延不绝的人文传统。

人之文化属性,彰显的乃是其精神之本质。人的自由的前提乃精神独立,人的自我意识的真正起点在于发现自身的本质是灵魂。就西方文化而言,正是灵魂之于肉体的独立所生出的个人的精神自由,开启了人之无穷的猜测——实验,西方才创造了辉煌的科学;开启了人之无限的想象——反叛,西方才创造了丰饶的艺术;开启了人之无尽的怀疑——思辨,西方才有了深刻的哲学;开启了人之无比的敬畏——虔诚,西方才有了博大的宗教。虽然生命哲学和现象学哲学兴起之后的当代西方文化自身内部发生了一些微妙调整,但总体来看,不同于中国文化"天人合一"式的一锅煮,西方文化强调灵与肉、个体与群体、生物属性与社会属性的对立。"二元对立"的思

---

① [英]汤因比:《文明经受着考验》,浙江人民出版社1988年版,第182页。

维模式乃是西方古典文化言说方式的基本特征。对立的双方既分立冲突，又互补共生，并最终统一于激越丰沛的生命意识与厚重丰富的人文精神，这正是西方文化生生不息不断展开的内在逻辑机制。

二

为了参加阎国忠先生的八秩寿诞祝寿会暨美学的西方渊源与中国问题学术研讨会，近日我重读了他在十余年前写的《美是上帝的名字——中世纪神学美学》（上海社会科学院出版社，2003年版）一书。二十多年前初读该书，我觉得这是一部开拓学术空间，具有重要学术价值和文献价值的著作，今天看来，它不仅堪有这样的评价，而且依然不失深刻的学术启迪，仍是我国西方美学史研究领域不可多得的代表性成果。不过，阎先生将该著命名为"美是上帝的名字"，就其研究的对象而言是十分恰当的，而在我看来，就其最终给我们揭示的深度人文传统而言，不如说：美是人的名字。

当然，我主要是从事比较文学与西方文学研究的，很难企及该著的美学理论之高深，而只能从西方文学史的角度，说说对这部厚重的西方美学史著作粗浅的点滴感悟。

从西方文学史的角度看，古希腊—罗马文学与希伯来—基督教文学（简称"两希"）是西方文学的两大源头，这是学界公认的。然而，对这两大源头在文化内核上的异质互补特性，在较长的时期里，我国学界却缺乏深刻的认识，对这两大传统在西方文学中如何延续与发展，更是缺乏研究。从文艺复兴到18世纪，西方学界几乎都认为欧洲中世纪是"漫漫黑夜"，古希腊—罗马的人文传统被基督教取代后几近断绝，至文艺复兴才得以复兴。正是从这一认识出发，文艺复兴后的西方文学与文化的人文传统被认为主要来自古希腊—罗马，因此，中世纪希伯来—基督教文学与文化的人文传统一直不被人重视。18世纪末19世纪初开始，西方学界对中世纪的评价出现转机，人们逐步阐发了希伯来—基督教文化对近代西方文化的重要贡献，从而也肯定了中世纪对近代欧洲社会发展的积极意义，希伯来—基督教文学的人文传统也得到了应有的肯定。但对两者的对立与互补的关系依然缺乏深入的研究。

在 20 世纪的我国学界，人们对欧洲中世纪和基督教文化几乎都只作批判性研究，认为中世纪是古希腊—罗马传统的断裂甚至反动，基督教是对人性的异化。因而，在西方文学的研究中，文学作品中的基督教内容往往被作为"消极"和"局限"因素进行批判。20 世纪 80 年代开始，这种情况有所转变，比较客观地研究中世纪和基督教文化与文学的成果不断出现。但许多研究者又忽略了基督教文化与文学同古希腊传统的异质性与冲撞性，尤其是对这两种异质文化传统如何影响近现代西方文学，并在西方文学中既对立又互补地得以延续，没有作深入的研究。

古希腊文学是西方文学的源头之一，其间我们可以看到人类童年时期那裸露的天真、浪漫的人性，蕴含着一种放纵原欲、个体本位、肯定人的世俗生活和个体生命价值的世俗人本意识。作为西方文学的另一源头，希伯来文学中虽无古希腊文学那对自然人性的裸露与张扬，却有一种内敛式的人性追寻。它重视对人的精神、理性本质的追求，强调理性对原欲的限制，蕴含着一种尊重理性、群体本位、肯定超现实之生命价值的宗教人本意识。古希腊—罗马文学体现了原始初民无穷的生命活力，而希伯来—基督教文学既抑制人的原始生命力，又表现出对人的精神与灵魂本质的追寻，既有人的主体性的萎缩，又有人对自我理解的进步与升华。

文艺复兴是西方社会重新选择文化模式的时期，人文主义并非仅仅是古希腊—罗马传统的简单"复兴"或"复活"，同时还有中世纪宗教人本传统的弘扬；文艺复兴与中世纪在人文传统上也并非断裂的，而是延续与发展的。"两希"传统在经过了冲撞与互补之后形成的新质人文传统，是近现代西方文化与文学的基本内核。"两希"文学对人性追寻的这种对立与互补，构成了西方文学人性探索的价值核心，也是西方文学贯穿始终的人文主题。

三

和中世纪文学与文化的学术遭遇相似，在相当长的时期里，中世纪神学美学在我国美学界也曾经是一个"禁区"或者盲区。在这种情况下，我们对西方美学的接受主要关注的是古希腊—罗马传统，而忽略了希伯来—基督教传统。即使是在21世纪初出版了《中世纪神学美学》的阎先生，在他问世于20世纪80年代初的《古希腊罗马美学》中也认为，"中世纪时期，美学成为神学的附庸，思想家是美的最权威的阐发者，一般地说，美学处于停滞的状态、僵化的状态。此后，从14、15世纪开始，随着资本主义生产关系的形成，出现了席卷西方的文艺复兴运动，美学获得了生机，一大批人文主义者，特别是艺术家们，对美学产生了浓厚的兴趣，美学与生活和艺术实践的关系越来越紧密了"。在相当长的时期里，"附庸"一词是我国学界对中世纪除了神学之外的其他学科的一个通行的评价，如此一来，就轻而易举地将这些学科打入了"冷宫"。当时的阎先生大概也是有意无意地用了这个说法，隐隐约约地回避了对中世纪美学的学术言说，而把古希腊罗马美学作为西方美学史的唯一源头，并且还认为，这一"源头"经由文艺复兴延续到了近现代。这也就意味着中世纪美学近乎是空白，近现代西方美学俨然是古希腊罗马的一脉相传。这大概是那时候我国学界对西方美学的通行的"正确"认识。显然，对西方美学史的这种理解与把握是有严重缺失和缺陷的。

不过，不要以为仅仅是我国学界由于"意识形态的原因"导致了对西方神学美学认识上的这种"不公正"，其实，对中世纪神学美学的这种偏见，在西方学界也延续了很长时间，直到20世纪初才开始有明显的纠正。

19世纪西方学界的几部重要的美学著作，如科莱尔的《美学史稿》（1799）、齐默尔曼的《作为哲学科学的美学史》（1858）、夏斯勒的《美学批评史》（1869）等，都还没有提及中世纪美学。夏斯勒甚至认为，"中世纪不仅没有理论形态的美学，也没有观念形态的审美意识，中世纪在审美方面是一片空白"！这种判断在今天的我们看来，也是难以置信的。

20世纪初，鲍桑奎的《美学史》（1892）、克罗齐的《作为表现的科学和一般语言学的美学的历史》（1910）等开始注意到中世纪的美学，但也都是浅尝即止。克罗齐在自己的著作中只介绍了圣奥古斯丁及圣托马斯·阿奎那对美所下的定义及中世纪艺术教育理论。鲍桑奎为中世纪辟了专节，但只作为"审美意识在中世纪连续的一些痕迹"来介绍，并未将中世纪美学当作一个整体，一个特定历史阶段的美学。

到了20世纪中期，英国和德国著名学者吉尔伯特和库恩在他们合著的

《美学史》中明确指出,"美学在中世纪并没有被基督教的道义摧毁,也没有被神学完全搞乱。这里说的是不单是中世纪思想美学之间有斗争,而且是说也形成了一些新的定义,确定了一些更加细致的区别,还建立了一些当初似乎为新的世界观所无法相容的标准"。他们对中世纪美学作了有力的辩护,从此,西方学界对中世纪美学的研究大为推进,成果不断涌现。

我国学界系统研究并肯定中世纪美学的,当数从研究古希腊罗马美学转向中世纪神学美学的阎先生,《美是上帝的名字——中世纪神学美学》则是他这方面学术研究的代表作。它不仅标志着阎先生个人学术研究的重大转型与突破,也标志着我国西方美学史研究的转机和突破。该著最初于1989年以《基督教与美学》为题在辽宁人民出版社出版,那么,它的写作时间大致上是20世纪80年代。这个时间相距西方学界重新认识中世纪美学,也不过晚了20来年。看来,对中世纪神学美学评价的"不公正",似乎也不完全是"意识形态的原因",否则,我们怎么理解西方学界那么长时间里冷落中世纪美学呢?

四

阎先生早期的美学著作《古希腊罗马美学》(北京大学出版社1983年版),分析与研究的是西方美学史的古希腊罗马源头。我读这本书的时候,大约是大学毕业一年之后。他在书中指出,古希腊"美学完全包含在自然哲学之内。它的对象就是广大的自然界,它所探求的中心问题是美是什么,根源在哪里。它所采取的方法是感性的、直观的方法"。确实,处于人类童年时期的古希腊人,对自然界特别有兴趣,这一方面因为自然是人类的摇篮,另一方面,古希腊人把自己理解为是自然的一部分,并且把人作为自然的对立面看待,以对自然界的认识来认识人自己。古希腊人实在可称之为"自然之子"。在他们看来,大自然是真的,当然也就是美的和善的;真、善、美是自然本身固有的一种特质,是统一的和不可分的,真的原因也必然是美和善的原因;人类是自然的造物,人类的美也必然是符合自然本性的美,即自然之美。古希腊人以哲学的方法,也可以说是以科学的眼光,对自然进行逻辑的和历史的思考与探索，也对人自身的美进行审视。可见，古希腊美学以自然哲学为基础，主要从科学的意义上对物质世界作本原性的研究与探索，运用的是经验的方法与观念，因而，美的对象是感官的，是一种知识本体论，而非价值本体论，与人本身的意义与价值的探讨相去甚远。这是古希腊罗马美学的本质特征。

阎先生《美是上帝的名字——中世纪神学美学》则运用丰富的史料，深入分析与研究了西方美学史的另一个源头——"以神学方式完善和发展自身的时期"的美学思想与观念。有意思的是，阎先生在这部关于神学美学著作的"绪论"中，就对"附庸"的说法进行了纠正："中世纪确实没有科学形态的美学，却不能否认有前科学形态的美学，即美学的雏形……中世纪美学是依附于基督教神学中的，甚至可以说，他与基督教神学是一体的，但是古希腊罗马美学难道不是依附于当时的自然哲学中吗？早期美学的这种依附性，正是它不成熟的标志，我们尽可以责备它的不成熟，却不应否定它本身的存在。""如果没有基督教神学的荡涤，美学将像一切人类童年时代的梦幻一样永远与自然鬼魂纠缠在一起。"阎先生这两部出版时间相距20年的美学著作，遥相呼应，正好构成了他对西方美学史"两希"源头的探讨与研究。但是，这两本著作中所透出的作者对中世纪美学的认识与评判差距之大，是令人感到有些惊讶的，这又不由得让我体悟到其间的"意识形态的原因"。

确实，与古希腊罗马哲学不同，中世纪神学重在追问人的价值本体和生存本体，研究对象由自然与物质转向了人的精神与灵魂。"对于这一点，如果我们意识到了所谓神学不过是被扭曲和被夸大了的人学，或以异在形式表现出来的人学时，就不会感到多么困惑，相反会为之欣慰和庆幸。人们常常把上帝看作是人类的对立物，好像人的一切苦难都来自于上帝，其实上帝不过是人类的影子，是人类自身命运的一种假设。基督的形象就是人类从苦难中挣扎着站起来成为自身主宰的形象。"正如费尔巴哈所说，上帝是人的本质力量的对象化：人把自身的本质属性——理智、意志、善——集中起来，变成一个在人之外、之上的对象，即上帝。上帝的秉性即人自身的属性。因此，在形而上的层面看，神学并没有使人远离自己，而是让人从自然回归自身——人的灵魂。"这一点体现在美学上，就是把超离了自然的上帝，或叫作人类总体，当作思维的主体，由这个主体出发去探求美的起源与归宿，去构建类似圣三位一体的思想构架，去影响和干预并不美的苦难人生。"于是，中世纪神学美学也就在神学的面纱下，从生存本体论和价值本体论的角度，对美的意义与价值作了独特的探索，从本体论的角度规定了美的功能是为了提升人的精神生活，美的性质是超验的而非经验的，是灵魂的对象而非感官的对象。可见，看似虚幻的神学美学，实际上探讨的是人的精神与灵魂自我完善的现实问题，世俗与神圣是并行不悖的。正是在这个意义上阎先生指出："上帝实则是人类的'蛹'，僵硬的外壳并不是用来束缚生命的，而是保护和升华生命的；不经过'蛹'的蜕变，人类也许永远像动物一样滞留在地面上，不能想象翱翔的奥妙。"这个精妙的比喻，准确而生动地表达了中世纪神学美学在西方美学史乃至西方文明史上不可或缺的重大意义：中世纪神学美学从与古希腊罗马美学不同的另一条道路上，探讨美的本质与功能；它从本体的转换出发，拓展了美学探索与研究的领域，超越了自然哲学的局限，从外在的自然与物质对象转向了人的精神与灵魂、价值与意义，从而"给了美学以新的契机、生命"。也正是在这种意义上，阎先生给自己关于中世纪神学美学研究的著作冠之以"美是上帝的名字"的主标题，就像用一条面纱，隐匿了他真正要揭示的命题："美是人的名字。"我以为，在西方美学史上，正是这个"人"的出现和存在，才有了近代以来西方美学——比如德国古典美学——的人性深度，以及由此生发的关于经验与超越、感性与理性、世俗与神圣的张力。也正如阎先生在书中指出："德国古典美学所以造成了如此富有思辨意味的深邃的美学体系，是与它认真挖掘基督神学的精华，并加以批判的改造分不开的。"他还告诉我们："许多美学史家把文艺复兴时期的美学说成是对中世纪美学的否定和对古代美学的回复，这种见解是没有根据的。事实上，文艺复兴时期美学在许多方面都可以看作是中世纪美学的延续。"在西方美学史上，中世纪神学美学第一次把美学提升到了人学的高度，给了西方美学以崭新的发展空间。

毫无疑问，是古希腊罗马美学与中世纪神学美学"两希"传统的互补与融合，构建了近现代西方美学的基本框架，也滋生出它后来的繁荣与精深。因此，中世纪神学美学在西方美学史上是不可或缺的一翼，夭折了此翼，西方美学就不可能有其遨游艺术蓝天的轻盈与悠远,也不可能有其透悟人的灵魂的深邃与神秘。

作者简介:蒋承勇,浙江工商大学人文与传播学院教授、浙江省社会科学界联合会主席。

长河探美潜游深
——阎国忠先生的学术品格及其影响

郑学诗

今年,北京大学哲学系、北京大学美学与美育研究中心在北京大学燕南园隆重举行"美学的西方渊源与中国问题学术研讨——暨阎国忠先生八秩寿诞祝寿会",两会合一,会议显示了重要的理论研讨与深刻的文化内涵的融合,既有一定的历史意义,又有现实意义。

多年来,阎先生众多有关美学的史与论的重要研究成果出版面世,在国内外影响深远,其中,由商务印书馆出版的《美学七卷》,汇集了阎先生20世纪80年代初以来的主要学术成果,内容涵盖美学基本理论、西方美学及中国现当代美学等诸多研究领域,与2014年出版的《攀援集——经验之美与超验之美》一道,完整呈现了阎国忠先生独特、富有创造性的学术道路。他的处女作《古希腊罗马美学》及对中世纪基督教神学美学的研究具有开拓性意义。他的著作、论文,已成为研究中国美学及西方美学史必不可少的参考书。

阎先生长期从事美学方面的教学与研究,20世纪80年代前,着重在西方美学史方面。90年代后较多地涉猎了中国当代美学及美学基本原理方面。阎国忠先生主张从传统美学、马克思主义美学、西方现代美学三个方面研究入手,并把这三个方面联系和融通,努力建构有中国自己特色的美学体系。阎国忠先生主编的"美学百年"丛书,试图对20世纪以来的中国美学作一系统的总结。

先生在学术研究中重视基本资料的累积,凡所涉猎的问题和有关资料,力求翔实完备；同时，他十分重视对涉及政治、经济、宗教、伦理等在内的文化背景的揭示，凡重要立论都努力找到足以支撑的历史依据。他从不放过任何一个重要的概念或命题，其中包括易于被忽略了的概念或命题；力求通过发掘，抽象出具有本质意义的内涵。他认为任何一个思想家、一种思潮、一种有影响的理论，均应是一个相对统一的整体，研究者的任务就是把所研究的对象置入这一整体中，从整体的角度去观察、分析和评论。

多年来我深入学习、研讨阎先生的著作和论述，被他的治学理念及方法所敬仰，年逾八旬的阎先生把生命的能量全部投入到对学术生涯的追求之中。他的学术品格，就是他生命价值的具体体现，同样是留给社会的一笔重要的治学财富。

我是一名退休教授，长期从事美学原理与思维科学教学工作，与阎先生交往30年，无论是友谊的知遇之恩，还是学术交往都受到先生的教育与启示，情笃谊深。作为一名美学教师，多年来因为美学学科的性质一直没有厘清，始终没有确定的定位和边界，与之相关的研究对象、基本问题、范畴、方法论等一直都在广泛的讨论中，美学家们都可以对什么是美学做出回答，并出现了各种各样的美学。

美学的多样性是美学的一个重要特征。在教学中不同版本的基本原理中的一些原点的概念和概念之间的关系，经常遇到缺少有机联系，以偏概全，甚至有可能被误传的情况。我从美学教学实践中，深感广大干部、青少年、大学生需要美学教育，但作为教师，在传播中必须加强自己在美学原理上的继续教育，力求做到传播准确。每当遇到这种情况，阎先生总以他的研究观点给我启示和纠正。

阎先生重视对美学原理的研究。主编了回顾百年中国美学研究丛书（原计划八本，最后成书为五本），并亲自撰写其中一本。全套丛书内容博大而扎实。涉及纵向的各家原理的介绍；涉及对百年中国传统美学的整理和反思；对西方美学的翻译借鉴和研究；对审美心理、文学美学、审美教育、技术美学等的回顾与研究；对20世纪著名美学家的述评等。把质疑批评作为附录。他说：我之所以关注美学基本原理的研究，是因为我觉得应该建立一种真正属于中国的美学，把中国几千年传统积累下来的东西完好地继承下来。现在许多人从门外往里走，用西方人的理论套中国的美学，而不是像宗白华先生那样从门里往外走，吃透了中国美学后再参照西方美学。美学研究走到这一步已经到了一个关口，这个问题至关重要。

作为一名美学教师，深感要学习阎先生的治学视野。

我特别敬佩阎国忠先生的治学视野和探索精神，他曾和我说，我越来越感受到，西方美学史就是被融合在一起的各种版本的美学原理。美学史就是美学原理的变革和更新。美学原理不应仅仅是美学史的绵延，还应该是时代的审美精神的写照和审美实践的体现。他在研究古希腊罗马美学时曾作过一个比喻，一旦自己明确地选定了目标，就要义无反顾地向彼岸游去，而且尽全力游得远一些，潜得深一些。比如前人只关注与美学直接相关的资料，我则旁涉到其他政治、经济、文化、宗教、艺术，乃至军事；前人只以一个个学者为中心做横向的描述，我则以思想为中心做纵向的梳理，从而使古希腊罗马美学自身及其时代融成了一个历史和逻辑的整体。我对他的这个比喻印象很深，记得我还写过一篇人物特写发表，在文中抒写了先生做学问的那种开拓、求深、无畏的治学精神。

阎先生的这种研究视野，使我联想到20世纪初曾被蔡元培先生聘为北京大学教授的经学大师刘师培先生，当时刘师培先生仅33岁，他在继承中国优秀传统文化传统的同时，不为先贤成说所囿，善于把近代西方社会科学研究方法和成果，吸收并开拓传统文化研究的新境界。在研究方法上，他特别注意把文学变迁放在一定的社会文化背景中加以考察，以大文学观的视野，分析促使变迁的各种内外部因素，以及变迁中的各个流派。从文学史的研究实践看，这种方法非常可取，以至成为后世所遵循的"典范"。

我个人对写作障碍的理论研讨，涉及多学科和跨学科的研究，具有极强的综合性；对其现象的发展变迁，也必须放在具有广义的大文化背景中加以考察。

阎先生的过程思维研究方法对我的启示

阎先生的导师朱光潜先生在对过程研究中，经常使用的"综合"、"折中"的思维方法史论结合。这种方法是将前人成果集中起来进行梳理分析、比较和重新加以研究并阐释过程。因为,"每种学问都有长久的历史,其中每一个问题都曾经许多人思虑过、讨论过,提出过种种不同的解答",需要人们去弄个明白并承继下来,同时,所有思虑过、讨论过,乃至被"认为透懂的几乎没有一件不成为问题",需要人们去进一步清理和解决。

事实上,美学许多最核心的问题,至今还在争论中,仍需要进一步思考和研究。比如学科定位、研究对象、基本问题、范畴体系和方法论。

100年来,中国美学把艺术对现实的反映和超越当作美学的基本问题,但在阎先生看来,美学的基本问题是人与自然、感性与理性的统一,艺术与现实的关系,只有在这个意义上才属于美学问题。所谓人与自然、感性与理性的统一,就是马克思讲的人的本质力量的全面发展,人道主义与自然主义的统一问题,无疑,这是比艺术与现实的关系更为根本的问题。

阎先生支持我跨学科理论研究

除了教授《美学原理》外,从1982年开始,我进入了跨学科写作障碍理论研究,这涉及写作美学的探讨。由于这一课题的系统理论思考带有一定的开拓性,阎先生对我的这一研究特别关怀,从1994年《写作障碍论》(知识出版社1994年9月)的出版,到2014年《走出写作障碍》(山西出版传媒集团 山西教育出版社2014年8月)《写作障碍研究·写作书简》(山西出版传媒集团 山西人民出版社2014年7月)的出版,长达20年中,阎先生感慨地说,对写作综合性的研究,包含了审美理论与写作障碍的关系,往深处想,可以进一步集中探讨"写作美学"的问题。阎先生虽然是一位美学家,但他从哲学和美学视野分析写作障碍的存在与克服的观点简明而深刻,2012年10月7日他在写给我的一封信中说:

> 庖丁解牛,风成骎然,可谓无障碍。无障碍,是一种秩序的把握,一种意志的贯通,一种境界的显现。既是真,也是善和美。无障碍是人的追求,达到无障碍唯一的路是克服和超越障碍,所以,无障碍的意义

正在于呼唤人们去面对障碍。

  黑格尔和马克思都讲，人的本质是自由。自由是什么？就是人意识到自己是有限的，无时无刻不处在障碍中，因此，将自由当作自己的目的，并形成了种种应对有限和障碍的学问。写作不免会遇到障碍，因为写作本身就是障碍的产物。但是，如果没有了障碍，写作还有意义吗？还能激发人们的兴趣吗？这样说来你在书稿中所涉及的就不仅是一般写作的理论，而且是写作逻辑学、写作伦理学和写作美学。

不仅如此，在给我写这封信之前，2011年10月7日他联系自己多年来的写作实践，亲自写下了长达七千字的信件，堪称研究写作障碍理论的实践范例。被我收入到《写作障碍研究·写作书简》中：

学诗：

  读了你的《写作障碍论》，好像做了一次全面的"体检"，使我有机会对写作生涯中意识到的和未意识到的各种障碍做了对照。我发现，在你写的书中所列的障碍我都经历过，可以说，我是跨越着这些障碍过来的。直至今日，已经半个多世纪了，障碍依然伴随着我。不过，"魔高一尺道高一丈"，跨越的本事越高，障碍的难度越大，就像是跳高，横杆一次次向上移动，逼迫你一次次改变跳的高度。到了现在，"没啥好写"与"写不下去"固然不时还纠缠着我，但主要是由心理、素养、习惯造成的障碍以及环境、时间造成的障碍。虽已进入古稀之年，写作仍是我生活中的唯一，趁此反省一下自己，对消除这些障碍，从中获得更多的信心和乐趣或许不无益处。

  记得第一次写作，是初级师范尚未毕业的时候，当时从刊物上读了一篇朝鲜的中篇小说，很有感触，便将它改编成了独幕话剧，在察哈尔省报副刊上发表了。不久，拿到了一生中第一笔稿酬。能够将自己的写作发表出来，而且有点收入，自然十分高兴，但说实在的，那时并不真正知道写作为何物，也似乎没有感到什么障碍。上了大学之后，犹如进了写作的世界，北大图书馆的藏书据说在中国仅次于国家图书馆，北大的老师大都是以写作闻名于世的,他们讲授的就是自己写作的。那时,每读一本书,就像闯进了一个崭新的世界;每听一堂课,就像受到了一次精神的洗礼。渐渐地我明白了:写作,说大了些,是一种浩大的,也是伟大的事业,是衡量一个民族文明程度的标志。我开始怀着崇仰和谦卑交织一起的心情学习写作,而此时面对的不再是一部中篇小说,而是成十部、成百部的图书和资料,是上千年积累下来的丰富的研究成果。茫茫文海无边无际,常常使我身不由己,不知所措。既不知道"写作什么",更不知道"如何去写"。近两个月过去了,勉强完成了一篇论述陶渊明的文章,送给当时任中文系主任的杨晦先生看,结果,杨先生只说了一句话:"看来,你走的还是前人的路子。"此后,大学几年,别的同学有的出了诗集,有的写了电影脚本,而我除了参与少量的红皮本《中国文学史》的写作外,没有再做新的尝试。

毕业之后,我被留下来给朱光潜先生做助教,这给了我一个极好的学习机会。当时朱先生正在撰写和讲授《西方美学史》,并翻译相关的一些历史资料,我有幸成为它的第一个读者,并有幸参与部分西方美学史的讲课。朱先生视学术为生命的治学精神和认真、严谨、求实、谦逊的治学态度,使我深受教育和感动。加之,我接触到的其他老一辈的先生,像宗白华、冯友兰、杨晦、游国恩、张岱年等——这些标志着一个时代的写作的人物,他们为人的那种质朴无华,谦和平实,为学的那种刻苦勤奋,踏实不苟,使我每一想到写作心中就涌起一种崇高感,一种充实感,一种神圣感。我意识到了手中的笔的沉重,意识到了与真正的写作间的距离。

经过20余年的积累,1983年,我在北大出版了第一部著作《古希腊罗马美学》。这部书受到了各界的好评,我自己也比较满意,尽管今天看来需要做某些补充和修改。所以有这样的结果,原因之一是我知道这部书对于我自己,对于建设西方美学史这门课多么重要,我是怀着异常虔敬和谨慎的心情写作的;原因之二是我没有回避障碍,而是积极地应对障碍,克服障碍;我甚至把障碍看成是挑战,是机遇,是通向成功之路。仍然是茫茫文海,但我明确地选定了目标,义无反顾地向彼岸游去，而且尽全力游得远一些，潜得深一些。前人只关注与美学直接相关的资料，我则旁涉到其他政治、经济、文化、宗教、艺术，乃至军事；前人只以一个个学者为中心做横向的描述，我则以思想为中心做纵向的梳理，从而使古希腊罗马美学自身及其时代融成了一个历史和逻辑的整体。

以后，我的几部书的写作就比较顺利了。我甚至在克服和超越障碍中获得了巨大的快慰。然而，随着自己年龄的增长和环境的改变，障碍并没有向我示弱，相反却越来越难以对付。20世纪80年代初，学术的严肃性、神圣性是无可置疑的。北大课堂上看到的是求知的渴望；校园里听到的是朗朗的读书声。进图书馆必须清早排队；听讲座必须提前入座。但是，随着经济大潮的涌来，这一切都渐渐成为了过去。"研制导弹的不如卖茶鸡蛋的"，"动手术刀的不如拿剃头刀的"，在这种气氛下，我们的第一批美学专业研究生和进修生，有的"下海"了，有的到国外谋生路去了。一个我们已经留下来做教师的，临走前对我说："阎老师，我珍惜留在北大这个机会，但做教师，哪怕是教授，太清苦了。两个人住一间10余平方米的宿舍，没有厨房，没有卫生间，工资又那么低，我自己还可对付，结婚、生孩子怎么办？！"当然，这在当时还是个别的，写作，以及与写作相关的教师这个职业在多数人的心目中依然是神圣的，令人向往的。直到90年代初，我主编《西方著名美学家评传》的时候，顺利地邀请到30多位美学界朋友参与撰写，并且只用了一年多，上、中、下三卷200多万字的书稿就完成了，这证明了写作依然有着巨大吸引力和凝聚力。但是，20世纪中，北大的南校墙被拆除了，学校与商业、服务业连接在了一起。经济的大潮不仅冲进了学校的办公楼，也漫进了学校的所有系和教研室，甚至是学生宿舍。如何创收成为上上下下人们的主要话题。连我们这些以传授智慧为业的教师也在为办班煞费苦心。而下面一些学校，据我所知，有的把为当地经济服务当作教育的目的，重点培养所谓的应用型、技能型、市场型的人才。应试教育加上"应市"教育，学校遂蜕变成了以人为产品的企业。在这种情况下，写作没有消歇，依然存在，但只有少数还保持着写作的本色，多数则变成了谋生获利的工具。拿学位、评职称、获奖项、报课题成了驱动写作的直接动机。进入21世纪第一个十年了，北大一位教授对我说，"阎老师，你还在专心学术，可是学术界在哪里？已经不存在了！"这句话乍一听有点危言耸听，仔细一想，确有道理。学术界在哪里？无论学校、学术团体还是学术刊物，都充斥着浓浓的官场或商业的气味，任何一个"莅临"的官员都可以对学术指手画脚；任何一个"光顾"的大款都可以在学术面前自充风雅。像20世纪60年代那样全国性的严肃的美学讨论，再也没有了。像钱学森、季羡林那样能够称之为学界泰斗的即便还有，也是凤毛麟角了。这使我想起古代罗马朗吉弩斯的一句话：罗马没有，也不可能出现天才，原因之一就是罗马人从三四岁就从大人那里学会了如何赚钱牟利，知道三乘三减五等于四，八除以二加八等于十二。比起政治，经济对写作的冲击显然更大，因为它不是从外在方面，而是从内在方面，从心灵上瓦解了人。恰像朗吉弩斯说的，钱是"拴在灵魂上的锁链"，是无法阻挡地闯入灵魂中的"恶鬼"。当然，如果把尺度降低一些，不能说古罗马没有天才，只是没有像柏拉图、亚里士多德那样思想上的巨人，哲学上的天才。罗马人在法学、政治学、讲演术以及建筑学上的成就是举世公认的，而且，更为重要的是罗马人通过写作为后世的哲学、宗教、文化、艺术的发展做了铺垫。如果没有古罗马，就没有基督教，就没有但丁，就没有马基雅弗利，就没有古典主义和文艺复兴。今天，我们在经济、科技、商业上的巨大进步，说明学界还是有众多的人没有为外在的障碍所阻，奋力为学术的繁荣而拼搏。但是，像古罗马一样，我们遇到了由经济进步本身带来的巨大思想障碍，就是物质主义、享乐主义、实用主义和拜物教的泛滥。我们缺少一种精神，一种大写的人的精神；缺少一种哲学，一种以人的本质和归宿为主旨的哲学，而这将是比经济进步更艰巨更伟大的工程。

对于写作来说，这是来自外部的障碍，但也是出自内心的障碍，因为外部的只有转化为内心的，才成其为障碍。受西方马克思主义的启发，我开始试图换一个角度来思考问题：不是因写作而去克服遇到的障碍，而是为超越障碍而去写作。在我看来，迄今为止，中国的美学（我指的是中国当代美学）一直是"肯定的美学"，而中国更需要"否定的美学"。"革命的、批判的"，这是马克思主义的根本精神。你在书中也说，写作不仅要"反映现实"，而且要"变革现实"。为此，我先后写了《中国美学缺少什么？》、《给实践美学提十个问题》、《美·爱·自由·信仰》、《超验之美与人的救赎》、《审美活动与政治诉求——中西马克思主义美学对〈手稿〉的演绎》等多篇文章。我认为，美学是一门科学，也是一种意识形态。美学正是在科学地揭示审美活动本质中承担着它的意识形态功能。意识形态对于美学不是外加的，而是内在地含有的。它就寓于形式、肉体、模仿、想象、爱等审美活动的机制中。中国美学讲究的是美学作为科学的一面，强调的是它自身的完整性、系统性、逻辑性，而忽视或轻视美学作为意识形态的一面，因此，中国美学缺少与现实对话的话语和批判的、否定的精神；缺少对人的整体把握和爱这个理论维度；缺少形而上学的追问和相应的信仰的支撑。

而一旦转向这个角度，也就是一旦直面在许多方面已经"异化"了的现实的时候，就遇到了新的——来自思想、视野、情怀方面的障碍。正像你强调的，这里有个"突破自身局限"，"超越自我，淡泊功利"的问题，有个消除"常戚戚"的鄙屑之心，养成"坦荡荡"的"浩然之气"的问题，此外，还有个知识结构、思维方式、个性和习惯的问题。不过，障碍是一种召唤，我希望能永远听到这样的召唤。我不知道没有这种召唤是什么味道——那一定是异常的空落、孤寂和乏味吧！

阎国忠
2011年10月7日于北京蓝旗营

阎国忠先生从自身写作实践中的深刻体会，先后给我两封专题探讨信件，由于是他多年来写作实践中的思考和体会，可作为写作者研究写作障碍理论的范例；他的信，对美学研究者的写作也会有深刻的启发。我注意到阎先生信中的一段话引人三思：

今天，我们在经济、科技、商业上的巨大进步，说明学界还是有众多的人没有为外在的障碍所阻，奋力为学术的繁荣而拼搏。但是，像古罗马一样，我们遇到了由经济进步本身带来的巨大思想障碍，就是物质主义、享乐主义、实用主义和拜物教的泛滥。我们缺少一种精神，一种大写的人的精神；缺少一种哲学，一种以人的本质和归宿为主旨的哲学，而这将是比经济进步更艰巨更伟大的工程。

我认为阎先生这段话是指全民族的素质重建的迫切性与长期性，需要全社会参与。这是一个综合性素质培养与建设的系统工程。就写作来说，写作过程就是一个审美创造过程。写作者的审美修养表现在他的审美理想、审美情感、审美趣味、审美创造能力等方面。就是说，写作者应培养和提高总体综合素质，因为人的各种能力既相互制约又相互促进。人的审美修养也是与人的整体智能思维互补的，相对来说，又是各种修养的中心。为之，需要写作主体加强理论学习和多方面的实践，排除思维定式和经验主义的思维方式，重视思维、文化、审美多方面的培养，才会提高克服写作障碍的自觉性。

为了进一步拓宽我的视野，他引荐我认识了宗白华先生和张岱年先生。我记得宗白华先生就文物研究的话题谈道："中国的东西太丰富了，我们要特别注意研究自己民族的极其丰富的美学遗产。出土文物对研究美学很有启发。当然，学术研究也不能只局限于自己民族的文化，还要放眼世界文化；吸收一些西方的优秀文化。把中国的美学理论和欧洲、印度的美学理论相比较，从比较中就可以看到中国美学的特殊性了。"先生又说："我早年留学前也写过有关美学的文章，但肤浅得很，后来学习研究了西方哲学和美学，回过头来再搞中国的东西，似乎进展就快一点了；当然，人类的思想发展具有相对独立性和继承性，需要批判地继承和发扬，从中找出中国美学发展史的规律来。工作量很大，我们做不完，要鼓励年轻人去做。"

张岱年先生对我的课题研究很关心，并为我的《写作障碍论》题写了书名。张先生说，你的书很注意写作主体的人文素质与写作的关系。给你举个例子，清代学者戴震受命纂修与农水有关的《河渠书》，不满足经过调查已占有的资料，为了经受得住历史的考验，多次参加劳动，走访农民，仔细观察灌田蓄水的各个环节,研之再三方动笔。这种深入实践,务实、认真的写作态度,很值得写作爱好者学习。作为写作主体,应重视自我道德素质的建设和培养自身的科学思维方式,坚持不断地学习和实践很重要。

我作为一名退休教授,所做的写作障碍系统理论研究是一个全新的课题,再加上又有老年病的困扰,困难重重,阎先生不时鼓励我,在《写作障碍研究·写作书简》出版时,在阎先生的引荐下,早在20世纪80年代有过交往,年逾九旬的杨辛先生支持我,并题写了书名。

30年来,我所接触到的阎先生的学术品格,有着北大师承的优良传统。比如,著名美学家宗白华、朱光潜等,他们在人品上的质朴无华、谦和平实低调;治学态度上的认真、严谨、求实、谦逊;为学上的坚持真理、刻苦勤奋、一丝不苟等精神都被阎先生继承并努力发扬着。阎先生对我这样一个跨省市极其普通的美学工作者的扶持与引导,同样显示出北大师承的优良传统中的平易近人、强烈的社会责任感,以及为了美学事业的发展,对社会美学工作者的扶持与引导。

阎先生关心地方省市美学会的思想和组织建设

从80年代开始,我是原山西省美学会的副会长,从2009年开始,我筹划了太原美学研究会的建立,一直到2014年太原美学会正式成立,经历了诸多困难,得到了阎先生和徐碧辉老师的大力支持。征得阎先生的同意,在《太原美学》创刊号上发表了他的一篇至今仍有重要意义的美学论文《中国美学缺少什么》。阎先生在这篇文章前增加了一段引言:

> 《太原美学》创刊号上重新刊出《中国美学缺少什么》一文,作为作者感到很荣幸。我理解编者的意思是借此申明刊物的宗旨——立足于太原的现实对中国美学的现状和未来进行更深入的考量。
>
> 《中国美学缺少什么》主要是就理论本身讲的,其实,根本的问题是现实,现实所需要的,就是理论所缺少的。
>
> 《太原美学》是国内第一家地域性的美学刊物。我相信这是一块新

的阵地,在这里美学将被置于特定现实中,现实成为思考理论得失的根据;同时现实将被置于理论视野里,理论成为探究现实利弊的尺度。我理解理论之所以居于指导地位,是因为理论超越了地域,是普遍的;而它之所以是普遍的,是因为立足于更广大的地域。太原是特定的地域,这只是就自然或人为地理学意义上讲的,但就经济学、政治学、社会性、文化学等讲,没有谁能够给它一个界限。现在还有谁把古希腊罗马美学看成仅仅是地中海几个半岛的美学呢?

但是,太原是这样特定的地域——从春秋前的名不见经传之地,到"襟四塞之要冲,控五原之都邑"的"雄藩巨镇",到拥有现代工业、现代农业和现代科学技术和文化的大都会,太原将自己的名字深深镌刻在中华民族的文明史中,为人们留下了极其丰富的文化积存和宝贵的记忆,同时,太原正以自己独特的历史资源和地缘优势步入了新的"城市化"的行列。这意味着,太原不再仅仅是一种地域的名称,而且是一种文化的名称,经济和市场、科学和技术、生活和交往将像纽带一样把太原与周边的世界联结起来。环绕着太原的不再是原来意义的农村,而是大大小小的卫星城。太原将成为一个新的起点,让延续了2500年的文明史在更广大的地域中辉煌地展开。这样,我们就将面对无数新的令人震撼的经历和审美经验。

中国美学缺少什么?历史需要反思,未来需要展望;现实需要超越,心灵需要升华,这是美学应该回答的课题,也是美学得以立足的根据。

阎先生的这段引言,将对太原美学的发展有着重要的指导意义。

阎先生身上焕发着一种为了美学理论研究的执着坚守精神与大爱情怀

这些年,他的著作总是一出版就寄给我。他总说,我还不能算老,还要干下去。阅读、著书是很累,很辛苦,而其中也有很多乐趣;而且,只有这样活着才有价值。

但是，他太累了，有时经常彻夜不眠。他童心依然，一直保持着身体锻炼和艺术实践。今年春节，他还给我寄来一段自己独唱"国际歌"的音频。当我深夜打开，听着国忠先生沉稳、自信、苍劲的男低音抒发着一种人性追求自由解放的大爱情怀时，动情地流下了泪水。阎先生大半生把心力和精力全部投入到对学术生涯的追求中，他是一位有着崇高审美情趣的大写的人。

我时时想到阎先生赠我的《走出古典——中国当代美学论争述评》，这是我最喜欢读的一本书。我经常默念后记中的一段话：

"一种憧憬像梦一样出现了，于是化作一种情结，一种宿命，逼迫你去追逐它，实现它，为之付出自己的生命。这个课题从在我心中萌发之日起，已经过去很久，中间经过了种种的艰难，种种的思虑，种种的周折，但无论如何总是凝聚在我的心中，即便淡漠了，却不消退，即便减弱了，却依然蛰守，所以我没有拗过它，终于把它塑造成形，让它出世了。"这段话体现出他在学术上执着的审美追求并深深地影响着我。

与国忠先生多年来的交往中，我深感一个人没有这种认真、执着、深研的精神，就无法像先生所说的那样"把学问构成自己生命的有机因子"，"使生命在学问中升华"。

作者简介：郑学诗，中共太原市委党校、太原行政学院教授。

沿着朱光潜、宗白华开辟的
中国美学道路攀援前行
—— 读阎国忠先生《美是上帝的名字》、《攀援集》有感

李衍柱

北京大学是中国美学的诞生地。蔡元培、王国维、朱光潜、宗白华开垦的美学园地、播下的美学的种子，在这里生根、开花、结果。一批批美学家从这里走向全中国，走向全世界。

中国的美学道路、美学精神、具有中国特色的美学新体系，从这里开始孕育、发展和形成。朱光潜先生沿着"移花接木"的路径，将西方美学之花与中国传统文化、古典美学之木相对接，并以顽强的毅力和无私奉献的精神，克服物质的和精神的种种困难，把西方美学的经典文本《柏拉图文艺对话集》、维科的《新科学》、莱辛的《拉奥孔》、《歌德谈话录》和黑格尔的皇皇巨著《美学》等译介给中国读者，撰写出中国第一部具有世界影响的《西方美学史》。宗白华先生为了探索中国现代美学、诗学、艺术学建设的道路，亲自到世界近代美学的故乡德国进行实地考察研究，把一本称为"天书"的、划时代的美学经典《判断力批判》（上卷）翻译到中国。宗白华先生将自己长期对中国古代美学和文论、诗论、画论、乐论、书论的研究与西方美学、艺术学进行比较对照，结合自己的创作实践，深思熟虑，明确提出了一条"东西古今"、"融合贯通"的建设中国美学、艺术学的新道路。他说："将来的世界美学自当不拘于一时一地的艺术表现，而综合全世界古今的艺术理想，融合贯通，求美学上最普遍的原理而不轻忽个性的特殊风格。因为

美与美术的源泉是人类最深心灵与他的环境世界接触相感时的波动。各个美术有它特殊的宇宙观与人生情绪为最深基础。中国的艺术与美学理论也自有它伟大的独立的精神意义。"(《宗白华全集》第2卷,安徽教育出版社1994年版,第43页)

朱光潜、宗白华为现代中国美学建设立下的破土奠基之功,已经载于史册。他们探索、开辟的中国美学道路,他们提出的诸多美学基本问题和留下的美学研究的空白点,尚需后继者奋力践行,并在更大的高度、广度和深度上,建构起自立于世界美学之林而又具有中国特色的中国美学新体系。

中国改革开放新时期以来,北京大学美学与美育研究中心(前身为北大哲学系美学教研室)的各位专家教授们,团结合作,充分发挥每位专家的学术优势和特长,遵循朱、宗二位先生的遗志,接着他们的话语,踏着他们的足迹,奋力拼搏,用自己的智慧和汗水,在美学基本理论、中国古代美学文献的整理和中国美学史的研究、西方美学研究几个方面,均取得了令世人点赞的卓越成就。其标志性成果,如《中国历代美学文库》(19册)、《中国美学通史》(8卷)、《中国古代美学丛编》(上中下)、《美学原理》、《美是上帝的名字——中世纪神学美学》、《西方著名美学家评传》(上中下)、《西方美学史教程》等。

在北京大学召开的"西方渊源与中国问题学术研讨暨阎国忠先生八秩寿诞祝寿会"之际,我想重点谈一点读阎国忠先生两部书的感想。他的七卷本文集还未来得及阅读,仅从平时阅读他的一些论著来看,我认为阎国忠先生在学术生涯中,继续沿着朱光潜、宗白华先生的足迹,填补了朱、宗研究过程中留下的一个空白,干了一件中国美学家们基本未曾涉足或不敢去碰的事情。这就是中世纪神学美学——主要是基督教美学的研究。宗先生关于中世纪基督教美学没有留下什么文字,朱先生可以说提出了中世纪神学美学问题,但并未来得及深入研究和论述。在《西方美学史》第5章中,除去谈文化背景外,只简要论说了圣奥古斯丁、圣托马斯·阿奎那两位神学家的美学思想,写了不到五千字。阎国忠先生以"明知山有虎偏向虎山行"的精神,先是与章启群博士合作写出《基督教与美学》,后又专门去香港广泛收集国内外有关中世纪神学美学的历史文献和研究资料,站在世界文明史和美学史的高度，全面系统地对基督教美学进行了深入的研究，于21世纪伊始，推出了《美是上帝的名字——中世纪神学美学》这部原创性的、拥有37万余字的学术专著。全书分六章研究了基督教美学的渊源和发展演化过程，不仅具体评析了以《圣经》为代表的早期经典，而且难能可贵地具体论述了不同时期、不同国家18位基督教美学家的生活道路和美学思想，其中有些人的名字，在过去的美学史著作中，很少见到。从深入研究中，阎国忠先生发出了中国美学家自己的声音，驳斥了国际美学界长期存在的一种偏见，即认为中世纪美学是一片"荒漠"的观点。阎国忠先生对基督教美学研究的创新点，我个人认为主要有三点：

第一，给予基督教美学在世界美学发展史上一个比较公正的定位。他说："美学是凭借神学才超离了自然哲学的束缚，如果没有基督教神学的荡涤，美学将像一切人类童年时代的幻梦一样永远与自然鬼魂纠缠在一起。基督教神学给了美学以新的契机、新的生命，美学在神学的庇护下进入了历史发展的第二个时期——以神学方式完善和展现自身的时期。"（见《美是上帝的名字》绪论，第3页）阎先生认为"美是上帝的名字"这个命题虽然给美涂抹上了浓重的神秘主义色彩，然而也昭示了美这个概念的深刻性。

第二，明确提出和论说了基督教美学的三个基本范畴。

一是象征。基督教美学家开始把《圣经》看作是一种象征，后来把自然、人和"道成肉身"的基督也看作是象征。"我们看到，正是这种象征意识如何造就了中世纪的彩色玻璃镶嵌、音乐及哥特式建筑，甚至如何支配了但丁对《神曲》的构思。象征意识把曾经热衷于模仿的艺术提高了整整一个层次，使艺术真正超离了自然和人类的现象本身，为人类开拓了一块自由想象和自我关照的特殊天地"。（见《美是上帝的名字》绪论，第6-7页）

二是静观。静观是对有限理性与有限意志的超越。它所提供的认识与快乐也不是有限意义上的认识和快乐。这种认识与快乐也是无限的。如圣伯尔纳所说，静观面对的应是长（永恒）、阔（爱）、高（尊严）、深（智慧）的完整的上帝，静观给人带来的也应是惊奇（对智慧而言）、畏惧（对尊严而言）、热忱（对爱而言）、忍耐（对永恒而言）综合在一起的喜乐。静观境界是犹如一个漂泊已久的浪子回归家园时的境界。

三是回归。它是基督教神学与美学的一个核心概念。回归是对原罪的救赎。他要求人应摆脱各方面的诱惑,正确地认识自己。"人的全部感觉、理解和知识的意义,就在于认识自己,包括人对美的欣赏和追求。认识自己不唯是认识过程,也是灵魂自我蜕变、自我更新的过程"。(见《美是上帝的名字》绪论,第9页)

第三,在美学理论上提出了中世纪的基督教美学是近代西方美学的源泉的新见解。作者认为:"中世纪美学不仅与古代希腊罗马美学一样,是近代西方美学的源泉,而且是一个较直接和切近的源泉;正是中世纪美学构成了近现代西方美学的主要基架。文艺复兴以后,美学所关心的主要问题就是中世纪业已提出的感性与理性,或有限观照与无限观照的统一问题,确切地说,就是感性与有限观照向理性与无限观照超越的问题。"(见《美是上帝的名字》绪论,第11页)阎先生说,只要我们历史地做个比较就会发现,原来在中世纪基督教美学中孕育出的那种本体意识、创造意识、象征意识、静观意识与回归意识仍然深深地渗透在近现代美学的大部分命题和结论里。

阎国忠先生关于中世纪基督教美学研究的成果和提出的理论见解,既是美学理论的创新,又有重大的学术价值。它在西方美学史的研究领域,带有填补空白的意义。西方美学史如果从毕达哥拉斯(约公元前570—前475)提出的宇宙"和谐美"算起,已有2600余年。基督教美学从基督诞生到被恩格斯称为"中世纪最后一位诗人,同时又是新时代的最初一位诗人"的但丁(1265—1321)为止,时间长达1300余年,整整占了世界美学史的一半多的时间。如果这1300余年时间的西方美学史是一片"荒漠",是如此之长的美学断裂层,那么这样的美学史还能称为完整的世界美学史吗?阎国忠先生的基督教美学研究,填补了中国西方美学史研究的1300余年的空白,其学术价值是难以估量的。

在此我衷心祝贺阎国忠先生的七卷本美学文集的出版,衷心祝贺他的学术青春永在,衷心祝贺北京大学美学与美育研究中心在21世纪走向更大的辉煌,为中华民族的伟大复兴做出更大的贡献!

作者简介:李衍柱,山东师范大学文学院教授。

学术与书生

章启群

我非常高兴也非常荣耀参加这个会。阎老师八十华诞,身体健朗,又有煌煌文集面世,作为阎老师的第一届硕士研究生,我当然高兴,当然感到荣耀。没有阎老师,也就没有我的今天。因此,祝寿也是感恩。

当年阎老师的《古希腊罗马美学》出版,在美学界引起了很大反响。这本书以范畴为中心,不仅将美学本身,而且将与此相关的史实、人物、思想纳入到一个逻辑的整体中,呈现出一种既是美学史,又是简化了的哲学史、文化史和艺术史的汉语美学表述范式。他将毕达哥拉斯、赫拉克利特、德谟克利特的"和谐",理解成类似"正"、"反"、"合"的逻辑关系。并认为从《大希庇阿斯》到《会饮》、《斐德若》、《理想国》、《法律》可以看到柏拉图的大体思路:从神话到哲学,从日常经验向逻辑思维的转换。而亚里士多德真正重要的美学观点是在《形而上学》、《政治学》与《尼各马可伦理学》中表达出来的。阎老师由此提炼出亚里士多德美学思想中"整一"这个概念,即决定事物的美,在于事物各个部分的统一关系"匀称、秩序、鲜明"。通过描述古希腊罗马美学范畴的内在含义及其演变轨迹,该著揭示了美学史对"美是什么"这一问题的回答自身显现的一种逻辑的、必然的关系。作为国内第一部西方美学断代史研究,阎老师把朱光潜《西方美学史》的相关研究推进到一个新的前沿,实际上为西方美学史的研究开辟了一种新的风气。后来阎老师主编的《西方著名美学家评传》以及中世纪美学研究,也在学术界产生极大影响。他对于当代中国美学的评述与论证,至少也是一家之言。

阎老师在学术上的成就，特别是近年来的成果，我还没有消化，故不敢妄言。今天我以"学术与书生"为题来发言，首先是为祝寿，其次是表达我对老师的敬慕，同时也是有感而发。借阎老师八十寿辰之机来说这个话题，我想有着特别的意义，也给后人留下一些思考的遗产。用这样的话题来祝贺阎老师的八十华诞，也可能更符合阎老师的本意。

根据我对于阎老师几十年的认识和了解，我认为阎老师本质上还是一介书生。周一良先生的自传《毕竟是书生》仅题目本身就能够引起学界的共鸣，读之令人不甚唏嘘，其深层原因在于它触动了知识界最敏感的集体心理。

学术与书生之间的内在关系就像一颗硬币的两面。学术离不开书生，书生也离不开学术。这个关系也像海德格尔说的艺术家与艺术的关系。在没有学术的时代，大概只有酋长、巫师之类，只能属于人类文明的前史。文明出现以后的人类，如果一个民族的书生灭绝了，那个民族的学术就死亡了，民族文化也不可能延续。现存一些不能辨认的文明遗存，就是因为与它一体的书生消亡了。就人类的文明而言，这是比珍稀动物的灭绝更可怕的事情。可见，学术的价值是社会的、人类的，但是，学术只对于书生才有难分难解的意义，因为只有学术才能成就真正的书生，而学术的传承、创造也只能依靠书生。学术与书生是一种共存的关系。

学术实际上就是人类文明的各种知识体系。在现代社会中，受到现代教育的每一个人都认识和掌握了一些知识。这些人当然不是我们所说的书生。甚至很多以学术研究为职业的学者，也不是真正的书生。所谓书生至少具有两个特征，第一是相信学术就是真理，追求学术就是追求真理。常言"学术乃天下之公器"，就是这个意思。第二个本质特征，就是以学术作为自己的最高价值认可，金钱、地位等其他事物，则只能是其次的东西。因此，在以学术为职业的人群中，具有这样特性的人只是一部分，我姑且称之为"书生"。而那些与"书生"具有根本不同性质的人，我姑且称之为"一般学者"。这两者之间的区别在于，书生以学术本身作为目标，而一般学者则以学术为实现自己人生目标的手段。后者有时候为了实现自己的目标，也会放弃甚至糟蹋学术。用哲学的语言说，书生与学术的关系是内在的，一般学者与学术的关系是外在的。

说阎老师是书生，可以从阎老师的经历来证明。首先他坚信学术就是真理。追求学术追求真理，可以说贯穿在他人生之中，直至80高龄仍然矢志不渝。因此，阎老师的学术研究从不趋时。他以问题为牵引，延伸自己的研究方向和路径，而不是以市场或时政为导向。其次，他以学术为自己的最高价值认同。在新版《古希腊罗马美学》的"后记"中，阎老师说"自我实现是我的生命本质，写作是我的生命形式"，"我的信仰、我的理念、我的语言、我的性格、我的情趣，包括我的局限，总之，我的大半个生命都在这里了"。可见其书生本色溢于言表。阎老师的这个价值观经受过了巨大的诱惑和考验。一般人都知道他当过省委书记秘书的经历，却不知道在20世纪80年代末他又有当中央美院副书记的机会，组织部门找他谈了两次，都被他毅然拒绝。此外，阎老师的书生本色还表现在他实际上是一个简单的人，入世不深。尽管有从政经历，在哲学系也担任过多年的副书记，但没有学会官场上的世故、圆滑和老道。

我在今天特别强调阎老师的书生本质及其坚守，是因为在当下的中国学术界，这已经是一个十分稀有的事情。从20世纪下半叶以来，中国的学术研究，特别是人文和社会科学研究，不断地卷入政治斗争，被意识形态化。这个现象在21世纪发生了奇怪的变异。虽然从学术本身来看，学术与意识形态的关系不像"文革"以前那样捆绑在一起。但是，学术界的官本位体制，造成了学术研究的空心化。"学术行政化"的本质就是"去学术化"，落实到每个学者个体就是"去书生化"。这是中国学术釜底抽薪式的灾难。其实，所谓"官"，现在也不仅仅是党政部门的官僚，也包括学界的校长、书记、主任、会长之类。"学术行政化"是当下学术界的汹涌大潮，几乎无人能够阻挡。在这个大潮之下，一些投机者如鱼得水，他们本来就无所谓成为书生，与政客、商人的混同有内在的驱动力；其次是一些本来理想成为书生的人，不得已要"去书生化"；更可悲的是，一些本性是书生的人，也要"去书生化"，结果不伦不类，荒唐滑稽。

"去书生化"对于我们这个民族国家是灾难性的。因为，没有书生何来真正的学术？没有真正的学术何来真正的先进思想和科学技术？何来真正的人才？而"去书生化"必然导致学术界堕落，从而引发全社会的道德危机。因为，学术界、教育界是社会道德的最后防线，被认为是最后一块净土。今日中国的食品和药品安全危机，表明商人的道德失去底线。官员的贪腐堕落已经人人皆知，令人发指。而庙里的方丈居然也没有信仰，腐化堕落，这种危机更让人寒心彻骨。中国社会出现整体的道德危机，其根源虽然非常复杂，但是，"去书生化"必是其中最重要的根源之一！

在这个意义上，一个当下中国学者能够坚守书生的本色，其意义不仅仅是个人的品德，也不仅仅是学术的发展、推进，而是一个民族心灵最后防线的坚守。如果说，李泽厚是在中国不可能出思想家的时候出现的思想家，那么阎老师则是在学人们普遍自我放逐的时候仍然坚守着书生本色。阎老师给我们的这种精神，在我们这个时代应该具有这样特定的意义。

由于时间关系，我的发言挂一漏万，言不尽意。最后，祝阎老师长寿、健康、快乐！

作者简介：章启群，北京大学哲学系教授。

缺乏爱与美的教育，何以救赎人

陈理宣

今年，尊师阎国忠先生的八十寿诞，北京大学哲学系、北京大学美学与美育研究中心在北京大学燕南园隆重举行"美学的西方渊源与中国问题"学术研讨会，两会合一，会议热烈、隆重、典雅，先生的故友、同事、学生集聚一堂，既论学术，又叙深情，是一次具有意味的会议。

我是阎先生的硕士研究生（1990—1993），对先生的为学与为人，有切身的体会。多年来，先生一直在美学园里勤奋耕耘，硕果累累，学术思想深邃，对中国当今美学的发展起了重要作用。先生为人谦逊、和蔼，兼具优良的学品与人品。我是从教育（实践）走向美学（学习）的。我上北大哲学系之前做过九年的中小学教师。学习美学之后，我又从美学走向了教育（理论与实践），开始了我在师范学院的教学与教育理论研究之路。我一直以为自己从事教育学的工作是改行了，放弃了美学。每次见到先生之时心里难免有一丝愧意。先生总是勉励我说，美学是人学，美学研究的是人类追求的美，人的美。教育学也是人学，研究的是"人自身"的"精神"的生产[①]，如何引导人实现自己的美，教育的最高境界是美。先生的话，增强了我的自信。因此，从这个角度来看，我是在美学基础上走进教育学的。现在反过来看，通过对教育学的学习，发现美学是不是还需要教育学的帮助才能实现美学的目的呢？我想很可能也正因为如此，阎先生很希望我从教育的角度思考一些美

[①] 参见周义《教育美学引论》序，天津教育出版社2010年版。

学的问题。但是，很奇怪的是，我怎么也找不到话题来说，反而是在反复阅读先生的著作之时，感觉是先生的美学思想对教育有很多启发，应该从美学说说教育的问题。阎先生提出的爱、美、信仰的美学范畴对于教育具有特殊的启发意义。

  阎先生认为，爱、爱者、被爱，是统一在一起的。"爱，就是融入"。既是融入他者、世界，也是将他者、世界融入自身。这种融入是对自身的提升、扩大、超越，因此，爱者体验到的既是世界的美，他人的美，也是自身的美，凡美者，均融入自身。反过来讲，被爱者，因为被爱而感受到了被接受，融入到了爱者之中而体验自身的安全、能量的激发与扩大，感受自身的充实与伟大，体验到自我之美。在体验到他人与世界之美的同时，激发自身的爱欲，因此，被爱者反过来变被爱者为爱者，反哺爱者，使爱者体验自身的充实与光辉，感受自我实现的美。这是一个相互激发、增加生命能量的过程，也是相互促进、激发审美发生的过程。信仰"为自己树立了一个敬畏、崇拜、向往的目标"，信仰的目标是一种"趋向真、善、美的动力"[①]。因此，爱、美、信仰融合形成相互彰显、相互推动、相互循环发展的过程。这个过程既是人的本质形成与发展过程，也是人生长发展的目标。教育是树人与救人的工作，而当今的教育缺乏爱、美、信仰，拿什么来树人与救人。在当今的教育活动中，教育者、受教育者、教育内容相互对立，教育者拿着冷冰冰的教学内容开展对受教育者的规训、灌输、惩罚；受教育者本能地抵制、反抗，形成了双方的冲突、分离、抗拒。因此，双方都不能体验和谐的美，教师厌教，学生厌学。这一切就是因为教育中没有爱融合，没有美激发，没有信仰敬畏。教育者要在教育活动中体验到美，才有非功利的动机，才不会产生厌教情绪，才可能体验作为一个真正的人类灵魂工程师的精神意义；学生要在学习活动中体验到美，才没有严重的功利性学习动机，才没有强迫的压力产生厌学情绪，教师与学生在教学活动中才可能是一种相互彰显对方美的形式，产生和谐的美，形成相互激发生长、发展的力量之美，而不是分离、

---

① 参见阎国忠《攀援集——经验之美与超验之美》，中国社会科学出版社2014年版，第7、24、63–64页。

对抗，消耗生命能量的丑。李泽厚曾说，未来的科学是教育学，我觉得如果教育学没有爱、美、信仰的本质，是担当不了这一伟大历史使命的。

　　缺乏爱、美、信仰的教育，就没有超越的目标与理想，造成狭隘、低级、低效的功利主义教育追求。我们当今的教育把自己的目标简化为教人求生的知识与技能。从幼儿园开始就充满了功利主义的竞争，在竞争中分离、对抗，中小学应试教育盛行（为了升学开展教育、接受教育），大学应职教育盛行（为了求职接受教育、开展教育），工作之后是应酬盛行（为了薪酬工作），这一切活动都是为了活动之外的狭隘的功利，排斥、对抗他人。这种追求狭隘、低级、自私的功利主义教育，表面上看来是促进社会经济发展，促进个人幸福的所谓事业。实际上没有超越性，缺乏终极目标，不论是对社会还是对个人都是灾难性的事情。即使能够带来短期的功利效益，也是低效的、浪费的工作。这种没有超越性的教育，就是缺乏爱、美、信仰的教育。没有爱，哪来的合作与无私的奉献；没有美，哪来的乐学、乐业的精神意义与内在动机，没有信仰，哪来的敬业与神圣的公德。

　　由于没有爱、美、信仰，我们的教育理论研究，专注于知识教学的技术考量，引导教育实践提高考试分数，研究如何给学生灌输知识，规训学生全部思想乃至生活、行为。为了功利，不少教育理论家们忙科研课题，忙科研任务，抄袭成风，伪学术盛行。这样的理论能够引导教育实践育人吗？由于教育没有爱、美、信仰，我们的教育实践，充满了庸俗、功利、狭隘的元素。师生关系演变成了纯粹的职业、功利的关系。教师为了生存、功利，作为一种一般的职业，只管传授知识，只管课堂上维持下去，只管上班时间尽到所谓的责任，师生之间没有和谐融洽的人际关系，教师不会为学生一生着想，不会关心走出校门后会产生什么后果。为了功利，教师会盘算着从学生身上获取点什么，没有了对美的追求，没有了对学生的爱，只有算计，为了自己的教学成绩，不惜一切努力强制学生机械记忆、刻苦训练，因此，课业负担无论如何减不下来，更有甚者，教师还可以有一举两得的措施，既为自己的教学业绩，还可以通过巧立名目，让学生课余时间来补课，并收取超额补课费。一切都是那么赤裸裸的，对生命的爱苍白了，超越的美无踪无影了，高尚的信仰销声匿迹了。学生幼小的心灵被污染了，未来的社会还会越来越美好吗？

我们的教育方针明确提出了美育，但是，我们的理解产生了多重扭曲，把美的教育简单理解为培养认识美、热爱美、创造美的能力，简单把艺术作为美的教育手段或途径，形成把美的教育当作德育、智育、体育、劳动教育的工具、手段的狭隘思想。如果把美理解为与爱、信仰相联系的范畴，那么，美的教育首先在教育目的上是教育的最高境界，是教育目的的内在精神，"审美教育并不是智育、德育、体育之外的一种教育，而是渗透在所有教育中，从而使人获得全面发展的教育"[①]。教育一定是美的，美的教育不是教育的全部，但一定是全部教育的内在精神。

"世界进入了没有信仰的时代"。也就是没有爱、信仰、美的时代。没有了爱、信仰、美，就没有了永恒的意义，没有宁静的心灵，浮躁、焦虑、恐慌、无聊泛滥，因此，现代社会严重失序，人们焦虑、恐怖、发狂、自虐、自残、自杀……各种病态的表现层出不穷。健全健康的人少了，具有高级趣味的人、神圣的人更少了。教育要启发、促进、推动人的健康全面发展。然而教育拿什么去实现这一功能呢？在阎先生看来，只有"超验之美"才能救赎人，才能引导人们的"认识和情趣升华为信念或信仰"[②]。我们当今的教育过于强调其社会化功能，忽视教育的人化功能。省思今天的教育，缺少对美的思考，缺少爱的行动，缺少神圣的信仰追求，还能拿什么来拯救人！

作者简介： 陈理宣，内江师范学院教育科学学院教授。

[①] 参见周义《教育美学引论》序，天津教育出版社2010年版。
[②] 参见阎国忠《攀援集——经验之美与超验之美》，中国社会科学出版社2014年版，第14、20页。

明师与原创

王建疆

一、自调节审美：一封寄错地址的来信

阎国忠先生是我敬重的长辈学者。我们之间的交往已有20年。提起这段交往，还有一段故事。

记得1995年的夏天，西北师范学院哲学系的卓杰老师将一封寄错地址的信交到我手上。这封信是写给我的，落款署名北京大学哲学系阎国忠，由于我一直在中文系任教，跟阎先生没有交往，难免感到有点意外。打开信件，上面写着：一个偶然的机会读到了你的著作《自调节审美学》，认为这是近年来少有的一部力作，颇有创见，如手头有余件，愿意收藏。卓杰对我说，阎先生是朱光潜先生的学生和助手，在美学理论和西方美学方面颇有造诣，能得到他的好评，不是一件容易的事。听了他的话，顿时兴奋起来。

自调节审美与审美经验的产生是我的硕士论文的主题和核心观点，自1991年发表后引起美学界的讨论，正面肯定和反面批评的文章有30多篇，分别发表在《中国社会科学》、《文学评论》、《文艺研究》等刊上，仅《新华文摘》就全文转载了4篇，持续了数年。由于当时正处于讨论的热潮中，批评的意见又非常尖锐，我就回信试着邀请阎先生看能不能发表点看法。没想到，阎先生爽快地答应了我，而且在较短的时间内写出了《用自然科学方法

研究美学的新收获——读王建疆的〈自调节审美学〉》[①]的文章,发表在了1997年第一期的《甘肃社会科学》上。

阎先生的文章并未介入这场讨论,而是首先肯定了运用新方法进行美学研究的做法,指出:

> 通读全书,我们认为该书的显著特色也即是它较有新意的地方,归纳起来,大致有三:一是借鉴自然科学方法,从控制论角度出发,把审美看作是一种调节机制,把审美的本质看作是满足这种控制论目的的情感的"内化"及冲动;化理为情,融大我于小我,从必然到自由,这既是中国古代儒家一以贯之的思想传统,也是西方美学史上尤其是德国古典美学的逻辑主题,同时也比较符合审美活动发生发展的实际;二是以审美经验的产生调节为中心,突出了有为而为与无为而为作为审美活动中的两种情况,在一定程度上打破了长期以来流行的对审美的"无目的的合目的性"的简单化理解,与此相适应,提出了包括同化——调节辩证律、意识与无意识转化律在内的涉及审美欣赏与创造的一系列审美规律及现象,极大地强调了审美主体自我调节的主观能动性;关于属于无意识、有意识两大调节类型的自调节审美诸范畴的分析,虽然还带有很大程度上的猜测性质,但也颇见新意;关于审美的本质及美的本质的分析探讨及其结论,与前苏联以及我国有些美学家关于审美价值客观性及美的客观性的探讨,既有异曲同工之妙,同时也具有很大的启发性;三是提出自我调节审美这一命题,并据此研究审美及艺术活动中的诸多现象及规律,这一努力本身就值得肯定,学术的繁荣、美学的振兴需要不同的、富有认真探索精神的声音。

阎先生肯定了我运用新方法提出美学新命题解决新问题,但同时也对我的说法中存在的问题提出了批评。与上述优点及特色相伴随,该书也还有不

[①] 阎国忠、方伟:《用自然科学方法研究美学的新收获——读王建疆的〈自调节审美学〉》,《甘肃社会科学》1997年第1期。

足之处。比如：

> 对提出的有些新观念、新命题及范畴还缺乏比较深入而具体的论证，常常一是点到为止；二是全书的思想发展及逻辑结构似欠醒豁，有些章节的安排联系得还不够紧密和一致；三是书中有些地方引文注释不够规范，有些章节行文稍显重复、拖沓，等等。当然，作为一种学术探讨，有些地方有些不尽如人意似也在所难免，这里提出来也是就教于作者及大方，愿我们大家共勉。

阎先生的文章给我留下的印象非常深刻。首先是他对于原创性观点的重视。其次是他的实事求是的学风。最后，也是最主要的是他的作为明师的识见。10年之后，自调节审美作为研究成果在中国美学研究中留了下来，进一步生发出中国古代修养美学、内审美等美学范畴，而且以整节的方式进入了2006年版的朱立元主编的教育部"面向二十一世纪课程教材"《美学》和教育部成人美学教材中，同时也被写进了"复旦博学"教材《审美学教程》中。

从阎先生给我写信，到阎先生为我写评论，我一直都没有见过他本人。我第一次见到他是2001年的事了，因而以往过从只能算神交。从我与阎先生的交往中，我一直在琢磨一件事，这就是如何为人为师。也许过了数年，当我从当年的讲师成了教授之后，才明白，为师者，应有名师与明师之别。所谓名师，即名气很大，甚至声震遐迩，令人肃然起敬。而明师者，名气未必很大，也未必声震遐迩，也不令人敬畏，反倒是平易近人，普普通通，但却明白学问的究竟和路数，尤其是对于原创性的珍视，能给后学以鼓励，在后学最需要的时候予以点化。而且，真正的明师是不拘于门派之见的。我与阎国忠先生素不相识，但却能在我学术成长的节点上得到他的鼓励和指点，无疑是知遇明师之幸之恩。

二、超验审美与内审美：被多家转载的一组笔谈

2007年，阎先生信中问及我最近的研究情况，我说我在研究内审美。

阎先生很快回信说他对内审美"有一种心灵的共振",并表示愿就这个问题展开讨论。我随后查阅了阎先生那段时间的研究成果,发现他对美的研究已从对古希腊罗马美学和中世纪神学美学的研究进入到一个新的境界,这就是认为,美是一种大爱,这种大爱是一种超验的美。

2008年《学术月刊》想就我的内审美观点搞一个笔谈,于是,我就和阎先生还有王元骧先生一起搞了一个"中西审美传统与当代现实吁求(专题讨论)"的笔谈。阎先生的文章题目是《超验之美与人的救赎》,认为,超验之美不是美的超越性对于功利的超越,而是对于人的整个经验世界的超越。超验之美就像一盏点燃的灯,让理性和无限本体——生命的终极境界闪耀出光明。虽然美的超越性涉及人的认识和情趣,但是,超验的美则把人的认识和情趣升华到信念或信仰。为此,阎先生进一步指出:

> 世界进入了没有或缺少信仰的时代。但是,正像马斯洛讲的,美(应指信仰层面的超验之美)作为一种高级需要,体现了人类本质的理想状态,因此,不是任何一种哲学可以随便"悬置",或消解得了的。而且我们相信,只要人们还没有忘记由经验之美所激起的感动,就不会放弃将这种感动纯粹化、永恒化的梦想。上帝死了,代之而起的是最感性的,也是最庸俗不堪的拜物教,正因为如此,真、善、美作为一种终极追求闪烁出了更为纯粹更为绚丽的光芒,也是因为如此,超验之美在人类精神生活领域理所当然地获得了空前崇高的地位。

我认为,在阎先生的美学思想中,超验之美无论从审美形态还是从社会意义上说,都是具有原创意义的非常重要的范畴。

王元骧先生的文章题目是《美学研究:走两大系统融合之路》,指出,柏拉图开创的注重审美体验和反思、超验的体验论传统,受到了近代知识论和认识论美学的遮蔽,从而导致了美学功能的缺损:

> 由此可见,把"美学"界定为"感性学",把"美"界定为感性认识的完善,只是鲍姆嘉通为完成莱布尼兹—沃尔夫学派的哲学体系的建

构，从知识论、认识论的立场和视界出发对这门学科的性质所作的界定，不仅不足以全面概括两千多年西方美学思想史的精髓，而且在很大程度上误导了美学学科，使人们在美学研究中无视审美的体验、反思等内省性、超验性的内容，而仅仅从外在感官的对象中去寻求美。这样就弱化了美学的人文性和人生论的意蕴而完全被纳入到知识论和认识论的视界，以致几乎完全被科学所同化。这是难以全面涵盖美学所应探讨的丰富的内容的。

因此，王元骧先生主张将柏拉图的体验论和亚里士多德的知识论、认识论两大美学融合起来，在中国发展一种健全的美学。

我的文章题目是《我们缺少一个什么样的审美》，认为，随着全球化和消费主义盛行，审美日趋成为商业营销和刺激欲望的手段，而忘记了塑造精神境界的神圣使命。尽管西方自上帝死后，一直有种审美拯救论，将人类的救赎归为审美和艺术，但他们并不知道这种被异化了的审美就如带着病毒的血液，不仅不能拯救生命，反而会传染病毒。因此，考察我们的现实中究竟缺乏什么样的审美就是当务之急。在中国古代，有一种审美形态，不同于日常生活中的感官型的审美，而是脱离了感官和现实对象的内景型、境界型审美，如道家的"虚室生白，吉祥止止"，儒家的"孔颜乐处""曾点气象"，禅宗的"禅悦"等，这种审美形态就是内审美。内审美具有提升人的心灵境界、塑造国民精神的功能，能够构成与感官型审美之间的张力，从而维护精神家园。在此基础上，我进一步指出：

> 再次，人类当下的审美和艺术急需自救。马克斯·韦伯、阿多诺等人的审美拯救说，不仅天真，而且具有很大的主观盲目性。目前甚嚣尘上的过程艺术、行为艺术、欲望化写作、消解崇高的戏仿、恶搞等，正是人类精神痛苦和无家可归之后的颓废和绝望，自身亟须被拯救，又如何去拯救人类、拯救社会呢？在人类审美堕落和艺术需要自救的时代，内审美，包括超验内审美和经验内审美，都是与此保持距离，且在对立中与之保持必要张力的一极，是审美和艺术起死回生的唯一希望所在。

当今审美感官化带来审美工具化、商品化、欲望化，人类需要内审美和超验审美的矫正。在内审美、超验审美与感官型审美的对立的两极中保持张力，也许才是审美和艺术的自救和救赎之途。

我们的这三篇文章尽管角度不同，术语不同，材料也不同，但都围绕着审美形态的内在超越性而展开，具有重要的社会意义和学术价值，因而这一组文章发表后被《新华文摘》、《人大复印资料》、《中国社会科学文摘》做了全文转载，而且还上了《新华文摘》的封面。现在想来，还要归功于阎老当时给我的那封信对于内审美的鼓励。如果没有他的鼓励，我也不会去组稿讨论的。

我和两位老先生之所以能搞起这个笔谈，还因为我们之间对于美学的现实性和现实意义一直都有共同的关注。大家知道，王老一直在研究美学的价值和审美的超越问题，阎老一直在研究"美学如何可能"的问题。尤其是阎老从研究古希腊罗马美学和中世纪神学美学那里得到了重要启示和重要的思想资源，但又避开了神学信仰的陷阱，将形而上的超验和情感的神圣与中国的现实相结合，从而诞生了超验审美的救赎之路。

内审美首次在2003年出版的拙著《修养·境界·审美》中提出，后来又发表了系列文章加以论述。从美国脑神经科学家Semir Zike的 *INNER VISION*（《内视》）一书中对内视现象的确认来看，已经证明了内审美中的内景型审美的存在。内视、内景在中国古代文献中有大量的记载，现在科学研究证明了它，无疑会使审美形态的研究产生革命性的变化，这就是神秘体验的科学根据和美学原理。

我曾将《修养·境界·审美》一书呈送王元骧先生指正，王老一看书名就觉得内审美不过就是"五讲四美"之类的伦理学概念，但一年后再次见到他，他很激动地告诉我他在《厦门大学学报》上发表文章特别提到内审美是"很有见地的美学理论"。从这组笔谈的发表来看，在当下中国美学界喧嚷"日常生活审美化"的同时，的确还存在着审美超越、审美救赎的坚实的营盘，这个营盘是以超验审美和内审美的审美形态作为基石的。这是任何写作当代美学史的人所不应该忽视的。

与阎老的超验审美相联系的是阎老提出的美是大爱的观点。这个观点在本质上和在形态上都对美做了界定，是一种理论的创造。从价值—情感的角度看，美和审美都是因为联系着人的喜怒哀乐和爱恨情仇才得以彰显并具有价值的。但是，一般的爱不能等同于大爱。一般的爱可以构成具体的审美经验，但不可能构成超验的大美，而大爱却是与人的生命本体和终极境界相联系的具有超验性质的大美。从这个角度看，阎先生这种看似古典的观点，有着思想的深刻性和理论的科学性。而对超验审美的揭示，又非常符合悦智悦神类的内审美形态特征。

审美应该有经验与超验的区分。但现实中随着日常生活审美化，经验的连带着感官欲望的审美非常盛行，而且遮蔽了超验的审美。这一点无疑会削平审美的崇高性的一面，即用艺术和审美去迎合消费时代的商业利益和感性欲求，从而失去必要的张力。因此，阎国忠先生的超验审美是一个重要的但又不同于宗教的审美形态，值得美学界的关注。

同时，超验审美、内审美的存在将构成美学理论的重要基石。任何美学史写作在知识形态上是无法忽视超验审美和内审美的存在的，否则，将有知识性缺陷和体系不周全的问题。

三、中西美学如何融合

阎国忠先生一直致力于西方美学和美学理论研究，成果颇丰。随着美学七卷本的出版，他的美学研究的整体面貌更加清晰。这就是以西方古代美学研究为基础（如《古希腊罗马美学》、《美是上帝的名字》），以朱光潜美学为中介（如《朱光潜美学思想研究》、《朱光潜美学思想及其理论体系》），研究当代美学问题（如《走出古典——中国当代美学论争述评》、《美学建构中的尝试与述评》），并对中西美学进行比较研究（如《作为科学与意识形态的美学——中西马克思主义美学比较》），从而形成了自己的美学体系。

在阎先生的美学体系中，其已有的问题范畴可能涉及以下几个方向。

一是本源与本体的关系问题。在《走出古典——中国当代美学论争述评》的《自序》中，阎先生将20世纪80年代作为中国美学走出古典、跨向现代的一个重要转折时期。其判断标准就在于50年代的美学大讨论中关于美是主观的还是客观的，抑或主客观统一的，是实践的观点，都在力争说明美的本源问题，而与美本身或美的本体无关。也就是说，当你确定美来自实践时，并不能说明美就是实践，因为实践本身不一定就是美的。因此，正如阎先生所说：

> 较之美的本源问题，美的本体问题无疑是更深一层的问题。回答了本源问题，还不可能回答美的本体问题，而回答了本体问题，却可以更深刻地回答本源问题。

阎先生对50年代、80年代美学大讨论的评骘非常精当，见解十分深刻。尤其是对本源与本体的问题的区分，更是高屋建瓴、一语中的，显现了一位成熟的美学家的理论素养。

二是美学如何可能的问题。在《美学建构中的尝试与问题》中，阎先生将中国当代美学建构分成七种模式，即王国维的境界论，宗白华、吕澂、朱光潜、叶朗的美感经验论，蔡仪的典型论，高尔泰的自由论，李泽厚、蒋孔阳的实践论，周来祥的和谐论，以及生命美学论。指出这七种模式之间的相互砥砺和相互竞争，带来了中国美学的整体性进步，这就是"美学的核心问题便不再是什么是'美'或什么是'艺术'，而是'审美如何可能'，以及审美对人生的意义"。（该书《导言》第3页）从而实现了美学的转型，使得美学如何可能的问题落到了现实人生的基础上。

三是现代与前现代的问题。即对本源与本体问题的延伸。美学的本源问题是前现代美学的问题，而美学的本体问题是现代美学的问题。由于中国处于现代、前现代、后现代交织的历史时期，其美学特征必然具有时代特征。但到底是什么样的时代特征，无疑是个需要考察的问题。

四是经验与超验的问题。集中体现在《古希腊罗马美学》、《美是上帝的名字》中，也体现在以朱光潜美学为中介的美学研究中，即通过朱光潜来看如何对待古希腊美学和中世纪美学，其价值指向在于我们今天对于审美形态的需要，因而具有强烈的现实关怀，同时也不乏可资借鉴的路径值得关注。

五是中国马克思主义美学与西方马克思主义美学的关系问题。通过比较研究发现，中国的马克思主义美学研究侧重于科学性，而西方的侧重于意识形态性。这是一个非常有趣的现象。从对中西马克思主义美学的比较研究中，我们会得到马克思主义美学中国化的更多的启发。

尽管以上这些问题涉及的对象具有巨大的时空跨度，从古代到现代，从西方到中国，从宗教到世俗，从政治到学术。但这些问题的共同点，都涉及在告别了封闭的50年代，迎来开放的80年代后，处于特殊语境中的中国美学如何进行中西美学融合的问题。正如阎先生所说：中国美学"有毫无芥蒂地借鉴吸纳西方美学优秀成果的热诚和视野"。(《美学建构中的尝试与问题》导言第3页) 研究现状也的确如此。但是，这种方式是融合还是背书，尚需考察。就目前中国美学研究现状而言，所有中国美学的问题，包括起始、发展、视角、问题域、历史、前景等，都会被归结为一个中西美学如何融合的问题。这一点在全球化的今天显得更加突出。

朱光潜先生是中国美学走中西融合之路的率先垂范者之一，他的学术道路正如阎先生所说，为我们留下了宝贵的财富。作为朱先生的学生和助手，阎先生的美学研究也有朱先生的研究轨迹。这就是从研究西方美学开始，最后落脚在中国的问题上，从而获得了学术价值之外的现实意义。但阎先生毕竟通过自己的原创性研究，别辟蹊径。

阎先生的美学研究历史感、现实感都很强，其美学历程的阶段性也很分明，但历史与现实的呼应又很强烈，从而获得了美学史写作的张力，即写古而知今，论今而知未来。他的重要的学说和理论从来都不是为理论而理论的，而是在对美学史的研究中提出的，因而都不是高谈阔论，而是有的放矢，有据可循。这一点也为我们如何从中西美学的交流中获得中国美学发展的路径提供了许多富有启发性的视角。比如美是大爱说，超验之美说，就都是中西美学对比研究中自然得出的结论。

由于中国虽然具有现代因素，但同时也具有前现代因素和后现代因素，因而处于既非现代，又非前现代，也不是后现代的历史阶段，即"别现代"

时期①，中西美学的融合出现夹生现象和混杂现象。尽管中国学者的美学观点也是五花八门，但与西方以"主义"为标志的美学体系相比，独立性差，低端性状明显，存在盲目跟风的普遍现象，因此，面对理论的夹生和混杂，进行主动的选择和建构将会是今后中国美学研究中中西融合问题的一个重要方面。

就中西美学的融合问题而言，我觉得阎先生的美学研究可能还留下几个问题需要我们共同研究。

1. 中西社会发展阶段不同，中西美学理论融合的接口在哪里？

目前西方社会已处于后现代时期，也有人称之为后后现代时期，而中国还处于别现代时期，因此，当我国美学界开始讨论美学原理，建构美学原理时，西方美学却开始反本质，解构理论了；而当我们也学着去反本质，去解构理论时，却发现我们并没有什么自己的理论需要解构；当我们也跟着西方美学去建构艺术哲学时，西方美学已经在回归生活和自然了。如此的不同步，中西美学融合的接口在哪里？这些都需要我们更多的原创性的理论去回答，而不是一味地跟风。阎先生对于中国美学百年来的探索给予高度评价，认为："无论在理论的广度还是在深度上并不逊色于西方美学。"(《美学建构中的尝试与问题》自序第2页）这是非常自信的表现。但愿中国美学已经有了更多的原创，已经避免了中西美学代差造成的尴尬。

2. 中西审美形态不同，会产生不同的理论吗？

审美形态是人生样态、人生境界、审美风格、审美情趣的感性凝聚及其逻辑分类。与西方的悲剧、喜剧、荒诞、崇高、丑等审美形态相比，中国的神妙、中和、阴柔与阳刚、气韵、意境、空灵、沉郁、飘逸等审美形态自成一体，但是否由此会形成不同于西方的理论体系，却是一个需要检讨的问

---

① 王建疆已发表"别现代"系列文章：《别现代：主义的诉求与建构》,《探索与争鸣》, 2014年第12期，人大复印资料《社会科学总论》2015年第2期；《别现代：美学之外与后现代之后》,《上海师范大学学报》, 2015年第1期,《社会科学报·学术文摘》2015年4月9日第3版, 已引起讨论；《思想欠发达时代的学术策略》,《中国社会科学评论》, 2015年第4期；《别现代：话语创新的背后》,《上海文化》, 2015年第12期；《别现代：跨越式停顿》,《探索与争鸣》, 2015年第12期；《别现代：人生论美学的学科边界与内在根据》,《文艺理论研究》, 2016年第2期；"不服来辩",《探索与争鸣》微信"学术争鸣"栏目（2—4月）征稿, 2016年2月3日。

题。长期以来，中国的美学教科书只列举西方的审美形态范畴，而无中国的审美形态范畴，这不仅影响到中国美学理论的建构，而且也把中西美学的交流融合变成了替西方美学背书，焉有真正意义上的交流融合？现在情况较2000年前已有很大改观，但问题依然存在，这就是中国的审美形态范畴谱系出来了，但对它的理论研究在整体上却还没有达到引起西方美学注意的程度，这种现实直逼我们通过原创性理论建构去进行中西美学融合，而不是被动地被西方美学所同化。

3. 审美中的超验与经验对现实有何意义？

阎先生建构的超验审美理论，来自于对柏拉图体验论和中世纪神学美学的研究，是一个涵盖性的理论。但在一个没有一神宗教传统的国家，这种超越审美会是一种什么样的表现形式？它对国民精神塑造有何意义等，这些问题是从阎先生那里来的，但其意义因中国的现实吁求可能要比我们在西方美学史中所看到的形而上本体还要大得多。

4. 如何再造超验的审美？

与考察超验审美在中国的意义相比，如何再造超验的审美，是一个实践的问题，但也是一个需要认真思考的问题。阎先生推崇超验的美，是因为它与大爱和大美紧密相连。当我们认真思考这个问题时，也许当下"大国小民"的尴尬就会在美学研究中找到自己的出路。

2010年我参加北大举办的第十八届世界美学大会，在阎老家中，阎老语重心长地对我说，自调节审美和内审美这两个学说可能会在学术史上留下来，希望我一直深入地搞下去。受到阎先生的鼓励，我后来应邀在《南方文坛》上发表了一篇《如何成为一位美学家》，其核心观点认为，美学理论研究的关键在于创造次级核心范畴。实际上，这一说法非常符合阎先生的美学研究。他的美是大爱说，超验审美说，美的本源与本体的转换说等，虽然我的了解还很不够，但我相信，这些学说都是他的美学研究达到高峰的重要标志。

作者简介：王建疆，上海交通大学教授。

第二编 体系研究

严谨的学者　求实的学问

张玉能

2015年8月15日是阎国忠先生80岁诞辰,北京大学举行了"美学的西方渊源与中国问题"学术研讨会。我本来已经准备好去参加这个学术研讨会,无奈自己刚刚动了手术还在恢复中却又遇上了夫人住院,所以最终抱憾没有亲临活动现场。阎国忠先生是我尊敬的老师,是一位严谨的学者。他的西方美学研究和当代美学研究对中国当代美学研究都是一种有力的促进。他可以说是除了朱光潜先生以外比较早系统介绍和研究西方美学的新中国美学家,尤其是他的西方中世纪美学研究,成绩卓著,影响深远,在国内除了复旦大学教授陆扬的中世纪美学研究以外,几乎没有人可以与他比肩。他关注中国当代美学发展,促成了他的中国当代美学研究,特别是关于实践美学的功过得失和未来发展他做出了最为实事求是的判断和研究,最近他又在关心中国当代美学的进一步发展,组织了一组笔谈发表在《上海文化》2015年第8期上。这些都必将对中国当代美学的发展产生推动作用。我与阎国忠教授的交往比较多的大概是在1998年前后,当时我们经常参加武汉大学哲学系美学专业的博士生论文答辩,又恰逢实践美学和后实践美学的论争已经展开了。阎国忠教授知道我是蒋孔阳先生的学生,是坚持实践美学观点的,所以,他曾经向我收集过关于实践美学和新实践美学的材料,我也十分关注他发表的相关文章。在这里,我就主要从阎国忠先生的实践美学研究来看他的学术研究的严谨和求实的特征。

一、正确评价实践美学

阎国忠先生对实践美学的态度和研究,足以反映他治学严谨,实事求是,为中国当代美学的发展尽心尽力,而不是沽名钓誉,更不是"怀疑一切,打倒一切"。

在《走出古典——中国当代美学论争述评》中,阎国忠对实践美学在美学上的贡献做了充分的肯定,他主要概括了几个方面:第一,它把美学探讨的中心从静态的美在何处,引向了动态的美是怎样发生发展的,从而大大推动了审美社会学的研究;第二,它把实践概念引进到美学,而实践概念是历史概念,这就使美学超离认识论成为可能;第三,它的理论指向直接是作为实践主体的人,人的本质,人的尺度,人的创造力等,于是人本身成为美学的最大课题;第四,美学因此在一定程度上脱离了抽象的概念的论争,而与人的生产劳动、自然环境以及艺术创作等实际问题结合起来;第五,它引发了人们对研究马克思主义经典作家的有关论著,特别是马克思的经济学著作的兴趣,使马克思主义美学脱离了旧的唯物主义色彩的阴影。[①] 同时,他也明确地、如实地指出了实践美学的局限性。他在该著作中指出:实践美学的根本问题是试图以物质实践解释作为精神现象的审美活动。它所告诉人们的是,作为审美的客体,包括自然的、社会的、艺术作品中的,是从哪里来的;人作为审美的主体是怎样生成的;人何以能够通过生产劳动创造出审美客体,又何以能够从他所创造的审美客体中获得一种愉快。但是,美学所要追问的问题主要的不是这些,而是美是什么;审美如何成为可能;在美感的一刹那中,审美主体的心理状态是怎样的;美感的快慰是什么性质的,它与一般快感有什么不同;审美活动与认识活动、道德活动是怎样一种关系,等等。实践美学认为马克思提出但经过他们解释的"自然人化",既回答了美的本源问题,也回答了美的本质的问题,实际上,它并没有回答美的本质问

---

① 本文的材料来源主要是:阎国忠先生著作《走出古典——中国当代美学论争述评》、《攀援集——经验之美与超验之美》,论文《给实践美学提十个问题》、《人与自然的统一——关于美学基本问题》、《爱的哲学与美的哲学》等,不再一一注明。

题，而作为对美的本源问题的回答也是值得商榷的。阎国忠教授的这些分析论述是切中肯綮，合乎事实的。

在这种充分肯定实践美学的基础上，阎国忠先生清醒地评价了实践美学。他指出：实践美学在我们国内目前是处于主流地位的美学，它的影响至少在一般读者中还在不断地扩大。之所以造成这样的状况，一方面是因为它的主要观点是建立在马克思主义实践哲学的基础之上，特别是马克思的有关著作为它提供了坚实的理论支撑，另一方面是因为我们的读者长期受到马克思主义熏陶，对于实践美学比较容易理解和接受。还有一个原因，就是实践美学经过差不多两代学者的研究和探索，在许多观点上不断有新的补充和修正，它的开放性和包容性使它避免了其他一些美学因为偏狭而丧失话语权的命运。实践美学是我们中国学者在美学上的重要成果，并且是可以在国际学术界发生影响的成果，所以我们都有责任珍惜它，维护它。

我认为，阎国忠教授的这种态度和评价才是科学的，实事求是的，与人为善的，建设性的，是可以促进中国的实践美学进一步发展的，也是建设中国特色当代美学和巩固发展美学多元化格局的可行之路。看看当今的中国美学的现实状况，除了实践美学和新实践美学以外，中国当代美学流派还有多少可以继续存在和发展下去的？有些宣布"实践美学已经终结"的人，连自己的基本美学观点都还没有形成和宣布出来，就不去说它了。后实践美学中倒是有几个美学流派还有一点具体的理论阐述，比如"超越美学"、"生命美学"、"体验美学"等，但是，从发展的角度来看好像也是后继乏人的，接班人中的理论阐发好像乏善可陈，不如实践美学和新实践美学那样的发展势头和后劲。再说，实践美学和新实践美学毕竟还是中国特色当代美学"多元"格局中的"一元"，它不但没有终结，而且还在前进，中国当代美学进一步发展的"多元化"，能够离开实践美学和新实践美学吗？在某种程度上，阎国忠教授的美学设想和基本理论，也正在走向与实践美学和新实践美学的一致的方向和道路，即，以马克思主义美学为指导，以中国传统美学思想为基础，以西方美学思想为参照系，也就是刘纲纪先生所说的"打通中西马"的方向和道路。阎国忠教授认为：实践美学正在走向成熟，我们期望实践美学在他们及后来一些年轻学人的努力下有更多的新的建树。

二、反思批判，实事求是

正是在这种充分肯定和正确评价的前提下，阎国忠又严肃地指明：实践美学同样面临着许多挑战，在一些基本理论问题上，实践美学还存在一些值得商榷的问题，需要进一步去完善。他就是这样抱着完善和发展实践美学的目的，以与人为善、共谋发展的态度，严肃认真地分析了实践美学不同发展阶段的主要代表人物李泽厚、刘纲纪、周来祥、蒋孔阳等人的实践美学思想，并给实践美学提出了一些一针见血、切中肯綮的重要问题。由此可见他对实践美学的研究确实是建设性地"反思批判"，"实事求是"地共谋发展，而不是像个别人那样沽名钓誉，怀疑一切，打倒一切，必欲置实践美学于死地而后快，急急忙忙地宣布实践美学的"终结"，却拿不出真凭实据和充分说理的文章，主要就是借着"批判名人"、"批判名家"来沽名钓誉。

阎国忠反对那种"怀疑一切，打倒一切"的对实践美学的"讨伐"，而是具体分析了实践美学的创始人李泽厚的美学思想。他梳理李泽厚的"实践美学"，将它归纳为三个阶段。这三个阶段都是以"人化的自然"为立论的基点而展开的：第一阶段，"人化的自然"只是物质实践的另一种表达。论证的主题是美即自然性和社会性的统一，美感是对美的反映；第二阶段，"人化的自然"主要指人在自然中生成。论证的主题是人的主体性的两个方面，理性向感性的积淀，社会向个人的积淀，历史向心理的积淀；第三阶段，"人化的自然"在哲学层面上被分解为"自然的人化"与"人的自然化"，心理学层面上被分解为"外在自然人化"与"内在自然人化"，论证的主题是由"工具本体"向"心理本体"的过渡，即"新感性"的建立。这三个阶段，严格地讲，并非是一个前后一贯的逻辑整体，但它的跳跃性思维和自我否定过程却也为美学提出了许多新的问题，注入了新的生机。此外，他对马克思、康德等经典作家的细致的品味和大胆的阐释，对当代社会与学术潮流的敏锐的觉察和吸纳，对美学作为一门关乎人性完善的科学的关注和思虑，也都值得我们学习和借鉴，但是，阎国忠以为，"实践美学"还只是美学从古典到现代过渡的中间形式，它并没有摆脱二元论的思维模式，因而并没有找到审美活动赖以生成和发展的真正根基。

为了反思和批判实践美学，阎国忠教授给以李泽厚为代表的"实践美学"提出了十个问题，文章题目就叫《给实践美学提十个问题》，刊发在《吉首大学学报》2005年第4期上。这十个问题是：一、马克思主义有没有哲学本体论？二、如何理解马克思的"实践"概念？三、人的"主体性"中是否包含"受动性"？四、"人化的自然"是否就是美学意义上的美？五、美作为最高抽象的概念是否有内容和形式的区分？六、马克思说的"按照美的规律造型"能否作为美起源于劳动的依据？七、能否认为艺术美是美的集中和典型的表现，艺术美高于自然美？八、美是艺术的本质和目的？九、是否能够将人们对自由的向往寄托艺术上？十、美学能够摆脱批判性和否定性，成为像数学一样的精密科学？这十个问题的核心是对"实践"概念的理解。阎国忠指出：李泽厚认为实践就是物质生产实践，但马克思与恩格斯的理解要宽泛一些，同时还指人自身的生产。而且，他们非常肯定地说，正是"这两种生产"构成了"历史中的决定的因素"。在我看来，另一方面是工具的使用，一方面是在共同的劳动中形成的特有的两性关系，才是人得以超越一般高等动物具有审美需要和情趣的原因。不过，性作为一种生物性因素本来就在人的生命的根底部，因而人的审美情趣与一般高等动物对色彩、线条、形体的兴趣之间并不存在一道不可逾越的鸿沟。也是因为这个原因，进化论和弗洛伊德的性心理学应该是美学的一个必不可少的学术资源。如果这样理解"实践"概念，那么对马克思讲的"人化的自然"，"人的本质的对象化"，"对象性的本质力量的主体性"以及"彻底的人本主义与彻底的自然主义的统一"等也都应该有另一种不同的理解，相应地，对上述十个问题也应有较之"实践美学"更为确切、合理的回答。

我作为坚持和发展实践美学的学人，对于阎国忠先生的这些问题是基本认同的，而且也进行了认真的思考，还在一些文章中作了一定程度的回答。尤其是关于马克思主义的本体论问题，"实践"概念的问题，"美是人的本质力量的对象化"，"自然的人化"和"人的自然化"即实践的"双向对象化"的问题，"美的规律"的问题，艺术与美的关系问题，美学的定位问题，等等。我觉得，阎国忠教授所提出的问题是关系到实践美学和中国美学发展的根本性问题，尽管我并不是完全同意他的结论，但是，我们却不能回避他所提出的问题。比如，中国美学应该走出西方近代认识论美学的藩篱，纠正关于马克思主义哲学没有本体论的错误观点，应该走向阎国忠所谓的"工具本体论"或者刘纲纪所谓的"实践本体论"及其历史唯物主义的哲学基础；正确、全面、系统、科学地阐释"实践"概念，使"实践"概念跳出"物质生产"的框框，与时俱进，让"实践"涵盖物质生产（包括人自身的生产）、精神生产和话语生产整体，以建立完整的"实践"范畴体系，建设新的马克思主义实践美学；全面理解和把握"人与人的本质力量"，人的实践是主动性和受动性、感性和理性、主体性和客体性的统一，人的本质应该包含人的需要、生产劳动、一切社会关系的总和三个层次，因此，"美是人的本质力量的对象化"命题是马克思主义实践美学关于美的本质的第一级本质，它全面地反映了美与人和人的本质的密切关系；"自然的人化"和"人化的自然"是"实践"的一个方面，它反映了实践的主体性，实践还有另一个方面，那就是"人的自然化"和"自然化的人"，它是实践的受动性的表现，实践就是这样一个人与自然的"双向对象化"的过程，从这个角度来看，人与自然的关系是美学的基本问题，美是经验的，也是超验的，是形而下的，也是形而上的；马克思说："人也按照美的规律来构造。"这个说法区别了人的劳动和动物的"劳动"，"美的规律"也就是自由创造的规律，它是合规律性与合目的性相统一、功利性与超功利性相统一、个体性与社会性相统一的自由创造规律，因此，"自由创造"或者"实践的自由"是美的第二级本质；按照马克思的观点，艺术是一种"实践—精神的"把握世界的方式，是一种"按照美的规律来构造"的精神生产，一种审美的意识形态，因此，艺术是人对现实的审美关系的集中表现，艺术与科学、道德、宗教的主要区别就是美，艺术并不能等同于美，但是，艺术必须具有审美本质或者美的本质。美学学科的性质应该包括：一、美学是哲学的分支，或者说，美学是哲学性比较强的学科。二、美学是一门人文科学。三、美学是一门交叉科学。因此，美学的形而上性、抽象性、革命性、反思性、批判性是永远应该坚持和发扬的。这些关于实践美学的重新思考无疑对中国当代美学的进一步发展是大有裨益的。

三、建设中国特色当代美学

阎国忠教授为建设中国特色当代美学做出了无私奉献。他坚定地说：中国需要美学——一种作为哲学分支的美学，一种与心理学、文艺学、社会学相区别的美学，一种立足于形而下的经验世界，而以形而上的超验世界为终极指向的美学。因为我相信人的觉醒，人格的完善是中国革命和建设所面临的重大课题，而这正是美学的出发点，是审美教育的诉求和宗旨；我相信中国五千年来优秀的艺术文化遗产需要整理和阐释，而这正需要美学提供一种审美的视角和尺度；我相信在经验主义、形式主义、实用主义畅行无阻的时代，尤其需要讲一点"出世"的精神和宗教情怀，而美学正是通往人生最高境界的"桥梁"；我相信未来社会应该是"彻底的人道主义与彻底的自然主义的统一"，而这只能寄希望于人的全面发展以及人与自然的全面和解，在这个问题上没有任何科学能够比美学更有话语权，更有价值，更值得尊重。

阎国忠教授明确地将100年来的中国美学的发展概括为七种模式的转换和更迭的过程。这七种模式是：王国维的以"境界"为核心概念的美学，宗白华、吕澂、朱光潜（前期）、叶朗的以美感经验、美感态度、移情、直觉、感兴为核心的美学，蔡仪的以"典型"为核心概念的美学，高尔泰的以"自由"为核心概念的美学，李泽厚、朱光潜（后期）、蒋孔阳的以"实践"为基础概念的美学，周来祥的以"和谐"为核心概念的美学，以及以"生存"或"存在"为核心概念的后实践美学。这七种美学模式从不同的角度对什么是美学，美学与其他相关学科的关系做了自己的回答，正是通过他们之间的质疑、论辩和反思，中国美学在100年来有了长足的进步，这主要表现在：第一，审美活动作为美学研究的对象基本上得到了确认，从而摆脱了审美主体与客体，美感与美孰先孰后这个子虚乌有问题的纠缠，将美学引向具体审美现象本身；第二，美学作为哲学的分支，美学的形而上学性质基本上得到了肯定，美学被逻辑地引向了人的生存或生命本身；第三，建立在马克思主义基础上的多元化的方法论在认识上达到了基本的共识，于是，大大拓宽了美学研究领域，为全面、深入地探讨美学基本问题提供了可能。

阎国忠教授经常思考中国当代美学发展的问题，指出中国当代美学的最核心问题有：学科定位，研究对象，基本问题，范畴体系和方法论，并对这些问题，在批评和借鉴七种模式成果的基础上做了一些尝试性的回答。其一，他接受美学是哲学的一个分支的提法，但不是传统意义的认识论，也不是李泽厚所理解的"美的哲学"，美学所以是哲学的分支，是因为美学必须建立在一定的哲学体系之上，必须禀有形而上的超验的本性，同时，又必须有仅仅属于自己的形而下的经验的领域。艺术哲学的对象是艺术，美学的对象是审美活动，艺术哲学是对艺术作为生命总体或观念总体的哲学思考，其中包括审美活动；美学是对审美活动作为一种生命形式或情感形式的哲学思考，其中包括艺术。因此，他不赞成将艺术哲学与美学混同起来。至于艺术社会学，在他看来，虽然也以艺术为对象，但其着眼点在社会，而非人生，对于美学只有比较、参照和借鉴的意义。其二，他赞同将美学对象确定为审美活动，审美活动具有三个不同的层次，这就是：直觉—形式，想象—意象，生命体验—终极境界。人类无论就个体或群体讲，都在不同程度地反复经验或体验着这三个层次。审美活动一方面植根于现实的物质实践，另一方面指向理想的超越境界，这种绵延和伸展的特性就是康德所以称审美判断力具有"桥梁"意义的原因。其三，美学的基本问题是人与自然、感性与理性的统一问题，艺术与现实的关系只有在这个意义上才属于美学问题。所谓人与自然、感性与理性的统一，就是马克思讲的人的本质力量的全面发展，人道主义与自然主义的统一问题，无疑，这是比艺术与现实的关系更为根本的问题。艺术的意义在于与自然、生产构成一个往复循环的动力链，将自然世界、现实世界和想象世界沟通在一起，使对美的向往成为人的全部生命的一个特征。其四，美学是一门交叉性、边缘性的学科，方法论的综合性、多元性是必然的，但是美学作为独立的科学应该有着不同于其他科学的研究方法，这就是体验、反思、思辨。审美活动本身就是一种体验活动，唯有用体验或再体验的方法才可能洞悉体验本身，这从19世纪狄尔泰、柏格森之后基本上没有争论，但是，仅仅体验是不够的，因为体验总是针对个别性，美学作为人文科学，必须通过反思，即通过对当下体验与原有体验，自己的体验与他人的体验（艺术品）的融通和综合，上升为普遍性，而且，美学还必须借助于思辨从形而下的经验性活动中揭示形而上的超验性的东西,"追踪并领悟生命的意义"。其五,他以为,学术界对美学范畴的理解是比较混乱的。问题还不在对范畴的数目和种类的区分上,而在对范畴的性质和定位上。在他看来,范畴虽然是认知的产物,是最高概念,但却是以事物本体的存在和运动的形式为其根基的。范畴是本体在运动过程中形成的若干侧面,其数量是有限的。由于运动是向对立面的转化,所以范畴总是相互对应和相互转化的。其六,美和爱的关系是他从20世纪90年代以来就思考的一个问题,在他看来,这是任何一种有影响的美学必须面对的一个基本问题,柏拉图和今道有信的研究一方面确证了,另一方面又强化了他的这种意识和信念。他认为,美感的真正奥秘在对美的爱,只有爱才能说明人们为什么能在欲望、知觉、内模仿、联想、移情中获得审美的愉悦,同时又能在审美愉悦中得到整个精神和人格的提升。他之所以形成这样的认识,除了柏拉图之外,还受到了孔子与当代西班牙哲学家乌纳穆诺的影响。孔子说:"里仁为美。"乌纳穆诺说:"到底是因为事物中所具有的美与永恒而唤醒、激发我们对于它们的爱,或者是由于我们对于事物的爱而使我们发觉事物所具有的美与永恒?……难道说美,以及随之而来的永恒,不就是爱的一项创造吗?"为了弄清楚美与爱的关系,他还查阅了孟子、荀子、董仲舒、普洛提诺、圣奥古斯丁、斯宾诺莎、休谟、帕斯卡尔、康德、弗洛伊德、海德格尔、马克思、舍勒、弗罗姆、马斯洛等三十多位哲学家或思想家的书。虽然他们中大多数都语焉不详,但还是给了他不少的启迪,不仅坚定了他的认识,而且使他逐渐形成了几个基本观点和逻辑思路。其七,他指出:爱与美有着共同的本源。它们同样是生命的一种欲求和内驱力,同样植根于人的自由的本性。性、生产、交往、归依、自我实现是它们得以生成的一个个环节。爱与美有着相似的历程。它们同样发轫于人类充满稚气的童年,同样经历了宗教的洗礼和人文主义的启蒙,在资产阶级革命时期同样得到了极度的张扬,在工具理性和压抑性文明里同样受到了普遍的扭曲。爱与美有着对等的定位。如果理智、意志、情感是三位一体的心理结构,爱就是理智、意志、情感的共同的基础、内在机制和价值取向;如果真、善、美是三位一体的价值结构,而真被理解为存在的本体,善被理解为存在的趋向,美被理解为存在的表征,那么，爱与美就具有相互对应的定位，爱就是对存在的表征，即事物整体的爱；美就是让整个心灵投入其中的美。爱与美有着相同的意义。爱的意义就是指向美，美的意义就是彰显爱。爱与美的意义就是通过协调理智、意志、情感，通过整合真与善，构成人的以自由为归宿的超越性心理结构，以虚静的心境和批判的精神去面对世界。其八，他认为，审美活动的意义之一就是回返感性。与认识活动、伦理活动、功利活动不同，审美活动不仅以感性为基础，而且自始至终保持着感性的形式。审美活动需要借助视觉、听觉及其他感官，需要调动意识与潜意识中的各种记忆，需要伴有情趣和激情的联想或想象，总之，需要调动身体的各种器官，并使其达到协调和平衡，因为这个原因，审美活动承担着认识、伦理和功利活动所不能承担的维系和激发感性能力与机制的使命。回返感性，实际上就是回返生命的根底部，回返感性与理性未被分割的原初状态，从而为超越有限生命，实现感性与理性，人与自然的彻底统一提供一个坚实的基础。其九，他把美学与信仰联系起来。他认为，决定审美超越性的不是回到生命的根底部，而是确立生命的终极部。只是由于有个终极境界，即超验之美，审美活动才总是带有一定理想的性质，带有否定的和批判的性质。而这样就涉及人的信念或信仰，因为终极境界存在于信念或信仰中，而不存在于思虑或想象中。通向信仰的秩序就是爱与美的秩序。对于美来讲，就是由直觉—形式到想象—意象，到生命体验—终极境界的过程，对于爱来讲，就是由性爱、友爱到博爱，到大爱、圣爱的过程。美作为直觉处在生命的根底部，在这里，人作为整体与同样是整体的对象之间进行着直接的碰撞和交流。想象连接着生命的根底部与超验部。想象将人生存空间与时间联系在了一起，不仅记录了人的成长过程，而且引导人超越有限理智和意志，趋向真、善、美本体。美作为生命体验是直觉和想象所不能达到的生命的超验部，即生命的终极境界。在这里，主体（人）与客体（自然）完全融合为一。按照黑格尔的说法，就是绝对理念与绝对心灵的同一；按照老庄的说法，就是天道与玄德的同一；按照海德格尔的说法，就是"天、地、神、人的共舞"。

　　从阎国忠教授的这些美学沉思冥想，我们就可以看出，阎国忠教授是在努力建构一种中国特色当代美学。他的指导思想应该是马克思主义美学，阎国忠教授不仅对于马克思主义经典作家的美学论述耳熟能详，心领神会，而且基本指导思想仍然是马克思主义哲学和美学，强调历史唯物主义和辩证唯物主义的基本观点、立场、方法。他是从反思批判实践美学的出发点开始他的美学建构的，特别突出了马克思主义关于人的本质力量的全面发展、"彻底的人本主义与彻底的自然主义的统一"的根本思想。这种建构思路比那种引经据典来论述关于美的本质、美感本质、艺术本质等"六经注我"的方法更加高明，也比那种曲解马克思主义经典的"我注六经"的方法更加求实，因为它回到了人与自然的关系这个美学根本问题上，也是回到了中国特色哲学和美学的"天人合一"的基点上。他的爱与美的思考，尽管我并不完全赞同，但是，他的基本思路我是认同的。因为，第一，美和美感及其艺术的情感中介性是显而易见的，没有了情感也就没有了美和美感及其艺术，而爱就是最为基本的情感，在美学中，在审美活动中，人与自然，在艺术创作和欣赏中，经过人们的性爱、友爱、博爱的中介过程就会升华为美。第二，爱也是一种实践活动，"生命"也是实践的一种存在方式，爱和生命也可以从"实践"的范畴来加以阐释，马克思在《1844年经济学—哲学手稿》中就把"爱"当作"实践感觉"，马克思说："不仅五官感觉，而且连所谓精神感觉、实践感觉（意志、爱等），一句话，人的感觉、感觉的人性，都是由于它的对象的存在，由于人化的自然界，才产生出来的。"马克思还把实践与生命相提并论，他在分析"异化劳动"时说："劳动这种生命活动、这种生产生活本身对于人来说不过是满足一种需要即维持肉体生存的需要的一种手段。"[①]因此，把爱和生命与美联系起来进行思考应该也是实践美学的题中应有之义，不过，在苏联正统马克思主义和中国的"左倾"思潮中这个思想观点被有意地遮蔽了。第三，中国传统美学思想就最讲"情"的表达和抒发，以爱为中介来思考美学问题，也就是继承和发扬中国传统美学思想的情感因素，是在力图寻找美学思想的中国特色，以建构中国特色当代美学思想体系。第四，西方美学从柏拉图到歌德、托尔斯泰、海德格尔等人也都阐述过美与爱

[①] 中国作家协会、中央编译局编：《马克思恩格斯列宁斯大林论文艺》，作家出版社2010年版，第20、26页。

的直接紧密关系，关于这些，阎国忠教授在《爱的哲学与美的哲学》中都有引述和阐发。由此可见阎国忠教授也是在努力进行"打通中西马"、建构中国特色当代美学的工作。

  总而言之，阎国忠教授在论述实践美学和中国当代美学发展的时候，不仅充分肯定了实践美学的巨大历史贡献，而且实事求是地指出了实践美学的不足，还公正科学地评价了实践美学的当代价值，并且从实践美学主导思想成就出发，进一步发展中国当代美学，从而对实践美学和中国当代美学的进一步发展，进行了有益的研究探索，为建设中国特色当代美学做出了卓越的成绩。我不得不对阎国忠教授的《美学七卷集》由衷地发出感佩：严谨的学者，求实的学问。

作者简介：张玉能，华中师范大学文学院教授。

探索马克思主义美学与中华美学如何"接着说"

夏锦乾

近读阎国忠先生《美学七卷·美学建构中的尝试与问题》一书，颇为感奋。先生在书中对中国美学百年探索的七个理论框架作了极为精要的评述，并指出各自的问题，显示出先生的锐利目光和超强概括力。读毕全书，既为百年中国美学的成就而鼓舞，也为其存在的问题而焦虑。尤其是，七个框架都程度不同地表现出对中华传统美学无暇顾及的倾向，这不能不说是百年中国美学研究的一大疏忽。匆忙作此文，或可看作是一篇不成熟的读书笔记。

一、"接着说"的方法论意义

马克思主义美学传入中国，启蒙了中华美学的现代意识，推动了中华美学向现代转型。这正是马克思主义美学传入中国的价值与意义所在，否则传入何用？马克思主义美学的中国化是以"启蒙"为动力的与中华美学逐步对接、融合的过程。这个道理也无可置疑，但这里的根本问题是：它如何启蒙？怎样推动？检讨多年来中国美学界所做的工作，主要是对马克思主义美学经典的解读和阐释。20世纪50年代美学大讨论，80年代的实践美学，乃至90年代后实践美学的一大部分，在我看来基本上都没有超出这个解读和阐释的层面，只不过随着社会的开放，解读和阐释的视阈日益扩大，参照日益增多，解读和阐释的准确度日益提高而已。这当然不能否定这种解读和阐释同样需要创造性的思维，但这种创造性同所谓的原创性仍有区别，比如实践美学的各派，一方面"在马克思主义指导思想确立之后，各方纷纷寻找马克思主义理论来支持自己的论点"；另一方面马克思"所提出的实践论观点，给美学研究提供了理论视角、逻辑起点、方法论和哲学基础，有着很大的启发性"①。一句话，把研究的注意力全部放在马克思的文本之上。所以借用冯友兰先生的话说，它们还都属于"照着说"，因为它的立足点仍然是在马克思主义美学这一边，充其量是"马克思主义美学在中国"。而马克思主义美学如果要在中国"接着说"，首先就要"对接"着中华美学来说，而不是马克思主义美学的自言自语，自拉自唱。这意味着必须把理论的立足点移到中国自身这一边。如果从这个层面上看问题，那么，当前马克思主义美学中国化明摆着还未化入中华美学理论的内部，尤其是它的核心诗艺理论、审美理论。这直接导致了今天的理论与实践、美与美感的严重脱节。尽管有人会说，这是马克思主义接受史乃至一切文化接受史的必然现象，从照着说到接着说必然有一个很长的过程，就像当年佛教传入中国，从汉末经魏晋六朝，直到唐宋时代才结出正果，但是我仍然认为，在马克思主义传入中国100余年、"中国化"口号提出70余年之后的今天，这样的辩解已不能使人泰然，更不能使人信服。而更深一层的问题是，单单"照着说"不仅不能发展马克思主义美学，而且也无法长期"说"下去，它必然不断走向被边缘化的境地。对此，80年前陈寅恪先生的一段话可谓警世之言，他说：

> 释迦之教义，无君无父，与吾国传统之学说，存在之制度无一不相冲突。输入之后，若久不变易则绝难保持。是以佛教学说能与吾国思想史上发生重大久长之影响者，皆经国人吸收改造之过程。其忠实输入不改本来面目者，若玄奘唯识之学，虽震荡一时之人心，而卒归于消沉歇绝（公元七世纪中间的50年间）。其故匪他，以性质与环境互相方圆凿枘，势不得不然也（万法唯识大乘有宗之繁琐哲学与即技即道、即体即用、体用一源的中国思维方式），而中国历史上的道教，对输入之思想，

---

① 朱志荣：《从实践美学到实践存在论美学》，苏州大学出版社2010年版，序言。

如佛教、摩尼教等，无不尽量吸收。然不忘其本来民族之地位。既融成一家之说以后，则坚持夷夏之论，以排斥外来之教义。此种思想上之态度，自六朝时亦已如此。虽似相反，而足以相成。①

这里，陈寅恪先生借用了佛教与中国文化对接的例子。玄奘的"忠实输入不改本来面目者"，可谓之"照着说"的典型，但照着说"虽震荡一时之人心，而卒归于消沉歇绝"，问题就在于照着说只讲吸收，未讲改造；而道教的"接着说"，一方面"不忘其本来民族之地位"，另一方面又对佛教"无不尽量吸收"。换言之，既讲吸收，又讲改造，它把佛教与本民族文化对接起来，最终"融成一家之说"。当然，马克思主义的传入与佛教的东渐已不能同日而语，但陈寅恪的警示亦足以引起今天研究者的重视。简言之，"照着说"决非是理论发展的长久之计，只有"接着说"，并且是对接着自身传统来说，才是活水之源。对这一结论，人们多半会持赞同的态度，因为它指出了，关键不是要不要"对接"，而是怎样"对接"这个实质问题。而讨论怎样"对接"，就涉及一个方法问题。

马克思主义美学与中华美学的"接着说"必须找到自己独有的方法。以往"把马克思主义与中国具体实践相结合"的口号，仅仅是立场、观念，还不是方法。方法具有不可含糊的路径性和可操作性。"接着说"是一种理论的建构，其方法如同马克思所说，是"由抽象上升到具体"。换言之，它需从抽象的"范畴"开始。佛教中国化的成功，就是找到连接佛教与中国文化的关键范畴，把"既要吸收，又要改造"的立场、观念落实在具体范畴的展开与演绎之中。这可能有多个范畴，这里就举禅宗的"自然"范畴为例。一方面，"自然"是夏商周三代以来中国文化思想的一个基本范畴，它是指天地人一切的存在及其法则，天之自然、身之自然与心之自然的统一，成为中国文化的自然观的主要范畴；另一方面，"自然"又是佛教的本体观，佛教把自然看作是众生本性"僧家自然者，众生本性也"，(《荷泽神会禅师语

---

① 陈寅恪：《冯友兰〈中国哲学史〉下册审查报告》，《金明馆丛稿二编》，上海古籍出版社1980年版，第285页。

录》）而众生本性也就是佛性。这样"自然"的范畴就成为中国文化思想与佛教共同的范畴，它使两者的交流、对话有了可能，中国禅宗正是"接着"这个共同的范畴，并加以改造与发展，它所提出的一套"不立文字，教外别传，直指人心，见性成佛"的观念，所谓"即心即佛，非心非佛"，以及顿悟、棒喝、呵祖、骂佛等参禅机锋，都是在糅合了双方的"自然"观，并加以发展的结果。佛教中国化的成功，在方法上抓住"自然"这个共同范畴是关键。由此可见，对于两个相互独立的文化体系而言，它们本是各自环境的产物，反映着创造它们的各自民族的现实和历史，因此文化的差异，实质就是文化创造者的差异，以及他们的现实和历史的差异，但是，不管这种差异有多大，作为人类文化的一部分，它们总是有着基本的共同性。因而当两种文化相互交往时，常识告诉我们，虽然差异性因为其新奇、独特而总是首先被人们所注意到，但它们的共同性却更便于双方的对话和交流。尤其在理论领域，寻找到双方的共同点，如共同的概念、范畴等，理论的"吸收和改造"才不会沦为空话。禅宗的"自然"显然是一个重要的例证。

那么，在马克思主义美学与中华美学之间能否找到像"自然"这样的共同范畴？虽然马克思主义美学中国化已经进行多时，但这样的问题少有人提出过。其根本的原因是我们在"中国化"问题上缺乏方法论意识。所谓"失语症"的讨论，仅仅是情绪的宣泄，并未上升到方法论的反思。马克思主义美学中国化，所涉及的根本问题是中华民族当代审美精神的建设，在这样重大的问题上，单靠一方的输入固然是不能奏效的，但单单从立场上强调马克思主义美学与中华美学的结合，没有具体结合的方法，也同样是无济于事的。对此，笔者思考再三，认为在马克思主义美学与中华美学之间，可以找到一个或几个范畴，它们一头联系着马克思主义实践观的本质特征，另一头联系着中华美学核心精神，虽然它在两头理论中的地位和作用并不相同，但是通过它，在两者之间就会架起联系的桥梁，中华美学就会有自己的语言与马克思主义美学"接着说"，从而就会有效推进马克思主义美学的中国化。本文就举一个"意志"（"意"）的范畴，试作阐释。

二、马克思主义美学的意志观

把"意志"看作马克思主义美学的一个重要范畴是要冒点风险的。直到今天,美学界仍然有很多人坚信,马克思主义美学的唯物主义立场把一切都建立在物质决定精神、存在决定意识、经济基础决定上层建筑的决定论之上。而物质决定论的实质就是"不以人的意志为转移"。多年来马克思那句"精神一开始就很倒霉,注定要受物质的纠缠"①一直成为学者们谨记的警句。但是,单以这些论述能够概括马克思美学思想的本质吗?显然不能。除了物质决定精神的论述,马克思在谈到哲学、美学时更强调了人的主体精神的方面:"从前的一切唯物主义(包括费尔巴哈的唯物主义)的主要缺点是:对对象、现实、感性,只是从客体的或者直观的形式去理解,而不是把它们当作感性的人的活动,当作实践去理解,不是从主体方面去理解。因此,和唯物主义相反,唯心主义却把能动的方面抽象地发展了。"②

怎样理解马克思一方面讲存在决定意识,另一方面又要求对对象世界要"从主体方面去理解"?答案大概无须赘述。此前已有大量研究,证明两者并不矛盾,尤其是恩格斯在其晚年那些针对性极强的论述,看过之后,再要把物质与精神对立起来,只认可单向的决定作用,而不承认也有反决定作用,在理论上已经不可能了;进而经过这一百多年来的实践,尤其是新中国成立以来,极"左"意识形态和政治路线对于经济的反作用所造成的巨大灾难,在实践上也根本不得人心了。本文不拟在此问题上逗留,只想以此为背景,看看马克思的唯物论美学观对属于精神、意识问题的"意志"的态度。主要包括三个方面。

第一,马克思主义美学以人为出发点,这个人是能动的、有意识、有意志的人。在马克思关于人的本质力量的理论中,"有意识"占据了极其重要的位置。首先,人就是"有意识的存在物";"自由的有意识的活动恰恰就

---

① 《马克思恩格斯选集》,第1卷,人民出版社1972年版,第35页。
② 《马克思恩格斯文集》,第1卷,人民出版社2009年版,第499页。

是人的类特性";"有意识的生命活动把人同动物的生命活动区别开来"①。虽然在人的本质力量中,"肉体的、自然力的、有生命的"要素是重要的基础,但是真正揭示人的存在本质的却是"有意识"的精神要素。因为"只有当人具有了精神的本质力量,他才告别动物,具有丰富复杂的内心生活和精神生活,成为真正的人"。②其次,马克思所说的"有意识"既指认识的意识,也指意志的意识和情感的意识。知、意、情固然都是人的精神意识的重要组成部分,但是,在人的劳动实践过程中,意志却表现出最为重要的直接作用,因为意志是人类所特有的有目的、有计划地调节和支配自己行动的心理能力,当人类第一次"生产他们所必需的生活资料的时候",起主体作用的首先是为肉体组织的需要所驱使的意志(目的、意向),认知和情感都是为创造这个意志、推动这个意志而发挥作用的,因而是一种协助的作用。比如,马克思曾说:"一当人们自己开始生产他们所必需的生活资料的时候(这一步是由他们的肉体组织决定的),他们就开始把自己与动物区别开来。"③生产必需的生活资料这个人类最初的意志,就是由他们肉体组织的需要——饥饿及由此引起的紧张、烦躁、亢奋等情绪来推动,至于怎样生产,则与他们的知识联系在一起,但整个过程,却始终在一个意志的主宰之下。因此,在具体的劳动实践中,意志是"有意识"的最高表现,它与实践的目的性高度契合。"推动人去从事活动的一切,都要通过人的头脑","最蹩脚的建筑师从一开始就比最灵巧的蜜蜂高明的地方,是他在用蜂蜡建筑蜂房以前,已经在自己的头脑中把它建成了。劳动过程结束时得到的结果,在这个过程开始时就已经在劳动者的表象中存在着,即已经观念地存在着"。④这就是意志所体现的目的性、计划性和意向性的力量所在。

  这样,马克思主义美学从一开始就把人的"意志"放在极其重要的位置。凡是强调人的地方,也就必然是指有意识、有意志的人。以至于恩格斯晚年在谈到唯物史观时,认为每个追求着自我目的的意志,都对历史的合力

---

① 《马克思恩格斯文集》,第1卷,人民出版社2009年版,第162页。
② 《蒋孔阳全集》,第3卷,上海人民出版社2014年版,第155页。
③ 《马克思恩格斯选集》,第1卷,人民出版社1972年版,第25页。
④ 马克思:《资本论》,第1卷,人民出版社2004年版,第207–208页。

有所贡献:"历史是这样创造的:最终的结果总是从许多单个的意志的相互冲突中产生出来的……各个人的意志——其中的每一个都希望得到他的体质和外部的、终归是经济的情况(或是他个人的,或是一般社会性的)使他向往的东西——虽然都达不到自己的愿望,而是融合为一个总的平均数,一个总的合力,然而从这个事实中决不应作出结论说,这些意志等于零。相反的,每个意志都对合力有所贡献,因而是包括在这个合力里面的。"①这无疑是从唯物史观的角度对意志最高的肯定。

  第二,但是,马克思从不抽象地、孤立地谈论意志,就是说,马克思没有把"意志"当作人的全部,相反,人是人的世界。而把人等同于自我意识、意志的观点,恰恰是马克思要批判和"颠倒过来"的黑格尔的错误。马克思反复强调人是"肉体的、有自然力的、有生命的、现实的、感性的、对象性的存在物"②。其中的每一个限制词所限制的都是黑格尔的那个抽象的、仅仅有自我意识和意志的人。因为人是"肉体的",受到肉体组织的制约,人不得不首先需要吃、喝、住、穿,不得不从事满足这些需要的"直接的物质的生活资料的生产",而意志的有意向、有目的、有计划,首先也都是围绕着肉体组织的这些需要产生的。所以马克思说:"任何人类历史的第一个前提无疑是有生命的个人的存在,因此第一个需要确定的具体事实就是这些个人的肉体组织,以及受肉体组织制约的他们与自然界的关系。"因为人是"对象性的存在物",人"只有凭借现实的、感性的对象才能表现自己的生命",这就是说,人之为人,他的一切都与外在世界发生着对象性的联系,他的全部感性存在只有和外在世界的对象的联系中才显现出生命的意义。这就是说,任何意志不是凭空产生的,而总是与实际的需要连在一起。举最简单的事实,人总会饥饿,"饥饿是我的身体对某一对象的公认的需要,这个对象存在于我的身体之外,是使我的身体得以充实并使本质得以表现所不可缺少的"。③这就是说,饥饿意识和寻找食物的意志绝不是"纯粹自我意识",而是与我的身体,以及身体的对象联系在一起的,它们既激发着,又限制约

---

① 《马克思恩格斯选集》,第4卷,人民出版社1972年版,第479页。
② 《马克思恩格斯文集》,第1卷,人民出版社2009年版,第210页。
③ 《马克思恩格斯文集》,第1卷,人民出版社2009年版,第210页。

束着饥饿的意识和意志,使得意志不再"纯粹",也不再"自我",而是与现实世界息息相关。对象性的理论进而使马克思得出"人的本质不是单个人所固有的抽象物,在其现实性上,它是一切社会关系的总和"①的结论。这是马克思对黑格尔的扬弃与超越。

这样,对马克思的意志理论的完整理解是,人的类特性就是自由自觉的活动。所谓自由,就是人能够自主地实现自己的意志。意志显示着人所特有的本质力量,意志自由是人类的最高理想,也是人类一切活动的终极追求。但意志和意志自由绝不是抽象思辨的概念,而是与人的现实和历史密切相连,只有在意志与肉身的统一,意志与生命活动的统一中,才能显示出意志的力量和人的生命的意义。马克思的意志理论既反对了把意志抽象化,把人等同于自我意识的唯心主义意志论,又与只见肉身不见意志,以肉身压倒意志,把人的生命活动与动物混同起来的庸俗唯物论划清了界限。在马克思的辩证唯物主义理论中,意志的概念绝不是一个可有可无的概念,而是牵动整个理论大厦的一根重要梁柱。

第三,马克思的美学思想完整地体现了上述意志理论。在马克思的"人的本质力量"中,意志的力量是最重要、最核心的力量,也是最能体现人的能动性的力量。只有意志才使得人的本质力量"意识到自己是什么以及在干什么","能按照客观的规律有计划地实现自己的目的",并"在改造客观自然的过程中创造出自然所没有的东西"②。马克思指出:"正是在改造对象世界的过程中,人才真正地证明自己是类存在物,这种生产是人的能动的类生活。通过这种生产,自然界才表现为他的作品和他的现实。因此劳动的对象是人的类生活的对象化:人不仅像在意识中那样在精神上使自己二重化,而且能动地、现实地使自己二重化,从而在他所创造的世界中直观自身。"③在马克思看来,改造对象世界是人的实践的目的和本质内容,这就离不开人的意志,实践把人的意志和对象联系起来,而意志所体现的人的本质力量正是在实践中确证了对象,并把对象人化了。意志的能动性,就在于"现实地使

---

① 《马克思恩格斯文集》,第 1 卷,人民出版社 2009 年版,第 501 页。
② 《蒋孔阳全集》,第 3 卷,上海人民出版社 2014 年版,第 154 页。
③ 《马克思恩格斯文集》,第 1 卷,人民出版社 2009 年版,第 163 页。

自己二重化"，即在现实中创造了一个被人化了的对象，人通过这个对象可以直观的自我。这个人化了的对象，已经被贯注了人的意志的力量："能够成为我的对象的，只不过是我的存在中某种力量的证明，所以对象对于我，只是我的存在中的一种力量，用自成为一种主观能力的方法方能存在的。"①为什么人在被贯注了意志力量的对象身上直观自己就会产生美呢？直观自身究竟产生怎样的审美体验？马克思说："如果在一种产品中，物化了我的个性，和我的个性特点，那么劳动者一方面在劳动中享受了个人的生命表现，另一方面，又由于劳动者能在产品中直观劳动者的个性，而享受到个人的乐趣。"很清楚，"享受个人的乐趣"，"享受了个人的生命表现"，这就是审美，美在这种"享受"过程中，引起了人的喜悦、愉快、激动、陶醉等一系列情感活动。

由此可见，"意志"在马克思主义美学理论中是一个极其重要、不可或缺的范畴。

三、中华巫性美学的意志观

回过头来，我们再看中华美学传统是怎样看待意志的。长期以来，中国文化的天人合一观、中庸和合观等给人一种淡化意志，凸显人和环境的和谐甚至物我两忘的"无我"审美精神，许多美学理论都把这种"去意志"的审美精神当作中华文化的精髓，以此与西方文化的主客对立的理性主义文化精神争长。但事实并非如此，甚至可以说，这是对中国文化的无根误读。中国文化从本质精神上是重视意志，突出意志，从某种程度上说，这种重视和突出甚至超过西方的主体理论。这是由中国文化的历史实践决定的。

现在知道，中国文化的开端，亦即在中国古史的早期，曾经经历过一个长达1500—2000年的"巫文化时代"。②它从新石器后期颛顼的"绝地天通"、尧舜禹部落社会，横跨了夏商周各个朝代。这是一个以巫为信仰，以

---

① 马克思：《1844年经济学—哲学手稿》，刘丕坤译，人民出版社1979年版，第79页。
② 参见拙文《历史的影子：探索中国古史的巫文化时代》，《上海文化》2016年第2期。

巫术为政治、军事和日常生活指南的高度仪式化的时代。"在这个时代里，巫作为最高权力、最高智慧和最高美德的代表，压制了宗教的产生。巫文化所开创的大易之道和天人合一、敬天法祖、厚德载物、自强不息等观念与精神显示了中国文化的神韵和独特性"。因此，从某种意义上说，只有抓住了巫文化本质特性，才能真正触摸到中国文化的根底。这一致思考路径完全区别于那种以西方现成概念来诠释中国文化的做法。

"巫文化"与"巫术文化"是两个不同层级的概念。"巫"不仅仅是巫术的操纵者，即巫术发展到公众巫术阶段的巫师的身份，而且也是巫术由"术"上升到"道"的象征，是巫术思想、观念和精神的集中表现。由此，深入解读巫文化的特性就不得不首先认识巫术的本质。当代人类学认为，巫术是"基于一种对超自然力量的信仰，并认为人凭借这样的力量可以控制周围的世界"。①张紫晨先生在《中国巫术》中认为："巫术是人类企图对环境或外界作可能的控制的一种行为，它是建立在某种信仰或信奉基础上，出于控制事物的企图而采取的行为，巫术幻想依靠某种力量或超自然力，对客体施加影响与控制。"综合学界对巫术的认识，巫术说到底是一种控制术，巫术的超自然力、法术、仪式等都是围绕着它对于"环境或外界"的控制这个最终目的展开的。因而"控制"才是巫术的核心内容。我们知道，任何控制都是人的意志的行为，没有意志就谈不上控制。巫术的这种"控制"特性，在人类早期完全是从对意志信仰、意志崇拜产生的。著名人类学家涂尔干也说："只要人类还不知道事物的秩序是不可改变和不可松动的，只要他们把它看作是反复无常的意志作用，那么他们很自然就会认为这些或那些意志可以随心所欲地改变事物。"②"随心所欲地改变事物"，这正是巫术意志、巫术思维的本质所在。"原始人追求存在物的神秘属性，感知事物间的神秘联系，为的是用自己的意志去影响它。他们对自己的意志有充分的自信，而表达这一意志的方法，便是巫术。巫术是原始人心目中影响和改造外界的最有力的

---

① [苏]格里戈连科著：《形形色色的巫术》，吴兴勇译，上海人民出版社1992年版，第1页。
② [法]爱弥尔·涂尔干：《宗教生活的基本形式》，渠东、汲喆译，世纪出版集团、上海人民出版社2006年版，第24页。

方法，巫术是过去时代人们同自然和社会斗争的一种形式"。① 由此可见早期的巫术正是原始人意志自信，乃至意志崇拜、意志信仰的产物。

值得特别指出的是，巫术意志是一个历史的概念。早期原始人想"随心所欲地改变事物"，一切都未超出个人的欲望，表现得特别的真诚和纯粹，那时人人都会巫术，也没有谁是专职的巫师，所谓"夫人作享，家为巫史"②。等到巫作为专职巫师出现于部落社会时，巫术意志的纯粹性就发生了变化，它超出了个人的"随心所欲"的范围，带上了公众的性质。而在中国，这种变化更是颠覆性的。它不仅带上公众性，而且是直接要"随心所欲"地改变人，统制民众和治理部落。这是由于中国的巫产生于激烈的家族血缘制度转型的关键时期所致。其标志性事件便是中国古史的"绝地天通"巫术革命。所谓"绝地天通"，是指东夷部落首领颛顼为平息"九黎之乱"，巩固部落制度，采取限制个人巫术的政策，一切通神之事（巫术），都由颛顼自己或其委派的重、黎来担任。最终颛顼依靠巫术"通天"之力，巩固了家族血缘制度，避免了私有制的兴起导致家族血缘制度灭亡的必然性。③ 这场巫术革命事件，把巫术从日用技艺改变为政治治理工具，直接推向部落政治前台，颛顼既是部落首领又是部落巫师，实现了巫与家族血缘权力的结合。巫术意志和家族权力意志糅合为一个意志（圣人意志），巫术从控制事物到控制权力、控制人心，这个巨大的转折，不仅不会使巫术褪去神秘、魔幻的色彩，而且使巫术得到极大的发展，巫术仪式和巫术文化得到极大繁荣，巫的精神传播和渗透到社会的各个角落。"巫文化上升到政治、哲学和伦理的高度，不仅关涉人的日用功利、吉凶命运，而且还涉及人的终极信仰和灵魂寄托，巫文化以极高的物质文明和精神文明，创造了一个巫文化时代"。④

巫文化时代创造了巫性的政治、哲学、伦理等新的家族血缘制度的上层

---

① 臧振：《蒙昧中的智慧》，华夏出版社1995年版，第4页。
② 见《国语·楚辞下》。
③ 这个必然性是恩格斯提出来的，参见恩格斯《私有制、家庭和国家的起源》，《马克思恩格斯选集》，第4卷，人民出版社1972年版，第1—175页。
④ 夏锦乾：《历史的影子：探索中国古史的"巫文化时代"》，载《上海文化》2016年第2期，第40页。

建筑和意识形态，其中也包括了巫性的美学。它们的共同特点便是显现了构成这个时代最为重要的基础，即巫与家族血缘权力的神圣同盟，凸显了由两个意志——巫术意志与家族血缘权力意志——合并而成的一个意志，即圣人意志。巫性美学所表现的正是圣人意志在追求"改变事物"和控制权力中的神人应和、万邦协和、人人谐和，从"和"中体验到意志的力量和意志之美、之善、之真，体验到贯注了圣人意志的生命在变动不居、生生不息的天地之间活泼泼的自由存在。

由此，巫性美学之"和"，是主导意志下的协和。在巫术中，巫的意志对对象的控制总是通过神灵的帮助来达到的。[①] 在这个过程中，意志的能力就是如何运用巫舞、巫咒以及丰美的祭品与神灵交通，召唤、劝慰、媚悦、说服神灵，让神灵认同、依从、协助自己，这就是所谓的"降神"。降神成为巫术的关键环节和主体内容。因此，在巫术本质精神的推动下，巫性之"和"，表现为两个方面。一方面是指不同质的势力（比如巫、神）在不改变各自性质的情况下出现的协调、配合和支持，即神对巫的认同、依从、协助，《说文》说："和，相应也。"巫的召唤获得了神的呼应，形成"人谋鬼谋，百姓与能"[②]的祥和局面；另一方面，在这种应和中，巫的召唤始终是主导的，"和"不是主导意志的妥协、淡出或消灭，而是主导意志因获得了认同、依从和协助而更加凸显，是人谋主导了鬼谋，因此，正是在"和"中，意志才真切体会到它对于世界的主导性。这种主导性也决定了巫术意志总是先于巫术仪式。《尚书·大禹谟》中舜对大禹说："禹！官占，惟先蔽志，昆命于元龟。朕志先定，询谋佥同，鬼神其依，龟筮协从，卜不习吉。"这是说，在决定任命的巫占中，关键是"朕志先定"，然后才去禀告大龟，获得龟筮的赞同、鬼神的依从，以及一切询问、商量的意见的相同。这就是舜的

---

① 这里涉及巫术的神灵观。巫术是有神灵观念的。《辞海》"巫术"条目认为："巫术与宗教的不同之处在于巫术尚不涉及神灵观念，并且不是将客体神化，向其敬拜求告，而是影响或控制客体。"这是与实际有较大出入的。巫术不是没有神灵观，而是具有与宗教根本不同的神灵观。巫术是利用神灵来为我服务，抱着指使、驾驭神灵的态度，所谓"降神"；而宗教则虔诚地信仰、崇拜神灵。

② 《周易·系辞下》。

"和"理念，同样的情况，在《尚书·洪范》中就称为"大同"。①

这样，"和"是一种状态，一个场面，一种心理，一段旋律，但主导它们的却是一个意志。和之美，是一种整体的共同美，是整体的不同部分在主导意志之下所表现出来协调、节奏和统一性的美，特别是指在巫术仪式状态之下，首领（巫师）和全体巫术参与者所共同体验到的神与人的一种契合，人受到神的护佑，神得到人的祭祀、敬献；神的光芒照彻部落上下，人人协和亲善，充满幸福。而这一切全都体现为圣人意志的实现。如果把巫术仪式看作是后世"礼"的源头的话，那么孔子以下的话用在这里甚为确切："礼之用，和为贵，先王之道，斯为美。"②先王之道，实则就是圣人意志的另一种说法而已。

巫性文化之"和"美，是巫文化时代所创造的独特的审美形式。从人类历史发展的角度看，它是人类在生存能力极为低下时代，在遭受自然力的压迫下，必得借用想象中的神的力量，依靠群体的力量来超越环境和力图掌握自身命运的一种努力和一种自我的确证。因而尽管巫性之"和"美带着极大的神秘色彩，意志却显现着人性的光彩，区别于宗教的叹息，巫性审美却唱响了一曲高昂的赞歌。

四、余论

中华巫性美学，并不是中华美学的全部，不能等同于中华美学，但是中华巫性美学是中华美学的最重要的基因，它的意志主导下的"和"美精神深刻地影响着中华美学的发展，以至于那些打上鲜明的意志色彩的范畴概念，如神韵、心灵、神思、兴会、灵感、意境、境界等都成了中华美学的核心和基石。中华艺术创作总是强调"意在笔先"、"心中之竹"，强调文以载道、言意之辨、以意逆志、形神兼备……从中都能隐约看到远古"和"美精神的回声。本文的一个基本观点就是，如果要从源头上找到马克思主义美学和

---

① 参见《尚书洪范》：汝则有大疑，谋及乃心，谋及卿士，谋及庶人，谋及卜筮。汝则从，龟从，筮从，卿士从，庶民从，是之谓大同。
② 《论语·学而》。

中华美学"接着说"的范畴概念，那么非"意志"（意、志）莫属。马克思主义美学，高度重视意志在创造历史、改变世界的实践中的能动作用，把意志看作是人的本质量力，美是人的本质力量的对象化，是本质力量在实践成果中反观自身。而中华美学的源头中华巫性美学，则把意志提到"道"的高度，是意志主导巫性之"和"美，通过意志的主导性和主宰性，展现人"与天地参"，"天地之性最贵者"的理想和价值。当然，马克思主义美学对意志的强调与中华巫性美学之意志观在性质和文化背景上都根本不同，但也正因为有这种不同，才有探讨两种意志论之间能否"接着说"的问题，其目的就是要以马克思主义美学的意志观唤醒和照亮中华巫性美学的意志观，并因此在中华美学的基因上注入马克思主义的真理性因子，从而在马克思主义中国化的问题上，放弃空喊口号，大而无当的做派，扎实地做好转基因的工作。

马克思主义美学与中华巫性美学的意志观之间的不同主要表现在以下几点：

第一，它们的文化背景不同。前者属西方科学理性主义文化的产物，后者则是人类学的巫文化的产物，代表了人类文化发展的两个不同方向。

第二，它们分属于两个不同的理论体系。马克思主义的意志观是马克思主义美学的有机部分，连通着马克思主义的人学观，是马克思主义美之本质和美学建构的重要基石；中华巫性美学的意志观是中华巫性美学的重要组成部分，是巫性美学的核心理论。两个理论分别处在人类历史发展史的头尾两端。

第三，马克思主义的意志理论是人的理念高度发展的结晶，体现了当代人文精神。"有生命的个人的存在"是马克思关于意志理论的基本出发点。意志不是抽象的概念，而是活泼泼地体现在人的生命中的"自觉性、目的性和创造性"上，正是这种确证人之为人的本质力量，才使人不仅创造了一个物质的世界，而且使人"突破自然的物质束缚，向着精神的自由王国上升"[1]。意志作为人的本质力量的基石，意志自由始终成为人的解放的最终目标，也是美的最高境界。中华巫性美学的意志理念，是人类早期意志信仰和

---

[1] 《蒋孔阳全集》，第 3 卷，上海人民出版社 2014 年版，第 155 页。

意志崇拜的产物，具有神秘巫性的特点。中华巫性美学强调一个意志，即圣人意志。当然，圣人也是个体的人，但是却是特殊的个体，在原始部落社会便是唯一的个体，他是巫师与首领的合一，属半神半人，亦神亦人，他的意志代表了天地神灵的意志，对万众百姓来说就是"道"。圣人总是通过"神道设教"的方式，把他的意志化为万众百姓的意志，这也就是"成人"的实质含义。中华巫性美学的意志力量，体现在神人应和与万众协和中，"和"显现了意志的超凡力量，是对其信仰和崇拜的确证和满足。

综上所述，中华巫性美学的"意志"在今天看来，需要用马克思主义美学的意志理论加以脱魅。关键是，"一个意志"的时代早已过去，个体意志已经成为当今时代一切"自觉性、目的性和创造性"的原动力。马克思主义美学对中国美学的启蒙，必将激发无数个体意志的成长，这对中华美学的现代转型，是从基因上加注了新质。因而，从个体意志着手，建设中华传统美学，或是一条切实有用的"接着说"的路径。这需要另外撰文阐述。

作者简介：夏锦乾，《学术月刊》杂志社编审，《上海文化》执行主编。

守正与创新
——论阎国忠先生的文艺理论思想

石长平

文艺理论是美学研究的一个重要内容,是任何一个美学家在建构其美学理论体系时必须对此进行深入探讨的问题之一。阎国忠先生在建构其美学思想体系时,持守马克思主义哲学基础,既批判地吸收西方美学和文论思想,又直面中国文学艺术理论生成和发展的社会文化背景和文艺发展的现实,守正创新,在文艺理论方面提出了很多重要的见解,形成了他相对系统的文学艺术理论,这些独特的理论成为其美学思想的重要组成部分。

文艺理论的哲学基点:新实践本体论美学思想

什么样的美学思想决定了什么样的文艺理论。阎国忠先生的美学思想属于马克思主义美学,在马克思主义美学谱系中,属于实践本体论美学思想。这样的判断也许很多学者并不认可,但认真研读他的论著,特别是《马克思主义实践本体论与美学》一文(《马克思主义美学研究》,2014年第1期),就可以得出这样的结论了。

不同于刘纲纪先生的实践本体论,我把他的理论称为"新实践本体论"美学思想,因为两人的实践本体内涵是不同的。刘纲纪的实践是什么?他说:"这里所说的实践,当然是马克思主义哲学所说的实践,不是其他任何哲学所说的实践。同时,它所指的,首先又是马克思主义哲学多次指出的、对人类社会的发展具有根本性决定意义的实践，即物质生产实践。"①他承认，实践是一个历史的开放性的范畴，随着人类社会生产力的不断发展，实践的形态由原始时期的单一向复杂的多种多样的形态发展，但无论实践的种类型态有多么繁富芜杂，人类的物质生产实践即劳动既是最初的、最基本的实践方式，更是最终的、具有决定其他一切形态的实践活动的实践方式，所以，物质生产实践都是居于第一性地位的始基与本原，亦即本体，换句话说，物质生产实践是本体。阎先生对实践概念的理解与之不同，他指出，我们看到的只是作为构成哲学本体的实践概念的诸多因素，而不是完整、确切的表达。但是，从中可以形成这样的一种认识：实践作为本体必须将"劳动"及"意志"、"日常生活"、"批判"、"兴趣"、"相互作用"、"个体实践"中相关因素纳入自身并内在地统一起来。在他看来，"劳动"和其他构成哲学本体的实践概念相关因素（日常生活、批判、交往行动、个体实践等）归根结底是以物质生产和人自身的生产这两种生产为基础，并在这里统一起来的。因此，他认为：马克思主义实践本体论就是"生命的生产"即"生活资料的生产"与"人自身的生产"论。这是对马克思主义实践本体论的创造性拓展，这使得合理地阐释美与艺术的根源、审美与现实的关系等问题变得更有可能，而阎国忠先生正是以此为哲学和美学基点来探讨艺术问题的，尽管他的这一美学思想明确提出晚于他的一些文艺理论，但依然是在这一观点基础上论述的。比如他认为，艺术本身所以成为一种表现形式或生存形式，因为它从属于实践，是实践的一种特殊形式，是它在实践本体论意义上的体现。

有学者早就指出：实践派美学引起了广泛的争论，但其与中国当代文论的关系却不太为人注意，这妨碍了对中国当代美学的理解，在一定程度上遮盖了中国当代文论的逻辑构成和理论面貌。事实上，在20世纪后半叶这段历史时期内，我国美学主要是作为主流的实践派美学，对我国文论产生了直接和深刻的影响。②作为实践论哲学美学家，阎先生一直以来就在马克思主义实践论美学的框架内对文学艺术做出深刻的思考。他以马克思主义元典

---

① 刘纲纪：《传统文化、哲学与美学》，武汉大学出版社2006年版，第186页。
② 代迅：《五十年回眸与前瞻：实践派美学与中国当代文论的逻辑发展》，《社会科学战线》2000年5期。

为出发点，从中国古代传统文论到毛泽东、邓小平文艺思想的历史发展纵线上，在自柏拉图到达尔文再到当代西方文论的宏阔视域内，对艺术本质、艺术价值以及艺术与政治、艺术与现实等理论问题作出了独抒己见的深刻论述。

文艺本质论：开放发展的定义

在《艺术的悖论——积淀在艺术概念里的人类智慧》和《通向艺术哲学之路——北京大学阎国忠教授访谈录》两篇文章中，我们可以比较清晰地看到阎先生对于艺术本质的理解。

实践论美学一直认为，本质追问是人类理性的自然倾向，是美学和艺术学理论研究的基础和核心。在阎国忠看来，追问什么是艺术，这不仅是因为艺术要存在下去，必须有一个更为正当的理由，更是因为心灵要安顿下来，必须有一块像艺术这样的栖息地，更进一步，这有助于建立人类生活的基本价值信仰。只要人类还需要用艺术观照自己，调节自己，超越自己，人们对艺术的追问和界定就不会终止。但对于艺术是什么的问题，他认为，两千年来只有悖论而没有定论。原因大抵有三：一是艺术作为一种精神生产，是艺术家、艺术创作、艺术作品三位一体的组合，这三个方面并不总是同时为人们所关注。在艺术家还没有成为独特的群体的古代，人们很难将艺术与技艺区分开来，而在艺术家成为独特的群体，艺术创作成为独特的精神行为的近现代，艺术又往往与再现或表现混同起来。二是艺术作为一种社会存在，与人构成了各种关系，这些关系决定了它的性质、定位、目的、价值，只有全面地认识和把握这些关系和由关系形成的各个侧面，才有可能对艺术做出确切完整的界定，而由于时代、环境、审美习俗和思维方式的局限，这几乎是不可能的。三是艺术作为一种社会历史现象，无论是观念，还是形式总是随着生活实践的发展而不断变化着，而人们的认识也是不断变化的，因而，艺术是难以界定的。

他简要回顾了西方的艺术本质论历史，列举了诸多的界定：从艺术模仿论、艺术科学论、艺术"镜子"论，到艺术表现论、艺术再现论，再到艺术理念论、艺术直觉论、"有意味的形式"论、艺术经验论、艺术真理论，乃至艺术意境（境界）论等。这期间，正是在德国古典美学的主要代表人物席勒、康德、黑格尔等关于艺术本质理论的基础上，产生了马克思主义的艺术本质论。

关于马克思主义的艺术本质论（特征论）问题，仅就中国而言，一些美学家的观点也是各不相同，这主要集中在对文学"反映论"的理解上。钱中文先生在他的《最具体的和最主观的是最丰富的——审美反映的创造性本质》中认为，反映论是一种哲学原理，文学的反映只是在总体上符合这种原理，文学反映的特殊性就在于它是"审美反映"。他明确提出要以审美反映代替反映论，因为在他看来，说文学是生活的反映，就显得过于笼统，缺乏对象特征，没有揭示文学反映的特殊性，因此，文学理论有必要将反映论具体化、审美化。他说："审美反映是一种灌满生气、千殊万类的生命体的艺术反映，它具有实在的容量、巨大的自由，它不仅曲折多变，而且可以是脱离现实的幻想反映，具有多样的具象形态，可使主客观发生双向变化。因此，我以为如果把文学是生活的反映，改称为文学是现实生活的审美反映，文学和生活的关系由此被纳入了审美的轨道，比较更符合创作实践。"[①]

童庆炳先生在他的《文学与审美》里也这样说："文学是生活的反映，这个提法是符合辩证唯物主义的基本原理的，它说明了文学和其他意识形态的共同本质，正确地回答了关于文学的本质的第一个层次的问题，因而是不容怀疑的。但如果要用这个观点来说明文学的特殊本质，说明文学之所以是文学的充分而必要的条件，解决关于文学本质的第二个层次的问题，还必须科学地阐明两点：第一，文学反映的是什么样的社会生活，即文学创作的客体的特征问题，第二，文学对生活的反映是怎样的一种反映，即文学创作的主体的特征问题。"[②] 他在做了比较详细的论述后指出："只有在文学理论的各个问题上（首先是文学的本质问题上）引进审美的观念，我们的文学理论才能打开新的局面。"[③] 对于第一点，童庆炳的回答是渗透着审美因素的具有审

---

① 钱中文：《现实主义和现代主义》，人民文学出版社1987年版，第75页。
② 童庆炳：《文学审美特征论》，华中师范大学出版社2000年版，第27页。
③ 童庆炳：《文学审美特征论》，华中师范大学出版社2000年版，第26页。

美价值的社会生活。关于第二点，他认为是主体对现实生活的诗意的把握，亦即审美的反映。尽管他们在谈论文学，实际上也是对包括文学在内的所有艺术本质的理解。

　　刘纲纪先生认为，艺术对生活的反映，最根本的特点是把人的生活当作人自身实践创造的感性具体的过程和结果来反映并从中显示出自由的本质。人类的全部生活，只要作为人类争取自由的感性具体的实践创造的过程和结果，艺术通过各种形式表现出在这一过程和结果上所产生的同人的自由实现相联系的某种感情，打动人的心灵，引起人的审美感受，就是"艺术对生活的反映，从广义上看，是一种审美的反映"。[1] 因此，他对艺术的界定是：艺术是对生活的审美反映。张玉能先生对艺术的本质认识是：艺术是创造一个再现一定社会生活和表现一定的审美意识形象的精神生产，它植根于一定的社会生活的意识形态的形式。这一思想构成了张玉能先生文论思想的理论基础。[2]

　　比较上述这些学者的观点，阎国忠先生的界定并没有完全局限在马克思主义实践论美学的视域内。他认为，要界定艺术是什么，就需要避开构成艺术的外部条件，直面艺术的本质。他说：所谓艺术本质，按照我的理解，就是能够涵盖所有已知的与未知的艺术门类的东西，就是集中体现了人的审美和生活情趣与意向的东西，就是与哲学、宗教、政治、道德等内在地区别开来的东西，就是借以介入人类生活并维系自身存在的东西。艺术不仅站在哲学高度对生活发出了质问，而且为人们追求真理，返归自然，超越自我，诗意地栖居提供了一种启迪。基于这样的理解，他对艺术做出了独特的界定：艺术是人类借以观照自己，调节自己，超越自己的生活方式。[3]

　　维特根斯坦所说的"宗教—科学—艺术都只是从我对生活的唯一性的意识内阐发出来的。该意识就是生活本身"。[4] 这一段话也启发了他的灵感，从客观生活和主体意识出发，阎先生把艺术本质界定为一种生活方式。生活本

---

[1] 刘纲纪：《美学与哲学》，武汉大学出版社2006年版，第374页。
[2] 张玉能：《马克思主义实践美学的艺术本体论》，《马克思主义美学研究》第7辑。
[3] 阎国忠：《艺术的悖论——积淀在艺术概念里的人类智慧》，《艺术百家》2012年第6期。
[4] 伍蠡甫主编：《西方文论选》上卷，上海译文出版社1979年版，第377页。

身被反映到意识当中成为一种生活形式,而作为"生活形式",艺术与宗教、科学的区别就在于艺术不仅是从生活中来的,而且始终保持着生活自身的样式。艺术犹如生活的想象虚幻的那一面,是感性与理性,精神与物质,主体与客体,个体与群体,社会与自然,时间与空间浑然统一的过程,虽有距离和冲突,但不可能分割和对立。因而,艺术自产生之日起就成了人借以观照自己、调节自己、超越自己的方式,也成为人的一种生存方式。

显然,这个界定既立足于当代的艺术实践,又综合了历史上已有的艺术观念,具有很大的包容性。同样显而易见的是,这样的界定既和他的实践本体论美学思想相通,又超越了一般的马克思主义美学思想,显示了他居于马克思主义又不囿于马克思主义的理论视野。同时,也表现出阎先生在近年的研究中,不断突破既有的艺术理论观点、不断超越自我的理论探险精神。尽管这样的界定还是相对宽泛的,但基于对西方理论的批判吸收和对艺术现实的深切感悟,拿出完全不同于他人的理论观点是相当难能可贵的,这必将对艺术本质的重新理解产生重大的影响。阎先生清楚地知道这样的答案也只能是相对的。他说,包括他自己的理解在内,西方的和中国的所有界定都有其合理性,也有其局限性。只要我们还没有完全认识自然,只要艺术还没有放弃转换自己的角色,对艺术的理解和界定就不可能是最后的。

需要向本质虚无论者申明的是,这并不等于说界定可以是混乱随意的,或者说艺术不存在质的规定性。因为社会科学不同于自然科学,没有也不需要有一个唯一的标准的答案,人们关于艺术本质的解释总是或多或少地接近了"艺术"概念的本来面目,会给人们认识"艺术"的共性和规律带来不同角度的启示。对艺术的界定是认识艺术的唯一途径,每一个界定,如果是立足于艺术实践而又经过认真思考过的,艺术的真谛就是通过这些界定一步步向人们敞明的。

文艺价值论:宇宙过程与园艺过程的"调节者"

有学者认为阎先生是实践美学的提问者,其实这在一些阶段可以这样称呼,实际上他更是一个建构者,而且他的理论建构不仅是从美学学科自身出发去发现问题，更善于从其他学科领域的一些理论中发现一些富于启发意义的观点命题，然后按照共同的学理进行科学的推广并得出自己的结论。比如从神学、基督教中窥见与美学相似的终极追问，提出在一定意义上美学是信仰之学，美的绝对性与永恒性构成了信仰的核心部分等创建性的观点。对于艺术的价值作用，他在英国生物学家赫胥黎的《进化论与伦理学》中，从"宇宙过程"与"园艺过程"命题中，发现了人类生命生产与自然之间的对抗因素，从而论述了哲学、艺术等精神生产在这种对抗之中的意义，形象地论述了艺术的价值作用。①

按照赫胥黎的观点，自然进化是两个过程的交织，一个是"宇宙过程"，一个是"园艺过程"。前者指的是通过"变异"、"选择"和"生存斗争"实现的自然过程，后者指的是"创造并维持园地的人的能力和智力的活动"。"宇宙过程"倾向"调整植物生命类型以适应现时的条件"，而"园艺过程"倾向"调整条件来满足园丁所希望培育的植物生命类型的需要"。赫胥黎的"宇宙过程"也就是我们面对的自然界，就是环绕着我们并成为我们赖以生存、繁衍，乃至进行一切生产、艺术活动的本源和栖息地。他的"园艺过程"所指的就是人类对"宇宙过程"的介入。人类不只是适应，而且是改造和创造，以新的更适宜人生存的自然取代原有的自然的过程。这种改造创造的活动就是生活资料的生产与人自身的生产，这两种生产是推动人类走向文明的两大动力。因此，只有人类除了"宇宙过程"外，有自己的"园艺过程"。

阎先生认为，这对于我们思考和认识自然、生产和艺术的一般关系，具有巨大的启发作用。在赫胥黎看来，"园艺过程"与"宇宙过程"原则上是对立的，因为与"宇宙过程"的自然行进方式相反，"园艺过程"倾向于通过"调整"自然条件去维护自己和自己需要的物种。当生活资料的生产和人自身的生产超出自然所能承受的负荷，生产的异化导致了人与人之间的无休止的争斗，导致对自然的无节制的掠夺，同时导致人的自我中心主义和绝

---

① 阎国忠：《自然·生产·艺术——从赫胥黎论"宇宙过程"与"园艺过程"谈起》，《艺术百家》2011年第5期。

对人类中心主义的泛滥，"园艺过程"势必遭到"宇宙过程"的惩罚。这时，人就处在"孤独"、"焦虑"、"忧烦"之中，人这时就迫切需要另外一种生产，即包括哲学、宗教和艺术的精神生产，这是艺术等发生的原因和存在的充要条件。

包括艺术在内的精神生产的价值是什么？它是对生活资料的生产与人自身生产进行反思，以维系"园艺过程"与"宇宙过程"之间的平衡，并满足人类全面和健康发展的需求。这样，艺术就不仅是人的反思的形式，而且是存在，即身体的一种显现形式。

艺术通过调节两种生产而调节着人与自然，调节着"园艺过程"与"宇宙过程"。艺术是人的造物，从属于"园艺过程"，但又是"宇宙过程"的一个分子，因此，艺术是人与自然相统一的产物。在一个意义上，艺术是"发现"，是将自然中那些隐而不显的美指给我们；另一个意义上，艺术是"模仿"，是用特定的方式将自然中的美复现给我们；再一个意义上，艺术是"创造"，是在自然的基础上，构建出异于自然并超越自然的美。因此，艺术对于自然，是一种解蔽，一种显现，对于人，是一种自我观照，自我实现。阎先生这样的阐述，可以说是对他艺术本质论的一种形象的解释。

对马克思文艺理论的理解

阎先生对马克思文艺理论的理解主要体现在《谈马克思有关艺术的三命题》[①]这篇文章中，详细地阐述了马克思对艺术的观点，最为重要的贡献是，他把马克思关于艺术的三个重要命题有机地联系起来，作为一个严整而系统的界定来理解，这就克服了过去人们常常把它割裂开来，孤立地加以解读，在一定程度上造成片面的失误。

马克思的三个重要命题是：艺术是一种把握世界的方式；艺术是一种社会意识形态；艺术是一种精神生产。但迄今为止，还没有谁对这三个命题，特别是它们之间的相互关系做完整的理解和表达。一般都是只抓住其中一个

---

① 阎国忠：《攀援集——经验之美与超验之美》，中国社会科学出版社2014年版，第301-206页。

或两个命题,便把它说成是马克思艺术理论的全部,甚至说成是马克思给艺术下的定义,这样的理解和认识长期得不到纠正,从而造成了不少误解。阎国忠认为,虽然这三个命题是在不同时间,针对不同问题提出来的,但是它们之间却有着不容忽视的内在的联系。

第一个命题:艺术掌握世界的方式。这是马克思评价艺术作品的重要尺度,但是到了苏联和我国学术界一些人那里,却被转换成"艺术是社会生活的反映",这是对马克思的误读。"掌握"和"反映"是两个不同的概念,"反映"和"模仿"、"再现"含义近似,强调的是社会生活的第一性,是艺术的源泉;而"掌握"是在肯定社会生活的第一性的前提下,强调艺术作为人认识世界的手段的主体性和能动性。马克思并不认为指出艺术是一种掌握世界的方式就说出了艺术的全部,他在《资本论》中提出了另一个命题:艺术是一种精神生产。这一命题为进一步了解艺术的本质提供了可能。艺术是一种掌握世界的方式,但它不同于其他哲学社会科学或宗教、实践—精神的掌握方式,因为它同时是一种生产,一种精神生产,它的最终结果要体现在它的作品中,要在它的接受者那里得到传播和回应,艺术对世界的掌握是通过建立在物质生产基础上的艺术自身的整个系统完成的,这是生产的过程,也是掌握世界的过程。它能够真实地再现世界的某一情境和人对这情境的体验,由于它的目的不是实用而是揭示一个未知的世界,所以它的产品可以无数次进入消费,而且每次消费都因不同时代、不同民族、不同受众等条件的变化而有所不同,这些变化都在检验着作品的艺术生命力,使其艺术价值和社会功用得到实现。

作为掌握世界的方式的艺术生产,具有这样的性质和功能的原因是因为艺术同时是一种社会意识形态。艺术是一种社会意识形态,这是马克思有关艺术的又一个命题。就艺术的整体来讲,真正意义上的艺术从来就是一种社会意识形态,是与一定的时代和阶级的利益联系在一起的。艺术所以能够掌握世界,有一个重要的前提,就是它作为社会意识形态具有一定的先进性,能够体现广大人民群众的某些愿望和呼声。所以,艺术生产出的产品,必须有先进的、开放的意识形态作为保证。

在对马克思的艺术三命题之间相互关系的分析中,阎先生为马克思主义艺术本质论作出了深刻而系统的阐释，这对于完整正确地理解马克思的艺术思想做出了重要贡献。不仅如此，从马克思关于艺术本质的三个命题中，阎先生还进一步推断出艺术的最高旨趣。他说：我以为，艺术的最高旨趣就是通过表现实践的伟大历史进程反作用于实践，推动人的全面发展和人与自然的和解和统一，也就是马克思讲的"彻底的人道主义与彻底的自然主义的统一"。这是他在其新实践本体美学思想上，对于艺术价值功用的另一种表达。作为"宇宙过程"与"园艺过程"的调节者，美学和艺术的价值旨归正是回归自然、帮助人们建树信仰、逐步走向博爱的美好境地。

文艺政治学：对毛泽东、邓小平文艺理论的定位

对马克思文艺思想的理解是阎先生的一大理论贡献，把毛泽东的文艺思想定位为"文艺政治学"则更是其独特而重大的理论创建。过去的一些理论家把毛泽东文艺思想理解为"革命的文艺思想"、"人民大众的文艺思想"等，与这些学者做出的界定不同，阎国忠把毛泽东的文艺思想明确地界定为"文艺政治学"，而且强调指出文艺政治学是毛泽东的独创，这一理论形态一直延续到邓小平的文艺理论。

何为文艺政治学？阎先生认为，文艺政治学就是立足于政治，把政治与文艺的关系当作核心论题，研究政治如何制约和影响文艺，文艺又如何干预和超越政治的一门学问。① 他把文艺政治学的发展分为三个阶段：第一阶段，无产阶级刚刚登上政治舞台，马克思主义处在创立时期。这个时期解决了文艺政治学的一般哲学基础，它与其他社会意识形态的关系，它的基本理论与创作原则。第二阶段，无产阶级开始创立并巩固政权，马克思主义发展到列宁的阶段。这一阶段解决的是文艺作为一条战线被实际纳入到政治斗争之中，文艺的党性与人民性的问题，作家的世界观与作品的倾向性问题。代表人物除列宁外，还有斯大林、普列汉诺夫等。毛泽东属于这个阶段。他着重解决的也是文艺与革命斗争的关系问题。第三阶段，社会主义建设时期，马

---

① 阎国忠：《毛泽东：文艺政治学的创立》，《汕头大学学报》2009年第3期。

克思主义步入现代阶段。马克思主义此时面对的首先是大力发展生产力，实现社会主义现代化的历史性任务。

毛泽东文艺政治思想主要表现在如下几个方面：一是生产实践与审美活动之间的关系问题，二是社会实践与艺术活动之间的关系问题，三是生活美与艺术美的关系问题，四是艺术与政治之间的关系问题，五是评判艺术的标准问题，六是文艺为什么人服务的问题等。而在这几点中，四、五两点是最为重要的主体部分。在毛泽东看来，政治和文艺在无产阶级革命事业中的地位是确定了的。革命文艺是整个革命机器的"齿轮和螺丝钉"，就政治与文艺的社会功能来讲，有第一第二之分，文艺对于政治的从属的地位是不容置疑。文艺作为一种社会观念形态如何反作用于政治和经济，是毛泽东文艺政治学要讨论的中心和主题。

阎先生指出，毛泽东文艺政治学全部命题的哲学基础和逻辑起点是"反映"。文艺要反映以经济为基础、以政治为主导的人民大众的社会生活。在他看来，作为观念形态的文艺作品，无一例外都是一定的社会生活在人类头脑中的反映的产物。在毛泽东文艺思想中，政治是文艺与生活的关系的逻辑延伸，这种关系在很大程度上也是从革命实践出发，文艺所反映的客体不是抽象的物质存在，而是有着具体时空的社会历史实践。文艺家应当站在时代的前列，以先进的思想和优秀的艺术作品教育和引导人民。

阎先生认为，毛泽东的文艺政治学的学术价值就在于回应了现实生活的需求，从现实中而不是从纯粹的学理上对文艺与政治关系做了科学的系统的回答，创建了一门新的学科——文艺政治学，为它确立了基本的范畴、命题和研究方法。从而不仅推动了那个时代文艺运动的发展和繁荣，而且为后来的文艺政治理论所继续。他对此有较高的评价：毛泽东的文艺政治学是中国现代文艺思想史上唯一真正具有中国特色和世界意义的重要的文艺理论，它植根于中国的土壤中，它所提出的问题是中国的问题，它的思维方式和言说方式也是中国的；它具有世界意义，是因为它所涉及的问题具有极大的普遍性和涵盖性，具有强大的影响力和生命力。

这样的评论是基本客观中肯的，但有的论断却值得商榷。比如说它在世界意义上具有极大的普遍性和涵盖性等。实际上，毛泽东的政治文艺学思想自从它诞生之日起就深刻地影响着中国的革命和建设，影响着中国文艺工作者与文艺接受者的思想意识和艺术价值观，这个影响也将会长时间持续下去，但我认为，其对于世界的影响却是有区域性和时代性的，因而不具备太多的普遍意义。而且，毛泽东的文艺政治学的一些观点，在过去几十年间，被过度阐释和执行，其对于中国的文艺实践造成的消极影响是相当明显的，这也是我们必须进行反思的。

与毛泽东"斗争政治"不同，邓小平的逻辑起点是发展生产力、实现四个现代化这个"最大的政治"。① 尽管在毛泽东那里，政治也一直是一个变化着的具体的历史的概念，但阶级斗争却是贯穿始终的。在邓小平的文艺政治学中，首先是政治的含义发生了新的变化，这一时期的政治就主要是发展生产力，是在无产阶级国家政权领导下实现社会主义的现代化。因为随着无产阶级政权的建立与巩固，大规模的阶级斗争已经过去了，现在最大的政治是发展经济，改变国家贫穷落后的面貌。其次，文艺与政治的关系也发生了变化。过去文艺被称作无产阶级革命的"齿轮"和"螺丝钉"，文艺是直接从属于现实的阶级斗争的，现在文艺与其他社会意识形态一样要为发展生产力这个中心任务服务。

阎先生分析指出，邓小平文艺政治学以政治为逻辑起点形成了一个完整的系统，它由以下几个重要环节构成：一是大力发展生产力。以此为坐标，确立了文艺在现代社会生活中的地位及价值取向；二是要求文艺与具体的政治口号及指令疏离，把建设社会主义新人作为重心；三是文艺肩负了政治、伦理、审美、娱乐等诸方面的任务，充分认定其审美与娱乐功能；四是文艺必须遵从自身的特点和规律，充分发挥作家、艺术家们的自由创造精神；五是要形成一支能满足人民各种审美需要的创作队伍，不同学派相互尊重，取长补短，共同发展。

非常明显，邓小平的文艺政治学呈现出另外一种理论形态，其理论内涵也发生了深刻的变化。今天，这种变化在习近平这里也明显地体现出来。这也恰好证明了毛泽东所创立的文艺政治学具有着旺盛的理论活力。正如阎

---

① 阎国忠：《学习邓小平文艺政治学札记》，《北京大学学报（哲学社会科学版）》1996年第5期。

先生所说的那样：文艺政治学是一个有生命的开放的体系，它必将融进更多的新思想、新方法，推进我国文艺走向繁荣。作为文艺学的一个重要构成部分，明确指认文艺政治学的独特性和它在文艺学知识体系中的构成，对于丰富文艺学的研究内容，对于理解和解释中国过去和当下的文艺现象都具有重要的意义。

文艺与政治

20世纪80年代文艺学发展的一个重要成果是"审美反映论"及"审美意识形态论"的确立，它体现了对封闭已久的文学基本观念的突破。对机械的"反映论"文艺学批评的突破口是从对文艺与政治关系问题的辨析开始的，这一次的讨论实际上是针对"文革"时期突出政治从而使得文学艺术完全沦为政治附庸的现象而展开来的，是文艺领域"去政治化"的一场论争。实际上，如上所述，以毛泽东创立的文艺政治学思想为圭臬，文艺与政治的关系问题自《在延安文艺座谈会上的讲话》后就开始逐步加强了，这既是承续了中国政治文化的传统，也是在特定历史时期中国革命和建设实践中的崭新发展。但所有这一切，都建立在对政治概念的偏狭理解上，亦即毛泽东文艺政治学中的"政治"。

在《文艺与政治：一个应重新审视的话题》这篇文章中，阎先生详细地探讨了两者之间的关系。明确提出了大政治概念、政治对于人的三重意义、文艺与政治关系的三种体现等重要观点，批判了完全"去政治化"这一命题的虚假性，论证了政治与艺术之间密不可分的深层关系，重新申明了政治的主导性作用。

他首先论证了政治概念。他认为，至少在20世纪70年代以前，政治被理解为阶级斗争，20世纪80年代以后，阶级斗争这个字眼从我们的政治生活中逐渐消失，代之进入人们意识的是政党或政府的行为，而这里所谓的政治，充其量是马克思讲的上层建筑的事，至于意识形态与作为人的生命情结意义上的政治则完全被人们忽略了。在梳理了政治概念的来源和历史发展过程后，他指出，它是一个随着人类政治生活实践的发展变化不断被赋予新意义的历史概念。在政治体制、国家阶级之外，还应包括由地域、民族、阶层、职业、财团、各种社会组织等构成的"无数的形态"，这就是阎先生所论述的大"政治"概念。

陶东风先生是较早引进并阐释犹太裔美国政治理论家汉娜·阿伦特政治概念的学者。他认为，在我国文艺学界，"政治"的含义是非常狭隘的，它基本上被理解为是党和国家的方针政策的制定和执行。文艺创作和研究与政治的关系也被狭隘地理解为是它和党的方针政策，特别是意识形态政策的关系。这样的理解在中国的特定语境中自有其自身产生的历史原因，但却长期制约了我们对文艺与政治关系的思考。扭转狭义"政治"视野的途径之一是引入阿伦特的政治理论。这样的理解是与阎先生的观点相似的。按照阿伦特的理解，政治乃是人的言谈与行动的实践、施为，以及行动主体随着言行的施为而做出的自我彰显。显然，阎先生的理解是包含了阿伦特的"政治"概念的，不同的是，阿伦特更想强调的是公众参与政治的具体社会实践，是一种基于民主的公民政治。因而，在分辨文艺学和政治的关系时，首先要分辨的就是所谓"政治"是什么意义上的政治。

正是在大政治概念的意义上，阎先生论述了政治对人的三重意义。第一，人是彼此间构成一定政治关系，并在一定政治环境下生活的政治动物，作为物质事实和社会观念的政治是人类生活中不可以须臾离开的东西。人类正是通过一定政治体制与国家形式缓和并消除了源于自身的各种矛盾冲突，保持了内在的整体性或统一性，使人类智慧得以集中在物质生产与科学文化事业上，并实际造就了绵延数千年的文明史。任何一种政治体制或国家都仅仅是一定政治关系的体现，国家可以消亡，但人类的政治关系却不会消亡。第二，人是自觉地意识到自己的政治地位，并且具有某种共同的政治观念的动物。西方历史上的"正义"、"自由"、"平等"、"博爱"至今依然是不同国家和民族的共同的政治理想。马克思主义建立以来，在中国，阶级的观念，民主与专政的观念以及社会主义观念更成为人们观察人生、评价历史的一种依据。政治观念与理论是人为自己营造的另一种精神环境，任何人可以不关心这个环境，但不可以游离这个环境。第三，人是在本性上趋向政治，对政治怀有原始情结的动物。人在有了自我意识和类意识之后已不再愿意像动物一样遵守自然的指令,于是通过政治活动重新安排人生,安顿自己成了人的一种基本的生命欲求。

再进一步,从政治与文艺的关系出发阎先生对文艺实践分出了三种基本体现:一是作为政治生活干预者的文艺,二是作为政治观念阐释者的文艺,三是作为政治情结体现者的文艺。他详尽地论述了文艺创作实践对于政治的不同态度和不同作用,厘析了两者之间的深刻错综的关系,并正确地断言:生活中确实少不了政治,一个诚实的作家没有理由回避政治。[①] 所以,所谓要求在文艺中完全"去政治化",是不符合现实的。

在另外一篇文章中,阎国忠先生指出,文艺学的研究向来有两条路子,一条是针对文艺自身的特性和规律,研究文艺的起源及发展,研究文艺的真实性、形象性,研究文艺作品的结构、语言、风格等;另一种是针对文艺与其他社会意识形态或文化生活的关系,研究文艺的政治功能、道德功能、认识功能、审美功能等。这两条路子应该是互为条件和相互促进的。20世纪80年代以来,文艺研究有一种"向内转"的倾向,这是对长期以来过分强调政治而忽视文艺自身规律倾向的反拨。但如果从理论上确认这一倾向是唯一合理的,那就不那么正确了。文艺本来就同时是一种政治现象、伦理现象和审美现象,全面科学地看待文艺就应看到它的整体,不能把文艺与政治、伦理或审美疏离隔绝开来。所以,要重视对文艺自身特性及规律的研究,更要重视对文艺的政治功能、伦理功能与审美功能的研究,无论任何时代,在政治生活中,没有文艺的渲染和鼓噪是不可想象的;同样,在文艺活动中,没有政治的介入和干预也是不可想象的。[②]

文艺美与自然美

艺术美与自然美的关系是怎样的?艺术美与现实美哪个更美?这些问题是人们常常论及的问题,也是一个文艺理论家必须面对和回答的问题。在

---

① 阎国忠:《文艺与政治——一个应重新审视的话题》,《理论与创作》2002年第5期。
② 阎国忠:《学习邓小平文艺政治学札记》,《北京大学学报(哲学社会科学版)》1996年第5期。

《艺术与美——一个马克思主义者与一个新唯美主义者的对话》[①]等论著中，阎先生作出了一定的论述，表明了他与众不同的思想方法和理论观点。

对于艺术与自然，他认为，人与艺术及人与自然的关系永远不是同一等次的问题。在人与自然的关系上，人作为自然的一部分，从属于自然；在人与艺术的关系上，艺术作为人的一种生存方式而从属于人。人是从自然中生成的，人的感性与理性的形成和发展都是人之为人的一种必然要求，而艺术不过是实现这一必然要求的一种方式或手段。不是艺术引发了人对自然的兴趣，而是自然引发了人对艺术的兴趣。艺术作为一种审美活动，归根结底取决于作为自然的、感性的人的存在本身。自然美是艺术美的一个本源，而自然美则起源于人类对自然的长久的观察与交往。自然作为审美客体，是实在的、直接诉诸感官的，艺术是人工的、借助想象的，它们构成了人的审美活动的两面，从而将人的内在世界结成为一个整体。自然激发了人的最初的审美趣味，艺术则把它培养成特定鉴赏力，自然教会了人按照美的规律去创造，艺术则赋予这种创造以自由的本性。

对于三者之间的优劣之分，历来也是人们争论的内容。阎先生批评了那种认为自然美低于艺术美，甚至低于技艺美的观点。他认为，审美活动的高低是由它所体现的生命本质和生活旨趣决定的。就这个意义来讲，无论是自然美、技艺美或艺术美，都必然表现为三个层次：直觉—形式、想象—意象、体验—生存境界。审美活动是人的一种生命活动，它的高低归根结底取决于人本身，取决于人以怎样的眼光和情趣面对客体。美学按照其本质应该涉及自然、技艺、艺术这样三个领域，这三个领域不是高低层次的关系，而是相互渗透和相互转换的关系，自然既是它的起点，也是它的归宿。从自然到技艺，到艺术，然后再返回自然。[②]

沿着这样的思路，在艺术美与典型性问题的阐述上，他承认艺术美有更集中更概括更典型的特性，但并不认为典型就一定是美的。美是典型这是蔡仪先生的观点，这一观点的偏颇性早就被人所认识到。艺术美归根结底是对

[①] 阎国忠:《艺术与美——一个马克思主义者与一个新唯美主义者的对话》，《吉首大学学报》2004年第4期。

[②] 阎国忠:《人与自然的统一——关于美学基本问题》，《浙江师大学报》2001年第3期。

现实的再现和表现，其表现形式以及所呈现的内容永远是有限的。以自然山水和山水画为例，大自然中山峰的美是多层次、多侧面、多维度的组合，艺术家倾注自己的意念和感情将它创作成艺术作品，欣赏者足不出户即可欣赏到它们最美的一面，这是艺术的优长之处。但艺术作品在固化这些美景的同时却舍弃了这些山峰中其他的层面和维度，"搜尽奇峰"打出的"草稿"，必定是舍去千百不同而只能呈现其一面。阎先生最后直接明确地指出：我认为艺术美与自然美是无法进行比较的。

这样的结论是令人意外的。当我们总在孰是孰非、孰高孰低的圈子里打转的时候，阎先生却给出了这样的答案，这当然不是一个遁词，不是搁置主义，而是他基于对两者的深思熟虑而得出的科学判断。这也不仅是一个结论问题，更是一个理论思维方法问题，是对一直困扰我们正确思考问题的二元对立思维的批判和解构。

在关于艺术的其他方面，阎国忠先生还对艺术美和现实丑、文学主体性等问题都提出了自己的看法，限于篇幅，本文不再论述。但仅就上文所述，我们就可以基本了解到阎先生多年来守正创新带来的累累理论硕果。他持守"马克思主义新实践本体论"美学思想这个"正"，在中国传统美学和艺术学理论基础上，在西方文艺理论的视野中，在对当代文艺实践的真切体悟上，深入研究，周全思考，对诸多艺术问题进行了独到的阐释，得出了一个个新颖而科学的结论，为建设有中国特色的当代文艺理论做出了重大贡献。

作者简介：石长平，许昌学院美术学院教授。

美学的学科内涵与马克思主义美学的当代创新
——简谈著名美学家阎国忠先生攀援的学术高峰

张 涵

在我国当代美学界，北京大学阎国忠先生，以其浩瀚精湛的系列著作驰名，备受尊重。他的学术特长与风范，概括而言就是对美学思想发展里程清晰梳理，对各代美学家思想精深评论，对美学前沿理念敏锐把握。借用阎先生的话来说，就是以一种坚毅"攀援"精神，奋力逾越学术高峰。

本文想从美学界始终关注，当今人类社会发展尤其需要，而恰好又是阎先生系列论著中极为重视的两大核心性论题，即美学的学科内涵与马克思主义美学的当代创新来简要谈之。

在有关美学的学科内涵方面，阎先生有如下一系列论述。

总体上说，他时隔十多年重登北大讲坛时，决心以一种不同于前人的新的观念和方法，从头梳理和讲解西方美史。那时对于大多数人来说，美学是门什么学问，具有什么意义，并不很清楚。所以他追寻第一批哲人的足迹，讲授古希腊罗马美学，不仅是介绍那个时代的美学，还需要厘清美学自身的一些问题。美学开始于用观念，而不是用感觉对世界进行描述。从毕达哥拉斯的"和谐"，到柏拉图的"理式"，亚里士多德的"整一"，一直到朗吉弩斯的"崇高"，这就是希腊和罗马人所勾画的美的历史。为了了解这一段美的历史，思维就必须学会超越经验世界，在观念世界中捕捉美的踪迹。古希腊罗马人通过自然反观自己，中世纪的人通过上帝来体认自己；古希腊罗马人从经验出发，一步步进到超验领域，中世纪的人从超验出发，一步步回返到自身；古希腊人遵循的是从个别到一般，从具体到抽象，从物质到精神的规律，并以美学范畴的形式揭示了这个超离自然的过程；中世纪的人遵循的则是从一般到个别，从抽象到具体，从精神到物质的逻辑，以反思和思辨的形式探讨了回归上帝的行程。继之他认为，中世纪神学美学不是美学史的特殊时期，而是美学史的一个不可逾越的、必然的阶段。古希腊罗马美学依附在自然哲学之上，人们作为自然的人，从自然，即从经验世界中发现了美；中世纪美学则依附于基督教神学，人们作为肖似上帝的人，从上帝、从超验世界观照了美。美学正是借助神学的庇护，超越自然，进入了它发展的第二个阶段——以神学方式完善和展现自身的阶段。中世纪美学是古希腊罗马美学的延续，同时也是文艺复兴之后近、现代美学的另一个源头。

对于文艺复兴之后近代西方美学的发展，黑格尔在《哲学史讲演录》中作了很精辟的概括。他谈的是哲学也是美学。依据是感性与理性、自由与必然、经验与超验的"联合"，也就是古希腊罗马精神与希伯来精神的"联合"。黑格尔的最大贡献在于将作为本体论的三位一体概念转换成一种哲学方法论，将绝对理念自身存在的形式与心灵向绝对理念回归的形式统一在了一起，从而为历史地和科学地认识美与艺术的生成和发展提供了可能。

1986年阎先生写了《西方美学的历史与逻辑》一文，在文章的最后写了这样的话："马克思主义美学的诞生宣告了西方古典美学的终结，预示了现代美学的开始。美学作为一种本体论、认识论已经过去了，而作为一种社会学、心理学、现象学，作为一种方法论又成为人们关注的课题。随后，进入朱光潜先生的美学世界，采取历史与逻辑相统一的方法，按照时间顺序对朱光潜美学做了梳理和评论，认为朱先生经历了一个综合——批判——综合的过程。他依据马克思主义基本原理，对于生产实践与艺术实践、经济基础与上层建筑、人性论与人道主义、形象思维与抽象思维、审美主体与审美客体等一系列关系所做的表述及由此构成的理论框架，有力地推动了当代中国美学的研究。朱先生美学是建立在对"美是什么？"问题的回答上面，通过对主客观统一命题的三次转换，朱先生从最初的艺术心理学转向了哲学和美学，从康德、克罗齐转向了马克思，从知识论或认识论转向了存在论。不过，这是一个尚待完成的过程，朱先生还不是一个完全的马克思主义存在论者。接着，他写了两篇文章：一篇为《对传统的现代解释——朱光潜论意象、意境与境界》；另一篇为《论朱光潜的学术品格》。

前一篇意在阐明朱光潜先生通过对意象、意境、境界的阐释，将中国传统美学与西方美学衔接起来。受朱先生的启发，他对意象、意境、境界做了进一步的阐发。意象之"意"是象中之意，意境之"意"是境中之意，都是受限定的。而境界则是无限定的，因而是一种天人合一的超凡的自由状态。后一篇意在张扬朱光潜先生崇高的学术品格，朱先生之所以在学术界享有崇高的威望就是他始终坚守这一信条，将学术视为"国家命运所系"的伟大事业。

1995年，阎先生出版了《走出古典——当代中国美学论争论评》一书，认为争论的整个过程，就美学来讲，就是从以二元论为特征的古典美学逐步向一元论的现代美学过渡的过程。认为人性主要是人类学、社会学、伦理学的概念，是人作为类的存在物的特征，是生成的而非获得的。围绕《1844年经济学—哲学手稿》（以下简称《手稿》）的论争，实际上是人性论、人道主义争论的继续，是从人的最基本的"生命活动"——生产劳动及由劳动所构成的人与自然、人与人的关系，即从最基本的经济事实出发来谈人性与人道主义。劳动的这种自由自觉的性质，将人与动物区别开来，赋予人以社会性，并使人性的存在成为一部由自然不断向人生成的历史。"对人的追问"是对人的劳动及由劳动所构成的特定的人与自然、人与人关系的追问。《手稿》中三个概念或短语："劳动创造了美"、"人的本质力量的对象化"与"人化了的自然界"、"美的规律"。"实践"——生产劳动这个概念，将它置于美学的基础性地位。

论争于是延及"人类学本体论"的发明者李泽厚，他谈的不是文学，而是美学，"人类学本体论"（又称"主体性实践哲学"）是美学的哲学依据。自康德提出"人是什么？"，哲学人类学就成为哲学界所热切关注的一个领域。作为哲学，它的"第一个任务"是确定"人在宇宙中的地位"，"第二个任务"将全部立论置放在"主体性"这个根基之上。李泽厚就站在了一个新的立脚点，他提出的"实践美学"已经过时，美学需要从反映论的"客观论"向"实践论的客观论"转变，从"批判的、革命的哲学"向"建设的哲学转变"，从"美的哲学"向"审美心理学"转变，将"文化心理结构问题，即心灵塑造和人性培育问题"，作为马克思主义美学的"主要课题"。李泽厚是"实践美学"的创立者，也是它的解构者、颠覆者。新感性、天人合一等概念恰好成为人们审视和反思的平台。在继起的论争中一方面是"实践美学"的渐趋消解，另一方面则是"超越美学"、"生命美学"、"体验美学"以及"新实践美学"等的相继兴起。

阎先生认为关键性的一个问题，就是中国需要什么样的美学？自 20 世纪初美学传入中国后，美学学科的性质就一直没有厘清。梁启超、王国维、蔡元培、宗白华、朱光潜等人都从知识论的角度理解美学，认为美学就是有关艺术与审美教育的科学，把美学与艺术哲学完全看成一个东西，李泽厚的"实践美学"将审美心理学置于"主体"和"中心"的位置。美学所要讨论的绝大部分问题，归入了心理学与艺术学。20 世纪 90 年代之后，随着文化学的泛滥，一大批学者争先恐后投入了对它的研究，美学自身的问题已开始从一些学者的视野中淡出。在这种情况下，"什么是美学？"随着经济和文化等实证学科的兴起，无疑是个迫切需要回答的问题。

阎先生坚信中国需要美学——一种作为哲学分支的美学，一种与心理学、文艺学、社会学相区别的美学，一种立足于形而下的经验世界，而以形而上的超验世界为终极指向的美学，因为相信人的觉醒，人格的完善是中国革命和建设所面临的重大课题，而这正是美学的出发点，是审美教育的诉求和宗旨；相信中国五千年来优秀的艺术文化遗产需要整理和阐释，而这正需要美学提供一种审美的视角和尺度；相信在经验主义、形式主义、实用主义畅行无阻的时代，尤其需要讲一点"出世"的精神和宗教情怀，而美学正是通往人生最高境界的"桥梁"；相信未来社会应该是"彻底的人道主义和彻底的自然主义的统一"，而这只能寄希望于人的全面发展以及人与自然的全面和解。在这个问题上没有任何科学能够比美学更有话语权、更有价值、更值得尊重。

对为什么中国需要美学，阎先生明确认为可以用以上这样几句话来回答，尽管不够确切，不够完善。但对于什么是美学，美学与心理学、文艺学、社会学等学科的区分，就很难用几句话来表述了。美学从诞生之日起，虽然已经二百多年，但始终没有确切的定位和边界，与之相关的研究对象、基本问题、范畴、方法论等都在讨论中，整部美学史可以说就是一部不断提问和不断回应的历史。所有的美学家都可以对"什么是美学"作出回答，都可以创设一种美学，但绝对不可以成为唯一的美学，美学的多样性是美学的一个重要特征。

要回答"什么是美学"就必须了解历史上曾有过的各种答案，知道在所有的问题中已经解决的是什么和尚待解决的是什么。阎先生将一百年来的中国美学的发展概括为七种模式的转换和更迭的过程。这七种模式是：王国维的以"境界"为核心概念的美学；宗白华、吕澂、朱光潜（前期）、叶朗的以美感经验为核心概念的美学；蔡仪的以"典型"为核心的美学；高尔泰的以自由为核心概念的美学；李泽厚、朱光潜（后期）、蒋孔阳的以"实践"为基础概念的美学；周来祥的以"和谐"为核心概念的美学以及以"生存"或"存在"为核心概念的后实践美学。这七种美学从不同的角度对什么是美学，美学与其他相关学科的关系做了自己的回答。正是通过他们之间的质疑、论辩和反思，中国美学在一百年来才有了长足的进步。但是，所有成果都只是阶段性的，美学的许多最核心的问题还在争论中，还需要进一步思考和研究。所谓最核心的问题，指的是：学科定位、研究对象、基本问题、范畴体系和方法论。对这些问题，阎先生做了如下的回答。

接受美学是哲学的一个分支的提法，但不是传统意义的认识论，也不是李泽厚所理解的"美的哲学"。美学所以是哲学的分支，是因为美学必须建立在一定的哲学体系之上，必须禀有形而上的超验的本性，又必须有仅仅属于自己的形而下的经验的领域。艺术哲学的对象是艺术，美学的对象是审美活动，艺术哲学是对艺术作为生命总体或观念总体的哲学思考，其中包括审美活动；美学是对审美活动作为一种生命形式或情感形式的哲学思考，其中包括艺术。因此，不赞成将艺术哲学与美学混同起来。至于艺术社会学，虽然也以艺术为对象，但其着眼点在社会，而非人生，对于美学只有比较、参照和借鉴的意义。赞同将美学对象确定为审美活动，但不同意以"主体性"与"对象性"或以"超越性"界定审美活动，把审美活动视为没有内在空间和过程的一成不变的存在物。审美活动具有三个不同的层次,这就是:直觉—形式,想象—意象,生命体验—终极境界。人类无论就个体还是群体讲,都在不同程度地反复经验或体验着这三个层次。审美活动一方面植根于现实的物质实践,另一方面指向理想的超越境界,这种绵延和伸展的特性就是康德所以称审美判断力具有"桥梁"意义的原因。美学的基本问题是什么?一百年来,中国美学几乎始终限定在艺术之内,把艺术对现实的反映和超越当作美学的基本问题,美学的基本问题应是人与自然、感性与理性的统一问题,艺术与现实的关系只有在这个意义上才属于美学问题。所谓人与自然、感性与理性的统一,就是马克思讲的人的本质力量的全面发展,人道主义与自然主义的统一问题。

美学是一门交叉性、边缘性的学科,方法论的综合性、多元性是必然的,但是美学作为独立的科学应该有着不同于其他科学的研究方法,这就是体验、反思、思辨。审美活动本身就是一种体验活动,但是,仅仅体验是不够的,必须通过反思,上升为普遍性,美学还必须借助于思辨从形而下的经验性活动中揭示形而上的超验性的东西,"追踪并领悟生命的意义"。学术界对美学范畴的理解是比较混乱的。问题还不在对范畴的数目和种类的区分上,而在对范畴的性质和定位上。范畴虽然是认知的产物,是最高概念,却是以事物本体的存在和运动的形式为其根基的。范畴是本体在运动过程中形成的若干侧面,其数量是有限的。由于运动是向对立面的转化,所以范畴总是相互对应和相互转化的。西方马克思主义者不认为超越就是否定,因此,很少将否定与超越联系起来,乃至对以超越性为旨归的西方传统美学持批判的态度,这样,既使美学丧失了来自形而上的超越层面的支撑,又使批判陷入了肤浅的经验主义和功利主义中。整个西方美学史就是提出来并确认存在一种超验之美,探讨如何通过审美超越,从经验之美升达到超验之美并与之融通起来,为人的自我实现和自我救赎,即人的自由提供一种可能。首先将超验之美与美的超越性区分开来。凡美都有超越性,指的是对自己有限旨趣,特别是与自己相关的世俗功利的超越;而超验之美是指对整个经验世界的超越。美的超越性就是康德讲的"桥梁",其意义在于将人从感性引渡到理性,从有限引渡到无限;而超验之美像点燃着的一盏灯,其意义是在于让理性和无限——生命的终极境界闪烁出光明。美的超越性涉及的是人的认识和情趣，超验之美则把人们的认识和情趣升华为信仰或信念。形式、肉体、模仿、想象、爱等，每一个因子都必然地引发和导致超越性，但只有将它们融合为浑然的整体，从而达到主客合一、物我两忘的境界，超越性才会升华为超验之美。

从这个意义上讲，柏拉图无疑是西方美学的奠基者和开创者。他所谓的"爱本身"就是指超验之美，由于超验之美是超越一切经验之上的，所以他认为通达超验之美的道路只有爱和"回忆"。亚里士多德与他不同，力图证明美是一种经验性的存在，是"整一"，是"秩序、匀称、鲜明"。新柏拉图主义之后，一直到15世纪末，超验之美始终是美学讨论的主题，美就是上帝的名字，通向超验之美的路就是皈依上帝的路。而从文艺复兴和宗教改革开始，超验之美就被搁置起来了，先是由但丁开启的自然—人文主义，之后是由休谟阐发的经验—感觉主义以及由布瓦洛倡导的古典—理性主义对经验之美进行了广泛的张扬，自然、感觉、"合情合理"被认为是审美活动的内在根据和尺度。18世纪中叶以后，人们尝试着在认识论的框架内对经验之美或超验之美进行综合。于是，美学作为一门科学诞生了。黑格尔批评了康德以"理性的主观观念"的形式去调和超验世界与经验世界的对立，以主观合目的性去解释审美的超越性，同时肯定了谢林将超验世界与经验世界的统一理解为"理念"本身，将艺术看作是超验之美的显现。在黑格尔看来，"绝对理念"就是"绝对心灵"，而"绝对心灵"就是"绝对的自我外化"，哲学、宗教艺术都属于"绝对心灵"的领域。艺术的目的是"绝对本身的感性表现"，美则是"将理念化为符合现实的具体形象，而且与现实结合成为直接的妥帖的统一体"。理性主义在德国古典美学中得到了空前的张扬，也走到了自己的反面。胡塞尔的现象学的创立，宣告了生命哲学和心理主义的终结，促使美学逻辑地转向了存在主义。海德格尔等的存在主义对经验之美与超验之美做了第二次综合。它的起点不是纯粹的感性，而是感性与理性，同时也是经验与超验的原始同一，即与自然间某种"先定的和谐"——"共同的实体性"。它的重点不是绝对理念，而是人与自然的最终和解，即海德格尔说的对"世界"及"在世界之内可通达地存在着"的"领会"。"天、地、神、人共舞"；就是通过身体"感知"并"拥有整个世界"。西方美学史并没有终结。存在主义美学没有完全脱离审美乌托邦的性质。马克思所设想的人的全面发展，人本主义与自然主义的彻底的统一，作为美学问题，尚待从理论上给予真正科学的论证和合理的解答。

基于上述理念，阎先生从 20 世纪 90 年代开始，思考爱的哲学与美的哲学的关系，认为美感的真正奥秘在对美的爱，只有爱才能说明人们为什么能在欲望、直觉、内模仿、联想、移情中获得审美的愉悦，同时又能在审美愉悦中得到整个精神和人格的提升。意识到与柏拉图的区别，不是把爱理解为外在于人的神，而是理解为在性的基础上，在社会交往和生活实践中生成的人的基本的生命机制。认为爱是与欲望、认同、同情、怜悯、依恋、友情、新奇、尊敬、忠诚、仰慕、自我实现等因素组合而成的心理体验或经验，是一个家族；美是由对象的不同特征和主体的不同心境相碰撞和相融合而形成的价值判断，美也是一个家族。爱与美有着共同的本源。爱与美有着对等的定位。如果理智、意志、情感是三位一体的心理结构，爱就是理智、意志、情感的共同的基础、内在机制和价值取向；如果真、善、美是三位一体的价值结构，而真被理解为存在的本体，善被理解为存在的趋向，美被理解为存在的表征，那么，爱与美就具有相互对应的定位，爱就是对存在的表征，即事物整体的爱；美就是让整个心灵投入其中的美。爱与美有着共同的意义。爱的意义就是指向美，美的意义就是彰显爱。鉴于此，美学作为感性学，或作为超越之学就有了一层新的意义，因为爱与美将我们逼到了生命的根底部，同时又将我们推向了生命的终极部。

美学是感性学，但在德国古典哲学中，感性只是一个被超越、被扬弃的环节，美被理解为理念，美学的使命就是揭示从感性到理性的超越过程。以至于感性向理性超越，长期以来成为美学的基本主题。

感性是要被超越的，但是，理性同样是要被超越的，审美活动的终极境界是感性与理性，即人与自然的完美的结合。回返感性，实际上就是回返生命的根底部，从而为超越有限生命，实现感性与理性、人与自然的彻底统一提供一个坚实的基础。

阎先生长期以来从多个视角阐述美学的学科内涵，其核心问题和最高旨趣，是从经验之美到超验之美。他明确指出，决定审美超越性的不是回到生命的根底部，而是确立生命的终极部。只是由于有个终极境界，即超验之美，审美活动才总是带有一定理想的性质，带有否定的和批判的性质。认为终极境界存在于信念或信仰中，而不存在于思虑或想象中。长期以来，我们的理论界、学术界、文化界比较多的是讲实践、实用、实效，很少讲信仰。有没有信仰，是人与动物的基本区别之一。无论对于个人，还是对于社会，信仰都是不可或缺的精神支柱和动力。信仰核心的内涵必然是融真、善、美于一体的超验的存在。美作为生命体验是直觉和想象所不能达到的生命的超验部，即生命的终极境界。在这里主体（人）与客体（自然）完全融合为一。按照黑格尔的说法，就是绝对理念与绝对心灵的同一；按照老庄的说法，就是天道与玄德的同一；按照海德格尔的说法，就是"天、地、神、人的共舞"。信仰问题涉及从经验之美到超验之美这个最核心问题和最高旨趣，因此，将美学称为信仰之学。或曰：在超验之美面前，我们永远是一个探索者，超验之美的真正意义，在于它是一盏高高悬在未来的灯，不仅照耀着，而且指引着我们的行程。

在如上学术思想梳理与深思中，阎先生突出地提出了"中国需要什么样的美学"和"美学的定位、基本问题、范畴与方法论"两大关键性的问题。他的"四个相信"，高度概括了中国为什么需要美学，即相信人的觉醒、人格的完善是中国建设发展面临的巨大问题，相信中国五千年来优秀艺术文化遗产需要美学提供一种美学的视角与尺度，相信经验主义、形式主义、实用主义畅行无阻的时代，需要出世的精神情怀，而美学正是通往人生最高境界的"桥梁"，相信未来社会应该是彻底的人道主义与彻底的自然主义的统一，而这只能寄望于人的全面发展以及人与自然的全面和解，对此没有任何科学能够比美学更有话语权、更有价值与更值得尊重。同时，他以高端视野明确指出，美学从诞生之日起，虽已越二百多年，但始终没有确切的定位，整部美学史也可以说是一部不断提问和不断回应的历史。所有的美学家都可以对"什么是美学"做出回答，都可以创设一种美学，但绝不可以成为唯一的美学，因为美学的多样性是一个重要的特征。

对于阎先生上述高端与亲切的学术话语，我怦然心动，挚情满怀，悠然回想起20世纪80年代初我在北大哲学系聆听每位优异哲人的远见卓识与智慧点拨。关于什么是美和美学是怎样的学科等问题，我常常在高塔仰天，荷花绽放的未名湖无限美景里漫步幽思。有一次彩虹满天、青荷绽开、鸟语萦耳、人声润腑，我瞬间顿悟：自人类诞生以来的恒久追问，美与审美是什么？就是生命对生命的启动，生命与生命的拥抱和生命对生命的提升。我于1986年8月在《美与当代人》(后易名《美与时代》)杂志上，开辟了一个美学专栏，首篇文章为《当代人对美学的亲近与美学亲近当代人》。指出早在19世纪40年代，马克思就曾预言过自然科学的社会化和社会科学的科学化以及两者的融合。当今世界不断涌现的新兴学科、交叉学科、边缘学科等大量事实证实了这一预言。与此同时，科学的发展趋势发生了明显的变化，人们把研究的重点从对物理科学的研究转向生命科学的研究。不仅如此，我们认为，由于多学科、跨学科综合研究方法的被重视，高端的研究将走向对人类生命内外宇宙统一理论的探索。美学究竟是怎样一门学科，就是与人类幸福有着密切关系的一门宏观与微观、理性与感性有机统一的学问。粗略地说，它是研究什么样的人、物、社会、生活、艺术才美和怎样按照美的规律去创造和享乐的一门学问。它包含古今中外一切美的东西和道理，但又不是一一考察它们，而是从宏观与微观、理性与感性相统一的角度加以研究，从中总结出带有普遍性、规律性的东西。它要研究人类各种审美活动，研究人们在这众多的活动中按照美的规律去创造美和欣赏美。它曾经只被少数人所珍视，在今天已被广大人民群众所喜爱，并行将被全人类所格外重视。我们所要强调的是，研究和运用美学离不开研究天地生命之精华的"人"，人的概念是在不断地丰富的，什么叫"人"？人类历史表明，人之所以为人，同人能够在身心诸方面都获得美的形态和美的品格有密切的关系。通过社会实践，人从"自然人"上升为"社会人"，再上升为"审美的人"，大体上构成了人类发展的轮廓与轨迹。从这种意义上来说，美的含义与真谛，要到实践着的人的内涵中去领会，人的内涵要用美的含义与真谛去丰富。特别是到了今天，作为一个当代的人，如果不懂得美，不追求美，不会欣赏和创造美，那便是在精神、气质和能力上有严重缺陷的人。

只要稍加留心，就不难发现，当代人的衣食住行、言谈举止、创造发明和自我塑造等，都贯串着一条主线：这就是对美的强烈的追求，对美学思维方法的不同程度的运用。可以说，当代人生活的主旋律将会是美的旋律，审美理想的旋律。

当代人对美学如此地亲近，同当代人的特点有密切的关系。概括起来，有三个最为本质的特点：

第一，当代人对人类命运普遍关心，认为快速发展的现代文明，今天亟须进行美学的规范。单说人与自然的关系，由于全世界范围的环境污染和生态失调，迫使人类不得不考虑这样一个既是理论，又是实践的尖锐问题：人类文明的脚步，如何走动才算适宜？以研究人与人，人与自然之间的关系、人与自身的关系怎样取得和谐为中心课题的美学，也就空前地大有用场。

第二，当代人在关心人类前途的同时，对自身人格的美好塑造格外强调。"认识你自己！"这个古老而神圣的箴言，对于当代人更具有魅力。他们塑造自身，是为了造福人类。为了造福人类，他们不断提高自己。他们努力使自己从单一"实用型"的人，变成"审美型"的人。这既是自我意识的成熟，又是对人类走向新文明趋势的遵循。

第三，当代人由于对高科技、高智慧和高情感极其重视，导致了对美学思维方法的空前关注。新的高科技的广泛运用，给当今世界的经济结构与社会活动等带来了巨大的变化，相应地也使人们的生活摆脱了单一的格局，而呈现出无限的多样性。当代人所面临的客观世界和所拥有的主观世界，较之以往任何一个时代，都异常地复杂化和崭新化了。这就要求当代人必须进行全方位的思维和采用综合的方法解决问题。那些向来在头脑里分明表现为两极的东西，诸如客体与主体，宏观与微观，感性与理性，物质文明与精神文明，自然科学与人文社会科学，在当代都日趋融合。而美学作为一门高度综合的学科，其思维方式正与当代人的思维素质、品位追求相合。

当代人亲近美学，也要求美学亲近当代人，当今的美学，应该积极参与人们的各种物质生产和精神生产活动，回答当代社会实践和现实生活提出的有关美的问题，为当代人的新文明生活进行宏观的设计与崭新的施工。美学经过时代的洗礼，业已具备了当代的特征。这就是高度的综合性与创新性、鲜明的主体性与亲和性、极大的开放性和可应用性。随着当代人作为人的内涵的丰富，当代美学正自觉地向当代人亲近，包括对审美主体的人、审美心理的奥秘和身心灵肉的整体性等进行了深入的研究。人类不仅曾经需要，现在需要，而且将永远需要用美学的观点、方法，去塑造自我、把握世界和创新人间。

基于在北大聆听名家讲演和阅读图书馆珍藏的中外名著，我于1990年6月继1986年12月的《美学大观》后，出版了《中国当代美学》，该书首章以"美学总体上的全人类意识"为题，概括指出当代美学面临的种种困惑与当代人类面临的种种困惑，亟须走向美学自身的综合、人类自身的综合和"美学—人类"统一的大综合。作为这种大综合的结果，在理论上，就宏观而言，将是人类战略学美学的诞生；就微观而言，将是人类人格学美学的诞生，而在实践上，将是新人或新的人类的诞生。所谓美学自身的综合，包含东方美学与西方美学、传统美学与现当代美学、理性主义与非理性主义、科学主义与人本主义、客观论与主观论、自然论与社会论、认识论与实践论、价值论与关系论、本体论与现象学、结构论与符号论、信息论与系统论、审美发生学与审美生态学、元美学与美学学、基础美学与应用美学等的综合。所谓人类自身的综合，就是人类带着历史的积淀和全部的丰富性，在最高的层次上实现人类的复归和人性的重建。而要实现美学自身的综合，就必须根植于人类自身的综合。而要实现人类自身的综合，就必须借助于美学自身的综合。人类自身的综合是美学自身综合的现实依据，美学自身的综合是人类自身综合的理论头脑，两者是互为条件、互为动力的。进入20世纪以来，随着科学技术的突飞猛进和社会现代化进程的加快，人与自然、人与社会、人与人之间的和谐与不和谐关系交织并进，人类赢得更多幸福的可能性与遭受更大厄运的可能性同时降临人间。在人与自然的关系上，"我们必须学会和地球在一起生活！"在人与人的关系上，"我们必须学会在地球上共同生活！"在人与美学的关系上，"只有美能拯救人类！"已成为当代人在大彻大悟之后的行动口号。正因为如此，向来以研究人与人、人与自然、人与自身之间的关系怎样取得和谐为中心课题的美学，不仅空前地大有用场，而且被推到众学科之首。而当代美学自身的综合和当代人类自身的综合，正是对人类昨天、今天和明天的生命呼唤和理想追求的一种综合性和整体性的回答。

也就是说，当代美学将是一种"大美学"，一种跨众学科之疆域，居众学科之首位的"大美学"，将是双手抱起呱呱坠地的新人类或曰"大人类"的助产师！①

我时任郑州大学美学研究所所长，应北大、人大、清华、中国社科院等众多美学专家倡议，由郑大美学所和《美与当代人》杂志在联合国教科文组织确认的世界地质公园河南焦作云台山风景区，于1992年5月主办召开了全国当代美学研究学术会议，《光明日报》特派记者谷文雨进行采访与深度报道，以《当代美学大转型及其深远意义》为题，刊登于1992年11月29日的《光明日报》，该文重点介绍了阎国忠教授、蒋培坤教授和我等对当代美学发展的观点。阎先生精辟地指出，改革开放以来，中国当代美学的研究成果未能得到与当代理论水平相切合的水平。比如美与真、善的关系问题、美与艺术的关系问题、审美的感性活动与理性活动的关系问题等。建设有中国特色的美学理论体系应该从三个方面去努力：一是对当代中国的审美文化现象、特别是艺术实践要充分把握；二是对相关学科的最新成果要积极借鉴；三是对中西美学要进行全面深入的分析与综合。其中，美学与时代的审美文化关系尤为重要。可以说，中国当代美学的主体，既不在中国传统美学，也不在西方当代美学，而存在于中国现实的审美文化之中。美学作为观念体系，它是一定审美文化的反映；作为方法论，它又是观察分析各种审美文化现象乃至人生的手段。在这一点上，其性质功用是与哲学相通的。它之所以具有方法的性质，又与美或审美活动的特点分不开，可以说以美及审美活动为研究对象的美学，是观察了解人生的一个重要窗口。建设当代美学理论，从一定意义上说，不仅仅是美学界的事，而且是整个社会的事。如何看待美，不单是理论的问题，而首先是观念的问题，只有一种新的观念产生了，新的理论才能出现，美学界所要做的事，是用理论的形式把本来不确定的，甚至尚处在萌芽状态的某些观念加以定性。我们的美学家应走向社会，融汇到当代改革开放的大潮中去，认真观察和分析随着经济发展中国传统的审美观念和艺术发生了怎样的变化，经济的发展与审美和艺术的发展是怎样

---

① 参见张涵、张宇《新人间美学》，中国青年出版社2008年版，第63、89—90、105、228页。

一种关系，在人们的精神文化日趋丰富多样的形势下，艺术的社会职能如何，艺术向生产实践的渗透，生产过程、工具及产品的艺术化是否代表了历史的趋向等。上述当代美学观，在学术界产生了深远影响。

由于未名湖漫游时对美、审美与生命的血肉关系的顿悟，时刻蕴含运化在美学教学与科研整体活动中，我在1995年8月由西苑出版社出版的《中华美学史》中，对于中华美学的总精神与国际性内涵，作了如下整体揭示：

第一，包举天、地、人三才的大审美观。即由《易经》开创的对宇宙人间进行整体而有机掌握的全方位、立体式的大审美观，也就是融"象"、"数"、"义"为一体对天、地、人、生命所进行的整体动态把握。

第二，身心一元论的精气神相统一的生命运化递升说。这是中华美学思想体系里的一个中枢部分。与西方审美理论立足于哲学上的身心二元论和心理层面上的知、情、意三分离相反，中华审美理论是建立在身心统一与天、地、人三才合一的大生命观基础上的，从而使人的生命活动得以处于一种"日日新，又日新"的最佳状态。这早已成为中国人的一种人生态度、生活态度、思维方式和行为方式。

第三，拥抱生命又超越生命的审美理想人格追求。纵观当今世界，不难发现人类比以往任何时候都更加注重求索生命的意义，更加看重人格的建构。以生命拥抱生命，以生命开拓生命，以生命超越生命，这是中华美学关于审美实践活动本质的见解，也可视作塑造审美理想人格的基本构架。恰与西方民族和印度民族把人的生命存在方式截然区分为此岸与彼岸不同，中华民族自古以来就将生命存在方式看作一种连续递进的流程，并视生命活动本身为一个大的审美过程。对于人之生命，认为有拥抱才能有开拓，有开拓才能有超越，开拓与超越又都是为了更好地肯定生命。这就是说，对生命的拥抱、开拓与超越，组成了中华民族生命活动的"三重奏"，也构成了审美理想人格递升的"三境界"。中华传统文化所倡导的"民胞物与"、"天人相合"、"天行健，君子以自强不息"等思想，正体现了一种拥抱人类、拥抱自然和不断开拓与超越自身的理想人格精神。今天，当人类反思自己近百年来的所作所为的时候，中华审美人格范型的世界性内涵，正有待于人们去阐释与革新，从而为当代新人格的建构提供有益的经验。

由上可知，中华美学是一个极富生命力和潜力的大生命理念系统，具有极大的开放、包容和创化的机能。其光辉的五千长卷，生动地展现了中华民族沿其生命形态、文化形态和审美形态互生互动的轨道而生成和发展的历程，深刻地揭示了人的生命本体通过大审美实践活动不断得到开垦与提升的这一普遍性或曰国际性的内涵。①

我的美学研究深蕴着对北大著名美学家和哲学家们的亲情，在2008年5月出版的《新人间美学》的后记中，我这样倾心写道："人世间，天地间最亲近您的、最疼爱您的，而您却最不了解的，在我看来就是'生命'。问'生命'是什么，问'生命'是怎么样的？就是问'人间'和'宇宙'是什么，问您我作为'人'是怎样的？"

曾在一首诗里，我们这样写道："恰在那年那月那日您发出平生第一声啼哭，恰在那年那月那日我被放进一个鲜花编织的摇篮，于是我们都各自开始了自己的童年……"也不知道是在什么时候，我突然自觉将个人的童年与人类的童年，地球的童年与宇宙的童年，人间的童年与美学的童年，血肉不可分割地融合在一起来研究，从而诞生了本书的美学思想。我以一个生命的感恩者、开垦者的身份，衷心感谢我在北大时，冯友兰、朱光潜、宗白华和汤一介等乡师、学者的智慧点拨；衷心感谢杨辛、于民、阎国忠等教授、学者的辛勤培育；衷心感谢叶朗教授论著的有益启迪；深情难忘未名湖畔那穿越无限学术时空的日日夜夜……感谢与我在学术人生上时时砌琢的张中秋等同桌亲朋，感谢与我以心换心的四海朋友……该书出版后受到北大、人大、清华、中国社科院众美学名家好评，《求是》杂志、《光明日报》等报刊予以发表。其中阎先生作如下厚爱点评：西方美学基本上限制在个体——情感——艺术这个范围，而《新人间美学》强调的不是个人，而是"人间"；不是一般的情感，而是"新人类"与"大人格"；不是传统意义上的"小"艺术，而是与"大生命"互补互动的"大艺术"。传统美学的逻辑起点是"美"，这部书的逻辑起点是"美的规律"。传统美学把人的自我超越或自由当作最高的旨趣，这部书则认为美学的最高旨趣应该是"美者优存"。所谓

---

① 参见张涵、张宇《新人间美学》，中国青年出版社2008年版，第202-221页。

"美者",就是以"智、艺、健"为人格动力构架的天、地、人互为审美对象的新人、新人类,所谓"优存",就是"物质生产与精神生产、物质生活与精神生活协调发展","人的生命维度与生命时空不断开垦与更新的人人共创共享、天地人同乐大生命美之大同大美境界"。传统美学是"封闭式的、远离生活"的体系,《新人间美学》的构想立足于今天的现实,是对人类文明正在发生的"全球性、结构性、范式性大转型"的积极回应。这是这部书的一个重要特点。应该说,这样一种大兴大立、大开大合的学术视野与学术风格,对学术界是个不小的冲击,美学或许能从这里获得激励和启示。对此,我谨以深情致谢。

要而言之,在有关美学的学科内涵方面,在中国需要什么样的美学,当今人类需要什么样的美学,如何构建这样的美学等关键性的问题上,我沿着阎先生和北大诸美学名家的学术思路,吸收中外古今美学高层理念,在《新人间美学》的多个章节中做了多角度回答。其中在第十三章中西美学会通与人类文明走向大亲和中,作如下表述:中西美学思想的交流可谓源远流长,特别在20世纪初期,以王国维、梁启超、蔡元培等为代表,不仅为中西美学思想交流架起了桥梁,而且他们各自在融通中外古今美学资源的基础上,均提出了很有见地的美学主张,这既为中国现代美学的建构奠定了扎实的基础,又为中西美学思想交流会通发展做出了某种典范。跨入21世纪以来,中西美学界之间的交流出现了可喜的局面。但是,双方在反思"自我"、寻找"新我",和在多元文化交流融通基础上,如何共建与当今人类精神期盼相应的新的美学思想体系,尚处在艰苦的探索路上。为了美学在21世纪的繁荣和发挥美学在人类文明进程中独特的功能,中西美学家应该携手改变这一局面。为此,第一件要做的大事情,就是共同寻找和建构中西美学的根本性对话框架,即交流会通的主题性框架。

具体来说,在思维方式上,中华人重整合,又重悟性,西方人重分析,又重实证;在对自然的认识上,西方民族重万物的物性,中华人重万物的灵性;在对人自身的态度上,西方人重人的肉体与灵魂的相悖性,中华人重人的身与心的协调性;在人与自然的关系上,西方人强调人对自然的征服性,中华人强调人对自然的亲和性;在人与人的关系上,西方人强调人的个性张扬,中华人强调人的人格修养;在对生命的终极关怀上,西方人是纯宗教的,中华人是宗教式的,或曰对生命"日日新"的坚信。由于生命意识和审美意识上的这些主要差异,中西方就各自生成和发展出了不同特点、不同形态和不同范畴体系的美学思想。中西双方通过这些层面上的对话与交融,大家就会一方面看到人类审美意识的同根性,这就是中西方都重视生命的超验性与回归性,另一方面又看到彼此间的差异性,有了这种比较,就容易从根基上和整体上认识和把握中西美学各自的特质,而不至于陷入范畴隔膜不得要领。要而言之,哲学与美学,归根结蒂,皆是生命与生命谱系之问,是自然与人的生命"从何而来、正在何处、又向何去"之问与解答。

进入21世纪,全球化浪潮不仅在一般的经济、政治和文化意义上改写着人类的工作和生活,而且在整个人类文明范式上将重塑人类自我。在这样的宏大背景下,中西美学对话的意义,就远不止于双方的交流与借鉴,更在于顺应和迎接迎面而来的人类文明的大转型。由于种种历史的条件和机缘,欧洲率先在500年的时间内相继发生了文艺、科技和哲学等方面的变革,从而创造了辉煌的西方现代文明。但这一文明模式的最大特征,是物质产品总体上的空前丰富和人们精神生活上的空前迷茫,因而西方学者对此种文明模式开始讲行全面反思,包括哲学和美学的反思。特别是到了20世纪末,历史的终结(福山)、人的终结(福柯)、作者的死亡(罗兰·巴特)和哲学终结(德里达)、美学终结(阿诺德·柏林特)、艺术终结(阿瑟·丹托)等终结论同时出场。虽然这些话语各自诉说的语境并不相同,但在反思西方现代文明范式、寻找人类文明新范式的意向上都是一致的。可以说,从范式高度,反思西方文明和建构新型人类文明,已成为东西方与全人类在新世纪与新千年的主题性话语和面对的诸重大问题的总聚焦。当代人类在实践上的众多困惑与当代哲学的众多困惑,双双需要通过美学上的大综合、大提升来解决。这就是说,当今人类必须将文化自觉上升为"文明自觉"、将生态自觉上升为"生命自觉"、将哲学反思上升为"美学自觉",才有可能找到正确的解决之道与全球性方略。这"三大自觉",其中"生命自觉"是"文明自觉"、"美学自觉"的主体;"文明自觉"是"生命自觉"、"美学自觉"的范式;"美学自觉"是"生命自觉"、"文明自觉"的头脑,彼此血肉相连密不可分，共同推动人类的人格由"适者"型不断地上升为"美者"型，人类的生活由"生存"型不断地上升为"优存"型。

至此，关于"我是谁？我们是谁？"的人类生命谱系之问、关于"我们从哪里来？今在何处？又向哪里去？"的人类生命里程之问，就有了一个恰如晨曦初现的轮廓：伏羲女娲们、亚当夏娃们的创世纪精神（包括世界各民族的创世纪传说），是我们心身灵肉的"母结构"，称作人类文明史上的第一个"轴心时代"的哲人们，又继而将其阐释之、光大之。在百多年前一生为解"历史之谜"、"人之谜"与"美之谜"而情思勃发的马克思和近现代以来以不朽巨著等方式做出划时代贡献的中外大家们，都力图勾勒某种堪称科学形态的创世纪蓝图（马克思称之为"这样一个联合体，在那里，每个人的自由发展是一切人的自由发展的条件"）。跨入新世纪、新千年以来，当代人对日常生活审美化的践行、对自己所创所爱事业的审美境界的追求、对天地人的亲近、对当代形态的美学等众多学科的亲近和当代形态的美学等众多学科对当代人的亲近，正呼唤着与催育着新创世纪精神与日常生活实践相统一的新人类文明、新人间的诞生！

我们所说的当代形态的美学，就是宏观上的人类战略学、方略学、美学与微观上的人类人格学美学合而为一的大生命美学。综合而言，这大生命美学是一个由中华大《易》所昭示的对天地人生命体所进行的整体审美把握和由马克思对美的规律大视野的深刻揭示共同构建的宇宙观、人生观、价值观和生命观相统一的思想体系，其所抱的"根"就是天地人己大生命共同体，所举的"纲"就是自然及其骄子人所内涵的宇宙全息性日日新的生命力，所执的"枢"就是天地人之大美。或简曰："生命"之根，"生生"之纲，"美生"之枢。这样的大生命美学，将高扬与拓展生命的智慧、生命的境界和当代人对生命的坚信。这样的大生命美学，将倡导与强化当代哲学、当代科学技术、当代艺术、当代经济、当代教育、当代政治、当代城乡建设、当代传播活动等的美学品格，即当代人类在理论上和实践上的双重美学品格，从而推动人类文明的大转型与大亲和，以此创建和而美的新人间。

关于马克思主义美学与其当代创新问题，阎先生十分重视，他是这样概括与理解的：首先是我国美学界曾经围绕《1844年经济学—哲学手稿》的论争，实际上是西方马克思主义说的"肯定的美学"，而美学需要有一种批判的、否定的精神和品格，是美学走向现代性的标志。西方马克思主义美学对现代资本主义所持的叛逆者的立场和批判的、否定的精神是与马克思主义一脉相承的。他们将自己的美学称为"否定的美学"。霍克海默就说：美学的任务不是通过对传统命题的梳理和阐释重新确立某种"普遍性的准则"，而是从审美—艺术中去探求能够和"不公正的社会"相抗衡的东西。我们的美学和所有"肯定的美学"一样，有一种"学院化"的倾向，比较注重美学自身的建设，而忽视美学所必须承担的社会责任。美学作为"肯定的美学"，在美学学科的建设上做出了重要的贡献，对西方和中国美学的历史发展做了系统的梳理；对美学本身的基本范畴和框架进行了多角度、多层面的论证。西方马克思主义美学的弊病就在于他们完全无视美学作为独立学科的价值和作为逻辑整体的力量，将美学降低为一种批判意识、角度或者策略。阎先生在对中西马克思主义美学的比较中，特别重视《手稿》中的三个概念："劳动创造了美"、"人的本身力量的对象化"与"人化了的自然"、"美的规律"。同时，指出中国美学界围绕《手稿》的争论，起到了"在当代学术领域为美学学科确立了一个显要的地位"的效果。尤其是他前述的"四个相信"中，相信未来社会应该是彻底的人道主义与彻底的自然主义的统一，这只能希望人的全面发展以及人与自然的全面和解。在这个问题上，没有任何科学能够比美学更有话语权，更有价值，更值得尊重。这恰好突现了"中国需要什么样的美学"、相应地当今人类需要什么样的美学和如何构建这样的美学的关键性理念。我认为这是阎先生在美学攀援道上思想光辉的一种绽放！以此理念和思路，我对马克思主义美学与其当代创新，作以下简约陈述。

在《新人间美学》中，我们曾从"历史之谜"、"人之谜"与"美之谜"的互动解题理路，阐述马克思关于"美的规律"的思想为美学学科的真正建立和长足发展，提供了坚实的理论基础，也为新人间、新文明的创建提出了指导性的理念。据此，我们倡导遵循"美的规律"育人、兴国与治世。指出马克思在其卷帙浩繁的著作、书信和笔记里，对于美学问题有许多直接或间接的论述，已经构成了一个前瞻性的美学思想体系。概括起来，马克思主义美学在最高层次上所要解决的问题是在自然的人性和人的自然性相统一的大历史观、大系统观统领下，关于审美主客体的本质及两者之间的关系，而贯彻其中的是"美的规律"。

他说："诚然，动物也进行生产。……但动物只生产它自己的或它幼崽所直接需要的东西，动物的生产是片面的，而人的生产则是全面的，动物只是在肉体需要的支配下生产，而人则甚至摆脱肉体的需要进行生产，并且只有摆脱了这种需要时才真正地进行生产，动物只生产自己本身，而人则再生产整个自然界，动物的产品直接同它的肉体相联系，而人则自由地与自己的产品相对立。动物只是按照所属的那个物种的尺度和需要来进行构造，而人则懂得按照任何物种的尺度来进行生产，并且随时随地能用内在固有的尺度来衡量对方，因此，人也按照美的规律来构造。"

人为什么能用"任何物种尺度"与其"内在固有的尺度"去"进行生产"和"衡量对象"（包括衡量自己和万物）呢？因为动物的生产只具有"片面"与"直接"性，就注定它不可能用自身和其他物种的"尺度"与其"内在固有的尺度"去构造与衡量自身和其他；而人则能够"摆脱"肉体需要而"自由地"、"全面地"进行生产，此种"全面自由性"基于自然属性，又超越自然属性，正因此摆脱了"片面"与"直接"性，而"真正地进行生产"，才不像"动物只生产它自己的或它的幼崽所直接需要的东西"，而是为整个社会、为人类群体而生产，包括物资的生产和精神的生产，为着今天的生产和为着明天的生产。马克思认为，一部人类历史，就是人类用劳动改造与提升自己和改造与提升整个世界的历史。人从"懂得按照"任何物种的尺度进行生产，到"随时随地都能按照"物种内在固有的尺度衡量对象而进行生产，这中间，在认识客观规律方面，有一个由不知到少知，由少知到多知的过程，在运用客观规律方面，有一个由仿造到创造，由不善到善的过程。不仅如此，人的生产同动物的生产更大区别，还在于人能"按照美的规律来构造"。到了这个层次，人在从事各种生产和社会实践的时候，表现了更大的创造性和自由性，既能十分巧妙地将自身和客体两方面的"尺度"与"内在固有的尺度"综合把握，又能制造出一种尽善而又尽美的东西。这是一个利用生产主体和生产客体固有的尺度产生具有崭新尺度的各类物品的过程，这是一个由两者生成第三者的质变与递升过程。正像由父母所生的孩子，虽然与其父母密不可分，但不再是他的父母那样，尽管彼此在"尺度"上有着亲缘的关系，然而毕竟有着新的不同的"尺度"。这种具有新尺度的生产品，如果它生动地体现了生产者所具有的积极而独特的劳动个性，那么它就成了一种称得上"美"的物体。因此，可以说，具有积极而独特个性的生产者，在生产过程中所体现的和遵循的那种辩证运动法则，就是"美的规律"，而遵循这样的法则制造出来的体现了生产者积极而独特个性的物品，就是"美的东西"。简而言之，美的"人"与美的"物"由此而双胞胎式地诞生。这就是马克思所说的"人也按照美的规律来构造"的基本内涵。

从《手稿》中有关的论述来看，马克思所说"美的规律"，既体现在人的物质生产上，也体现在人的精神生产上，还体现在人与人的社会交往等上面。他明确指出："人的物质生活和精神生活同自然界不可分离，包括'宗教、家庭、国家、法、道德、科学、艺术等，都不过是生产的一些特殊的形态，并且受生产的普遍规律的支配。"更包括"美的规律"的支配。这就是说，人不仅需要借助自然界，进行物质的生产，以满足物质生活的需要，也需要借助自然界，进行精神的生产，以满足精神生活的需要，人在进行物质生产时要"按照美的规律来构造"，人在进行精神生产时同时也要"按照美的规律来构造"。其中两者都要经历由不善到善，由善而未美到尽善尽美的过程。对马克思所说"美的规律"的理解，概括起来，有三个要点：一、"美的规律"首先是由自然物种内在"固有的尺度"和人的物种内在"固有的尺度"，通过人的社会实践而生成一种新的"尺度"；二、"美的规律"具体体现在人的物质生产、精神生产和人的塑造等各个领域中；三、贯穿各个领域的是人的积极而独特的文化属性与自然属性相统一的个性与人格。

最为关键的是，对于"规律"，要有一种辩证的认识与把握。不仅要看到规律的客观性与既在性，更要看到与把握它的生成性与发展性，同时把握住这两个方面，才是真正的辩证唯物论与历史唯物论者。在"美的规律"问题上，首先是自然界诞生了自己的骄子——人类，而后才发生了人与自然的关系问题，并且随着人与自然关系的不断发展，才有了由这种种不断发展的"关系"而构成的种种"规律"，包括"美的规律"。从无限的宇宙史来看，"自然界称为人"及其"人化"，和人的本质力量的"对象化"，都是大自然在一个发展阶段上的奇异而辉煌的表现与现实;从人类发展史来说,人的本质力量的"对象化"和自然界的"人化",正是人类及其社会的生成与现实。同时,只是一部分"对象化了的人"和一部分"人化了的大自然",才符合"美的规律",才是"美"的。其中所谓"人化",是说大自然诞生了人,而人又以其种种社会实践反作用于自然界,于是自然界就再也不是人类诞生之前的那个样子了。正如马克思在《哲学经济学手稿》中所强调的:"把自然界和人的存在抽掉,就失去了任何意义。"这里马克思所说的"自然界和人的存在",用《易经》统领的中华美学话语就是"天地人大生命共同体",由此产生了无限宇宙和人类发展大舞台剧中的种种精彩情节,其中自然的"人化"、"人化"的自然,共同构成了天、地、人、生命之"大美"。这就充分表明"人"与自然、"人"与历史、"人"与"美"是相伴而生、相伴而行的,并且只有当人成为天、地、人、大生命共同体及其演进中最富独特个性即人格的时候,才具有体悟、创造和欣赏美的能力与品质。人类文明发展史表明,无论是人类的群体与个性,都是只有在各种生产活动、社会实践与日常生活中自觉遵守和把握"美的规律"中,才能逐步走向天、地、人和谐的"大审美"境界。

综上所述,围绕马克思美学思想体系及其巨大功能,下列三个方面应予以强调:一、马克思的美学观统一于他的大历史观、大文明观,即马克思的哲学美学思想体系,是建立在自然史与人类文明史、自然与人、物质与精神相统一的基础上的,这与中华《易经》对天、地、人、大生命共同体的整体动态把握息息相通。二、将马克思关于"美的规律"的思想与唯物辩证法、历史唯物论三者有机结合起来,才能进一步更好地认识与把握马克思的整个思想体系。三、充分认识与自觉遵循"美的规律"在人类物质文明创造与精神文明创造和人的全面发展即审美人格生成中所起的全局性、机枢性、整合性与提升性作用,应当成为当今人类最大的理论觉醒与最高的实践自觉。同时,应大力克服长期以来从学者到民众,大都认为美只是作为"一种因素"、"一个方面"和"一定范围"(如仅在艺术、娱乐等领域)内才起某种作用的见解,或至多是在"真"与"善"之间起一种"中介"、"桥梁"作用的片面观点,从而大力提高人们在各种创造活动、社会运作、日常生活和人格塑造等实践中全方位地遵循和运用"美的规律"的自觉性。

放眼当今，人类在全盘梳理自己的昨天、今天和未来可能的实现时，亟须从最高层面上去谋划与解决面临的群问题。我们认为，此最高层面，就是在古今中外人类文明大融通与创新的基础上，以马克思主义美学思想和由《易经》引领的中华美学精神为中心枢纽，据以制定我国和全球治理的大方略与大实践。

尤其人类社会发展到今天，在总量上拥有的物质生产力与精神生产力及其巨大潜力，已经提供了人类从昔日生物学家达尔文所说的生物界的普遍规律"适者生存"的生命形态，走向"美者优存"的生命形态的主客观事件，即昔日人类文明的发展范式，已到了代之以新的文明发展范式的黄金季节，相应的当代人正深情地呼唤人类文明范式的大转型，以催育"美者"的诞生与新生活"优存"的登场。所谓"美者"，就是马克思所言在物质生产、精神生产和各类社会实践活动中均按照"美的规律"去创造的人，并在此创造活动中，人把自己和别人都塑造成一种全面发展的"完整的人"，进而实现"人和自然之间、人和人之间的矛盾的真正解决"；也就是《易经》所彰显的"人格"与"天格"、"地格"互美的大生命审美人格。具体到当今人类的群体与个体，就是在知识铺天盖地、技术无处不在、物质与精神两大生活日益失调的今天，亟须将知识上升为智慧、将技术上升为艺术、将片面发展的人上升为身心全面发展的大健康的人，即从昔日"知、技、体"的旧人格动力构架，上升为"智、艺、健"的大人格动力构架，由此推动国家的"国格"、民族的"族格"、群体的"群格"、企业的"业格"、学校的"校格"等的大转型。具体而言，这"智、艺、健"大人格动力构架，对于一个国家来说，将组成由科学技术革命为动力的物质创造子系统、由文化艺术革命为动力的精神创造子系统和由人的全面发展为动力的社会制度创新子系统，三者合而为一的新型现代化国家之国格构架；对于个人来说，将组成由对物质产品的创造与鉴赏子系统、对精神产品的创造与鉴赏子系统和身心和谐发展的子系统三者合而为一的新人格构架，从而实现人类群体与个体在人格层面上的大转型。可以说，智、艺、健大人格动力构架是一个国家物质与精神的创造力与消化力的总聚焦，是一个企业的业格与人格的总聚焦，也是一个人物质与精神的创造力与鉴赏力的总聚焦。简言之，所谓"美者"，就是以"智、艺、健"为人格动力构架的天、地、人、我互为审美对象的新人、新人类，就是以"大人格"自立立人、以"大人格"治国强国、以"大人格"治世兴世、以"大人格"自美与美人的民族、群体和个人；所谓"优存"，就是物质创造与精神创造、物质生活与精神生活协调发展并可持续发展的新人间生活，就是人的生命维度与生命时空不断开垦与更新的人人共创共享、天地人同乐的大生命和而美之大同境界。①

要而言之：大道至简，大道至美，以简驭繁，以美为枢，美者优存，美在当下，天地人和而美，大生命日日新！——这就是以马克思美学思想与中华美学精神为中心枢纽的国家治理、全球治理之大方略与大实践；同时，相应的以此构建当今人类共同的价值观和中国特色话语体系。

作者简介：张涵，中国当代美学研究中心主任、教授。

---

① 参见张涵、张宇《新人间美学》，中国青年出版社 2008 年，第 6–12 页。

当代美学的提问者
——阎国忠对当代美学的学术贡献

邢建昌

从 20 世纪 90 年代开始,阎国忠先生将思考的兴趣转移到中国当代美学上面,出版了《走出古典:当代中国美学论争述评》、《美学建构中的尝试与问题》等。对于当代美学的许多论争,阎先生只是提出问题,而不急着做出回应。只有对于他所熟悉的、深思熟虑了的美学基本问题,他才直接发言,毫不含糊,显示出了一种可贵的书生意气和学者本色。把阎国忠先生定位于"当代美学的提问者",是再合适不过了。阎国忠先生就是这样一个以"不断的提问"推进了当代美学学术进展的人。我读阎国忠先生的著作和文章,常常产生一种心旌摇荡的美感,为先生那种扎实的学养,细密的论证和富于美学气质的表达而激动。阎国忠先生对于当代美学的学术贡献,至少体现在以下三个方面。

一、较早提出和论证了美学作为人文学科的定位,推动了当代美学从"物"的美学向"人"的美学的转变。

阎国忠先生对于当代美学的思考,始终聚焦在美学的基础理论方面。先后发表了《何谓美学——百年来中国学者的追问》、《关于美学学科定位的反思》、《体验·反思·思辨——关于美学方法论问题》、《中国美学缺少什么》、《关于审美活动》、《给实践美学提十个问题》等文章。这些文章具有鲜明的问题意识，回应的是当代美学基础理论建设中的重大问题。《何谓美学——百年来中国学者的追问》是对从20世纪王国维开始，到宗白华、朱光潜、蔡仪、李泽厚以及后实践美学百年美学历程的考察，《体验·反思·思辨——关于美学方法论问题》是在方法论盛极一时背景下对于美学独有方法论的思考，《中国美学缺少什么》是基于当下社会信仰缺乏、物欲横流的现实状况而对信仰的一种呼唤，《关于审美活动》是为回应一些人对于"审美活动"的质疑而写就的，《关于美学学科定位的反思》，则是阎先生在一系列美学基础理论思考的基础上对于美学学科定位的一个系统的回答。

20世纪80年代，人文学科的提法还比较陌生。我们习惯于从自然科学和社会科学"二分法"的角度来理解人类的知识生产。对于美学的认识也是如此。在这样的知识框架制约下，美学的提问方式，还主要是古典式的。"美"被设定为外在的、与人分离的存在，而人也只能作为第二性的观念参与审美活动，由此导致美学人学内容的缺失。美学的基础理论建设，急需观念的唤醒和眼界的打开。

在这样的背景下，我们听到了美学作为人文学科的呼声，这已经是20世纪90年代的事情了。这当然不是阎先生一个人发出的声音，而是一个时代先觉者的共鸣。尤西林、蒋培坤、刘恒健、吴琼，稍后还有朱立元、曾繁仁等，都对美学作为人文学科的特点、功能做过各有侧重的发挥，形成了一股强劲的潮流。

美学作为人文学科所讨论的主要问题包括两方面：一、美学作为一门学科，既不属于自然科学也有别于一般社会科学，属于人文学科。二、人文学科的核心是人文视域，自然、社会和一切存在都应该从"人文视域"出发作出说明。

现在看来，这场关于美学学科定位的讨论，对于美学的影响还是很大的。启发了美学的觉悟，开启了美学的人文视界，带动了美学言说方式的转变，并在三个方面形成了美学的"共识"：第一，人的在场，人是美学思辨的起点又是最终归宿；第二，人文学视界。即使对于自然现象，也是一个人文关照的过程；第三，评价性。评价性是美学的价值正当性，美学陈述不回避价值判断，美学本质上是按照"应然"的样式重组世界。这些观念在当时有开风气之先的意义,带动了美学学科从过去那种"物"的美学向"人"的美学的转变。

阎国忠先生对于美学学科定位的思考,是与他对美学的基本问题、美学对象观和美学方法论的思考联系在一起的。在美学基本问题上,他强调美学的基本问题是人与自然、感性与理性的统一,也就是马克思所讲的人的本质力量的全面发展问题;在美学对象上,他认为美学研究的对象是审美活动,但审美活动不是笼统的没有内在空间和过程的一成不变的存在物,审美活动作为一个有机生命整体,内在地包含直觉—形式、想象—意象、生命体验—终极境界三个层次,是现实的物质实践与理想的超越境界的统一。在方法论上,阎国忠先生标举"体验—反思—思辨"的美学独有方法论。而在美学的学科定位上,他是在美学与哲学、心理学、艺术哲学、艺术社会学的比较中阐释问题的:首先,在与哲学的比较中,美学是哲学的分支,但这"哲学的分支"不是传统意义上的认识论,也不是李泽厚意义上的"美的哲学"。"美学作为哲学的分支"强调的是美学必须建立于特定哲学体系之上,必须秉有形而上的超验本性。同时,美学还必须有仅仅属于自己的"形而下的经验的领域"。其次,在与心理学的比较中,美学不等于心理学,因为心理学是经验科学,对于美学只是一种方法,美学领域中例如与审美相关的道德文化领域,人类天性中的某些"超验的现象"等,是心理学的美学所无法触及的。最后,在美学与艺术哲学、艺术社会学的比较中,美学不是艺术哲学,艺术哲学解决不了美学中的人与自然、人与社会的关系问题,而艺术社会学关注的焦点是艺术的社会问题,而非艺术中的人生问题。在澄清了美学与哲学、美学与心理学、美学与艺术哲学、艺术社会学关系的基础上,阎国忠先生提出了美学作为人文学科的特殊性问题:美学作为人文学科如何可能?与学界一些硬要划清美学与自然科学的关系的学者不同,阎先生明确强调:"无论是西方还是东方,美学都是人文精神与科学精神的共同产物。"[1]这里的关键在于如何理解科学。众所周知,历史上关于科学的定义极多,许多关于美学

---

[1] 阎国忠:《攀援集——经验之美与超验之美》,中国社会科学出版社2014年版,第266页。以下引文除特别说明外,均出自该书,只注页码。

与科学关系理解的差异，在很大程度上与对于科学的不同理解有关。阎国忠先生不赞同把"精确测量的方法"和"量化"的结论作为科学的标志，他引用托马斯·门罗的话说，这样做"似乎要把所有对心理和文化现象的研究贬低为盲目的猜测，它抹杀了按照科学路线发展的各个研究领域在发展程度上的差别，同时也掩盖了一个重要的事实，即：在人们还不会进行测量的情况下，人类就取得了由原始状态的思维进入有控制的观察和逻辑推理的思维阶段的巨大进展"。（267页）作为科学，他赞同杜威、托马斯·门罗等人的观点，认为美学内在地包含着作为科学的诉求："美学的目的也在于提供'法则'，或'一种陈述恒常性、关系或秩序的形式'，美学也必须依靠'观察'和'分类'，'假设'和'推理'，对已积累知识'进行系统化和条理化'。"（268页）如此说来，人文学科就不是与自然科学泾渭分明的。历史上，恰恰是自然科学（包括社会科学）证明了人文学科存在的合法性。例如，自然科学特别是心理学，证明了"并非所有人类生活中的非理性的东西都是无知、谬误、不合理的，并非所有非经验的东西都是'不现实的'"（270页），自然科学给了人文学科以勇气和生机。如果说，人文学科是从某个母体演化而来，那么，这个母体，就不仅是社会科学，同时也是自然科学。由此，阎国忠先生得出结论，人文学科是自然科学与社会科学相互借鉴相互交融的产物。只是，在研究对象与研究旨趣上，自然科学只涉及人的自然领域，社会科学只涉及人的社会领域，而人文学科则跨越了自然和社会两个领域，面对的是"完整的活生生的人"（270页）。正因为如此，"人文学科在方法论上，不仅可以同时借鉴自然科学与社会科学的方法，还可以采取以生命去直接体验的方法，而且只有把这些方法结合起来才能真正沉入对象中去。也正因为如此，人文学科大多具有边缘性、交叉性、综合性的特点。这或许是人文科学区别于社会科学及自然科学的更为基本的方面"。（270页）

在澄清了自然科学、社会科学与人文科学的关系的基础上，阎国忠先生提出了美学作为人文学科的定位问题：美学属于人文科学，因为美学具有人文科学的基本特征。美学的对象是人的审美活动，而审美活动是需要人的整个生命投入其中的活动，是人的一种生命活动。美学也只有把审美活动纳入人的生命之中，从生命的整体去观察审美活动时才能走向科学。美学必须借鉴心理学、生理学、几何学、物理学、光学等自然科学的成果，必须参照政治学、经济学、历史学、社会学等社会科学的种种结论。美学必须在方法论上避免单一化，而尽量把观察、比较、分析、综合以及体验、反思、思辨等结合起来。美学应该像一面镜子，径直面向人及人的命运本身，为人的现实与理想、困顿与希望、由来与归宿提供某种答案。此外，美学作为人文科学尚有自己的特点，那就是，它所关注的是人生最根本的问题——人与自然的关系问题。审美活动的根本意义就在于调节人与自然的关系，这是美学的主题。艺术只是人通向自然的一个中介。美学正凭借这一点居于所有人文科学的中心，也是凭借这一点，才取得了哲学分支的资格。（271页）

显然，阎国忠先生对于美学学科定位的思考是全面而系统的。既是对于自然科学、社会科学和人文学科关系的一个理论透视，也是对一个阶段学界关于美学作为人文学科定位思考盲区的一个勘探，还是对近百年来中国美学学科建设经验的一个总结，体现了一种综合的、系统的以及宏观辩证的思考，显示了一种可贵的学科建设意识。如果说，一个时期基于特定的时代任务而张扬美学作为人文学科的特性，具有天然的合法性；那么，进入新的问题时代，美学就不能孤芳自赏、故步自封，而必须与自然科学、社会科学携起手来，共同寻找化解时代"急难"的方式。诚然，人文学科不同于自然科学，不能用自然科学的数学化、公式化和定量化等标准要求人文学科，但人文学科的价值评价的正当性与科学认知的科学性不应当截然对立，片面强调人文学科的绝对价值性，实际是在重复新康德主义的某些观点。人文学科应该而且必须要有一个科学理性的维度，以制衡认识主体在"理解"、"重读"、"破译"过程中的主观随意性，从而使人文学科成为一门真正意义上的坚持真、善、美，反对假、恶、丑的"科学"。在中国这样一个科学意识并不发达，人文素质也相对较低的国家里，将人文学科与自然科学、人文学科所张扬的人文精神与科学所张扬的科学精神对立起来，其危害甚至更大。人文学科也好，自然科学也好，社会科学也好，它们之间并不是根本对立的，而具有内在精神的一致性，它们共同的敌人是藐视人的尊严、漠视人的价值的政治上的专制主义、消费上的享乐主义，和文化上的蒙昧主义。在这个背景下，阎国忠先生关于美学学科定位思考的方法论意义凸显出来了。

二、提出爱、美、自由的三位一体的理论主张，为当代美学搭建了一个可靠而温暖的价值基点。

美、爱与自由，是美学高扬的旗帜。美是美学的应有之义，这不难理解。而将爱与自由纳入美学的视野，则不仅需要智慧而且需要勇气。过去，我们习惯于从马克思、恩格斯经典著作里寻找美、自由之类的概念，却不习惯从爱的角度谈美。生活里从来不缺少爱，但我们却缺乏表述爱的能力。没有爱的维度的美学思考是残缺的，因为美与爱相互说明、相互诠释、相互照亮。从爱的角度理解美，则美不是生理上的快感，不是求知的快感，也不是道德上的快感，而是"由爱引发的快感，美感实则是爱的情感"。（3页）爱是什么？爱是生命力的热情洋溢，是"最为本真的生命活动，是人的各种意识与下意识、理性与非理性、感觉与超感觉，在生命跃动的刹那间的猝然综合"。（3页）没有爱，我们既体会不到美的真实的意蕴，也无法实现对于美的分享。爱是人审美的动力，也是审美最为直接的心理形式。爱的指向千差万别，但最终指向却是美。

爱与美不仅相互参证，他们之间还有共同的基础，这就是自由。所谓"自由"，阎先生认为，首先是人对自身束缚在自然之中这种"必然性"的认识和驾驭。其次是人对自身有限性、片面性的克服和超越。再次是人成为整体，并作为整体存在时的"确证自身"。从自由的角度看美，阎先生认为，美与爱的真正根基是自由。审美所以不会停留在直觉形式和想象—意象层面，而向更为深邃的"美的境界"的迈进，根源于人对自由的向往。爱在根本上与有限、强制、逼迫等非自由的手段无缘，却体现出对于自由真正实现的目的性要求。

在美学家的视野里，爱、美、自由不是笼统的概念，而是基于体验或经验的一种形而上冥想或富有诗意的论证。美学不只是单纯的思辨，不能只是凭借概念演绎来建立自身。美学既是思辨的、概念的、理论推演的，又是体验的、直觉的和形而上冥想的。在某种程度上，体验、直觉和形而上冥想对于美学更具本体论意义。因为美学所守望的，是一个超出概念和知识的世界，是一种人生境界，那么，美学作为一种理论话语的展开，就必然要以体认这种世界性质的特殊性为前提。现代美学所以标举体验，就因为体验不仅是真实的生命在场，同时也是一种特殊的超越概念的认知方式。无论爱、美还是自由，都是与人的体验联系在一起的。把美当成知识的对象，这是传统美学的根本迷雾之所在。庄子在《天地》有一则寓言谈道：

> 黄帝游乎赤水之北，登乎昆仑之丘而南望，还归，遗其玄珠。使知索之而不得，使离朱索之而不得，使喫诟索之而不得也。乃使象罔，象罔得之。黄帝曰："异哉！象罔乃可以得之乎！"

这里"玄珠"喻"道"，"知"象征"思虑"、"理智"，"离朱"象征视觉感官，"喫诟"喻"言辩"，因为"道"的存在是有限和无限，有形和无形的统一，因而常规性的思虑、理智，视觉感官和"言辩"是无法把握到"道"的存在的。只有使用"象罔"，"象罔"，即有形和无形，有限和无限的统一，虚和实的统一，找到了"道"。庄子这则寓言，实际揭示了人的理性、逻辑、知识活动和感觉经验的有限性。庄子看到了知识在获得"真知"时的有限性。美，正如庄子谈论的"道"一样，是需要一种超越"知识"的智慧的。阎国忠先生的爱、美、自由的理论，与其说是一种美学的知识，不如说是一种美学的智慧。知识依靠理智的了解来获得，而智慧则只有靠觉悟。美学的智慧就在于美是通过心灵的活动而实现的，是心灵的一种发现、一种感动，一种了悟，是意象世界。没有体验的先在性，所谓美的言说必然陷入干瘪和僵化。

而将爱、美与自由的"知识"落实到当代美学的学科建设当中，可以使当代美学有一个可靠而温暖的价值基点，可以解构那种从本质论推演美学知识体系的美学本质主义神话，也可以弥补以牺牲现象的丰富性为代价而依靠概念运演所导致的忽略"逻辑的缝隙"的缺陷，使美学充满着温暖和温度，闪烁着人性的光芒和力量。毋庸讳言，当代美学在发展过程越发远离自身。作为一个学科，当代美学取得了足以确证自身合法性根据的价值，例如学科的完备性、知识的系统性、方法的科学性等。但是，我们在追求美学的学科化、知识化、科学化的过程中却失去了美学之为美学的根本——美学的气质、美学的眼光、美的心灵。这是需要反思的。美学在本质上与其说是一个学科，不如说是人的一种言说方式，一种人生的境界。是这种言说方式，这种人生的境界，赋予了人的活动以别样的韵致，世界因此而生动起来，丰富起来。所以，过分学科化、知识化和科学化的追求，反而不利于美学精神的张扬。正因为如此，阎先生把爱、美与自由引入当代美学的理论建设当中，是从根基处拨转了美学思维的方向，提醒人们在不断前行的"路"上，保持住守住内心、回到本原的力量。

三、为超验之美辩护。超验之美是对于美的理想、美的本体的一种描述和认知。超验之美通向信仰，并且成为美学救赎和人的自我救赎的方式。

阎国忠先生关于美学的思考不同于同时代的美学家的独特之处在于，他始终在本体论的层面拓展和丰富美学的论域，没有随着时尚或社会转型的变化而改变自己的兴趣点和理论见解。

超验之美不同于美的超越性，美的超越性是传统教科书一直强调的，即人通过审美活动达到对于世俗功利的超越。阎先生认为，美的超越性承担的是将人的感性引渡到理性，将有限引渡到无限的"桥梁"作用。审美活动确实如此，柏拉图强调审美是向"美本身"的归依，中国传统美学认为审美有"应目"、"会心"、"畅神"三重境界，李泽厚提出审美的"悦耳悦目"、"悦心悦意"、"悦志悦神"三个层次，强调的都是美的超越性，审美不是一个平面结构，而呈现出从低级层次向高级层次不断深化的过程。但是，超验之美不同于美的超越性，强调的是对于"整个经验世界的超越"，旨在"让理性和无限本身——生命的终极境界闪烁出光明"，"把人的认识和情趣升华为信念或信仰"。（14页）这实际是提出了形而上美学的当代命运问题。众所周知，形而上美学的失落，是西方美学现代发展过程中受逻辑实证主义影响而发生的一个明显的转向。其积极意义在于将美学引入人间，有利于现实人身问题的解答；消极影响也是非常突出的，最主要的就是抑制了人的形而上追求和对于纯粹的超出感觉经验的美的理想、美的本体的追求。美学降低了自己的身份，成为世俗生活的合法性证明。实际的情况也正是如此。这些年，中国当代美学基本走了一条认同世俗的精神逃亡的道路，在"日常生活审美化"和"审美的日常生活化"旗帜下，美学与现实和解了，以静观、冥想、沉思为特点的审美活动转化成了身体参与的社交活动，美无处不在，美又空前稀缺。"美"甚至成了市场经济时代的一个跑龙套的角色。这是美学的沉沦与放逐。中国当代美学"超验之美"的维度是缺席的。在这个意义上，阎先生的关于超验之美的论述具有很强的针对性。正如阎国忠先生所言，在一个"没有或缺少信仰的时代"，更加需要一种"体现人类本质的理想状态"：

  只要人们还没有忘记由经验之美所激起的感动，就不会放弃将这种感动纯粹化、永恒化的梦想。上帝死了，代之而起的是最感性的，也是最庸俗不堪的拜物教，正因为如此，真、善、美作为一种终极追求闪烁出了更为纯粹更为绚丽的光芒，也是因为如此，超验之美在人类精神生活领域理所当然地获得了空前崇高的地位。（21页）

在《中国美学缺少什么》这篇让人惊醒的文章里，阎国忠先生提到了当代美学缺少的内容：缺少"批判的、否定的精神"；缺少对人的整体的把握，缺少"爱这个重要的理论维度"；缺少"形而上的追问"，缺少"相应信仰的支撑"；缺少"可以作为依恃的、与时代和社会的现代化进程及审美和艺术发展的总体去向相适应的完整的哲学"。（291-300页）这的确是在与西学对话过程中产生的极具震撼性的思想。没有批判的、否定的精神，美学将成为庸俗不堪的实证之学，而不再是美学。因为心中有美、心中有爱，所以，人才按照理想的方式去试图改变世界。"批判和否定"的美学精神使生活秉持了向可能性趋发的动力和源泉；而如果没有形而上的追问，缺少相应信仰的支撑，所谓超验之美就不会持久与持续，人类的生活世界就会侏儒化。诚如阎国忠先生所言，"对于没有摆脱'原罪'的人，信仰是一种召唤的力量；对于被肢解为'碎片'的人，信仰是一种统摄的力量；对于困囿在有限理性和意志中的人，信仰是一种超越的力量"。（298页）超验之美作为信仰，不同于一般宗教的信仰。它并不否定人的感性存在，而只是在感性的起点上，通过主体理性、意志和情感的协调一致来达到对于超出感觉经验的真、善、美（作为道、理念、存在等）的追求。超验之美承担着自我救赎的使命，是"人类从现实的苦难中挣扎着站立起来，成为真实的、自由的人的象征"。（298页）这些言论，给人一种空谷足音的感觉——这不仅是美学自身的救赎，更是人的自我救赎。敢于为超验之美辩护，是哲学为人类"操心"的使命使然。康德曾经说："每个善于思考的人，都要有形而上学。"[1] 美国社会学家丹尼尔·贝尔认为，当代文化的核心问题是"信仰问题"，而心理学家弗兰克则认为当代人的生活所面临的主要困境是"无意义生活之痛苦"。这里都突出了一个人在更高层次上的安顿问题。正是从这个意义上，我们强调美学在有能力处理日常经验的同时，还应该有能力敞开一个基于"应然"的可能世界，守护一种"超验之美"，以帮助人将心灵安置在远方。

　　阎先生关于美学作为人文学科的论述，关于美、爱与自由的主张，为超验之美所做的辩护，是中国当代美学的理论建设中所最为缺乏的，是阎先生贡献给当代美学最好的思想礼物。它的背后是深厚的西学功底。中国当代美学的现代性发展，需要超越囿于本民族文化的狭隘视野，而有能力在跨文化的比较、对话过程中，立足本土形成中国问题。这是学养、功力和智慧的交融。阎先生无疑做到了这一点。不骛时尚、远离热点，对于美学的本体问题有深刻的自觉，以求真为最高学术伦理——这不正是作为大家的阎国忠先生真实的写照吗？

作者简介：邢建昌，河北师范大学文学院教授。

---

[1] 康德：《未来形而上学导论》，商务印书馆1987年版，第163页。

阎国忠的美学研究与中国当代学科体制

杨道圣

布迪厄的"艺术场域"的概念极大地影响了当代艺术史的研究，现在艺术家很少再被看成是一个孤立的天才，他所在的社会，特别与他的创作有关的人际关系被看成是其成功的重要因素。对于学者、思想家的研究虽然很早就注意到了其师承关系、思想氛围等，但整体的学术场域尚未被纳入研究的视野之中，本文试图以阎国忠的美学研究为例，来讨论中国当代的学科体制对于美学研究的影响。

在学术还具有神圣性的时代，无论是学者、学生、学校，还是政府、机构、出版社，学术期刊杂志或者学术会议都以敬畏的态度从事着自己的工作。是要生活、养家、发展，但学术要受到尊重，学科体制的各种要素都是为学术服务。这至少是大家公开表达的一种态度，这种态度维持着80年代到90年代的美学研究。这样的态度和氛围决定了阎国忠美学研究的大致内容和方法。到了21世纪则更多的是对于已经形成的思想、观点和方法的反思，其自身的思想理路更具有决定意义。

一、师承关系

阎国忠于20世纪60年代成为朱光潜的助教而开始了美学和西方美学史的研究。朱光潜的主客观统一说始终在影响着他，总体性的思想也由此萌芽。他在德国哲学中找到了主客观统一说的具体表达，即理性与感性的统一,在马克思那里则是人与自然的统一。朱光潜用马克思的思想整合改造西方美学的方法也一直为其所用。他对于朱光潜的继承不仅由于他是朱光潜的助教,也因为他自身的经历让他非常欣赏朱光潜对于马克思的服膺和使用,以及对于自身不断否定和修正的学术品格。他在多个场合表达,马克思主义就是他的信仰,当然,他的马克思主义是那种发展的马克思主义,而非"教条式"的马克思主义。他没有停留于对于马、恩经典著作寻章摘句式的研究和应用,反倒是将目光扩展到西方各种流派的马克思主义,特别关注到西方马克思主义美学的意识形态的特征,可以对中国的马克思主义美学的科学特征加以平衡。而在对西方马克思主义的研究过程中,一再地纠偏补正,而不像其他学者那样特别欣赏法兰克福学派的批判的意识,否定的方法。

阎国忠在完成《古希腊罗马美学》、《基督教与美学》之后,本来想接着研究启蒙时期的美学,这样一直持续地进行西方美学史的研究。但作为朱光潜的助教这一角色让他接连写了两部著作来阐释朱光潜,并由此进入对于中国当代美学的关注和研究。

中国当代美学形成了几家争鸣的格局,朱光潜、李泽厚、周来祥、蒋孔阳、蔡仪等人,他们各自形成自己在美学上的一家之言,著书授徒,接下来的中国美学的发展受到这些人很大的影响。新一代的美学学人基本上是在这种师承关系中确定和展开自己的美学研究的,阎国忠是比较明显的一个例子。

二、系科与课程设置

中国的美学研究者基本上都集中在高校和社科院。高校和社科院的院所系科和课程设置对于这些学者的研究也是影响甚大。阎国忠是在哲学系的学术传统和氛围中研究美学的,和在西语系专注于文艺理论研究的朱光潜表现出明显的不同。朱光潜显然还在文艺理论的学术氛围中考虑美学的问题。他对于贺拉斯、但丁、布瓦洛、歌德等人的重视,对于文艺与现实的关系,文艺的功用,形象思维的关注等都表明了这点。阎国忠从写作《古希腊罗马美学》时就提出了整体论的美学史概念,这让作者有意识地在这一观念的支配下进行美学史的写作，整体论的美学包括三个方面：

（1）某个人的美学是他整体思想的一部分，要在整体思想的背景下来阐释其美学；虽然有《西方美学家论美和美感》这样的著作，显然阎老师的阅读不是寻章摘句式的，而是对于美学家整体的思想比较注重。

（2）美学是时代整体的一部分，要在时代整体思想背景下来阐释一个时代的美学，特别要关注的是这个时代的哲学和文艺。

（3）美学史是一个整体，某个人，某个时代的美学在这个整体中处于何种地位，美学史的写作必须予以确定。

这让阎国忠在美学史料的范围、美学史的逻辑架构以及论述的重心都同朱光潜的《西方美学史》区别开来。朱光潜说不懂一艺莫谈艺，但艺对于朱光潜而言只是指文学，希腊特别重要的雕塑作品几乎没被朱光潜谈及，而阎国忠则用了大量的篇幅论及希腊的雕塑，把这些作品与哲学家的美学思想相参照。特别值得注意的是，《古希腊罗马美学》可能是国内到目前为止唯一的一部图文并茂的美学史著作。比较他和朱光潜对亚里士多德美学思想的论述可以很清楚地发现，朱光潜主要以《诗学》为论述的文本，而阎老师则对《形而上学》、《政治学》、《伦理学》、《诗学》并重，甚至连《动物学》的内容都有所涉及。他把朱光潜完全忽略的西塞罗、狄奥尼索斯、卢克莱修作为罗马美学发展的一个必要阶段作了系统论述。他从美学范畴的逻辑变化来梳理古希腊罗马的美学，更具有思辨性。朱光潜《西方美学史》的结束语是对于美学史中几个问题的总结和概括，而阎国忠的《古希腊罗马美学》的小结是美学范畴的演变与发展，《美是上帝的名字》最后是对于中世纪和文艺复兴美学发展逻辑的揭示。关于朱光潜的两本著作也都特别注重思想逻辑的发展。虽然作者强调是历史与逻辑的统一，但更注重思想观念逻辑的演进和发展。显然黑格尔的哲学史写作的方式对作者影响很大。

由于阎国忠是在哲学系教西方美学史，因此更多的是参照西方哲学史的线索。显然古希腊和德国古典哲学这两个时期的思想在阎老师的思想资源和思想方法上影响最大。柏拉图对于他的影响可能并不弱于马克思的影响，爱与美的关系、超越美学、美的超越性等这些问题与他不断回到柏拉图相关。

一个有趣的事实是阎老师虽然毕业于中文系，但他在指导研究生时，从来没有让他们去中文系听《西方文论》课,而是让他们和西方哲学专业的同学一起上课,一起读柏拉图、亚里士多德、康德、黑格尔。而论文选题,多是西方哲学家的美学研究,论文答辩也多请的是哲学系的西方哲学专业的老师。如果把美学放在中文系里,显然会是另一番样子。

三、学术会议与学术刊物

20世纪60年代、80年代的学术论争极大地影响了美学学科的思维方式,美学并没有如文艺学那样发生"向内转"的现象,而是在政治环境、马克思思想的理解和认识的背景之下进行美学思考的。阎老师的许多论文是会议论文,或在会议讨论的激发下形成的想法,并不一定是按照原来的研究计划进行。毛泽东文艺思想研究会,中外文艺理论研究会的会议引发阎老师关注毛泽东、邓小平这些政治家对于文艺的论述,他先后写了四篇文章论述毛、邓的美学和文艺政治学,并由此特别提出要创立文艺政治学。这一新领域的产生,可能会把比较泛化的艺术社会学专注到文艺和政治的关系上面,让学术不是回避政治,而是科学地研究文艺和政治之间存在的必然的关系,如何形成一个良性的互动,而不是彼此冷漠或敌对。对美学学术论争进一步的关注产生了《走出古典——中国当代美学论争述评》。这本书研究了20世纪80年代初到90年代文艺界围绕"共同美"、《1844年经济学—哲学手稿》、人性论与人道主义、艺术本质、文学主体性、实践美学八个问题所进行的讨论,通过对于这些讨论的评述来展示这一时期的美学,为当代美学史的写作提供了一个新颖的范式。而参加中华美学历次会议不可避免地面对实践派和后实践派所提出来的问题。美学研究对象的问题以及美学学科性质的问题这些只有在会议和争论中被特别关注。在教学和他的研究计划中可能不会如此。

有一些问题与当时的政治存在着非常密切的关系:谁是正统的马克思主义者,谁对于马克思的基本观点和方法领会得最准确,经济基础与上层建筑的关系,实践概念的解释问题等。所以争论的学者都极其小心认真地对待这些问题的讨论,在这个争论的过程中会推进对于马恩原著的解读和研究,这些决定了中国美学发展的方向。如果说中国当代美学基本上是"六经注马",

或不为过,特别是"实践派"美学。

据中国知网提供的数据,阎老师自1986年到2016年共发表84篇美学论文,其中在《文艺研究》上共发表10篇,《学术月刊》上共发表7篇,《北京大学学报》上发表7篇,《吉首大学学报》上发表7篇。其中《文艺研究》和《学术月刊》这两本杂志在20世纪80年代和90年代对于美学的研究提供了巨大的帮助和贡献。它们提供争论、交流的空间,帮助不同的观点交流、交融和交锋,推进思想的发展。有些思想在争论中才变得更加清楚,更加深入。

阎老师自己一直认真地对待每一种提出来的学术观点而不论其源出何处。后实践派的讨论者对他而言都是后学,他也依然仔细辨析其中的逻辑和理论依据,合理的接受,不合理的批驳。在《谁在接着朱光潜讲?——"主客观统一说"的逻辑展开》一文中,他通过详尽分析三代六位美学学者的美学思想,指出王旭晓在前几位的基础之上将审美活动作为美学的对象,把朱光潜"主客观统一说"推向了一个新的逻辑阶段。对于这位比他年轻的美学学者,他给予了令人吃惊的重视。当然,他在讨论中逐渐形成自己的观点,把审美活动作为美学的研究对象,以人与自然的关系作为美学的基本问题,体验—反思—思辨作为美学研究的方法。尽管他不太愿意说自己的美学体系,但实际上也建构了一个完整的美学体系。只不过如他所说,他不会在这个美学体系中故步自封,或者仅仅是努力把这个体系做得完美一些,而不是不断地突破已经形成的观念,不断地攀援。

可以说,是20世纪80年代到90年代的美学会议和学术刊物上的争论,塑造了阎老师的美学思想,也塑造了中国当代美学的基本观念。

四、出版翻译

朱光潜全集的出版再一次掀起了研究的高峰。出版对于学术的影响实在很大。你的研究无论多有成就,如果没有出版,就不能进入学术发展的过程之中。出版界有没有这样的眼界,帮助、培养学者,推进和引发对于一些问题、一些人物的研究,这会对学术界产生巨大的影响。阎老师的很多书都是应出版社之邀而写的。安徽教育出版社先是邀请阎老师主编《西方著名美学家评传》，这一套书可以说弥补了阎老师未能完成西方美学各个阶段的断代史的缺憾。后来又邀请写作《朱光潜美学思想及其理论体系》。另一本《朱光潜美学思想研究》则是应辽宁人民出版社之邀而写的。在安徽文艺出版社的邀请下，阎老师又主编了一套《二十世纪美学研究丛书》，这套书可以说表达了阎老师对于中国现当代美学史的一种立场。

《攀援集——经验之美与超验之美》的出版让学界可以集中看到阎先生近10年来对于美学中可以说最重要的一些问题的思考，基本上可以反映出他的美学思想。而《文集》的出版则是有助于学术界全面理解、继承他的美学思想。

出版翻译一方面为研究者提供研究资源，另一方面会引导研究者研究方向的调整。对于朱光潜的研究完全是出版社提出来的。研究基督教美学也是出版社的邀约，这本书激发了他以后很多的观点和想法，爱与美的关系，美学是一门信仰之学等观点都是这本书写作之后逐渐形成的观点。基督教美学写作的过程也可以看到，之所以国内研究人少，翻译和出版也是很大一方面的原因。如果现在再写这部著作，会是完全不一样的。

五、现实问题

美学究竟是干什么的，这对于美学研究者是常常被问起的问题。美学能够解决什么问题呢？面对商业化、信仰普遍缺失的现实，美学能有什么帮助呢？有了哲学、文学、艺术，还需要美学吗？美学研究者常常面对学术界内部和外部人士的质疑。面对这一质疑，有不少学者开始走向美学泛化的道路，把美学研究转变为审美文化的研究，阎老师从哲学的角度对于审美文化这个概念提出质疑，认为"审美文化"是个伪命题。他更赞成一位学者提出的美学要为现实提供信仰的根基这一观念。由此角度出发，他提出了美和爱的关系的问题、超验美的问题，并据此重新梳理西方美学，发展出关于超验美的西方美学史。这些问题的提出，为当代美学的发展提出了新的方向。尤其是美和爱的关系的问题，直指当下人际关系中爱的缺乏，在希腊哲学和基督教的思想基础之上对这一问题进行具有现实关切的研究，实在可以成为美学研究的极大动力，这方面的研究也可以为艺术批评提供一个恰切的标准，还可打破传统的无功利的美学和庸俗的社会学美学这两个极端，把美学问题和伦理学问题和信仰问题重新结合在一起，使得真、善、美这三种自启蒙运动以来被分开的价值在当代的情境之下重新统一。当学术研究能够直面现实的问题时，往往能获得意想不到的活力。

结 论

培养和推动阎国忠学术研究的当代中国的学术机制或学术场域造就了他和他这一代学人的学术之路。他们都可以自豪地宣称自己是哪一位大家的弟子，他们在当时的研究机构和大学中自由地研究教学。那时，他们只有很少的科研经费，出国的机会就更少，能够购买足够的图书资料都会让他们特别的满足。他们的房子可能很小，但似乎不必为一个起码的住处发愁。那时，学术会议上充满了观点的交锋和思想的碰撞，许多灵感在其中产生。参会者可以为争论一个问题在烟雾弥漫的房间里彻夜不眠，许多人在这个时候可以有机会听到真正的批评，发现新的资料的线索，了解新的观点和方法。那时，刊物需要四处寻找发现好的稿件，给作者虽然微薄但却让人感到有尊严有成就感的稿费。那时，出版社会为一个有意思的选题不惜重金寻找作者，而且会为作者的研究提供各样的便利和机会。总之，那时确实存在着一个名副其实的学术机制或学术场域，它能够给学术提供发展的资源和空间。这些学术机制的构成要素今天依然存在，但其功能已经发生了巨大的变化。现在是以项目为主导的学术机制，经费很多，学者的尊严和兴趣却被侵蚀殆尽。一次聊天时阎老师叹息说，不知道现在写文章给谁看了，那个时候，知道谁会读这些文章，所以写的时候会想到一些读者的反应，在这个过程中写作，不断地要对这些想到的读者回应。现在写出来不知道有什么意义了，没有人认真读你的文章，没有人关注你是怎么想的了。今天学术机制或学术场域是否存在是可疑的，因为学术已经不再成为这个还以其命名的机制的中心了。

作者简介：杨道圣，北京服装学院艺术设计学院教授。

美的辩证思维与美学研究的辩证法
——阎国忠美学研究方法论初探

李文中

在中国美学逐步走向成熟、美学研究领域得到不断拓展的进程中，阎国忠先生对美学方法论原则的自觉运用和不懈探索，形成了独特鲜明的治学风格和研究路径。其最突出的特点是，自始至终时时处处运用辩证法方法论和辩证思维，对美学问题进行严密思考。正因为这样，他的美学思想比其他国内美学家更具有理论思辨性和逻辑的力量，从而更富有哲学美学的意味。如果说许多美学家主要是一种形而下的经验科学式的研究，往往把美学思想进行经验层面的发现和概括，那么他更突出的却是一种形而上的超验哲学式的研究。别人是勘探、发掘美学的金矿，他则更像是一位冶金士和金石鉴定师。他分析、综合、辩证地判断，众多美学家的观点和结论，在他那里更多的是作为思考的起点和论据，然后被辩证地综合到更高的哲学思维层面上。从 20 世纪 80 年代一鸣惊人的《古希腊罗马美学》，到 90 年代前后《朱光潜美学思想研究》《朱光潜美学思想及其体系》，从《走出古典——当代中国美学论争述评》到《美是上帝的名字》到《作为科学和意识形态的美学》，这美学七卷再加上他的论文集《攀援集——经验之美与超验之美》，使他那一以贯之的辩证风格得到了淋漓尽致的展现。文章著述全貌总的体现为历史和逻辑相统一的原则，与在辩证思维研究方法上又各有所侧重的具体运用相结合，丰富深化了美学研究的辩证法方法论。

一、审美范畴的历史逻辑与有机整体观：古希腊罗马美学研究

在20世纪80年代初，我国的美学研究虽然比五六十年代有了更好的时代机遇和较为开放的思想基础，但一切还只能说是重新起步。西方美学研究方面，朱光潜的修订版《西方美学史》，以翔实的资料和精到的述评，为美学研究奠定了一个很高的起点，树立了一个美学研究的标杆。曾经作为朱光潜助教的阎国忠先生，以极大的理论勇气和深厚的学养积累，独辟蹊径，开拓出了一条迥异于朱光潜的治学理路，对古希腊罗马美学作出大胆而又别开生面的深入研究。《古希腊罗马美学》甫一出版，就在美学界引起了强烈反响。

这部著作的成功，是辩证法在中国美学界的一次胜利，它让苦苦思索美追寻美的人们，第一次领略到了辩证法及其逻辑思辨的思想魅力，也把人们引到了美学问题的深处。

该书以美学范畴的形成、演变、逻辑更迭作为论述的重心，把范畴的时间历史性与范畴产生的空间上的整体相关性统一呈现出来。这种以美学范畴为中心的研究角度，在我国美学研究领域，具有开拓性意义。按照历史的逻辑发展顺序，详细剖析论证了古希腊罗马美学的主要范畴，先后是和谐、善（有用、有益、恰当）、理式、整一、悲剧、崇高。在他看来，这些美学范畴记录着自身存在的历史，同时按照自身的逻辑不断随历史向前演化和更迭，每一个范畴对于自己的时代都是美学上的最高概念，但对于人类历史则只是其中的一个个逻辑环节。不仅论证了每个范畴的存在，更揭示了一个范畴是如何潜在地必然地包含着下一个正在生成着的范畴，并通过这个范畴在历史中逻辑的绵延。在这个意义上，阎国忠先生认为美学史的真正含义应该是审美活动的范畴史。

在这部书中，一个个美学范畴不再是孤立的、静止的，而是按照时代历史发展成为美学范畴的运动演变史，范畴之间成为必然的前后相互有联系的整体。历史是发展的，美学范畴也是发展着的，范畴不但有历史时代的烙印，而且是遵循着逻辑的规律向前发展。他让人们清楚地看到，从古希腊的

毕达哥拉斯、赫拉克利特、德谟克利特的"和谐",到苏格拉底的"善""有益",再到柏拉图的"理式"和亚里士多德的"整一",继而发展为古罗马时期西塞罗的"高贵性"和朗吉弩斯的"崇高",对"美是什么"问题的追问,是如何通过这些范畴而显现出一种历史的、逻辑的、必然的联系。如果说其他美学家给人们揭示出的是一个个美学观点或者美学范畴的内涵,那么阎国忠先生则是通过辩证法,让人们发现了美学问题更深广的世界,这就是诸美学范畴及其表达的美学思想,所形成的相互连接的逻辑关系。

与历史和逻辑相统一的原则相关联的,是有机整体观。整体观是历史和逻辑相统一原则的基础,是范畴在空间上的逻辑展开。审美范畴只有通过时间—历史和空间—整体两个方面,才能构成其完整的逻辑运动。美学整体观是富有独创性的理论视野,在他看来,每一个美学范畴的背后,都是一种完整的美学学说,而每一种美学学说又都是以该思想家整体思想体系为根据和依托,更进一步,每一个美学家提出的每一个美学范畴连同美学思想及其所有思想体系,其根基却是思想家本身赖以生存的整个社会、政治、经济、文化、宗教、艺术等诸多时代生活状况因素。只有把美学家所生活的时代社会的物质生产和精神状况,与美学家的思想联合起来,作整体的思考,才能真正把握住美学家所提出的每一个美学范畴的科学内涵。

整体观,必然要求历史和逻辑的统一,这是辩证法的本质要求。德国哲学史家文德尔班对哲学史研究所说的一段话,可以为此提供一个注脚:"它还必须借助历史学方法的各种手段来解释这些哲学学说的起源。更进一步,它还必须澄清这些学说与这些哲学家们的个人生活之间,以及它们与整体的文化之间的关联性。通过这种方式,哲学史方才可以澄清哲学的实际发展历程。"美学史的研究亦是如此。阎国忠先生在20世纪80年代初期我国美学研究方兴未艾之际,独树一帜,能够自觉运用审美范畴学的辩证法方法论,对古希腊罗马美学进行开创性的研究,具有非常宝贵的理论品格和学术价值。

二、以上帝作为美的逻辑起点和终点：中世纪美学研究

在阎国忠先生之前，无论是中国的朱光潜，还是西方的齐默尔曼、夏斯勒、鲍桑奎，甚至克罗齐、吉尔伯特和库恩等众多美学家，都几乎没有对中世纪美学作出应有的中肯的研究评价，或者语焉不详，或者给予基本的否定，或者只简单罗列出美的定义或艺术教育理论，仅仅局限于与美和艺术直接相关的文字，这对跨越近一千年的美学发展阶段，是极为不公平的，所以以上研究方法和结论也就难以谈得上科学公允。

如果说《古希腊罗马美学》是对古希腊罗马这段历史时期做了相对独立完整的内应性探索，侧重的是对审美范畴历史的辩证分析方法，那么他对中世纪神学美学的研究专著《美是上帝的名字》（注：虽然这部著作出版于2003年，但是他于1989年出版的《基督教与美学》已经囊括了此著作的主要观点和方法，所以我还是把该书的中世纪美学研究，从逻辑上提到了古希腊罗马美学之后），则是对漫长达十个世纪之久的中世纪神学美学历程，做了回溯式和前瞻式双向外应性探索，用高度思辨的辩证综合方法，侧重对上帝这个最高美学范畴和含蕴其中的审美意识，进行从否定到肯定的辩证批判。

他从中世纪神学家对创世纪、三位一体、道成肉身等基督教学理中，提炼出潜含的五大美学意识，即本体意识、创造意识、象征意识、静观意识、回归意识，揭示出早期经典、系统神学、黑暗时代、神秘主义、经院哲学、隐秘教派分别标识了各个时期美学理念的时代特征和基本思想指向。他认为，美就是上帝的名字，上帝作为美学最高范畴的提出，终结了古希腊罗马美学对审美范畴的讨论，"上帝"已经将"和谐""善""理式""整一""悲剧"和"崇高"所有审美范畴都包容于自身，上帝是唯一的、无限的，它本身就是美的本体，美的本原，美的终极形式。中世纪美学不再像古希腊罗马美学那样关注"什么是美"的问题，而是美的存在或显现的方式。上帝是三位一体，是存在的本体、存在的趋向、存在的表征，即真、善、美的统一，也是美、美的观照者与作为行为的观照的统一。上帝作为美，既是被观照的客体，

也是创造的主体,上帝通过创造世界彰显自己,世界是美的,因为世界是上帝的象征。人类只有超越自己有限的理性和意志才能观照上帝的美,才能回归上帝,而回归上帝就是美的终极意义。上帝,既是美的逻辑起点也是美的终点。这就是他所理解的中世纪神学美学的主题,问题的核心是人的救赎。

阎国忠先生对中世纪美学的独到理解,凸显出中世纪美学鲜明的超越性、超验性特征,以及其中包含着的感性与理性、人与自然、必然与自由、经验与超验对立统一的辩证思维特质。我们藉此可以看到,中世纪美学不啻是对古希腊罗马美学审美观念的超越,而且更是后来西方近现代美学尤其是德国古典美学思想的母体和原型。

正是因为中世纪美学包含了这样的审美意识,触及了不同于古希腊罗马美学的崭新的美学问题意识,才让我们对从古希腊罗马美学到近现代美学的发展,有了一个更为清晰的辨识坐标参照,才使得理解近现代西方美学观,不再感觉那么突兀,才发现了西方美学观念内在发展的必然性和连续性。阎国忠先生力图证明,中世纪美学是一座桥梁,既是古希腊罗马美学的延续,同时也为美学向文艺复兴和近现代的转变提供了准备。他以宏大的历史感,通过分析圣奥古斯丁对新柏拉图主义的阐释,圣托马斯·阿奎那对但丁的影响为论据,辩证地将古希腊罗马美学、中世纪美学和西方近现代美学这三个历史阶段,历史地逻辑地有机统一起来。在中外美学史上,阎国忠先生第一个对中世纪神学美学及其历史地位,作出近乎"平反昭雪"意义的结论性表述:中世纪神学美学是从古希腊罗马美学到近现代美学的一个不可跨越的阶段,是西方近现代美学的第二个渊源,而且是更为切近的渊源。

不仅仅是在中国的西方美学研究学界,即使从世界范围的中世纪神学美学研究界来看,他对中世纪美学的这种研究方法及其结论,也具有同样的开创性意义。

三、从西方美学转向中国当代美学的中介,辩证思维综合方法层次的提升:朱光潜美学思想研究

阎国忠先生的美学研究大致走过了这样一条道路:先从西方美学入手,

后又转向中国当代美学，最后以马克思主义哲学实践本体论为根基，对中国、西方美学尤其是西方马克思主义美学，先后进行了逻辑逐级提高的综合，对美学基本问题，如美学作为感性之学、超越之学、信仰之学的确证，美学研究对象、美学学科定位、美学方法论、美的本质问题、美与艺术的关系等美学原理问题，不断调整深化着思考和探索。这其中是以对朱光潜美学思想研究为过渡环节，以此为发轫，开始把研究重心从西方的、历史的、理论的美学转移到中国的、现实的美学上来。正如他在《美学七卷》前言中所说："对朱光潜美学的研究触发了我对中国当代美学整体走向的关注。"美学研究辩证思维的综合方法，在更高的层次上得以体现出来。

他于1987年和1994年先后出版的《朱光潜美学思想研究》和《朱光潜美学思想及其理论体系》，分别从历史的纵的方面和逻辑的横的方面，对朱先生的学术历程和学术结构框架作了整体性的审视解读。两书各有所侧重，《研究》采用历史与逻辑相统一的方法，侧重对朱先生的学术道路和思想本身的介绍，条分缕析，按照时间顺序对朱先生美学思想做了梳理评介。而《朱光潜美学思想及其理论体系》则是主要着眼于朱先生美学框架的阐释分析，对朱先生的美学思想观点、美学研究的转型和重大美学问题，站在哲学的高度，运用辩证思维的综合分析方法，进行了更深入的评判，"评"的意味明显超过《朱光潜美学思想研究》"介绍"的色彩。

《朱光潜美学思想研究》认为，朱先生经历了一个综合——批判——综合的过程，即在克罗齐主义基础上作出的艺术心理学意义上的第一次综合、中经对克罗齐的美学和哲学的三次批判和以马克思主义实践为核心概念对美学的第二次综合的过程，朱光潜的美学核心不是克罗齐的直觉论，而是依据马克思主义的实践观点引申出来的人与自然统一的思想以及在此基础上阐发的"美是主客观统一"说，运用辩证思维的方法，把许多相互对立的美学命题，融会贯通为一个相互关联相互依存的理论建构，有力推动了当代中国美学的研究。阎国忠先生同样运用辩证的方法，展示了朱光潜运用辩证思维的美学收获，也指出了朱先生没有找到人与自然统一的哲学基础，即它的历史和逻辑的必然性所造成的理论建构的未完成性。

《朱光潜美学思想及其理论体系》对朱光潜美学整体建构进行了更为辩

证深入的研究，深刻剖析了朱光潜美学中主观辩证法与客观辩证法在很大程度上存在着的对立与割裂。他首先肯定了朱先生通过对主客观统一命题的三次转换，从最初的艺术心理学转向了哲学和美学，从康德、克罗齐转向了马克思，从知识论和认识论转向了马克思主义的存在论，但认为朱先生的自我完善深化的过程，依然是尚待完成的，还不是一个完全意义上的马克思主义存在论者，因而还没有完成对自己的反思和对全部命题的综合。同时指出，在朱先生著名的"美是主客观的统一"命题中，朱先生试图以马克思主义的意识形态来取代克罗齐的直觉，但意识形态也不能成为将主观与客观统一起来的理想中介，一切所谓的主客观统一只能奠定在人的实践基础之上。朱先生接受了马克思主义的实践论，但又把它和直觉论和意识形态论割裂、对立起来，没有把主观的意识形态论、直觉论等认识论辩证地纳入马克思主义的实践论或存在论中来。

朱光潜美学是在中国现当代美学论争中成熟发展起来的，他的美学浓缩了中国当代美学思想的诸多讨论和热点问题，是中国当代美学的缩影，因而阎国忠先生对朱光潜美学的评价，实际上就是对中国当代美学的评价和批判，虽然着眼点是朱先生，但不可避免地触及到了中国当代美学一系列重大问题，尤其是在美学方法论上。从此，阎国忠先生把学术研究的重心转移到中国当代美学领域，开始系统地思考美学基本原理问题，尤其注重对各种美学观点进行整体的具体统一的辩证综合分析，以辩证法和整体观为根本的美学方法论特色逐步完善系统化，也逐步建立起自己的美学观。

四、美学方法论特色的成熟：以文艺政治学为逻辑起点的中国当代美学研究

从 90 年代初期，阎国忠先生就开始注意对文艺与政治关系的哲学思考，并通过对毛泽东、邓小平文艺思想的研究，提出了"文艺政治学"这一学科性概念。文艺与政治的关系，早已有之。但在美学世界里，政治的因素却大多忽略了。阎国忠先生辩证地分析了文艺与政治的三重关系，从逻辑上把政治与美学联系在一起，使看起来那么超然的美学拓宽具有了"政治"的维

度，这一方面丰富了美学在哲学理论上的实践品格，更重要的是把审美和道德、政治、社会实践等方面辩证地——既有区别又有联系地结合在一起，突出了美学价值论，这是以往中西方美学所欠缺的一种重要思维特质，从而开拓了富有中国当代特色美学研究的新领域。

在阎国忠先生看来，正是毛泽东与何其芳关于"共同美"的谈话，直接引发了我国从70年代末开始持续近三年的人性论和人道主义的讨论，成为当代美学的一个新的发轫点。按照历史与逻辑相统一的辩证法原则，阎国忠先生对中国当代美学的研究专著《走出古典——当代中国美学论争述评》，也是以此为开端，依次讨论了共同美、人性论与人道主义、《1844年经济学—哲学手稿》、艺术本质、文学主体性、实践美学六个问题。此书将全部论争当作一个历史的也是逻辑的过程，就思想方法来说，是从以二元论为特征的古典美学逐步向一元论的现代美学过渡的过程；就思想内容来说，是从人的本质到艺术和美的本质的过程。就艺术学来说，是由"向内转"重新返回生活世界的过程。他认为，正是对"共同美"的确认，才引发了对人性和人道主义的讨论，继而才激起对《1844年经济学—哲学手稿》的关注。阎国忠先生的分析让我们看到，这一段时期美学问题讨论的更迭，不是偶然发生的，而是有着内在的、逻辑的必然联系。实践美学的讨论，实际上是一次哲学方法论的讨论，以李泽厚为代表的实践美学没有摆脱哲学二元论，它本身包含着无法克服的思想矛盾，一方面仍把美看作客观的对象，但另一方面把实践当作美的本源和本质，将主观与客观、人与自然统一在一起。实践美学后期从马克思向康德的转向，表明自身已经走入困境。实践美学并没有走出古典，但是已处于走向现代的途中。后实践美学、生命美学、新实践美学等流派的兴起，确证了实践美学的价值和局限。

《走出古典——当代中国美学论争述评》是中国美学界第一次对中国当代美学进行的全面系统的整体性思考，时间跨度从80年代到90年代中期，涉及数百名学者，真正体现了美学研究"观察的客观性——从事物的关系和它的发展去观察事物本身"，即"掌握与所研究的问题有关的事实的全部总和"，体现了"对于被研究的事物同其他事物的多种多样的关系的全部总和的研究"，体现了"研究事物（现象）的发展、它自身的运动、它自身的生命"。这是列宁总结的辩证法的第一第二第三要素的充分体现。阎国忠先生对中国当代美学的整体把握，从对各种美学问题分析和综合的统一性中，体现着历史主义的联系发展要求。他把辩证法从对美学的理论认识领域，转移扩充到直接面对中国当代美学的现实实践领域，通过对这段美学历史的整体性观察思考，把作为美学研究的一般性的辩证思维和辩证方法，如此完整清晰地上升为作为美学研究方法论的辩证法。通过《走出古典——当代中国美学论争述评》这本著作，我们可以清楚地理解辩证法的本质就是"从它们的联系、它们的联结、它们的运动、它们的产生和消失方面去考察的"。我们可以这样评价这部美学著作的理论意义：它把中国当代美学的一段现实历史，逻辑地联结成一个相继必然而生的思想链，历史与逻辑、理论与实践，形成了一个不可分割的辩证整体，凸显了美学的实践性及现实意义。他把众人的结论和发现的特殊规律，当作现象来分析和综合，以至于在哲学的层面上，总结出了这些规律的规律，因此而呈现出美学研究必须持有的辩证法要求，更像是一种总战略，而其他研究方法及其具体结论只不过是局部战役的"攻城拔寨"而已。

《美学建构中的尝试与问题》是阎国忠先生对中国当代美学的思考进行历史的也同时是逻辑的延伸。《走出古典——当代中国美学论争述评》中已经触及的一些美学基本问题，以及在综合批判的基础上初步得出的结论，在这本书中更加系统化地得到论证。

对现实以及任何理论问题，采用历史的考察方法，是马克思主义辩证唯物主义认识论最重要的原则，也是必须持有的最基本的科学态度。为了认识美的本质和美学的基本问题的实质，就必须揭示这些问题的历史。阎国忠先生把从王国维开始一百年来的中国近现代美学归纳为七种叙述模式的转换与更迭，分别给予历史的辩证分析批判，进一步探讨了美学定位、美学对象、美学基本论题、美学方法论等问题。他认为，美学不同于艺术学、心理学和哲学，美学本质上是超验的、思辨的，美学是跨越在形而下与形而上之间的学科。美学对象就是审美活动，审美活动具有三个不同层次：直觉—形式，想象—意象，生命体验—终极境界。审美活动一方面植根于实践，另一方面指向理想的超越境界。审美主体、审美客体以及两者之间的关系，都只有通过审美活动才能得到确认，美学被逻辑地引向了人的生存或生命本身。他还认为，美学基本问题是人与自然的统一问题，因为它意味着感性与理性、个体与群类、经验与超验、受动与能动等多种对立的统一。在美学方法论上，他主张综合化和多元化的同时，还认为应有属于美学自身独特的方法，即以体验—反思—思辨为基本内涵的方法论。

这部著作可以视为阎国忠先生的美学观第一次系统的展示。从这些美学观点得出的过程中，可以明显看出阎国忠先生历史的观点、分析综合的辩证思维和辩证法方法论特色更加成熟，运用起来是那么得心应手。他对每个美学问题的认识都不会囿于某家某派，总是寻找到每种观点的辩证对立的一面，并把两者综合统一到更高的逻辑层次上。也正因为他的方法是辩证的，他的美学思维是开放的、发展着的，因之得出的结论就成为他以后丰富深化美学观点所需要的弹性的理论跳板。

五、美学的科学性与意识形态性：中西马克思主义美学比较研究

可以说，从《走出古典——当代中国美学论争述评》开始，经过《美学建构中的尝试与问题》，是阎国忠先生对"中国有什么样的美学"和"中国需要什么样的美学"的思考，那么接之而来，按照逻辑的发展，他所做的恰恰就是对"中国美学缺少什么"或者"美学应该是什么样的"的思考。专著《作为科学和意识形态的美学——中西马克思主义美学比较》主要讨论了美学的科学性与意识形态性的关系，对"中国美学缺少什么"这个尖锐的问题作出了集中的回应。

他肯定了中国美学对美学学科建设做出积极贡献，也指出了中国美学的缺陷。他认为，中国马克思主义美学研究比较注重美学的科学性，而忽视美学的意识形态性。中国的美学是一种"肯定的美学"，有"学院化"倾向，主要表现在：注重美学自身的学科建设，而忽视了美学必须承担的社会责任功能；注重审美和艺术作为"救赎者"的积极作用，而忽视它与异化现实合流的消极影响；注重纯理论的研究，而忽视对具体审美艺术现象的分析。中

国美学注重对美学范畴、概念、命题的厘定梳理，但由于它缺少意识形态性的关注（因而缺乏对现实社会和时代的关注），使美学的科学性受到局限，而理所当然地被边缘化了。同时，他对作为"否定的美学"的西方马克思主义美学，也做了分析批判。认为西方马克思主义更注重美学的政治的、批判的、否定的功能，而轻视科学性。它消解了诸如美、美感、和谐、意象等美学传统意义上的所有中心范畴，美学学科的整体性逻辑建构、价值指向甚至整体性的叙述方法也被消解掉了。

为了解决这种矛盾，阎国忠先生提出，美的超越性具有批判的、否定的特性，超越就是对经验与超验、感性与理性的批判和否定，是对双方的更高层面的综合，也就是对片面的"肯定的美学"和"否定的美学"的对立的超越与综合。

在谈论美的超越性问题的同时，他敏锐地注意到了爱与信仰在美的世界里的位置和不可或缺的价值意义。他认同柏拉图将爱与美作为互相关联、密不可分的整体，美与爱交互生成，才使得审美超越得以完成。爱是人类审美活动发生的内在驱动力，爱与美是审美活动的内在机制，超越性是审美活动的基本特性。这不单是他对过去美学研究的重新思考和进一步完善，更是在哲学层面上对美的理论所作的新的更高的逻辑整合。

他把这种新的整合奠定在对"实践"概念新的理解阐释之上，认为，本体论意义的社会"实践"对于审美活动具有本源意义，但这种实践概念不仅仅是与物质生产劳动同义的实践，而是也包括人类自身的生产，人的种族繁衍，这就是以"生命的生产"为基本内涵的实践本体论，成为美的本源和基础。在这种实践过程中，人与自然、经验之美与超验之美、感性与理性得到了统一。美学作为感性之学、超越之学、信仰之学，终于找到了最为切实的根基和归依。

爱与美，它所寄寓的审美活动，永远是人的生命之谜。美学辩证法是对人类已经意识到的进入思维领域的审美，进行全面整体的思考探寻。对于思维触及不到的与审美活动相关联的领域，需要不同于辩证思维的方式。阎国忠先生把爱、自由、信仰的理论和对美的辩证法探索结合在一起，拓展了美学理解的新维度。

他在《自然·生产·艺术——从赫胥黎论"宇宙过程"与"园艺过程"谈起》(中国社会科学出版社,2011年,《攀援集——经验之美与超验之美》)一文中,已经涉及了宇宙、自然和宗教因素,把美的探索的目光,延伸到了人的思维认识领域、实践活动领域之外,即从人的活动领域延伸到宇宙自然,这是超出人类本身、人类生存生命实践活动界域的宏观视野,是一个非常值得重视的思想趋向。美的奥秘,就是人性的奥秘。对人的理解,不能局限于人类自身,而必须放眼到宇宙大自然的造化流行。美的理解,也同样不能局限于美本身。美的本质在美之外。随着生物学、人类学、未来学、宇宙学的不断发展进步,美学必将迎来更深刻的变革。阎国忠先生的美学思考,以及通过美学辩证法不断探索出的科学理念,正是迎接美学变革所不可忽视的重要思想资料和资源。

作者简介:李文中,任职于中国文学艺术界联合会。

第三编 专题研讨

在人类童年的审美世界采撷智慧
——读《古希腊罗马美学》

章启群

古代希腊罗马毁灭已有一千多年了。在这古老的废墟上残存的艺术,却给人类以永恒的魅力。探讨这些古代艺术的奥秘,认识积淀在它们背后的审美观念及其形成、演变、发展的规律,对于整个人类的文化、艺术、美学事业,无疑都具有重大意义。阎国忠先生的《古希腊罗马美学》(北京大学出版社1983年版,以下简称《美学》)就是我国第一部研究古代希腊、罗马审美观念及其发展规律的专著。它的突出贡献,在于着力表述了人类早期审美观念发展的过程,揭示了人类审美观念发展的一些规律。

阎先生认为:"美学史,顾名思义应是关于美和审美活动(包括艺术在内)的各种观念或理论的发展史。因此,问题不在于列述各种美及审美活动的观念或理论,而在于揭示这些观念或理论相互补充和更递的内在联系,使人们了解潜藏在它们背后并决定它们发展趋向的那些社会历史基因。"基于这个出发点,作者紧紧抓住美学范畴的演进,清晰地勾勒了一条古希腊罗马美学发展的线索。

列宁把范畴看作人类"认识和掌握自然现象之网的网上的纽结"。美学的范畴也是人类认识和把握美的本质及其规律的纽结。美学范畴的更递是一个从简单到复杂,从抽象到具体,从低级到高级的发展过程。美学史只有揭示范畴中的矛盾运动才能成为真正的科学。《美学》在古希腊罗马美学漫长的发展中,抓住了和谐、善、理式、整一、悲剧、崇高这六个范畴作为内在线索，构成了古希腊罗马美学的中轴线。作者认为，和谐，是古希腊最早形成的审美观念，它最初被理解为一定的数量关系，或者表现为各部分之间的对称、比例，或者表现为各阶段之间的节奏、韵律。雕塑艺术的发展是与和谐范畴的形成直接相关的。和谐范畴在毕达哥拉斯那里是朦胧的；在赫拉克利特那里则是具体的，被看作是事物之间的一种关系；到了德谟克利特，和谐则是相对中的绝对，变化中的恒定，由"看得见的和谐"过渡到"看不见的和谐"，于是，善的范畴便出现了。苏格拉底认为的善是指人的德行、智慧、才能，或事物的有用、有益、恰当。和谐是人对外物观照的结论，而善则是人对人的自我意识；和谐是诉诸感觉的，善则是诉诸理智的。因此，善在审美认识上，是对和谐的深化。但是，善只是片面地发展了和谐的观念，忽略了审美中的自然的、感性的、直接的一面。于是，柏拉图的理式代替了善。理式范畴告诉人们，美的本质首先必须是观念性的，其次又是客观的。它不仅区别了美和美的事物，也区别了美与美的观念。但是，理式不能说明美的多样性，不能说明美的变异性，更不能说明美的具体可感性。为解决这些矛盾，整一的范畴便由亚里士多德提出来了。整一就是秩序、匀称、明确。整一论把美的形而上学的考察推向了顶点，同时也进一步暴露了这种方法本身的局限性。因为人的理性的美被认识是高级的美，而这种美则很难用整一来概括。悲剧范畴的提出，标志着审美理想与把握美的方式的转变。与和谐、善、理式、整一等不同，悲剧的美纯然是精神领域的美。悲剧意味着人类作为一个整体开始觉醒了。到了古罗马时期，崇高范畴的出现，反映了人的个体意识的增长，不过这暂时还是苍白虚弱的个体。崇高作为古希腊罗马美学最后一个范畴，在美的本质论上，它标志着人们由对美的自然的认识到对审美主体认识的转变。

通过范畴的自身丰富和演进，揭示美学史发展的内在规律，《美学》基本上是成功的。用这种方法研究西方美学史，在我国还是第一次。事实证明，它比那些罗列材料、简单归纳的美学史，不仅更清晰明确，而且更深刻生动，真正把握了审美观念的内在脉络。纵的方面它增强了美学史发展的内在逻辑性，在横的断面上，它还从哲学的角度解剖了每一个时期的审美观念，充满了思辨的色彩。例如：关于和谐，阎先生认为："对和谐的思维首先是对客体的思维，但是这不是孤立于主体之外的客体，而是被主体所觉察的、所理解的、所肯定的客体。这一点审美与认识不同，在认识中主体是被排除在外的，而在审美中，主体则是一个必然的不可缺少的因素。主体永远是一个潜在的美的尺度。和谐只有与主体这个尺度相吻合才是美的。""一个能够从和谐感受美的欢乐的人与一个原始人在智力发育程度上的距离是相当遥远的。"这段论述，不仅指出和谐是客体的事物的关系，还说明了审美客体与审美主体的关系，揭示了审美主体自身发展对审美活动的重大意义。

还有值得一提的是，《美学》对古罗马美学思想的发掘之深是前所未有的。古罗马的艺术和美学历来受到人们的忽视。人们认为古罗马艺术没有独创性；美学思想更为贫乏。然而，阎先生认为，古希腊美学的终点同时就是古罗马美学的起点，而古罗马美学本身也有它独创的东西，这就是高贵性。高贵性体现在建筑上是高大的拱顶、广阔的空间，给人以深邃、高远之感。在雕塑的人物上是森严、冷峻、很少微笑，似乎造出来就是为了作为高贵性存在的证明，而在维吉尔、奥维德、贺拉修斯的史诗中则明显地表现为对英雄的热情歌颂与神化。高贵性的必然归宿就是崇高。因为高贵性最初只是体现了对伟大人物的伟大事业的景仰和对古希腊艺术境界的向往。到了古罗马腐朽衰落的后期，它与对现实的普遍鄙夷、对未来的热烈憧憬结合起来，就必然转化为一种与整个平凡的人生相对应的精神的存在——这就是崇高。在这个巨大的历史内容包容下，我们对朗吉弩斯提出的崇高，就不能仅仅理解为一种修辞的风格，实际上，它是古罗马帝国审美理想的最高体现，而且从艺术史看，它标志着奥古斯都古典主义的终结和预示着中世纪浪漫主义的肇始。崇高范畴的这些深远的社会历史内涵，在这里得到了全面深刻的昭示。

尽管《美学》着力描述审美范畴的演进，但是并没有忽略对社会思潮和文艺活动的考察，而是收集了大量的社会政治、文化、军事、政治资料，深入考察了每一重要美学家的社会环境和当时的艺术特征，从而对每一位美学家的思想都有全面的把握，使得提炼出来的美学范畴准确、精深、丰富。例如，《美学》指出，苏格拉底的善的范畴的出现，是与希腊当时盛行的人本主义思潮相联系的。奴隶民主制的顺利发展，希波战争的辉煌胜利，增强了人们对人的信念。"在希腊各地，特别是雅典，人们热心思索和探讨的唯有人，人的灵魂、理性、德行、才智、行为，等等。"艺术自然会受到人本主义思潮的影响，雕刻中秀美的神取代了庄严的神，精神性的人取代了动物性的人，性格之间的矛盾冲突逐渐代替了命运之间的冲突。悲剧家欧里庇得斯非常注意人的心理描绘，比如《赫卡伯》中对特洛伊王后赫卡伯的心理描绘，对亲人们的悲悼，对命运的反抗，对复仇的渴望，对城邦的怀恋，《美狄亚》中美狄亚的独白，更使人看到了一颗被凌辱和被抛弃了的妇女的绝望和激愤的心灵。正是在这个社会氛围中，苏格拉底提出："能思维的人是万物的尺度。"他的全部思想不是在有关宇宙本源的思考中，而是建筑在什么是知识，知识是怎样形成的这些人的活动本身问题的探索上，因此，他才把美和善看作是一致的，认为美的东西也就是善的东西，有用或有益的东西。因此，善的范畴，无疑是苏格拉底美学思想的核心，也是那一时期美学思潮的总趋势。这样的概括和论述无疑是准确和深刻的。

培根曾说过一句名言："读史使人明智。"美学史除了告诉人们一些美学历史的知识，还应该提供一些关于美学的思想。《美学》应该说达到了这一要求。它不仅深刻、细致地描绘了人们童年审美观念的世界，展示了深邃无比而又美妙动人的历史形象，而且在这个世界里，不时点亮一个思想的火把，既照亮了历史，也启迪我们对当代的思索。当然，《美学》也并非十全十美，也有不足之处。用范畴的演进来把握美学史的发展规律，达到逻辑和历史的统一，这是《美学》的特征，然而，这又是一项非常险峻、艰巨的工作。即使是大哲学家黑格尔的《小逻辑》，亦未做到尽善尽美。《美学》从总体上说是成功的，但在某些细部却有些薄弱，例如悲剧范畴。此外，这些古代的美学范畴对当代中外美学和艺术的影响，也论述不多。但这些都不足以否认《美学》是一部西方美学研究中的力作。

作者简介：章启群，北京大学哲学系教授。

朱光潜美学思想及其理论体系

王志敏

20世纪90年代以来，中国美学似乎进入了它的沉寂期。美学著作的出版量或许没有减少，但是人们对美学真理的信念却淡薄了。最近读到阎国忠教授的新著《朱光潜美学思想及其理论体系》（安徽教育出版社1994年12月版），感触很多。

我学美学多年，头脑中逐渐形成了两句话：一句是：审美无争辩。另一句是：美学无是非。对第一句，尽管可能遭到非议，但我仍认为它闪烁着真理的光芒。其真理性在于，审美虽无争辩，但美学却必须争辩。而且重要的是，美学的争辩须建立在审美的无争辩基础之上。这就是审美的无争辩与美学的争辩之间的辩证法。第二句话说的事实：数学中的错误太容易证明了。而在美学中，即使是错误也总是有道理的。这件事本身不啻对美学所达到的科学水平的一个测度。由于这个原因，我对那些推进美学的科学程度做出了贡献的美学家往往特别尊敬。在我心目中，朱光潜作为一个中国美学家，最大特点就是对于美学真理的坚持不懈的追求。当人们有充足的理由对于美学中的真理绝望的时候，当传统美学被认为已经陷入迷误，中国学者在美学中看到了一堆"博学的垃圾"并且惊呼美"制造白痴"、避之唯恐不及的时候，对于一生孜孜不倦研究美学的朱光潜的学术生涯和理论遗产的回顾和总结，这件事本身就是对于美学研究者的一个鼓舞。在这种情况下，《朱光潜美学思想及其理论体系》一书的出版，确有其不同寻常的意义。因为，对现当代中国美学的反思是中国美学走向未来的一个不可缺少的环节，"朱光潜的学术生涯可以说是现代中国美学发展的一个缩影", "朱光潜的学术道路本身就是一笔精神财富"。在这个意义上，朱光潜不仅是一座横跨古今、沟通中外的桥梁，而且是中国美学走向世界、走向未来的一座桥梁。

这部30万言的研究和介绍朱光潜美学历程的著作让人感到它的沉甸甸的分量。朱光潜可以说是一位其一生除了美学几乎就等于零的学者。照理说，对他的学术思想进行评述，似乎并不困难，其实不然，因为朱光潜的美学思想发展是中国现当代思想史的一部分。本书的意义，不仅在于它对"中国美学科学的开拓者"朱光潜的美学思想及其理论体系进行了准确、细致的梳理和概括，充分肯定了朱光潜在中国现当代美学建设中的开拓者和奠基人的地位，而且还在于它清晰地呈现和勾画了朱光潜美学追求中的建构、转型、反思和重构的反复过程，以及对马克思主义的学习和研究在朱光潜美学道路中的重大意义。本书对朱光潜的介绍，事实上等于从一个重要的侧面勾勒了中国现当代美学史。从中我们能够真切地感受到，在美学研究中比在任何其他研究领域中都更容易受到文化环境的影响乃至干扰。即使是一个真诚的美学家，要想在各种各样的批评中坚持正确的方向和不断地纠正错误，是多么困难。朱光潜受到的不仅仅是正确的批评，而且还受到了以无可置疑的正确面貌出现的错误批评。本书为我们描述的，不是一个特立独行的美学家，也不是一个一贯正确的美学家，而是一个具有足够理论勇气的不屈不挠的美学家。

美学研究比任何其他学术领域都更难达成共识，也更难避免理论失误。在这个领域中，即使是伟大的睿智者，错误也在所难免。被纠正的很可能不是错误，进步有时也许就是倒退，正确的东西也可能被作错误的运用，这些在美学中绝非罕见。因此，在对朱光潜的评述中曲意逢迎和为尊者讳对美学研究毫无益处。本书作者严格把握了这一准则。这里仅举一例：朱光潜曾提出过一个著名的物甲物乙说。这一观点有其重要的理论价值。至今我仍看不出它有违背马克思主义哲学原理之处，因此也不认为需要引证马克思语来支持这个观点。但朱光潜却引证了马克思的一段非常著名的论断："最美的音乐对于不能欣赏音乐的耳朵就没有意义，就不是对象。"在他看来，马克思的这句话支持了他的观点：最美的音乐（物甲），如果没有能够欣赏它的耳朵（主观条件），也不能转化成美的形象（物乙）。但是现在我们不难发现，这段话恰恰不能证明这一点。这句话能够说明的只是，如果没有主观条件，最美的音乐（物乙）也不能变成物甲，就是说，不存在物乙。本书如实描述了这件事，起到了立此存照的作用。看起来，这里涉及的问题属于细枝末节，其实也涉及如何看待马克思主义著作的问题。

在某种意义上，朱光潜作为一个美学史家比作为一个美学理论家的影响要更大一些，但本书对朱光潜的评述却更注意其理论建构的方面，因此，它在对朱光潜美学评述的同时，还比较系统地提出了作者自己对于一些重大美学问题（例如美学的研究对象等问题）的学术论断。这些论断是作者对美学史和美学理论长期思考的结果。例如，作者在评论朱光潜关于美学的研究对象是艺术的观点时，虽然与朱光潜持有不同的看法，但是却没有简单地否定它，而是更着重从艺术的社会实践意义上去强调朱光潜的"对美的本质的理解及在美学方法论方面给人的启示"观点。作者这样指出："艺术从来没有像哲学那样高悬在空中。由于这个原因，艺术不是少数人的事业，而属于全体人类，是人类共同的生命或生存形式。人们可以没有哲学，没有宗教，但是不可以也不可能没有艺术。既是如此，那么美学就不应停止在心理学与认识范围里，而应深入到人的社会实践中，从社会实践这个意义上去认识和研究艺术，揭示艺术在人类社会实践中的地位与价值。"正是建立在对艺术的这种理解之上，作者才认为，一般地把美学界定为人与现实的审美关系的科学"即使是能够成立，恐怕也是没有意义的"，并进而提出了自己关于美学研究对象的论断："美学就是要研究美在这个艺术链中的生成与发展，以及在发展中形成的各种形态、各个环节和各种规律。""美学不能笼统地将美与艺术混为一谈，否则不是把美限制在艺术之内，就是把艺术局束在美之内。"

如果说，朱光潜以其双重身份在中国现代美学中获得的地位，标志着中国现代美学的开创阶段，那么我们是否可以认为，本书作者同样以其双重身份通过朱光潜对中国现当代美学的总结，意味着中国美学试图穿越美学史的隧道，创建具有世界水准的当代中国美学理论体系的努力呢？

作者简介：王志敏，北京电影学院电影学系教授。

迈向新世纪的美学历程
——读阎国忠教授的《走出古典——中国当代美学论争述评》

陈文忠

《走出古典——中国当代美学论争述评》一书①，是阎国忠先生对 20 世纪 80 年代以来的美学论争作系统梳理、沉潜反思的力作；它以明晰的思路和极富启示的评析，展示了中国当代美学走出古典、跨向现代、迈向新世纪的探索历程。

"当代美学"是指 20 世纪 80 年代以来的美学热潮，相对 20 世纪五六十年代的美学大讨论，这是中国美学走出古典、跨向现代的更为重要的转折时期；"走出古典"是指美学思维超离主客体二元对立的西方古典模式，进入主客融合以审美经验或审美活动自身为核心的现代阶段。

作者阎国忠先生是北京大学哲学系美学教授，当代知名美学家，对西方美学、中国现当代美学尤其是朱光潜美学思想有系统深入的研究，又是 20 世纪 80 年代以来美学思潮的积极参与者和有力推动者。他以当代美学当事人的身份来反思和总结最近 20 年的美学论争，自然会有更多的独到之见和会心之论。

阅读全书，其对当代美学探索历程的展示和论析，似有三大特色。

---

① 阎国忠：《走出古典——中国当代美学论争述评》，安徽教育出版社 1996 年版。

一、抓住核心问题，展示美学历程

当代英国哲学家艾耶尔在《二十世纪哲学》中论及哲学史如何描述"哲学的进步"时写道："我认为，要找出答案就不应把重点放在一批杰出人物对这一学科所做的贡献上，而要格外关心一批循环呈现的问题的演变。"① 以循环呈现的核心问题取代对哲学家的顺序评说，确实更能展示哲学的进步和思想的进程。因此，艾耶尔的见解曾得到国内其他当代美学研究者的认同，但在《走出古典——中国当代美学论争述评》中得到了更为切实具体的体现。阎先生认为：20世纪80年代以后的美学论争，实质上是实践作为美的本体的确立以及对实践本体扬弃的过程，根据这一过程发展的可归纳的内在逻辑，其"循环呈现"的六大美学问题依次是："共同美"的讨论、"人性论"和人道主义的讨论、《巴黎手稿》的讨论、艺术本质的讨论以及实践美学的讨论。这些问题的讨论又可逻辑地分为前后两个阶段："共同美"的讨论是20世纪80年代全部美学论争的发轫点，到《巴黎手稿》的讨论，这是以"自然人化"为核心命题确立实践本体论的第一阶段；从文艺本质的论争到实践美学的论争，这是扬弃实践本体把美学归之于人的存在或生命本身的第二阶段。阎先生在众说纷纭的讨论和纷繁复杂的论题中，清理出美学思想演变的逻辑线索，抓住循环呈现的核心问题，清晰地展示出了美学探索的具体历程。如果说"共同美"的讨论由美引出了人的共同本性、人性论、人道主义的讨论，确认了人的共同本性的存在，《巴黎手稿》的讨论则辩明了人的共同本性是自由自觉的活动，美则是人的本质力量的对象化；那么文学主体性确认文学应以人为中心和目的，实践美学的论争提出超越实践本性回归人作为感性存在的生命本体的口号，则是它必然的结论。

对当代美学论争中的这一理论倾向，读者会有不同的看法和评析，但阎先生对美学论争深层逻辑的把握和揭示，是准确和精到的。同时，由于在纷繁的论争中抓住了核心问题，又起到了纲举目张的作用。全书围绕六大问

---

① [英] A.J. 艾耶尔：《二十世纪哲学》，李步楼等译，上海译文出版社1987年版，第7页。

题，对相关的数十个美学论题的论争情况，既作了有机整合，又作了深入评述。如围绕"共同美"的讨论，对美感与认识、审美活动与艺术的功利性、自然美与形式美、共同人性与共同美的问题作了深入的辨析。围绕艺术本质的讨论，对"写真实"与"写本质"，"表现自我"与表现人民，现实反映与审美反映等问题作了辩证的分析。《巴黎手稿》的讨论是热点、重点也是难点，阎先生注目于三大论题，即"劳动创造了美"、"自然的人化"和"美的规律"，而这正是当今美学论争中各家各派立论的关键命题。

二、观点介绍明白，论争说个清楚

阎先生在《后记》中审慎地写道：作者本意只是"为了把各种观点介绍明白，把论争的来龙去脉说个清楚"①。然而，要做到这一点，谈何容易。20世纪50年代的美学讨论，总共只有一百多人参加，发表了三百多篇文章，而80年代的"美学热"，其规模、人员和论著则非当年可比。仅文学主体性的论争，从1986年到1991年间见诸报刊的文章近400篇，而关于实践美学的讨论一直持续至今，不仅有大批论文，还有大量专著。总之，这次美学热迄今发表的论著，不仅数量巨大，而且内容广泛，歧见纷呈。尽管如此，阎先生在《走出古典——中国当代美学论争述评》中对它的来龙去脉，切切实实做到了"介绍明白，说个清楚"。在具体操作上，大体可概括为三步。

首先，按照论争中思想发展的内在逻辑，对每个论题的论争过程和理论走向作宏观的描述，即根据讨论的形成、论题的发展或转换、认识的一致或分歧，将其分为若干阶段。如"共同美"的讨论分为三个阶段：始而怀疑和否定，继而接受和修正，终而从审美主客体关系中揭示共同美的本质。艺术本质的讨论分为三个阶段：艺术作为客体的讨论，艺术作为主体的讨论，及超越客体与主体对艺术本质的讨论，如此等等。由于着眼思想发展的内在逻辑而非文章发表的先后日期，因而能不为现象所迷而抓住论争焦点，阐明理论实质。

---

① 阎国忠：《走出古典——中国当代美学论争述评》，安徽教育出版社1996年版，第505页。

其次，阎先生便以较大的篇幅，根据论题的逻辑展开对论争各方的代表性观点作较为具体充分的介绍。这部分内容在书中占有较大比重。阎先生不问论者名气大小，对论者言之有据、论之成理的观点，均予以客观公正的介绍。这部"述评"具有了学案体的品格、观念史的意义和理论史的价值，为关心这一阶段美学思想的读者和研究者所不可不读。

最后，在介绍各家各派的观点时又理所当然地突出主要派别和核心人物。思想的历史是一江斩不断的流水。20世纪80年代的美学热，实质上是50年代美学大讨论在新的历史背景下的延续，美学观点的论争基本上仍是以蔡仪为代表的客观论派、以朱光潜为代表的主客观统一论和以李泽厚为代表的实践美学派的三足鼎立的局面。在这三派中，实践美学以其独有的理论魅力，迅速在学术界和大学课堂取得了支配地位，以至"到目前为止还没有一种美学能够完全取代实践美学的地位"①。"述评"在"实践美学的讨论"一章中，对李泽厚美学思想的发展变化、内在矛盾及受到的挑战进行了充分的介绍，认真的分析与批评。

可以说，"述评"的这种"宏观把握，逻辑展开，重点突出"的操作方式，既有效实现了本书的既定目标，对同类著作的撰写也具有独特的方法论借鉴意义。

三、超越论争双方，作出辩证评析

描述学术论争的过程，并不是学术史研究的最终目的；"考镜源流"是为了"辨章学术"，是为了揭示问题的症结，探明解决的途径，寻求更为准确合理的答案，最终把中国现代美学的理论建设推向新的阶段。阎国忠先生具有深厚的西方美学学养和自成一体的美学思想体系，对评述的问题又经过沉潜反复的思虑，体会特多，故有大量精彩的"述"中之"评"，超越于论争双方之上，对之作出辩证评析，融入自己的美学思考，把论争引向更深的层面，实践美学从产生起就成为学界的热门话题，近年随着"后实践

---

① 阎国忠：《走出古典——中国当代美学论争述评》，安徽教育出版社1996年版，第410页。

美学"的提出又引起了人们的关注。阎先生首先肯定了实践美学的五大贡献,即"第一,它把美学探讨的中心从静态的美在何处,引向了动态的美是怎样发生发展的,从而大大推动了审美社会学的研究;第二,它把实践概念引进到美学,而实践概念是历史概念,这就使美学超离认识论成为可能;第三,它的理论指向直接是作为实践主体的人,人的本质,人的尺度,人的创造力等,于是人本身成为美学的最大课题;第四,美学因此在一定程度上脱离了抽象的概念争论,而与人的生产劳动、自然环境的观赏以及艺术创作活动等实际问题结合起来;第五,它引发了人们对研究马克思经典作家的美学著述,特别是马克思的经济学著作的兴趣,马克思主义美学脱离了带有旧的唯物主义色彩的阴影,形成了新的特有的概念"。[①] 阎先生对实践美学理论贡献的概括是全面的,也是客观的,有助于我们透过众说纷纭的论争把握"实践美学"的要义。不过,阎先生在这里并不满足于"述而不作",而是"述而有评",进而极为精辟地指出:实践美学回答的是美的本源而非美的本体;而回答了美的本体则可以更深刻地回答本源问题。因此,"实践美学实际上并非是本真意义上的美学",而只是对美学的有关问题或"美的诞生"问题作出了历史的和社会学的解释;尽管如此,"它却培育了超出古典美学的若干现代因素,从而使我国美学迅速地跨进到 20 世纪及 21 世纪成为可能。所谓超越美学、生命美学、体验美学的提出,或许可以作为一种例证"。[②] 这样,著者便以精辟的理论分析和宏观的历史眼光,把曾经以"实践美学"为中心的当代美学探索,引导到了一个多元开放的新境界。

在文艺美学研究的思维方法上,阎先生也有独到的见解。"表现自我"说曾在 20 世纪 80 年代文坛引起轩然大波,阎先生首先对这一文艺思潮作了多角度的评析,认为它涉及诸如"艺术与生活的关系"、"作家与人民的关系"、"作品与时代的关系"、"个性与典型的关系"、"理性与非理性的关系"以及"传统与现代化问题"等;然后超越论争双方,超越非此即彼,平静而理性地指出:"对于论争双方,我以为都需要从中汲取这样一条教训:对于

[①] 阎国忠:《走出古典——中国当代美学论争述评》,安徽教育出版社 1996 年版,第 408 页。
[②] 阎国忠:《走出古典——中国当代美学论争述评》,安徽教育出版社 1996 年版,第 410 页。

一种孤立的理论，可以用相应的理论去评论，但是对于一种与一定思潮相联系的理论，就不应仅仅停留在理论上，而应对思潮本身作出历史的分析。思潮之所以成其为思潮必然是有它的社会的、文化的与文艺本身的根源。因此，对思潮仅仅说一个'不'字是不行的。"①其实，这是对待一切文化思潮和文艺美学问题应取的科学态度和精神原则，对于我们拓展理论视野，激发美学思考，掌握学术研究的科学方法，都是很有启迪意义的。

最后，笔者愿以阎先生"自序"中一段极富哲学意味的话作为本文的结束。阎先生"自序"开篇，阐述"美学争论"的意义。他提笔写道：

> 几乎美学所涉及的每一个问题和命题都有争论，而美学往往是通过争论为人所认知和接受的。从这个意义上说，争论应是美学的一种特性，一种存在方式。美学之所以如此，原因之一是它关涉的方面甚广，包含人性的各个方面，这些方面不是任何一个具体的人可以毫无遗漏地把握的；原因之二是它关涉的方面极深，体现着生命的最内在的底蕴，这些底蕴也不是任何人可以用有限的智慧完全领悟的。美学需要争论，在争论中展示和实现自己，美学没有也不可能有"最后一句话"。②

这段话之所以说极富哲学意味，是因为它不仅揭示了数千年来"美学争论"的根源和真谛，同样也揭示了数千年来一切学术论争的价值和意义。争论是"美学"的一种特性、一种存在方式，也是"学术"的一种特性、一种存在方式。争论赋予学术以生命，学术在争论中深化和发展；而学术是民族精神的结晶，从而民族精神也在争论中不断深化和升华。"学术述评"是以往学术争论的总结，也是新的学术争论的开始，它可以把学术争论引入更高的层次，引向更新的境界。

作者简介：陈文忠，安徽师范大学文学院教授。

---

① 阎国忠：《走出古典——中国当代美学论争述评》，安徽教育出版社1996年版，第265页。
② 阎国忠：《走出古典——中国当代美学论争述评》，安徽教育出版社1996年版，第3页。

持论公允　别具一格
——评阎国忠教授的《走出古典——中国当代美学论争述评》

朱志荣

20世纪80年代的美学热和相关美学问题的论争，有力地推动了美学学科在中国的深化和发展，并且与当时的思想解放运动紧密相连。阎国忠教授在20世纪90年代初就及时进行各方面的总结和评论，表现出他敏锐的洞察力和坚实的理论功底。他的《走出古典——中国当代美学论争述评》一书1996年由安徽教育出版社出版、2015年又由商务印书馆再版。他之所以及时地选择新时期这一时段进行研究，是他认为这一时期"是美学走出古典、跨向现代的一个重要转折时期"，学者们逐步摆脱了传统的反映论美学思想的框架，跨进了现代美学的门槛。书中通过对论争的评述来展开对新时期美学发展史高屋建瓴的评述，条分缕析，别具一格，体现了历史与逻辑的统一，对当代美学史的研究和美学理论的推进颇具启发性。

书中从共同美、人性论与人道主义、《1844年经济学—哲学手稿》讨论、艺术本质论、文学的主体性和实践美学等六个方面统合数十个大小论争，强调和重视争论。其中"第四章　艺术不仅仅是反映——关于艺术本质的讨论"仅一章就归纳了16个问题，把20世纪70年代末到80年代末划分为三个阶段和三个方面，对于从"写真实"与"写本质"，"表现自我"到"艺术的本质或特性"的讨论，作了全面、系统、深刻的阐释。而对于与艺术的本质问题紧密相关的文学主体性问题，则专门由第五章一章专门讨论文学的主体性及其论争。由此可见他对文学主体性的讨论的重视和详略有致的写作策略。

书中揭示了新时期美学拨乱反正、走出古典的新时期思想历史进程的价值和意义。在新时期的论争中，前面的讨论和突破常常是后续问题和论争的基础，很多问题是相互关联、相互交织的，又在论争中向前推进，从而引发新的论争，这是一个层层深入的历史进程。阎国忠教授从学理上阐释了人性、人道主义论争问题，重视人性论和人道主义的讨论在当时突破禁区、解放思想中的价值和意义，并尤其重视文学作品中人性和人道主义的表现。同时，他还重视朱光潜、李泽厚把美学关注的中心引向主客体统一的活动，指出这种主客体统一在超越二元对立的思维方式过程中的价值和意义，而这正是古典与现代分野的重要表征。他在对《1844年经济学—哲学手稿》讨论的评述中，尤其强调人类的生产实践对人的价值观念的影响，乃至对美学研究的影响，特别是对实践美学形成的影响。

在对各种论争的评述中，阎国忠教授重视历史情境的还原。书中把20世纪80年代的新时期，看成是美学走出古典、迈向现代的开端，把时代背景作为整体来理解。对于这一时期的各种论争，他不只是拈出几位大家的思想进行评述，而是着眼于相关的思潮，把整个论争的来龙去脉呈现出来，对于各位学者的贡献给予公允的评价。本着真理面前人人平等的态度，他对于一些非名家的不同意见也能给予充分的尊重与肯定。他认为思潮比理论本身更具有价值和意义。诚如王蒙本书的序言所说："研究当代美学论争，搜集论争各方论著，梳理论者的有代表性的观点而不问论者的名气大小，客观公正地介绍不同的论点，并超越双方的争论站在一个更高的位置上做出自己的分析判断……"这是值得我们从事美学史研究者学习和借鉴的。他对实践美学的历史背景和源流的探寻，对李泽厚实践美学基本思想的评述，以及朱光潜实践美学观与李泽厚实践美学观的差异等，都能从具体情境中加以阐释。

阎国忠教授在宏阔的视野中评述新时期的美学论争，并阐明自己的观点，显示出作者对当代论争评述的驾驭能力。在对历程的阐释中，他深入探讨了论争中的学术观点及其特点，持论力求客观公允，从中阐明了自己的理论主张。书中对新时期论争中的一些具体观点当然还可以进一步讨论，但他能重视揭示各种思路本身的价值，并明确表明自己的立场，是值得我们继承和发扬光大的。如对于共同美问题的客观价值，以及共同美讨论对思想解放运动的价值及其对新时期美学历程中的意义等，他都能在客观评述中加以论述。在对文学主体性讨论的评述中，他充分肯定了刘再复在突破机械反映论的教条主义方面的价值和意义，对于来自正反两个方面的批评，以及一些学者对主体性思想的发展，都能给予实事求是的评价，并在评述中阐述自己的思想。他对实践美学有肯定，有批评，都是建立在他本人对实践美学深入研究的基础上的。可见，他重视在历史的发展线索中评述，侧重于阐释走出古典的历程。他既站在旁观者的立场上准确地阐述论争中的各家观点，体现了历史脉络的客观性，又在评述中阐明自己明晰的立场和观点，体现出个人观点的主导性。

新时期的美学热和一系列的美学论争不仅在中国当代美学学科的发展中具有重要的价值，而且对思想领域里的改革开放和拨乱反正起到了重要的推动作用。阎国忠教授在 20 世纪 90 年代初期及时回顾和反思新时期的美学论争，为我们提供了一份翔实、可靠的学案。它不仅为后继者提供了可靠的分析文本，积极引导后学充分重视和反思新时期美学论争的成果，而且对 20 世纪 90 年代以来美学研究的继往开来提供了有益的启示。其中的精彩评点不但清楚明白，而且发人深省，引发我们积极而深入地思考。可以说，阎国忠教授的《走出古典——中国当代美学论争述评》是从思潮的角度对新时期美学论争所作的第一份，也是迄今为止非常突出的一份总结，是当代美学史研究领域的一块丰碑，并对中国当代的美学研究产生了积极的影响。

作者简介：朱志荣，华东师范大学中文系教授。

一份不该被遗忘的美学遗产
——读阎国忠教授《美是上帝的名字——中世纪神学美学》的一点体会

王元骧

中世纪神学美学不仅是我国美学研究领域的一大盲区,而且由于受长期以来我们对唯心主义和宗教持一种简单化的批判态度的影响,常常对它怀有种种偏见,以致我们在接受西方美学遗产的时候,所着眼的仅仅是古希腊、罗马和近、现代这些领域,很少关注中世纪神学美学,这在很大程度上影响了我们对美学问题作全面、完整而深入的认识。

美作为一种价值意识的存在形态是相对于人的需要而言的,是人的审美需要的一种外在表现形式。离开了人的审美需要,也无所谓美与不美。而人作为一种"自在自为"的存在,就在于他不仅能"感觉到自身",而且还能"思维到自身",亦即对自身的生存状态、生存的意义和价值具有认识、反思、评判的能力。前者是人与动物所共有的,后者则是人所独有的,是人之所以有别于动物的根本标志。这样,就构成了人的生存活动中的两个世界,即经验的世界和超验的世界,从而使人不再停留在像动物那样仅仅凭着自己的感觉、欲望而生存的状态,看到在经验生活之中还有一个经验生活之上的世界。唯其如此,人们才会在自己所处的当下的、物质的生活中保持一种必要的能力,引导人们不断走向自我超越,我们对人的本质的理解才能见出深度。而美,在现实人生中就是承担着这样一种沟通经验世界与超验世界,把人们不断引向自我超越的作用。

对于美的这种超越性的认识与揭示，在古希腊柏拉图的美学思想中虽然已经萌生，但总的来看，希腊的美学思想是在希腊自然哲学的思想背景下发展起来的，基本上是以经验的观点和方法去进行研究的。这当然不是说希腊哲学、美学没有形而上的、本体论的内容，但却不能否认其主导倾向是从科学的观点着眼，从物质的世界中去寻求世界的本原和始基入手，甚至在谈到"上帝"的时候，也认为它不过是宇宙万物的"第一动因"。所以这种本体论只能说是一种知识的本体论，与人的生存意义和价值并没有发生什么直接的关系。直到中世纪神学的兴起，这种探讨人的生存本体、价值本体的思考，才得到充分的重视和展开。阎国忠教授的《美是上帝的名字——中世纪神学美学》(上海社会科学出版社 2003 年 8 月第 1 版)，就是通过对大量材料作系统、深入的分析和研究，向我们揭示了中世纪神学美学是怎么在神学面纱掩盖下，从生存本体论和价值本体论的角度，在对美的意义和价值的探讨做出自己独特而重大的贡献，怎样"给了美学以新的契机、新的生命"，怎样继古希腊美学之后使"美学在神学的庇护下进入了历史发展的第二个时期——以神学方式完善和发展自身的时期"的。

中世纪神学美学的产生自然是从本体论的演变开始的。与古希腊把世界本体视作物质实体不同，中世纪神学则是按照基督教的上帝创世说来解释美，认为世界的和谐和秩序都是上帝精心设计的结果，是上帝的美与善的体现；所以，人若要在尘世生活中观照到美与善，也就只有向上帝皈依。这样，美的性质就与善一样被视为不是经验的，而是超验的，不是感官对象，而是灵魂的对象。这就从本体论上规定了美是为提升人的精神生活而存在的。这看似把美引向虚幻的不可捉摸的神秘境界，但只要我们稍有分析和批判的眼光，就不难发现它所探讨的实际上是一个人自身如何走向完善的问题。因为上帝实际上是由人分裂出来的，他不过是人的本质的异化的产物；也就是说，人创造上帝，无非是把自己所期盼的而又在尘世生活所无法实现的理想愿望寄托在上帝身上，通过设定一个上帝来求得自身的灵魂的提升，为自己的生存找到一个精神上的依托。这就是所谓灵魂得救。所以费尔巴哈认为："人认为上帝的，其实就是他自己的精神、灵魂"，"上帝是人公开的内心，是人坦白的自我"①。这就表明"神学的问题"实际上是一个"世俗的问题"、人学的问题②。正是从这里，我们看到了中世纪神学在虚幻的外表下所包含的合理而积极的内核，如同阎国忠教授在书中所指出的："上帝实则是人类的'蛹'，僵硬的外壳并不是用来束缚生命的，而是保护和升华生命的；不经过'蛹'的蜕变，人类也许永远像动物一样滞留在地面上，不能想象翱翔的奥妙。"由此可见基督教神学不仅没有抑制中世纪美学的发展，而且正是由于凭借了神学，才超越了古希腊美学自然哲学影响的局限，使人们把目光投注到自身的生存状态、生存的意义和价值的思考上来，"这一点体现在美学上就是把超离了自然的上帝，或叫作人类总体，当作思维的主体，由这个主体出发去探求美的起源和归宿……在美学史上，是中世纪美学第一次朦胧地把美学提高到人学的地位上。"所以"'美是上帝的名字'虽然给美抹上了浓重的神秘主义的色彩，却同时也昭示了美这个概念的深刻性。"这些分析和结论我觉得是十分精辟而符合实际的。

在对美的本体论探讨的基础上，书中进而为我们论述了中世纪神学美学由此而形成的它自身的一系列富有特色的思想观点，并如何把人们对美的理解推到了一个更深的层次。这些内容主要是：既然美的本源在于上帝，是上帝创造的，所以美的存在也就成了一个外化和回归的过程，外化是上帝意志的显现，回归是使人的灵魂皈依上帝，在人身上最终实现上帝的意志。上帝是至高至善、全知全能、威力无边而又无处不在的，因而是没有形体视不可见的，但他彰显在看得见的事物之中，这就使得一切看得见的事物无不包含着一个隐蔽的、神秘的意义。因而美也就被神学看作是了解上帝的一条通道，认为通过美可以使人们超越有限而进入无限，进入直接面对上帝、与上帝和合的境界。这一过程也就成了人的灵魂不断自我蜕变和自我更新的过程，成了一个由于上帝的恩宠而使灵魂得到拯救的过程。而这种得救凭着自身的理性的努力是无法实现的，它需要借助上帝的光的照耀和上帝的启示，美作为上帝的意志的创造和彰显，在这一过程中就负担着这样一种神圣的使

---

① 《费尔巴哈哲学著作选集》下卷，生活·读书·新知三联书店1962年版，第38页。
② 《马克思恩格斯全集》第一卷，人民出版社1972年版，第425页。

命。阎国忠教授把这些思想概括为"创造意识"、"象征意识"、"静观意识"和"回归意识",并分别对之作了细致而透彻的分析,从而告诉我们:这些意识虽然大多在古希腊就已经萌生,但中世纪神学美学却从它们自己的本体观出发,无不对之作出了新的阐发,而赋予其新的、独特而丰富的内涵。如"静观"这个概念,虽然早在柏拉图的著作中就已出现,后来斯多葛学派对之又作了进一步的发展,但他们主要是指排除欲念而不为幸福和苦难所动,对事物所采取的一种淡漠的观赏态度,以求个人内心的安宁;而在中世纪神学美学中,由于它与救赎的思想联系在一起,把它视作在精神上与上帝沟通的一个环节,认为在没有达到"静观"境界之前,人们只能通过"象征"或"隐喻",间接地知道上帝;进入"静观"境界之后,就可以直接见到上帝。这样,"静观"也就成了凭着自己内心对上帝的无比忠诚、虔敬和无私的爱来超越有限的自我而进入天国的一条途径,从而使得"静观"既"植根于爱,同时又升华了爱,使爱得到了必然的归宿"。所以,"静观"与爱和永生是一体的,"爱便是静观,便是永生"。这些思想自然带有浓重的宗教思维方式和神秘主义色彩,但正因为如此,费尔巴哈才把宗教与诗相比,认为,"宗教就是诗,神就是一个诗意的实体"[①]。这些描述不仅使科学意识所无法表达和穷尽的审美活动中的那些微妙的心理特点得到生动细致的揭示,而且更向我们展示了这样一个深刻的真理:"美不是为单纯的感官享受而存在的,它应该具有一种感化的力量,启示力量和提升的力量。美应该永远停在人企望的云端,沐浴在灿烂圣洁的光辉中。"像这样的一些思想由于我们过去受庸俗唯物论的影响,都被视作唯心主义和神秘主义的东西而予以否定,以致在许多美与艺术的领域都不能探得其中的奥秘。列宁说:"聪明的唯心主义比起愚蠢的唯物主义来更接近聪明的唯物主义"[②]。鉴于我们以往美学研究的教训,我认为:全面、深入地研究研究中世纪神学美学,是有助于我们变"愚蠢的唯物主义"为"聪明的唯物主义"的。

在全面、系统地梳理、阐释了中世纪神学美学的基本思想之后,对于它

[①]《费尔巴哈哲学著作选集》下卷,生活·读书·新知三联书店1962年版,第683页。
[②] 列宁:《哲学笔记》,人民出版社1958年版,第280页。

的思想价值和历史地位，阎国忠教授也作了十分客观而公正的说明和评价，认为正是中世纪美学所揭示的经验与超越、感性与理性之间所存在的一种张力，启发了康德等人的思考，"德国古典美学所以造成了如此富有思辨意味的深邃的美学体系，是与它认真挖掘基督神学的精华，并加以批判的改造是分不开的"。我们完全可以说，要是没有中世纪神学美学，也就没有辉煌的德国古典美学。

如同许多人类文化遗产都是精华与糟粕并存的那样，基督教神学以及在此基础上产生的中世纪神学美学也不例外，这使得它们在不同的历史语境下就会显示出不同的思想侧面，所产生的社会作用也不一样。所以马克思主义创始人一方面从为了"实现人民现实的幸福"而必须"废除人民幻想的幸福"的思想出发，在无产阶级革命高涨的年代，把宗教说成是"人民的鸦片"而予以批判[①]；但另一方面又把"宗教的内容"视作"人的内容"，提出"要把宗教夺去内容——人的内容，不是什么神的内容——归还给人。所谓归还，就是唤起他的自觉"。[②] 这就说明上帝作为人的"异在"、人的本质的体现，有着唤起人的生存自觉的功能，美的根本的精神也在这里。在当今，它的意义显然是在这一方面。也就是说，在一个一切都被金钱收买和物质支配，而使神圣遭到空前亵渎的时代，美实际上也就成了抵制"去圣化"的最后一道防线，这里我们从中世纪神学美学中是可以得到许多启示的。所以，什么时候当我们重新把理想、信念、工作、学习、艺术、科学、亲情、爱情、友情都看作是神圣的，都像宗教徒对待上帝那样以无比忠诚、虔敬、挚爱的态度而对之"再圣化"，甘愿为之奉献、作出牺牲，那么，我们也就有了新的希望，我们就会生活得更有"人"的样子！

总之，我觉得这是一部材料丰富、论述精辟、思想深刻、学术价值和文献价值都相当高的著作，它为我们开拓了一个过去为我们所遗忘了的空间，为我们的美学建设提供了许多富有启示意义的、值得我们深入研究、批判汲取的思想资源。凡是对于美学的基本问题有过较为深入研究和思考的人，读

---

① 《马克思恩格斯选集》第一卷，人民出版社1972年版，第2页。
② 《马克思恩格斯全集》第一卷，人民出版社1972年版，第649页。

后都是会从中获得丰富而有益、足以开启我们思维空间的启迪的，这是我今年暑假偷闲读书所得的一大收获，使我从中得到许多求知的乐趣，我很希望能与学界的同仁们分享这种快乐，所以写了这篇书评，来向大家推荐。

作者简介：王元骧，浙江大学中文系教授。

"以述为作"的杰出范例
——《美是上帝的名字——中世纪神学美学》的著述策略与意义

周 义

一、"思想银行"考略

20世纪40年代德国哲学家雅斯贝尔斯提出的"轴心时代说"如今在思想界已是常识。它的大意是，世界上有几个曾对人类社会发展产生了深刻影响的古代文明，这些文明分别都具有对后世影响深远的思想观念，而这些思想观念的发生期差不多在同一时间（几百年）中，因此这个时期被称为"轴心时代"。"轴心"应是"核心"之意，表明这些思想是人类社会的极重要的精神财富。这些精神财富分别是由一个或一些卓越的思想家贡献出的，如孔子、释迦牟尼、柏拉图、耶稣等。他们当时提出的思想，至今无法超越，而后来的诠释，不过是"一连串的注脚"、"对话"、"我注六经"而已。

我由"轴心时代"说联想到另一个相关的问题，并想就此提出这个概念："思想银行"。是的，我想把思想史发展的某种特点比喻为"银行"。银行，是什么？我的定义是，银行，就是一个"存钱"的地方。它是一个形式化的东西，有了这个形式，人们就可以把钱存进去。而我认为，轴心时期的"诸子"们的卓越贡献就在于，他们给自己民族文化创立了一个思想方面的"银行"，而使后来的各种思想得以"储存"进去。作为银行，先要有"垫付资本"，思想巨子的贡献即在于提供了这样一笔取用不穷的资本。而一个民族如果没有这样的一所"银行"是不幸的,由是思想的财富难于积累起来。我想,在世界许多民族中一定也曾产生过一些重要甚或伟大的思想,但由于不曾有过这样的思想巨擘,从而没有建立起这样的银行,结果其文明成果在世界民族之林中乏善可陈,子孙也无法享用到"无穷匮也"的思想财富了。

然而我们又知道,银行不是只管"存钱",而还是"生钱"的地方。"创建"银行,这是不凡的成就,但还得"运营",就是把钱不断"吸"进去然后再"贷"出来。这样,银行,确切地说是"资金"才算修成正果、实现了"自身价值"。而斯时另一项重要工作——"会计"就应运而生了。是资金必然有"账",会计就是对账不断"激浊扬清"的人,以此造成资金的"有效积累和增长"。而考究人类思想史,思想资源的"闲置"极其惊人,这时,思想史的"会计"就需登场了。他们目光如炬、心细如发、不厌其烦地翻检、勘验,使一册册"陈年流水簿子"重放光芒。"会计"工作之意义实不亚于"缔造",按接受美学的说法,"读者"的意义甚至大于"作者",因为"作品"的价值最终是被读者激活、赋予的。

一个没有"思想银行"的文化是不幸的文化,而没有庄静笃实、卓立奋发的"会计师",多么资本雄厚的银行也早晚会衰亡,历史上曾有过拥有成绩斐然的思想银行的文明最终衰落的例子,秘密之一即在于,它没有一支前赴后继地保管、清理历史资产的队伍。但"会计师"与"历史家"又是不同的。历史家之职在于尽力还原历史真相,会计师之职则在"以故为新"。而我读阎国忠先生的著作时心中即不断产生这样的感觉。也许,用"会计师"这个名谓来称道如此神圣的工作不够恭敬,但一时尚想不出更适合的名称,而我对这个词的定义是:它除了"审视"、"还原"、"守护"等意思外,还包括"发现"。如此这般,其实还有一个语词用来表达非常适合,即"以述为作"!恭请注意,这个语词将成为我阐发阎国忠先生著述特色的中心语词,我以为这是阎先生著述的总体风格和最大特点。

二、"以述为作"议

"以述为作"是从"述而不作"(《论语·述而》)中化出的。"述而不作"本是孔子对自己的研究价值的自谦之词,意思是我只是陈述他人的看法而没有自己的见解,但这岂是孔子所为?其高明处正在于他是明修栈道("述而不作")而暗度陈仓("以述为作")的。

"以述为作"的著述策略是一种"极高明而道中庸"的做法。首先,"述",即是"作",历史不可能原封不动、纯粹客观地被还原,再小心翼翼地"述",也难免把"作"渗入其中。何况,"述"的出发点就是"作",人是不可能毫无观点地来"述"的。但既然如此又为什么不彰明昭著地来"作"呢?采取"述法"——以述为作,在我看来至少有两种哲学上的考虑。其一,老子的"无为而无不为","述"是"无为","作"是"有为",以"述"为"作",庶几更能保持历史的本貌,而强作解人,难免"狂妄"之讥。越学养深厚的人对"作"越是慎重的。在此方面,我对几位大学者的著述风范印象深刻,一位是丹麦的文学史家、文论家勃兰兑斯,一位是德国的社会学家马克斯·韦伯,还有中国的现代作家、学者林语堂。他们的书都曾令我困惑:洋洋洒洒的陈述中却很难找出他们的观点,尤其林语堂的《吾土吾民》,他到底怎样看待中国传统文化,书中好像并无明确的结论。但终于我似乎也理解了他们采取如此著述方法的苦衷,这既是出于"谦逊"——对自己的观点没有十分把握;更是尊重读者的阐释权,不肯把观点强加于人,所以把自己的看法"藏"进了史料中。甚至也许他们也不认为自己的观点("作")是最重要的,而重要的是事件本身,所以把史料尽可能完整地搜集起来,留给后人自己去"见仁见智"。其二,现代现象学的做法,也即"加括号"而尽可能"回到事实本身",回到"存在"而不是"存在者"的状态。现象学的这种看法,也是有感于生活状况的复杂多变,用苏联文论家巴赫金的话来说,文化转型期是一个"众声喧哗,语言杂多"的思想多元的时代,在这样的时代里,任何思想也无法定于一尊;何况,如果是真理,按波普尔的看法,还须能被"证伪"。所以,出于对真理最大值的考虑,还是尽量提供史料,让真理在史料中"敞开"、"澄明"才好。一个学者,充其量做一个阐释者,甚至连阐释者也不是,更绝不是启蒙家,明智的做法就是做"叙述者"。而"叙述"姿态和内容,已足以把自己的观点表达出来。应该是出于这样的考虑,阎先生著作的"总体风格"即给人以这种印象。最近,商务印书馆出版了他的《美学七卷》,据我看其中每一卷都是研究相关领域问题的最好的教科书。过去,我在给学生推荐美学学习的书籍时,思来想去还是把朱光潜先生的书放在第一位,因为它深入浅出,文风上却是那样平易朴淡,是桐城派的当行本色。而看阎著后,我有了新想法,先看阎先生的书,岂非更好?因它不仅保持了朱光潜先生著作的"形似"与"神似",而且更加具有"指南性"。毕竟,后来者占着"事后诸葛亮"的优势,便于把历史发展的来龙去脉梳理得更清晰。

是的,我真的这样以为,凡阎先生所涉足的领域,他由此所写出的著作,都是十分好的入门书,他把有关这一领域的问题,一览无余地提供给你;所旁及的事件、人物皆全景式地展现于关切者的眼前;而且这些都是要言不烦、条分缕析地介绍出来的,所以探寻者可以从中事半功倍地获得所需要的东西。然而,又切莫将"入门书"理解为"浅易"、"简单"之作,实则它是可供见仁见智、"才高者苑其宏才……童蒙者拾其香草"的书、是眼光与功力熔于一炉的书。它是老子式的"无",没有轻发的议论,但又昭示着各种"有"。

三、"以述为作"的毅然挺进

然而,篇幅所限,在此也只能举一两本书来做个例子,由此来看阎先生的著述策略与风格。依拙见,《美学七卷》卷卷精彩,但其中的《美学建构中的尝试与问题》、《走出古典——当代中国美学论争述评》、《朱光潜美学思想及其理论体系》等书更具有学习美学的"必读书"的价值。而我最想谈及的是《美是上帝的名字——中世纪神学美学》一书,因它更体现出"胆欲大而心欲小,行欲方而智欲圆"的学者智慧与风范。这本书是当代中国对于基督教之神学美学研究的第一本书,对国内基督教研究现状稍有了解的人从书名便可知道这是一本"筚路蓝缕"之作,恐怕也是"自讨苦吃"之事。

该书第一个事关成败而又体现阎著的"以述为作"的特点是精湛的著述体例的建立。写出过"填补空白"之作的著者会同意这样的看法,这种书的体例建构是特别艰难的,因为它"前无古人"可以借鉴,而需著者的"独辟蹊径"。首先它要求著者对所写内容成竹在胸,然后才能有机地分配材料到不同的章节上。它不仅要有利内容的充分表达,而且要力求表达得清楚。这是从写作角度讲;而从阅读角度讲,就是使读者容易找到得窥三昧的方便法门。

该书创建了一个怎样的体例呢?该书的每一章内容分为四大板块:一、文化氛围;二、著述家;三、理论构架;四、简要评析。除此"四大"之外,它还有"绪论"与"纲要"这一头一尾,它们如同小说的"楔子"与"尾声",对于介绍写作背景、概括基本论点都是不可或缺的。尤其该著作在这一方面,似乎特别有意地运用了这一功能。据我看,这是在他的"以述为作"里最为正面表达看法的文字。下面来看看"四大板块"分别在结构中的功能:

"文化氛围"是"面"与"线",交代出中世纪思想发生的时代背景。我们知道,一般教科书对"历史背景"的介绍多为结构性的"摆设",而中世纪史,尤其是宗教史却是学术研究中的"冷门"而又多有意识形态的定论,故而以往的谈及十分简略,而这种形势决定了阎著的这一部分内容的至关重要,道理无他,研究者对当时历史状况尚无起码了解,又遑论进入专题研究?而阎著这部分内容不仅有对所涉及问题的"对应性",而且资料翔实,叙述平实、流畅,可见著者对此问题的"陈述"是富有见地和准备有素的。

"著述家"部分,有一举两得之妙,既是以很经济的文字介绍出该著述家的重要观点,同时也得以见出思想发展在历史中的轨迹。由于阎著对当时有代表性的"著述家"选取精当,其观点确有经典性,故使阅读者对思想史之大致走向易于产生清晰的印象。如果为迅速获取在此方面的基本知识内容,仅阅读这一部分即可以"思过半矣"。

"理论构架"部分,不同于"著述家"部分的"以人带史"的介绍,而是直接切入理论产生及发展的领域,这样更便于看出各种理论的思想主张,而这些思想主张被介绍组织在一起的时候,我们便看到一种思想的"织体",它构成了五光十色的历史发展的总体印象。还有,"著述家"是分别以人名做小标题来代表内容,所以阅读时须经过标题来读取内容;而"理论构架"却是以一个个思想主张的话语来做小标题,它们即具有思想的高度浓缩性,是被著者披沙拣金般从芜杂的史料中拣取出来的，所以小小的题目具有"思想指南"的意义，当我们在阅读陷入困难时研读一下小标题，或有拨云见日之效。同时，说来有趣，著者虽然试图"述而不作"，但这些小标题很大程度上是著者的"作"。把每一章节的小标题串联起来，差不多就可以组成一段小文，从中即可以比较轻松地看出斯时历史的基本面目。我们拣取如第一章《早期经典》中的"理论构架"的小标题来做个"可见一斑"的例子：

（一）抹去希腊诸神头上的光环

（二）偶像是实在的，但只是偶像

（三）可诅咒的神秘仪式、狂欢节及体育竞技

（四）世上唯有一个神，即上帝

（五）与希腊诸神不同，上帝是全能的

（六）上帝是圣父、圣子、圣灵三位一体

（七）是上帝创造了世界和人

（八）人的原型与上帝的救赎

（九）人必循着基督的路恢复自己的美善

（十）认识上帝需借助启示与哲学

可以看出：基督教教义的"上帝观"、"基督观"、"救赎观"、"希腊文化观"、"文体艺术观"、"原始宗教观"等都被涉及，并且又是与美学相关的，可以按图索骥地研读有关内容。

"简要评析"部分。"著述家"部分是"点"，将读者带入一个个理论焦点；"理论构架"部分是"经纬"，依次展示理论内涵；而"简要评析"部分是"点睛之笔"，对于在前提出的问题和已有的理论观点作出评价，也即提出自己的看法。本书中它是"述"中的"作"——接近于直抒己意的地方。然而，这仍是同前面的论述特点比较而言，实际上，即使这一部分，著者也依旧尽可能用史料来说话，而其想说的话，同样也是在众多的小标题上可以较为清楚地感觉出。相比较而言，"简要评析"的小标题其"正面论述"的色彩比"理论构架"的更明确一些，它已不是历史人物的"原话"，而是本

书著者的话，所以，我们认为它的"作"的成分超出了"理论构架"。以第五章为例：

（一）体系性思维与美学

（二）不成其为形象的上帝的形象

（三）创造的哲学含义

（四）寻找美自身的位置

（五）把属于人的归还给人

（六）艺术的目的在于人自身的完善

（七）充满乐观精神的完善

（八）补正：欣赏、静观及其他

从题目上即可以看出，虽然还在一定程度上使用他人的言语，但已在相当程度上，著者在直陈自己的观点。在本章里，作者着重考查美学与神学的"血缘关系"，表面看来，二者相距甚远，但著者已经发现了它们的一脉相通。

就这样，阎著以卓有成效的体例化难为易，攻克了尤其在那个时代难以攻克的一块阵地，使后来者可以顺利地找到登陆点。同时它也填补了国内学界研究西方学术史而最难以填补的一块空白，从而使整个西方学术史的面目顿显清晰。它使人强烈地感到，对这一部分内容的了解的确是不可或缺的。作为"两希文明"中的一"希（伯来）"，其对于西方精神文化历史的铸塑是实至名归的。而中世纪神学美学之境况虽然或失之简，或失之晦、失之单、失之隔，但它的丰富性、原创性、深刻性、普泛性等又都是独占地步而不可略过的，这种情形在阎著中一一显现出来。

四、"作"——千呼万唤始出来

如果不能通读《美是上帝的名字——中世纪神学美学》一书，则该书的最后部分《中世纪及文艺复兴时期美学逻辑纲要》（后面简称《纲要》）应是必选的内容,因为它是该书"以述为作"的写法中最具有"作"的成分,也即是著者最为正面、直接表达其看法的部分。尽管其表述的方式仍在很大程度上是选取他人的看法来表示己见的。

在写作这一章节时可能还有一个较大的挑战,即所涉及问题十分庞杂而如何游刃有余地加以表述。在我们看来它又采取了一种富有能动性的表述方法,一种"非典型"的论文写法。"西式论文"的写法是被王国维引入中国的,即以论点、论据的方式阐述思想内容,但这种追求"确定性"的写法,却难免"以偏概全"、"削足适履"之弊,故后来也被王氏(在《人间词话》中)弃而不取了。而《纲要》采取的毋宁说是如国画的"散点透视法",或古典小说赏析的"评点批注法":言有所谓,就事论事,精心拈来认为有价值、有体会的内容加以介绍,而无意于拼凑体系与演绎原理。当然乍看它在形式上还是论文性的,不像小说评点的三言二语,也不全为感发,它仍是理性的沉思,但在行文上更活泼、更经济、更有效率。

那么,在《美是上帝的名字——中世纪神学美学》中到底有哪些用"以述为作"的方式来阐发的重要思想呢?当然很多,甚至庞杂,但我以为其中一个特别重要的命题就是:神学如何变成了美学?或则也可说是怎样从神学中看出了美学?这种跨学科的研究方式的运用,是美学研究的一个贡献,也是一个如何看待美学的问题,是美学的本体论问题。本书中面临最困难的问题就是:如何那神学对美学"不着一字",但却"尽得风流"。对此我们只能大而化之地说:神学是人学,而美学也是人学,它们有共同关心的问题和主张,虽然论证方式不同,但在总体精神上是一致的,所涉及的许多具体问题都既是神学的也是美学的。甚至所提出的问题对策、解救方案,都有殊途同归之处。这也便是《纲要》立论的合法性基础之所在。

《逻辑纲要》是以拉杂而下的笔法来描述一个从宗教思想到美学思想的历程的。其中涉及大量二元对立的思想案例。这使我们悟到,西方学术思想中的概念提出往往是以"对子"的形式出现。从古希腊到中世纪尽管是一个文化转型,但用"二元对立"的思维方式来思考,这一点并无改变,而《逻辑纲要》抓住这些"对儿概念",正是捕捉思想足迹的好方法。

一开始,著者即指出基督教思想的一个二元论(确切说是二元对立论),

即上帝与人。上帝是纯一、善、完全;而人却从第一个祖先亚当之时就堕落了。但人又是有部分神性的,从而也便有"蒙召"于上帝的可能。但如同柏拉图的两个世界(理念的和现实的,也是一个二元论)难以沟通一样,单方面看,人的"回归"——走向"上帝之城"并无可能,如基督教教义的"救赎论"指出的,人走向上帝并不是"得救"的关键,上帝的"拯救",才是"被救"的"终极原因"。得救与否事关(又涉及基督教思想的一个二元对立论)灵与肉。上帝可以拯救,因为上帝是灵;而人被救是摆脱"肉"对于"灵"的困扰才能做到的。与此相关,著者指出了基督教理论中再一个二元对立论:美与美感。"灵"是"美"而"肉"是"美感",但在基督论中,"上帝"是"美",而"人"是可以得到部分而不能得到全部的美的"美感"。这种思想与柏拉图提出的"千古之谜"的思想何等相像:即人只能说出"美的"是什么;而不能说清"美"是什么?柏拉图是西方哲学史上第一个"不可知论"者,在美学上他同样如此:"美的"——现象可知;而"美"——理念不可知。但这个问题从哲学上可以无解,在宗教上却必须回答。哲学与宗教的区别是,哲学上可以"悬而不论",宗教却要指出解决的路径,并具有可操作性。那么,如何从美感达到美,也即从诸多"美的"中最终发现"美",这种解决——"超越"的路径何在?至此,基督教的又一个重大理论由之产生,我把它称之为"爱论"。阎先生在他的《攀援集——经验之美与超验之美》里还曾再次讨论了这个问题,可见兹事体大。

"爱论"中包含了爱的本体论、功能论、类型论等,简单说,理性达不到的"终极",非理性的爱却可以达到:"同时,他们把爱看作是灵魂的本体。在他们看来,上帝就是爱,上帝将爱灌注在人的灵魂里,于是,人成了一团爱的星火,人的一切都是在爱的推动下进行的。……由于爱的原因,所以人像上帝一样,那么关注整个世界,(神秘主义者对自然有种强烈的爱),同时又像上帝一样,那么倾向于至高的上帝。"[①]"在'看得见的美'和'看不见的美'之间主要是由爱联结着的。正是爱推动了人们去观赏多样统一的自然的美,去追寻皎然纯一的上帝的美;同时,正是爱,使人们对美的观赏与

---

① 阎国忠:《美是上帝的名字——中世纪神学美学》,商务印书馆2015年版,第279页。

追寻得到了某种补偿与满足。人是在不满足'看得见的美',而向'看不见的美'升跃时创造艺术的。因此,艺术与其说是美的产物,不如说是爱的产物。艺术是爱的特殊形式,特别是音乐——由'动物的音乐'到'宗教的音乐',到'天国的音乐',似乎在数学、物理、神学之外开拓了一条达到理想境界的途径。"① 这是爱的功能论,"爱如死一般强大",它驱动人达到"灵"、"美"、"上帝之城"而"得救"。"爱是灵魂的本体"、"上帝将爱灌注在人的灵魂里"……透过宗教神秘论的纱帐,通过以上这些论述,的确可以感到"爱力"的真实存在。

　　从上述话中可以看出在"爱论"里又引出了"艺术论",而艺术论又牵涉到了"静观论"。我们再来跟踪下去:"爱",是推动力,可以将"美感"推向"美"的境地。"美感"是芜杂的、低下的;而美是纯净的、至高的。但爱作为驱动的力量又必须具有某种形式,这就是艺术。但艺术却也不是独一无二的,基督教教义将其划分成了两大类型(又一个二元对立):"看得见的"与"看不见的"。而"看得见的"自然是属于"形而下"的;"看不见的",则属于"形而上"的。"形下"的,可以通过感官而获得,"形上"的,则须通过"静观"——"直觉"来达到。"看得见"、"看不见"、"静观"等基督教教义中的这些说法是否都是想入非非的神秘论呢? 并不可以这样认为,在中国古代的修养论、审美论中也谈到了类似的问题。老子提出过著名的"大音希声论";庄子在音乐欣赏的问题上,也有这样的接受理论:"无听之以耳而听之以心,无听之以心而听之以气。"(《庄子·人间世》)显然,庄子认为,可以被耳朵听出的音乐(也即基督教美学中所说的"看得见"的)是很低级的,这里所说的"低级",并不含有道德意味,而只表明其肤浅,相当于今天所说的"感官刺激"的水平;而更高一级的,是要用"心"听的,我理解,庄子指的是具有一定理性和情感内涵的音乐,必须"用心"来听;但还有更为"高级"的,就需要在一种直觉一样的心理状态中才能接受的(这种心理状态也许是当下心理学还没有肯认的,它是比"直觉"还要"非理性"的层面。中国哲学、医学的"气"概念是西方语言很难译出的)。

---

① 阎国忠:《美是上帝的名字——中世纪神学美学》,商务印书馆 2015 年版,第 280 页。

如所知,"气"可以修炼、培养,而"静观"是培修的基本条件,庄子称之为"心斋"、"坐忘"等。所以掠去不同文化、不同意识形态遮蔽的思想帐幕可以看到它们讨论的是同一问题:爱,借助艺术以抵达美。这是"宗教超越论",但似乎也已来到"人生艺术化"的"美育"的边缘。

以上只是我们从《纲要》中拈出的一个线索,从这个线索即可看出它所涉及的问题是多么重大、复杂:上帝与人、灵与肉、美与美感、看得见的美与看不见的美、爱论、静观论、艺术论、美育思想……而所跟踪的步武又是那样的勇毅坚定和从容不迫。

我们必须把讨论结束到这里了,其实我们为自己设定的任务只是提示后来者,美学探胜,这里也有一条路,一条"林中路"。

作者简介:周义,天津师范大学初等教育学院教授。

美学建设须彰显超验之维
——读阎国忠先生《攀援集——经验之美与超验之美》有感

胡家祥

读罢阎国忠先生的《攀援集——经验之美与超验之美》，掩卷多有感慨。先生即使在退休之后仍笔耕不辍，治学之真诚为后学之楷模。其间洋溢着一种扶摇直上的精神，又脚踏实地、一步一个脚印地向前迈进。二者的有机结合，构成了学术的"攀援"之旅。按阎先生自己的解释，攀援"是一种拼搏，一种奋斗"[①]，有别于散步式的休闲与享受，这是对过程和姿态的描述。若就其目标和结果而言，攀援还意味着不断地超越而达到人生境界的朗现——释家以心之所游履攀援者为境，以心所及之境土或果报界域为境界。《攀援集——经验之美与超验之美》的副题"经验之美与超验之美"集中体现了阎先生的美学思想：正视经验之美，追寻超验之美，力图实现二者的统一。由于后者是我国当代美学建设的薄弱环节，尤其需要我们多加研味。

一、历史：继承优良传统的呼唤

审美活动出自人类生存的精神需要，美学基本属于人文学科。人文学科不同于自然科学，虽然总体上看是向前发展的，但就特定的历史时期而言，则并不一定今胜于古。

---

① 阎国忠：《攀援集——经验之美与超验之美》，中国社会科学出版社2014年版，第442页。

这是因为，人文学科需要反身内视，认识自己——让灵魂呈现；于是方能神圣复归，使人生拥有信仰柱石和精神家园；个体一旦提升到整个族类的高度，亦即我国先哲所讲的能通天下之志，在生活实践中便从心所欲不逾矩，从而促进个体的自由发展和社会的和谐进步。老子讲"为道日损"，其实是人文学科最为根本的方法。《周易》所讲的寂然感通、孟子倡导的"反身而诚"及庄子宣称的"心斋"等都可看作是这一方法的不同表述[①]。然而遗憾的是，由于感性欲望的膨胀和应对知识爆炸的压力，造成人们深入心灵深处的双重屏障，于是从根本上导致人文精神的萎缩和人文研究的低谷[②]。

我们所处的时代正是如此。当社会到处感叹"人心不古"之时，人文学界应该意识到继承中外传统文化中诸如灵魂、神圣、信仰等属于超验之域的思想遗产之必不可少。对于自然科学，我们可以满怀信心地面向未来，而对于人文学科，我们更应该满怀虔敬地聆听先哲的言说。尤其在轴心时代，一些思想家在近乎无蔽的状态中直觉到事物的本来面目[③]。

孔子倡导"兴于诗，立于礼，成于乐"（《论语·泰伯》），可谓是人格修养的三部曲：兴于诗能丰富人的情感与言辞，增加对自然与社会现象的了解；立于礼是要人懂得维持人伦秩序和谐的各种规范，能适应特定时代和地域的社会习俗；唯有进达大乐与天地同和的境界才是人格修养的圆成，才真正达到生存的自由与完满。"乐"在中国传统的艺术文化中居于核心地位，不仅诗词曲赋，就是绘画、书法也体现出音乐精神，富于超验之美。

在西方，柏拉图最为钟情于超验之维。他与孔子一样非常推崇音乐，认为它有力量浸入人的心灵最深处，因此在"理想国"中为它保留一席之地，尽管诗人应当被驱逐。在他看来，画家的床不过是对木工的床的摹仿，而木工的床其实是对床的理式的摹仿，唯有床的理式才是美本身；也就是说，画家和木工的作品虽然可能给人以视觉的快感，但只是经验层次之美，美的欣

---

① 印度哲学普遍信从"瑜珈八阶"，西方哲人如柏格森所讲的"直觉"都是从事人文探索的经验总结。
② 1818年黑格尔在柏林大学讲授哲学的"开讲辞"中指出，世界精神太忙碌于现实了："太驰骛于外界，而不遑回到内心，转回自身，以徜徉自怡于自己原有的家园中。"
③ 轴心时代甚少观念之蔽，一些哲人又超脱了欲念之蔽，故易于达到存在的澄明。

赏必须提升到超验层次。

在阎国忠先生的美学思想中，经验之美与超验之美不只是相对的美学概念，更提升为一对美学范畴，构成一个观念系统的纽结。

一般而言，经验之美是指个别事物的美，如柏拉图在《大希庇阿斯篇》所列举的各种可以给人以视听快感的事物；超验之美则是指美本身，如《庄子》中所讲的"天地有大美而不言"（《知北游》），"得至美而游乎至乐，谓之至人"（《田子方》）。在这种意义上可以说，"美学开始于经验之美（事物之美）与超验之美（美本身）的区分以及超验之美作为一种信仰的确认"。①不过人们通常所讲的美是一种具体的存在物（严格来说是创造物），它既是感性的，又是超验的，毋宁说是二者的有机统一。正因为如此，"美学不是诞生在无视美与爱神存在的亚里士多德手中，也不是诞生在鄙夷感性之美的圣奥古斯丁手中，这正表明，美学的使命既不是描述现实的个别的美，也不是论证理想的超越的美，而是在这两者之间架起一座引渡的桥梁，让美与爱成为生命自由及其无限性的证明"。②

阎先生甚至认为，整个西方美学史就是提出并确认存在一种超验之美，探讨如何通过审美超越，从经验之美升达于超验之美并与之融通起来的历史。③当然，这一过程存在着跌宕起伏，我们从中可以看到辩证否定的逻辑圆圈。

在古希腊，毕达哥拉斯学派就触及审美的超验与经验两个层面。后来柏拉图尤为注重审美活动的超验之维，其体验与描述近于宗教精神；亚里士多德则更具有科学精神，从经验之维将美归结为依靠体积与安排，即体积要大小适中，材料的安排要达到秩序、匀称和明确。这师徒二人一者偏重于仰望天宇，一者偏重于俯瞰大地，后来形成西方思想史两大传统。

古罗马与我国汉代相仿，人们热衷于开疆拓土，相应地在日常生活中扩宽了审美的广度却难以承继轴心时代的深度。其时虽然并不缺乏艺术品、学问和感受力，只是普遍满足于享受经验之美，因而缺少"灵感的深度"，只

---

① 阎国忠：《攀援集——经验之美与超验之美》，中国社会科学出版社2014年版，第298页。
② 阎国忠：《攀援集——经验之美与超验之美》，中国社会科学出版社2014年版，第10页。
③ 阎国忠：《攀援集——经验之美与超验之美》，中国社会科学出版社2014年版，第483页。

有"五花八门的风雅修养"[1]。古罗马末期出现普罗提诺创立的新柏拉图派，才反拨世风而将精神转向超验之域。

漫长的中世纪对于科学的发展虽然有所滞碍，但是对于西方建立统一而稳固的价值系统则功不可没。圣奥古斯丁皈依上帝的历程，伴随着告别经验之美而追寻超验之美的转变，一部《忏悔录》，因其自述的诚挚、真切和流畅而扣人心弦，让作者成为中世纪美学的奠基人。圣托马斯虽然信奉亚里士多德，但还是肯定事物之所以美，是由于神住在它里面。阎国忠先生取"美是上帝的名字"一语为中世纪神学美学史的标题，确为提纲挈领。

从文艺复兴到鲍姆嘉通，美学家们又普遍转向重视经验之美，将美与感性形式或快感联系在一起。这一过渡阶段一方面表现出表浅的弱点，另一方面又具有转向人自身的优点。

德国古典美学全面继承了西方先哲的相关成果，力图达成辩证的统一。其中康德美学具有奠基意义。虽然康德基于弥合必然（科学）与自由（道德）之间的鸿沟的考虑，主要从合规律性与合目的性的统一角度阐释审美现象，但由于明确揭示心灵存有第三层面，因而顺理成章地将经验与超验二维贯彻于真善美三大领域的论述之中。黑格尔界定"美是理念的感性显现"，极为简洁地将超验因素（理念）与经验因素（感性显现）合为一体。此外，歌德、席勒、谢林等都莫不将审美现象同宇宙和人生的本原联系在一起。

自兹以来，叔本华、尼采、柏格森、海德格尔等人文学者延续了德国古典美学的深度，但拓开了非理性的一面；而由费希纳开创的实证美学更是蔚然成风，虽然建树甚微，却拥有颇多信众。二者形同陌路，各说各话，常让人误以为超验之美与经验之美不可调和。

德国古典美学业已过去近两个世纪，在崇尚经验之美成为主流为时已久的情势下，呼唤彰显审美的超验之维，无疑是合乎历史辩证法的适时之举。

---

[1] 鲍桑葵语。见于［美］吉尔伯特、［德］库恩《美学史》，夏乾丰译，上海译文出版社1989年版，第117页。

二、现实：拯救精神沉沦的亟需

审美活动指向人的自由而完满的生存境界，简言之即理想之域，因此对现实生活更多持有批判和否定的态度，以期引领人们走向更为美好的未来。审美的批判与否定是乐观的和建设性的，我们甚至可以说，人类社会的进步就是对美的追求的结晶。近代以来，由于科学主义思潮的"泛滥"（取此词原初的中性用法），现实主义的地位空前提高。艺术领域更是漫山遍野飘荡着各色各样的"现实主义"旗帜，不过从学理上看，真正的现实主义只能是批判的现实主义。人文学科的基本宗旨在于高扬理想的风帆，以抗衡现实的沉沦。

因此，真正的人文学者必须能俯瞰现实，因为他心中不能不充盈着理想。这并不意味着狂妄，因为它包括俯瞰现实的自己——作为具体的感性存在同样具有七情六欲。如果仰望现实，则不免将它理想化，以为凡是现存的就都是合理的。作为人文领域的哲学学者，甚至不宜过多停留于平视现实，否则他不可能有整体的视角，缺少究天人之际的情怀。

阎国忠先生拥有一个人文学者应有的赤诚正直品格和赎世救民情怀，虽然秉性随和，但讨论现实问题时仍不掩批判的锋芒。按聚焦的顺序可分为社会批判和当代美学批判，视域或有伸缩，而彰显超验之维、寻求精神领域"再圣化"的意旨却一线贯穿。

宏观地看，当代世界似乎进入了没有或缺少信仰的时代。科学的去魅化本是历史的必然进程，只是由于没能辅之以人生的再圣化，便导致人类精神领域的严重危机。从心灵结构方面着眼，可概括为感性执迷、知性失衡和志性遮蔽三个层次[①]；从社会生活方面看，则是神圣的远去、信仰的崩塌，于是而丧失道德自律的基础。恰如陀斯妥耶夫斯基借笔下人物之所言："一旦没有了上帝，那么做什么事情都是容许的。"（《卡拉马佐夫兄弟》）阎先生不无痛心地写道："特别是在今天，信仰对我们具有极其重大的意义，因为今

---

① 请参阅拙著《审美学》，北京大学出版社 2000 年版，第 300 页。

天我们见的太多的是金钱至上、物欲横流，是怪力乱神、妖魔鬼怪，是各种版本的厚黑学、博弈术。"①

令人颇为失望的还有，通常担当社会文化脊梁的学术界也未能幸免精神的沉沦。"我们的理论界、学术界、文化界从改革开放之后，比较多的是讲实践、实用、实效，很少讲信仰，包括一些学者在内，许多人根本没有信仰"②。契诃夫有句名言："人应该或者是有信仰的，或者是在探索信仰的，否则他就是个空虚的人（或译为"行尸走肉"——引者）。"③在阎先生看来，信仰对于个人是精神支柱，对于民族是精神的图腾。一个没有信仰的人，也许是物质生活上的富豪，但必定是精神上的侏儒；一个没有信仰的民族，也许能统领一个时代，但必定不会有辉煌的未来。

一方面基于宏阔的历史视野而形成当代美学之应然的期盼，另一方面深感美学作为人文学科在所处的时代应有精神救赎的担当，以二者为参照，反观我国当代的主流美学理论，显而易见其缺失甚多。在《中国美学缺少什么》一文中，阎先生列举了四个方面，实有一线贯穿的中轴。

其一，中国当代的主流美学缺少借以与现实对话的话语，缺少批判的、否定的精神。这是因为它执着于经验层面，而无视或至少是不能确切阐释审美的超验之维，其理论无法回答如何从感性的层面过渡到理性的层面并与之融通在一起。需要注意的是，这里所谓的"理性"是采用康德哲学的特有术语，它指向超验之域，与理想、信仰等联系在一起；现代宗教学奠基人麦克斯·缪勒认为康德之所指实为人类心灵有别于感性和知性的"信仰的天赋"。人们通常所讲的感性认识与理性认识等均属于形而下的领域，美学若限于这两个层面，便只是实证的；而在阎先生看来，就其旨归而言，"美学是超越之学，而不是实证之学"。④

其二，中国当代的主流美学缺少对人的整体的把握，缺少爱这个重要的理论维度。审美本身是一种在精神上刹那间全面占有人的本质的活动，没有

---

① 阎国忠：《攀援集——经验之美与超验之美》，中国社会科学出版社 2014 年版，第 65 页。
② 阎国忠：《攀援集——经验之美与超验之美》，中国社会科学出版社 2014 年版，第 62 页。
③ 转引自［苏］帕佩尔内《契诃夫怎样创作》，朱逸森译，上海译文出版社 1991 年版，第 430 页。
④ 阎国忠：《攀援集——经验之美与超验之美》，中国社会科学出版社 2014 年版，第 292 页。

对人的整体把握就很难有较为周全的阐释。当然，把握人的整体是一个千古难题，黑格尔曾指出，"一个真正的人就同时具有许多神，许多神只各代表一种力量，而人却把这些力量全包罗在他心里"①。不过西方近代思想史的沿革可以提供某种参考，继理性主义之后，出现生命哲学，再后而有心理主义，从不同方面打开了新的视域。阎先生所讲的"爱"不只是一种情感，更是人实现自我、完善自我的驱动力，它具有促成人与人、人与自然的统一的本体意义。

其三，中国当代的主流美学缺少形而上的追问，缺少相应信仰的支撑。信仰不同于知识，属于形而上层面，所谓超验之美或庄子所谓的至美或大美以及与它相关的超验之爱（圣爱或大爱），都属于这一领域。而实践美学无法确认并论证这种形而上的追索和信仰之如何可能。像"自由"或"天人合一"这样的概念，绝非实证之学所能顺理成章地推论出来或予以解释的：审美意义上的自由之"自"并非现实的沉湎于情欲的自我或虽然理智却充斥机心的自我；天人合一的"人"也涉及超越食色之性和气质之性的天命之性，其实质为庄子所谓的"以天（性）合天（道）"，只有在特定时境中"离形"、"去知"才能呈现。

其四，从根本上说，中国当代美学缺少的是可以作为依恃的、与时代和社会的现代化进程的总体趋向相适应的完整的哲学。事实上，从王国维时候起，中国美学一直在寻找一种可以依恃的哲学。"20世纪40年代前是康德、叔本华、克罗齐、黑格尔，50—70年代是马克思，80—90年代是弗洛伊德、尼采、萨特、海德格尔；进入21世纪后，一方面是后现代主义，特别是后结构主义的兴起，另一方面是文化学或文化哲学的冲击，中国美学出现了'去形而上'与所谓多元化的倾向，从而陷入了一种无所依傍、无所适从，随机式与拼盘化的状态。"②这段论述，梳理清晰且评点犀利，抓住了根本，又表达了期待。

上述基本缺陷概而言之是缺少美学作为哲学一个分支所应有的高度（或

---

① ［德］黑格尔：《美学》，第一卷，朱光潜译，商务印书馆1979年版，第301页。
② 阎国忠：《攀援集——经验之美与超验之美》，中国社会科学出版社2014年版，第299页。

深度）。德国古典美学的繁荣可资借鉴。德国哲学之所以成为西方思想史上第二座巍峨的高峰，首先当归功于康德的奠基，正是康德的三大《批判》，将德国哲学引领到"真正的形而上学"的高度。康德将世界区分为现象界与本体界（物自体），认为人类只能认识现象界，但却追求把握本体界。因此有必要将"Verstand"（理智，知性）与"Vernunft"（理性）区别开来，前者所能把握的只是现象界，后者则是以无限者、无条件者为对象，是"与理智完全不同的领域"①。可以说，如何从经验层面上升至超验层面，是批判哲学基本的求索意旨。

三、逻辑：深化当代美学的吁求

如果说从历史角度的考察可见阎先生视野之阔，那么对现实的批判可见其境界之高。《攀援集——经验之美与超验之美》所提出的经验之美与超验之美的张力不仅存在于美学理论内部诸领域，而且关涉与之相邻科学文化和宗教文化（通于道德文化）或者说真、善、美的由来，甚至可追溯于人与自然或者说小宇宙与大宇宙之间的关系，有必要在更广的范围和更深的层次进行探究。②

真正的审美活动必具超验的一维，可以在逻辑上予以简要的论证：如果审美只是停留于形而下的经验层面，则囿于有限的和相对的范围，它必将是不自由和不完满的；可是几乎任何人都能感受到审美具有令人解放的性质，恢复了自由人的身份，趋向于人格的完满，简言之是达到自由而完满的生存境地，这也就是进入超验之域或别一洞天。

若稍具体一些阐述，"自由"与"完满"都很难确切界定，往往只能从否定的意义上予以解释（即所谓"遮诠"，我国道家和印度佛学由于追寻宇宙或人生的本根，不得已而惯用）。所谓自由，是摆脱了有限的羁绊，进达"无限"，无限则"无待"，是真正意义上的"逍遥游"。无限同时联系着"绝

---

① ［德］康德：《未来形而上学导论》，庞景仁译，商务印书馆1978年版，第105-106页。
② 本节所述的观点多见于正在审校中的拙著《心灵第三层面研究》，篇幅所限，此处将不展开过多的论证。

对",只有莫得其偶才无限,而"莫得其偶"就是"绝对"。绝对又意味着"完满",一切自足,不假他求。真正的完满其实只存在于"理想"中,审美可以说是理想对现实对象的提升或将现实对象理想化,俗谚"情人眼里出西施",便形象地道出这一真理。人人均有理想,且几乎时时处处相伴随,但"理想是什么"却是一个千古难题。康德和黑格尔均认为它植根于理念,黑格尔所讲的"理念的感性显现",同时适用于理想与美。

困难转为"理念"的把握,毋宁说它是黑格尔哲学的最高神(God)。它的确被黑格尔赋予亚里士多德所谓的"隐德来希"即一切事物趋向的具完满性者的含义,与莱布尼茨所谓的"前定和谐"亦相交接,而且解决了康德哲学中"头上的星空"与"胸中的道德律"断开之弊。然而黑格尔哲学实际上因此而取消了个体的自由(尽管它宣称过自由为人的最高本质),所凸显的是强大而势不可挡的必然律,个体不过是实现它的道具而已。也正因为如此,导致以叔本华为代表的非理性哲学的强烈反弹,至今仍在延续。

笔者管见,康德哲学中区别于理智(或知性)的"Vernunft"范畴在严格意义上的实际所指在汉语中宜表述为"志性",它切合麦克斯·缪勒所讲的"信仰的天赋",并且是必然与自由的统一:在认识活动中向内收敛,制导着人们追求更高乃至最高的统一性;在道德活动中向外发散,作为自由意志代表人的族类立法;在审美活动中则最得其正,滋生理想而同化(当然也存在顺应的一面)或提升现实。孔子和孟子都强调志为心灵活动的统帅,王夫之更进一步揭示了志恒存恒持且与道相守。

志性相当于人类心灵的太极,其实只是统摄心灵万有的一点(如孟子讲"专心致志"、庄子讲"其心志,其容寂"、慧能讲"志心谛听"),只是与感性、知性相对而言才称为心灵第三层面。它是怎样活动的呢?深谙心灵律动的庄子区分为向内收敛的"独志"和向外发散的"勃志",印度佛学将心灵的第三层称之为"集—起",与庄子之谓异曲同工且未添加价值色彩。在西方,康德哲学区分了理论理性和实践理性,后者与自由意志是可互换的范畴;荣格的深层心理学最为看重集体无意识的两个原型,即自性与阴影;从荣格与康德的称谓中各取其一,即自性原型与自由意志,正好与中、印先哲的体认相吻合。

康德哲学以审美为必然领域（真）与自由领域（善）的桥梁，黑格尔深信，真与善只有在美中才能水乳交融。他们只是由于着眼点（文化领域或理想显现）不同而判断有异，其实可以统一。人们通常习惯于统称人类总是在追求真善美，道出了真理；不过在严格意义上依主客体的关系宜表述为寻真、持善、求美。真要求主体观念合乎客观实际，宜称之为"寻"；深入对象内部的同时其实也是不断抽象、综合的过程，心灵趋向于"集"，由志性滋生的信念在寻真活动中起着灯塔作用。善要求以通天下之志为尺度衡量和评判现实事物，重要的是"持"，先哲倡导"择善固执"，正是此之谓；个体在自由状态下往往能从族类高度评判，其意志迸发于理智层面就仿佛是先天律令或绝对命令，向外发散而显现强大的道义力量，从心灵趋向看是"起"。审美一方面是由物及我，因异质同构而产生相应的情绪波动，近于认识或反映，另一方面又由我及物，将胸中的郁勃情思投射于对象，即移情于物；这种"目既往还，心亦吐纳"（《文心雕龙·物色》）过程不仅综合了科学活动与道德活动的基本趋向，而且将合规律性与合目的性统一于自身。（如上图）

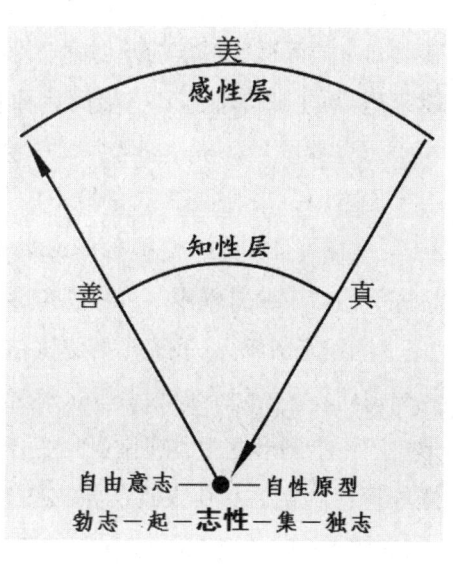

不过审美过程的结晶即审美意象或艺术形象世界并非只是达成形式与内容的统一，仅此它并不优于经过漫长的物竞天择而存留下来的自然物；也不只是合规律性与合目的性的统一，止于此它并不优于一般的人工产品——它们无不按某种规律生产，又能适用人类某种生活需要；最能揭示美的特质的内在二重性当是有限与无限的统一，让一粒沙子蕴含一个世界，一朵野花展现一个天堂。这种内在二重性亦可表述为经验之维与超验之维的统一。

现在的问题是，超验之维具有神圣性吗？不然为何要追求它的敞亮或彰显呢？

回答是肯定的。人们通常所谓的神圣性，多是指超验的造物者的呈现或对它的皈依。中国传统哲学倡导"与天地合其德"亦是此之谓。它以太极为宇宙的本原，太极一动一静而分化为乾、坤二元，乾健而辟，坤顺而翕，二者相辅相成而化生天地间的万物。

这种宇宙观与20世纪的科学发现基本吻合。科学界普遍认同，我们所处的宇宙在137亿前为半径无穷小的一点，它突然间发生大爆炸而形成现时还在膨胀中的宇宙，斥力与引力的相互作用构成它的动态平衡；越追溯至源头，物质与精神越难区分。

在西方科学界，毕达哥拉斯的学说有着广泛的信奉者，包括哥白尼、开普勒和牛顿等近代科学的开创者。爱因斯坦也是如此，他自述其毕生致力于以最适当的方式勾画出一幅简化而易领悟的世界图景。毕达哥拉斯以"数"为宇宙本原，最为推崇"圣十"（1，2，3，4＝10）。17世纪英国数学和物理学家罗伯特·弗鲁德用一个正三角形对"圣十"作了图解。① 我们不妨尝试结合我国《周易》所隐含的太极图，将三角形置于一个圆形之中，或许更为切合大爆炸理论产生之后所展现的宇宙图景。（如右图）

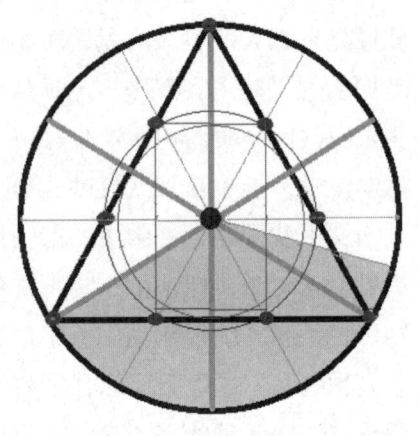

这一平面图式应作为一个立体的球形看待。任意截取其中的"一瓣"，都可从中见出现象与本体之间的联结，二者是"多"（圆周）与"一"（圆心）的关系：由一到多是乾之辟（辐射、扩散），由多到一为坤之翕（辐集、凝聚）。由此可见，人类心灵中志性层的一起一集实乃天地之道一辟一翕的体现，或者说都是云（与自由相联）与钟（必然）的统一，天与人于此相贯通。若能即用（经验）即体（超验），神圣性便油然而生。

---

① ［加拿大］戴维·欧瑞尔：《科学之美——从大爆炸到数字时代》，潘志刚译，电子工业出版社2015年版，第7页。

道不远人，神圣者就在个体心中。正是它，构成了审美的超验之维。若它被遮蔽，审美活动就会失之浮浅；若它被忽视，审美理论必定残缺不全。

附记：笔者由衷赞赏阎国忠先生关于中国当代美学亟须重视超验之维的呼吁，本文从历史、现实和逻辑三个维度试述其必要性、紧迫性和可能性，以期有助于当代美学的健康发展。北大哲学专业的学界前辈有重视基础理论建设、史论兼修的优良传统，我所认识的张岱年、张世英先生是如此，稍后的阎国忠、叶朗先生也是如此。的确，立论以史为基则不虚，述史以论为归则不盲。但愿我国当代学界继承和发扬这一优良传统，让学术走向真正的繁荣。

作者简介：胡家祥，中南民族大学文学院教授。

作为美学原理的攀援美学
——《攀援集——经验之美与超验之美》阅读札记

李茂增

之所以说"'作为'美学原理的攀援美学",是因为阎国忠先生并没有一部以"美学原理"命名的著作。但阎先生显然具有强烈的构建美学原理的自觉意识。在《攀援——我的生命历程》一文中,阎先生曾经写到20世纪90年代初杨恩寰教授的一个劝告:美学研究"要真正产生影响,必须要在美学原理上下大功夫"。而阎先生自己也认识到,"对美学历史的任何反思无非是为了给恰当的美学原理提供一种参照,美学研究的目的说到底就是美学原理的变革与更新"。[①] 因此,阎先生中止了学界普遍期待的他在此前断代史研究的基础上,撰写一部西方美学通史的工作,转而开始对当代美学领域中一系列基础性、前沿性问题进行思索和讨论,旨在通过批判质疑、考镜源流和切磋辩难,纠误指偏,创立新说。《攀援集——经验之美与超验之美》正是这一努力的结果。虽然从外在形态上看,这只是一部论文集,但鉴于作者有意识地集中讨论了困扰中国当代美学的若干症结性问题,并且在几乎所有问题上都提出了新见别说,因此有理由说,一个可以命名为"攀援美学"的美学原理体系已然呼之欲出。限于篇幅,本文讨论其中四个问题。

---

① 阎国忠:《攀援集——经验之美与超验之美》,中国社会科学出版社2014年版,第460页。

一、美学的学科定位

美学的学科定位是美学研究的前提性条件,它直接决定着美学研究的对象、领域、目的和方法,甚至关乎美学这门学科能否成立。然而,百年以来,中国美学对于"什么是美学"、"美学在何种意义上是一门独立学科"、"美学与其他学科的关系"这样一些基本问题,却并没有形成最基本的共识。在《何谓美学——一百年来中国学者的追问》一文中,阎先生梳理了中国学者对美学性质的四种代表性看法,分别为:美学是哲学的分支学科;美学等于审美心理学或文艺心理学;美学等同于艺术哲学或艺术社会学;美学是人文科学。在《关于美学学科的定位问题》一文中,阎先生对四种看法一一进行了澄清。

阎先生同意美学是哲学的分支,但不同意把美学等同于认识论。正如认识论是哲学的一部分一样,认识论也只是美学的一部分。美学的哲学品性在于它和哲学一样,都是关于存在本身的学问,因而天然具有形而上学的性质。但美学又不像"后实践美学"所宣称的那样是哲学的全部,因为美学并不能解决需要通过逻辑学和伦理学才能解决的存在问题。美学不等同于哲学,还在于它除了禀有哲学的形而上学性质外,还有属于自己的特殊的形而下的领域。总之,"美学既是形而上的,这是它本质的方面;又是形而下的,这是它的非本质的方面,这并不意味着美学可以区分为形而上的美学与形而下的美学,美学是一个整体,它的意义就在于它是个整体"。[①]

能否把美学归之于审美心理学或文艺心理学?答案是不能。美学固然与心理学有着密不可分的关系,作为美学研究对象的审美活动首先是一种心理活动,美学只有借助于心理学才有可能揭示审美活动的特点、机制和规律,但心理学并不触及审美活动的其他领域,如道德及其他文化活动。过分倚重心理学,会使美学陷入伏尔盖特所谓"琐碎的"、"分裂的"和"偏重卑微和人情味太重"的弊端。

---

① 阎国忠:《攀援集——经验之美与超验之美》,中国社会科学出版社2014年版,第255页。

至于美学与艺术哲学、艺术社会学的关系，首先，美学不等于艺术哲学，因为美学还要研究自然美和社会生活的美。美学也不等于、不包含艺术社会学，否则美学的研究范围将远远超离审美活动，且会失却美学应有的形而上学维度。阎先生也不同意"艺术是美的'集中体现'或'最高形式'"这一来自黑格尔的看法，理由是：艺术美和自然美无法比较，因为决定的方面是人；艺术和自然都各自是一个整体，艺术和自然都并不就是美，比如现代艺术常常并不美，而自然之所以打动人，首先因为它是人的家园；对人来说，自然比艺术更重要；但自然并不能取代艺术，因为人是通过艺术以及其他精神的与特质的手段走向自然的，艺术是人走向自然的中介。总之，艺术哲学是对艺术作为生命总体或观念总体的哲学思考，其中包括审美经验；美学是对审美经验作为一种生命形式或情感形式的哲学思考，其中包括艺术。美学和艺术哲学紧密相关又互有区别。

最后，美学作为人文科学如何可能？阎先生认为，不能因为美学涉及无限、自由和未来而无法精密量化，就否认美学的"科学"性。就美学可以提供"法则"或"陈述恒常性、关系或秩序的形式"，以及必须依靠观察和分类、假设和推理而言，美学当然是"科学"。美学作为人文科学，和自然科学、社会科学既各有自己的研究领域和研究方法，又彼此相关。从历史上看，无论西方还是中国，美学都是人文精神与科学精神的共同产物，只是在特定的历史条件下，才被归诸于人文科学领域。在社会科学研究"忽视甚至否认整个道德—美学—情感"领域之时，恰恰是自然科学，主要是心理学，证明了"并非所有人类生活中的非理性的东西都是无知、谬误、不合理的，并非所有非经验的东西都是'不现实的'"，从而赋予了人文科学以勇气和生机。因此，作为人文科学的美学，必须借鉴心理学、生理学、几何学、物理学、光学等自然科学的成果，必须参照政治学、经济学、历史学、社会学等社会科学已有的种种结论。

总之，美学因为从根本上是一门关于存在的学问，因而它是哲学的分支学科；美学要借鉴心理学的研究方法，但心理学不能解决美学的所有问题；艺术是美学关注的重要领域，但美学和艺术哲学、艺术社会学并不等同，对美学来说，还有比艺术美更重要的问题；美学属于人文科学，但和自然科学、社会科学关系密切，必须广泛吸纳自然科学、社会科学的研究成果。

这样一个定位，基本上综合了各家学说的合理成分，廓清了各种似是而非的说法，明确了美学与其他学科的关系，论证了美学作为一门独立学科的理由。

二、反本质主义与美学场域的打开

陶东风在讨论文学理论的危机时，曾经指出过本质主义的弊端："本质主义思维方式严重地束缚了文学理论研究的自我反思能力与知识创新能力，使之无法随着文艺活动的具体时空环境的变化保持不断创新的姿态。这直接导致了另一个严重的后果，即文学理论研究与公共领域、社会现实以及大众的实际文化活动、文艺实践、审美活动之间曾经拥有的积极而活跃的联系正在丧失。"具体表现是：其一，常常把某些特定群体在特定时期出于特定目的、为了特定的利益生产出来的对于文学特征的理解，或者把特定时期处于支配性地位的关于文学的认识，普遍化为文学的"一般本质"或"永恒本质"，如果它得到文学外的学术的和非学术的各种权力的支持，就会成为霸权性的知识并强加于其他的社会群体。其二，正因为常常把特定时空环境中出现的特定的文学和文学特征普遍化为"一般的"或"典型的"，所以必然存在过分概括的倾向，从而忽略了不同的时空环境中的文学之间乃至同一时空环境下的文学的内部差异。①

文学理论领域的本质主义思维方式及其后果，同样存在于美学领域。

1949年以来出版的美学原理著作，几乎无一例外都贯穿着"本质主义"的思维方式，都把"美的本质"视为第一位的问题。如王朝闻《美学概论》认为："美的本质问题的解决，是解决美学中其他问题的基础和前提"。杨辛、甘霖《美学原理》开篇以三章篇幅探讨美的本质问题。李泽厚《美学四讲》认为，讨论"美的本质"，就是要从根本上、根源上、从其充分而必要条件上来追究美。至于对美的本质的具体解释，当然各不相同。大致来

---

① 陶东风主编：《文学理论基本问题》，北京大学出版社2004年版，第2-4页。

说，20世纪80年代之前，受思想领域中唯物/唯心路线斗争的影响，人们倾向于以客观性、主观性、社会性、主客观的统一来定义美的本质。80年代以后，作为对此前美学研究的反拨和纠正，人们更倾向于以无功利性、超越性、艺术美等来解释、定义美的本质。但这场围绕"美的本质"的旷日持久的争论表明，任何一种定义都要么大而无当，要么以偏概全，总之都无力解释形态各异、斑斓多姿的审美活动。其实只需回想一下柏拉图《大希庇阿斯》里"美是难的"的感慨，毋宁说，这种试图为美下定义的努力从一开始就错了。

近年来，已经有学者意识到了本质主义思维方式的局限，但证诸于美学原理的建构，却依然不能说已经摆脱了本质主义的思维定式。以明确提出"美的本质问题是一个伪问题"的张法为例，其《美学导论》就依然有着本质主义的印痕。比如，当将美的类型概括为美（优美、壮美、典雅）、悲（悲态、悲剧、崇高、荒诞）、喜（怪、丑、滑稽）时，无疑遮蔽了现实生活中审美活动无限丰富的可能性、具体性和生动性；当把美的文化模式概括为西方模式、中国模式、印度模式、伊斯兰模式时，一方面无疑遮蔽了不能概括进这些"模式"的审美经验，另一方面也遮蔽了这些模式内部的历史差异性和地方差异性；当侧重于从人类学和宇宙学寻找美的起源和根据时，无疑遮蔽了审美活动的社会属性和政治属性等。①

阎先生并没有写专文对本质主义进行批判，但显然很早就意识到了本质主义的局限。在《爱·美·自由》《爱的哲学与美的哲学》等多篇论文中，阎先生提出了"美的家族"的概念：美是由对象的不同特征和主体的不同心境碰撞、融合而成的一种价值判断，因而是一个复合的"家族"概念，从形态上看，有优美、秀美、华美、娇美、壮美、崇高之美、悲剧之美、喜剧之美、荒诞之美等，却唯独没有与真、善以及想象无关的美，因此没有所谓的"美本身"。必须承认，学术界有不少学者都在使用这一来自维特根斯坦的概念。阎先生对这一概念的创造性运用在于，他并不仅仅局限于在数量上增加若干种美的形态，而在于试图敞开许多被本质主义思维方式所封闭的场域，

---

① 参见张法《美学导论》（第2版），中国人民大学出版社2004年版。

以主动的姿态重建美学和时代、社会、现实之间的关联，从而赋予美学以介入、批判现实的力量。从20世纪90年代开始，阎先生先后发表了《毛泽东有关美学的八个问题》、《邓小平文艺政治学初论》、《谈马克思关于艺术的三个命题》、《毛泽东：文艺政治学的创立》等讨论文艺和政治关系的文章，这些文章的意义不仅在于率先引领了"文艺政治学"的研究，更在于重新正视了由于20世纪80年代提倡文学主体性而割裂的文艺和政治之间的关系，赋予了美学、文艺学参与现实的可能性，从而极大地拓宽了美学研究的领域，当然也就极大地丰富了美的家族的谱系。1991年，阎先生赴河北廊坊、唐山、秦皇岛地区就改革开放以来农村审美观念的变化进行了十多天的社会调查，并撰写了题为《改革开放以来农民审美观念的演变》的调研报告。放眼整个中国当代美学，不能不说，这种将向来被学院派不屑一顾的农民的审美意识纳入审美研究的形而下研究可谓少之又少，因而这次调研无疑具有一种示范意义。

与"美的家族"概念相一致，阎先生认为，美也表现为一种"秩序"、一种"历程"。所谓"秩序"，是指在人们对美的追求中，存在着一种由个别到一般，由物质到精神，由社会到自然，由具象到理念，最终与天、地、神、人融合为一的心路历程。具体来说，人们对美的追求，可以概括为逐级向上的六个层面：第一，作为个体的事物的美；第二，作为类的事物的美；第三，作为个体的精神的美；第四，作为类的精神美；第五，作为事物与精神的综合体的现实—社会、民族、国家、人类的美；第六，作为超越自我和现实的终极境界的存在、道、圣神、理念的美。所谓"历程"，是指人们对美的认识是伴随着人类历史逐步展开的，不同历史条件下人们对美的认识各不相同。"美的秩序"的命题的意义在于提示我们，静态地看，存在、道、圣神、理念的美固然高于个体的事物的美，但我们并不能因此只去孤立地研究前者而忽视后者，因为无论对于作为个体的人还是作为整体的人类来说，审美活动的意义都在于引领我们从低等级的美向高层级的美的攀援和超越，因而只有把重心放在动态的、具体的审美"活动"上，美学研究才是富有生命力的。"美的历程"的命题的意义则在于提醒我们，美学研究必须要引入地方化和历史化的原则。

《艺术的悖论——积淀在艺术概念里的人类智慧》提供了以地方化和历史化原则进行美学研究的一个好例。作者以谱系学的方法梳理了十一种对艺术的定义，分别是模仿、科学、镜子、表现、绝对理念的感性显现、再现、直觉、有意味的形式、经验、真理、意境（境界）。不同于本质主义者的研究，作者没有试图去裁定这些定义的是非，更没有叠床架屋地给出一个新的定义。作者只是试图回到历史情境之中，找出这些定义产生的社会条件和哲学、思想背景，进而通过与现代的对话，揭示这些定义的当下意义。作者以为，艺术乃是人类借以观照自己、调节自己、超越自己的生活方式。既然生存对人来说是一个永恒之谜，那么艺术也就是一种永恒之谜。唯其如此，对艺术的追问便不会停歇："这不仅是因为艺术要存在下去，必须有一个更为正当的理由，更是因为心灵要安顿下来，必须有一块像艺术这样的栖息地。……只要艺术还没有终结，人类还需要用艺术观照自己、调节自己、超越自己、人们对艺术的追问和界定就不会终止。"①

三、美学的基本问题是人与自然的关系

在美学诞生后的相当长时间里，对"自然"的研究始终处于十分边缘的地位。这在很大程度上是黑格尔、谢林思想影响的结果。黑格尔认为，自然是精神蜕变、上升后遗留下的僵尸和垃圾，自然美因此被认为是艺术美的附庸。"艺术美是由心灵产生和再生的美，心灵和它的产品比自然和它的现象高多少，艺术美就比自然美高多少"。黑格尔甚至认为：说艺术美"高于"自然美，"不仅是一种相对的或量的分别。只有心灵才是真实的，只有心灵才涵盖一切，所以一切美只有在涉及这较高境界产生出来时，才真正是美的。就这个意义来说，自然美只是属于心灵的一种反映，它们反映的只是一种不完全不完善的形态，而按照它的实体，这种形态原包含在心灵里"。②

就中国美学而言，1949 年之前，无论王国维、宗白华，还是朱光潜、

---

① 阎国忠：《攀援集——经验之美与超验之美》，中国社会科学出版社 2014 年版，第 169 页。
② ［德］黑格尔：《美学》，朱光潜译，商务印书馆 1979 年版，第 4—5 页。

邓以蛰，都明确地把艺术当作美学研究的重心所在。1949年之后，拜唯物论的主流哲学地位所赐，自然美得以进入美学研究的视域，并在大多数美学原理著作中占据了足够显赫的位置和足够多的篇幅，但事实上依然被认为是一种低级形态的美。在自然美、社会美、艺术美的序列中，自然美往往被认为是原始的、粗糙的、低级的，它之所以能够和社会美、艺术美并列在一起，主要是因为它在形式上和艺术有相似之处，是艺术的雏形。唯其如此，从20世纪80年代开始，"文艺美学"迅速自立门户，成了一门独立的学科，各种部门艺术美学也应运而生。

阎先生则认为，艺术问题不足以成为美学研究的中心问题；美学的基本问题是人与自然的关系。这或许可以称得上是一个对中国美学具有"革命"意义的命题。

首先，人与自然的关系是人赖以生存和发展的基本前提。人一出生首先面临的就是他与自然的关系，在人于最初的生命体验中下意识地萌发出对美和善的兴趣之前，有一个与自然完全统一的阶段。人后来虽然发展了，变成了自然中最高级的一部分，并且有了主体和客体、感性与理性、人与自然的区分，但人仍然是自然的一部分。人不仅来自自然，存在于自然，还要复归自然。实现人与自然、人本主义与自然主义的统一，始终是人类历史发展的目标。反之，人类历史特别是晚近历史表明，如果人将自己置于自然主宰的地位，如果人从自然中看到的只有自己，那么，自然将会从家园变为荒漠，从母亲变为恶魔。事实上，在生态灾难接踵而至、生态问题日益严重的当下，重建人与自然的关系已经成了一个刻不容缓的问题。

但生态问题难道不是一个普遍性问题，它难道不是理应成为一切学科的基本问题吗？阎先生以为，环境问题、生态问题、人与自然之间的一切问题，最终都只能以美学的方式加以解决。这是因为，人类的所有活动几乎都是主体性的，只有审美活动在本质上是主体间性的；审美活动作为一种无目的而合目的的活动，与绝对的主体性是不兼容的。同样，在人与自然的各种关系中，只有审美关系是建立在人与自然交互作用的基础上的。因此，只有审美活动才能充当人与自然之间的桥梁，使人类重返自然。

但人与自然之间的关系问题，不是早已为无数的文学艺术作品思考过吗？中国的山水诗画、西方的浪漫主义文学，不是早就为我们描绘过人与自然之间的和谐关系吗？不是早就有美学家说过，自然只是自在的，只是因为有了艺术，自然才成其为自然，因而我们理应以艺术的眼光看待自然吗？的确，学术界长期流行一种观点，认为自然成为一种题材被文学艺术所关注，在中国是魏晋南北朝时期，在西方是文艺复兴之后，因此，人们对自然美的兴趣晚于对艺术美的兴趣，自然美是人们用艺术的眼光观察自然时产生出来的。阎先生以为，上述说法并不准确，魏晋南北朝或文艺复兴之前，人们当然有对自然美的兴趣，这不仅可以从中西方早期文学作品中找到例证，而且可以从更早的原始人留下的岩画、树皮画、石雕、陶绘中得到印证。甚至可以说，人对自然美的兴趣比对自身的兴趣还要早些，比艺术作为一种表达自己对自然界的认识和情趣的形式，则更要早些。原始人类就生活在自然之中，他们和自然之间并没有后来文明社会那样的裂痕，因此他们对自然的喜怒哀乐可以直接倾诉，而不必借助于艺术，今天被我们看作艺术品的在当时一般都具有实用或宗教的用途。只是当人类进入文明社会，失去了与自然的原初和谐之后，才不得不把对自然的怀念与向往寄托于艺术之中。从这个意义上说，艺术不过是"代用品"，不过是"第二自然"。

诚然，艺术所呈现的"自然"，由于融入了人的情感、意志、精神，因而也便有了"超越"的功能。有人据此强调艺术世界是一个比自然更高的世界，是自然的理想。但阎先生以为，艺术倘若未与人对自然（社会）的审美活动融为一体，艺术的超越便只是理想的、虚幻的超越，艺术便不能承担起由必然到自由的中介的使命，一切有关艺术超越的讨论便会等同于无。诚如歌德所说，艺术作为"第二自然"，其所谓超越，并非以艺术自身去超越自然，而是艺术以其设定的自然去超越既定的自然，所以其结果并非是艺术自身的无限膨胀，以致离自然越来越远，而是创造出更加真实和美的"自然"。

因此，必须越过艺术，返回自然本身。早在美学诞生之初，康德就曾经论证过，单就对于人向超越之境的引导而言，自然美优于艺术美。自然美有三种样态，一种与"单纯的审美判断力的机能"相关，一种与"知性判断力的机能"相关，一种是基于理性之上的兴趣。无论哪一种样态，都表现了一种"直接"的兴趣，都不夹杂其他任何"社会的兴趣"的兴趣。反之，艺术美并不直接和兴趣相关,"因为它或是——自然的摹本,达到错觉的程度,那么它的作用就像——误认为真的自然美那样;或者它是一个有意的为引动我们的愉快而造作的技术,这时我们对于这一成品的愉快固然直接由鉴赏而起,但除掉唤醒一个对那植于根基里的原因的间接兴趣而没有别的,这就是对于这一种艺术,它只是通过它的目的,永远不是由于自身使我感兴趣。"① 也就是说,只是由于"自然"这一间接的目的,艺术才会引起人们的兴趣。

阎先生呼吁:"美学在康德之后,在直觉—情感—艺术领域里已徜徉了近两百年……在整个世界都因人与自然对立和分裂而陷入重重困境的情况下,美学应该意识到自己的责任,把实现人与自然的统一,即感性与理性的统一当作自己的首要课题,在今后的发展中为自己揭开新的一页。"② 中国美学理应重视这一呼吁。

四、美学的哲学品性与"美、爱、信仰/自由"三位一体的哲学

如果承认美学是哲学的分支学科,而哲学归根结底是一门关于生命、存在的学问,那么,我们就必须承认,中国当代美学尚不足以回答它理应回答的关于生命和存在的一系列问题。从这个意义上说,在当前中国美学的种种缺失中,最根本的是缺少"可以作为依凭的、与时代和社会的现代进程及审美和艺术发展的总体趋向相适应的完整的哲学"。③

基于对中国当代美学的这样一种判断,阎先生特别强调美学的哲学品质,而他对美、爱与信仰之内在关系的一系列思考,庶几可以说建构了一种"美、爱、信仰(自由)"三位一体的人生哲学。

阎先生以为,信仰是人生根本问题。首先,信仰意味着在自己之外,在最高层面和终极意义上,为自己树立了一个敬畏、崇拜、向往的目标。其次,信仰意味着在"存在"或真、善、美面前,人找到了自己应有的位置和意义。最后,信仰意味着人有了一种最高的追求,一种趋向真善美的动力。

---

① [德]康德:《判断力批判》,宗白华译,商务印书馆1993年版,第146—147页。
② 阎国忠:《攀援集——经验之美与超验之美》,中国社会科学出版社2014年版,第80—81页。
③ 阎国忠:《攀援集——经验之美与超验之美》,中国社会科学出版社2014年版,第299页。

在人类历史上，人们曾经信仰过上帝、神、道、理念或绝对理念，但其核心无不是真、善、美。或者说，真、善、美是对上帝、神、道、理念或绝对理念的不同表述，其中，真是"最高存在"的本体，善是其趋向，美是其表征。真、善、美既是信仰的对象，也是我们评价人和事物的尺度，同时又是我们完善和实现自我的力量。

在人对信仰的追求中，美具有重要的中介作用，人的信仰之路往往始于美的体验。真、善、美的关系，从认识论意义讲，应该是真在前，因为只有在认识的基础上人们才会相信，才会形成意向和希望，才会发现对象的美。但是从存在论和价值论的角度看，却是美先于真和善。从存在论意义看，美就存在于生命的根底部，存在于人与自然的原始统一中，存在于前认识或元意识中。从价值论意义看，美作为存在的表征，既包含了存在本体的真，也包含了存在趋向的善，美就是融真和善为一体所闪烁出来的光辉。因此，信仰之路虽然各不相同，但无论什么人想要确立起对真、善、美作为整体的信仰，都只有从对美的体验开始并最终形成美的意境或境界才有可能。

从某种意义上说，审美活动从直觉—形式，到想象—意象，再到体验—境界不断递升的过程，正是一种信仰活动。

审美活动开始于对形式的直觉，而直觉是处在生命根底部的一种活动，是作为生命整体的人与同样作为整体的对象之间直接、瞬间的碰撞和交融，是生命回到了没有被分割、没有被异化的自我时的一种活动。想象建立在直觉基础之上，是将直觉中散碎的形式依照理解和经验综合起来，构成完整的形象、意象或意境的过程。想象中融入了更多的理性、意志和情感的因素，因而比直觉丰富和深邃。直觉是无意识的，而想象是自觉的有意识的创造活动，是人作为生命整体对外在世界作出的主动的回应。想象不仅把生存的时间和空间联系在一起，将过去整合成了一种生命形式，而且引导人超越有限的理智和意志，趋向一种更高、更理想的存在。因此，想象联结着生命的根底部和超越部，是生命从有限向无限超越的中介。正是经由想象的导引，审美活动得以上升到第三层次，即对超验之美的体验。超验之美是超越一切美之上的最高的美，是一切美之所以为美的根源。由于超越了有限的存在，所以超验之美是绝对的、纯粹的；由于超越了理性、意志和情感，所以超验之美虽然悬在"我"的心中，却并不属于"我"自己，而是属于整个人类。

总之，审美活动的桥梁作用正是美学的使命所在："美学的使命既不是描述现实的个别的美，也不是论证理想的超越的美，而是在这两者之间架起一座引渡的桥梁，让美与爱成为生命自由及其无限性的证明。美学应该为美与爱的信仰辩护，并应该照亮通达这种信仰的道路。"

问题是：这种以不断向上超升为标志的审美/信仰活动何以能够发生？触发审美活动的最初动力何在？推动直觉、想象和体验不断向上攀援、跃升的动力何在？正是在这一关键节点上，阎先生引入了"爱"的维度，从而为审美活动提供了发生学原理。

首先，爱在直觉、想象、体验背后为审美活动的发生提供了动力。爱和美都处在人生的根底部，都属于人还没有从自然中分离出来时就存在的原初活动，但从某种意义上说，爱的冲动更为原始、更为根本，正是在爱从生物性冲动向社会行为不断升华的过程中，产生了美。

其次，审美活动之所以能够在信仰活动中起到一种桥梁作用，恰恰是因为爱的作用。人们往往习惯于把人的心灵划分为理智、意志、情感，与之对应的则是真、善、美三种人生最高价值。心灵机制的划分诚然有历史学、心理学的依据，但终归是对心灵的割裂，因此，几乎从一开始，对心灵功能的划分，就伴随着复归人性和人的完整性的吁求。爱正承担了这一功能。总的来说，"爱是心灵通过调节理智、意志、情感的方式确证自身、维系自身、超越自身，从而达到人的内在与外在统一的心理机制与力量"。[①] 一方面，爱需要理智的指引，意志的推动，情感的激发，需要一个完整的心灵，另一方面，爱又必须超越理智、意志和情感，使心灵趋向更大的整体。"只是由于爱的引导，才为理智超越知性，意志超越欲望，情感超越情欲，最终在存在、道或理念的层面上达到同一提供了可能"。[②] 正是爱的这种调节和统一功能，保证了美在信仰活动中的中介作用。因为，就美作为无神时代带有信仰色彩的生命诉求和价值理想而言，必然不仅要涉及情感，而且要涉及理智和

[①] 阎国忠：《攀援集——经验之美与超验之美》，中国社会科学出版社2014年版，第31页。

[②] 阎国忠：《攀援集——经验之美与超验之美》，中国社会科学出版社2014年版，第32页。

意志，并充当它们之间的中介。所以，"与美相对应的心理机制，不应只是情感，而应是包括情感和渗透在情感之内的理智和意志，即爱。爱，就其作为一种趋向来说，本质上是心灵的整体对生命和宇宙的整体，即存在、道、理念的爱，这是最高的美，也是最高的真、善"。①

事实上，从信仰的角度看，爱和美具有令人难以置信的异质同构性。首先，爱和美都是复合概念，都有各自的"家族"。其次，爱和美都表现为一种秩序，都表现为一种过渡，即从有限向无限的上升。再次，在人类历史上，爱和美都表现为一个逐步展开的历程。再其次，爱和美有着共同的本原：性、生产、交往、皈依或归属与自我实现。最后，爱和美有着共同的根基：自由。

爱和美还是相互参证、相互发明的。就各自作为一种秩序而言，爱的秩序就是内化了的美的秩序，美的秩序就是外化了的爱的秩序。就各自作为一种历程而言，爱和美同样发轫于人类充满稚气的童年，同样经历了宗教的洗礼和人文主义的启蒙，在资产阶级革命时期同样得到了极度的张扬，在现代社会里同样受到了普遍的扭曲。因此，只有把美归附于爱，把爱引向美，才不至于各自失去自身。"爱的意义是发现美，从而让人走出自己，面向世界；美的意义是彰显爱，从而返回自己，实现自己。这就是人通向信仰之路，即自由之路"。②

藉由相互参证、相互发明的美和爱，不断从感性向理性、从异化向本真、从分裂向完满、从有限向无限、从必然向自由超越，不断向真善美统一的超验之境上升，这是一条谁也无法回避的人生之路，也是永无止境的人类历史之路。毋庸讳言，这是一个漫长而艰辛的过程，其中固然会有散步的洒脱，但无疑更需要永不停歇的攀援、拼搏和奋斗。将自己的美学思想命名为"攀援"，是阎先生对自己数十年学术探索和人生旅程的形象概括，也隐喻了他对美学这门学科的热爱，更寄予了他对中国美学的期望。

作者简介： 李茂增，广州大学文学思想研究中心教授。

---

① 阎国忠：《攀援集——经验之美与超验之美》，中国社会科学出版社 2014 年版，第 33 页。
② 阎国忠：《攀援集——经验之美与超验之美》，中国社会科学出版社 2014 年版，第 35 页。

超验之美：在信仰与自由与爱之间
——读阎国忠老师《攀援集——经验之美与超验之美》的一点体会

潘知常

一

胡塞尔曾自陈，他的毕生努力都是围绕着对自己提出的那个问题：我如何才能成为一个有价值的哲学家？

拜读阎国忠老师的美学论集《攀援集——经验之美与超验之美》，我认为，他的毕生努力其实也都是围绕着对自己提出的一个问题：我如何才能成为一个有价值的美学家？

我这样说，当然是因为，在中国，要做一个有价值的美学家实在并不容易。

就以阎国忠老师十分擅长的西方美学史研究和美学基本理论研究领域来看，只要稍加回顾，则不难发现，在这两个领域，尽管研究者众多，西方美学史著作和美学基本原理的著作也出版了很多，但是，缺憾却仍旧存在。

这缺憾，在西方美学史领域，首先当然就是对于基督教文化乃至基督教美学的影响的漠视。

就对于西方美学的深刻影响而言，基督教，是一个漫长的故事，也是一个不得不说的故事。

然而，在很长时间内，这个故事却曾经被漫不经心地加以忽视。例如，西方的哲学大家黑格尔就曾经仅仅在百页左右的篇幅里将西方一千年左右的中世纪哲学匆匆掠过,"我们打算穿七里靴尽速跨过这个时期"。[①]可是,今天我们却发现,这一千年却实在是不能"尽速跨过"。

在国内的众多西方美学专家那里,就更是如此了。对于他们而言,西方美学,当然就是希腊美学,然后是近代美学(尤其是德国的古典美学),至于基督教美学,那只能是左道旁门,完全可以忽略。

然而,也正是因此,结果也就往往忽视了希腊美学的缺憾。事实上,希腊美学固然精彩纷呈,也固然源远流长,但是却无可讳言,由于出之于多神教的历史背景,它也毕竟并不彻底。例如,它是所谓的"荷马方式",仅仅出之于理性的思考,也只是世俗人本主义的体现,认为人是理性的人。结果,尽管它关注的已经是人,但是却不是人的超越性,也未曾发现神性,只是为了人而祈求神。这样,尽管它也出自内在的困惑,但是却从未与人类自身的有限性联系起来。它所面对的,也只是"人是谁"。与"人是谁"对应的,则是"美的精神",也就是所谓"希腊精神"。充斥其中的,则是"有死的肉体"与此岸的美,也是酒神精神之美。但是,从人的自然本能需求出发去关注人自身所遇到的问题,并去追问产生的原因,这尽管肯定的仍旧是人,但是无论如何都肯定的毕竟不是人的超越性,也都只是"人本追问"。因此,尽管黑格尔说:它建设的是"美的家园";马克思也说:它是"美的、艺术的、自由的、人性的宗教";威尔·杜兰则说:它是富于人性的宗教,但是,对于这类评价,过去我们往往都只是从积极的意义上去理解了,其实,其中也确实还隐含着对希腊美学的不足的洞察。

也因此,基督教美学以及基督教美学对于后世的影响,就是一个非常值得关注的领域。

相对于中国的儒教,在西方,基督教,才是西方人的精神的第一次觉醒,也才真正结束了"万古长如夜"的时代,是人类社会的真正转折点。因此,从表面看,西方美学的很多范畴都来自希腊,但是他们却统统都是被基督教美学"重新界定"了的。因此,黑格尔在《历史哲学》中就反复强调:

---

① [德]黑格尔:《哲学讲演录》,第3卷,贺麟等译,商务印书馆1983年版,第233页。

新教的根本精神是"人类靠自己是注定要变成自由的",新教是"自由精神的旗帜"。因此,新教"实质上……是一个有思维的精神"。当然,"这个原则最初只是在宗教的范围内被理解到……好像只是被置于对宗教事务的关系之中,还没有被推广应用到主观原则本身的另外进一步的发展里面去","只有后来在哲学中这个原则才又以真正的方式再现"(康德从美学去"再现"、歌德从文学去"再现")。当然,这指的是在近代哲学中以康德为代表的哲学家们以思维的形式所敏捷意识到的活东西。不过,岂止是近代的哲学,即便是近代的美学,也都无非是新教精神的现实化。因此,黑格尔称之为世界的"第二次的世界创造":"在这个第二次的创造里面,精神才最初把自己理解为我就是我、理解为自我意识。"①

例如,它是所谓的"圣经方式",也转而出之于神性的思考,是宗教人本主义的体现。它认为人是神性的人,应该有信仰地活着。结果,尽管它关注的仍旧是人,但却已经是人的超越性,或者,已经是人的神性,应该为了神而超越人。这样,它也就第一次地将内在的困惑与人类自身的有限性联系起来。于是,它所面对的是"我是谁"。与"我是谁"对应的,则是"基督精神"。充斥其中的,则是"不死的灵魂"与彼岸的美,也是日神精神之美。无疑,这是一种"神本追问"。人固然来自自然,但是也毕竟因为超出了自然才被称之为人,显然,对于前者,固然可以借助自然来达到,但是,对于后者,却只能通过神性去规定。

可惜,国内众多的西方美学史专家却把这一关键点轻轻放过。他们没有能够去深入思考:何以只有基督教才能够催生美学的深刻思考,何以只有在基督教这个"蛹"里,西方美学才能够完成自身的凤凰涅槃,也才从追问"人是谁"到追问"我是谁"。确实,从人的自然本能需求的角度,无疑很难理解与接受这样一种全新的向度。只有从人的神性需求的角度,才能够理解与接受。换言之,从人的神性需求的角度,问的已经不是人是……的动物,因为它毕竟还是动物,而是在问人的未来,也就是人之为人的能够超出动物

---

① [德]黑格尔:《哲学讲演录》,第3卷,贺麟等译,商务印书馆1983年版,第417、414、415、271页。

的属性。而这就意味着，一切从人的现实本性、从形下角度的对于价值与意义的界定，都是完全无效的。价值与意义的界定，只能出之于人的超越本性、形上角度。也因此，这一界定也就必然完全是否定的，而且，还根本不是为我们所熟知的所谓"否定之否定"——所谓否定中蕴含着肯定，而就是完全的否定、彻底的否定、绝对的否定。

  在这个意义上，人与世界最为根本的意义关联、最终目的与安身立命之处的皈依，其实就意味着人永远高出于自己，永远是自己所不是而不是自己之所是，也意味着人不再存在于有限，而是存在于无限，不再存在于过去，而是存在于未来。人类的生命意识因此而得以幡然觉醒。人之为人，也得以被激励着毅然转过身去，不再经过任何中介地与最为根本的意义关联、最终目的与安身立命之处的皈依直接照面。并且，人之为人都首先是与最为根本的意义关联、最终目的与安身立命之处的皈依相关，都是以最为根本的意义关联、最终目的与安身立命之处的皈依的相关为前提，然后才是与现实社会的他人、他者的相关。精神、灵魂，被从肉体中剥离出来，作为生命中的神性、神圣而被义无反顾地加以固守。由此，恰如施莱尔马赫所说："当这个世界精神威严地昭示于我们时，当我们听到它的活动声响，感到它的活动法则是那么博大精深，以至我们面对永恒、不可见的东西而满怀崇敬，还有什么比这心情更自然吗？一旦当我们直觉到宇宙，再回过头来用那种眼光打量自身，我们比起宇宙来简直渺小到了极点，以致因有限的人生深感谦卑……"[①]由此，信仰遭遇了美学，美学也遭遇了信仰。信仰在寻求美学的理解，美学也在寻求信仰的提升。原来，在美学之中，原本就存在着一种信仰与美学之间的极为深刻的内在关联，并且完全能够将从宗教中以"启示"的方式孵化而出的深刻思想转而在美学的追问中予以发扬光大。难怪席勒会强调："还要有两个可靠的锚——宗教和审美趣味"[②]，从而，借助基督教，开拓出了美学所意想不到的新问题，也增加了对于审美的理解，并且，最终地改变了美学的进程。

---

① ［德］施莱尔马赫:《论宗教：对有文化的蔑视宗教者的讲话》，转引自张志刚《宗教学是什么？》，北京大学出版社 2002 年版，第 188 页。
② ［德］席勒:《席勒散文选》，张玉能译，百花文艺出版社 1997 年版，第 148 页。

其次的缺憾，存在于美学基本理论的研究领域。首先，当然就是对于超越维度与终极关怀的漠视。

我们常说，历史是逻辑的展开，而逻辑则是历史的浓缩。既然如此，那么我们就必须看到，在西方美学之中，通过漫长的美学历史浓缩到一起的，正是超越维度与终极关怀。这应该是西方美学同时也是美学自身中之精华的精华、核心的核心。西方思想家的最大贡献，其实就正是在对于超越维度与终极关怀的开掘。他们成功地将基督教的启示真理提升为非启示真理，也成功地将基督教的启示方式转换为哲学的反思方式、追问方式。而且，即使是在具体的美学研究中存在着超越维度与终极关怀的客观模式与主观模式，也有由神到人与由人到神，但是，超越维度与终极关怀，却是其中的万变中的不变。

在西方，由于信仰维度是始终存在的，从信仰维度构建美学，对于西方美学家来说，其实已经化为血肉、融入身心。而且，正是由于超越维度与终极关怀层面的存在，人与现实的关系让位于人与理想的关系。人首先要直接对应的是理想而不是现实，于是，人与现实的对应，也必须要以与理想的对应为前提。而人与理想之间的直接对应，无疑就是自由者与自由者之间的直接对应，因此，人也就如同神一样，先天地禀赋了自由的能力。对此，西方美学家堪称心中有数，各个都心照不宣。由此我们看到，艾略特明确提出：我不相信，在基督教信仰完全消失以后，欧洲文化还能够残存下去。罗丹也指出：犹如整个希腊都浓缩于帕提侬神殿，整个法国都蕴藏在大教堂里。因此，当我们看到苏格拉底所疾呼的审美活动是在"代神说话"、"不是人的而是神的，不是人的制作而是神的诏语"①，当我们看到费希特说："只有那具有宗教感的眼睛才深入了解真正美的王国"②，当我们看到歌德说："艺术是立足于一种宗教感上的，它有着既深且固的虔诚。正因为这样，艺术才乐于跟宗教携手而行"③，当我们看到雪莱说："诗是神圣的东西。……诗拯救了降

---

① ［古希腊］柏拉图：《柏拉图文艺对话集》，朱光潜译，人民文学出版社1983年版，第8-9页。
② ［德］费希特：《人的使命》，梁志学等译，商务印书馆1982年版，第138页。
③ ［德］歌德：《歌德格言和感想录》，第92页，程代熙等译，中国社会科学出版社1982年版，第92页。

临于人间的神性，以免它腐朽"①，应该说，对于西方美学家的从信仰维度构建美学，无疑绝对不会再存在任何的怀疑。再看看柏克所疾呼的美"能引起爱"②，哈特曼所疾呼的美是"有所领悟的爱的生活"③，克莱夫·贝尔疾呼的"把艺术和宗教看作是一对双胞胎"④，就丝毫也不会怀疑。

在中国，情况无疑要复杂一些。从表面看，美学研究的是美、审美与艺术，应该是学界的共识。但是，由于没有意识到现实维度、现实关怀与超越维度、终极关怀的根本差异。因而，长期以来都是在美、审美、艺术与人类现实生活之间关系的层面上打转，后来实践美学发现了其中的缺憾，就进而把人类现实生活深化为人类实践活动，从而避免了美、审美、艺术成为抽象的意识范畴的隐患，但是，却仍旧没有避免美、审美、艺术的独立价值这一根本问题。然而，逐渐地，学者们却发现：必须把美、审美、艺术从人类现实生活转向人类精神生活，也就是，不再从现实维度、现实关怀，而是转而从超越维度、终极关怀去对美、审美、艺术加以阐释。于是，美、审美、艺术并非意在认识生活，而是借酒浇愁、借花献佛，意在借用生活来表现不可表现的灵魂生活、精神生活这一根本奥秘也就昭然若揭。原来，美、审美、艺术并不是与人类现实生活"异质同构"，而是与人类精神生活"异质同构"，是人类的精神之花，也是人类的精神替代品。"艺术创造和欣赏都是人类通过艺术品来能动的现实的复现自己"，马克思说，"从而在创造的世界中直观自身。"⑤ 这句话我们经常引用，但是，实事求是地说，只有把美、审美、艺术从人类现实生活转向人类精神生活，也从现实维度、现实关怀转而向超越维度、终极关怀，我们才真正理解了它。

---

① ［英］雪莱：《十九世纪英国诗人论诗》，人民文学出版社1984年版，第153页。
② 朱光潜：《西方美学史》上册，人民文学出版社1979年版，第243页。
③ ［英］鲍桑葵：《美学史》，张今译，商务印书馆1985年版，第546页。
④ ［英］克莱夫·贝尔：《艺术》，周金环、马钟元译，中国文联出版公司1984年版，第54页。
⑤ 《马克思恩格斯全集》，第46卷，人民出版社1979年版，第96页。

二

众所周知,学术研究贵在"照着讲",更贵在"接着讲"。而今回头来看,数十年的美学研究,在阎国忠老师的身后,不难看到的,是一条清晰的探索轨迹:既始终"照着"西方美学史和美学基本理论研究的精华在"讲",也始终"接着"西方美学史和美学基本理论研究的"缺憾"在讲。

首先,从时间上看,阎国忠老师是国内美学家中较早意识到西方美学史、美学基本理论研究的精华与西方美学史和美学基本理论研究的"缺憾"的。阎国忠老师完成的第一部专著,是《古希腊罗马美学》(北京大学出版社1981年版),这同时也是他为北京大学1977和1978级学生开设的同一名称的断代史课。这在当时的国内美学界,应该说是独步一时的。而且,也已经区别于朱光潜先生在《西方美学史》中的注重讲述思想家的文艺理论,开始关注美学概念和范畴的含义阐释,并且试图在它们中间找到一种逻辑关系。"整体的美学史",是阎国忠老师在《古希腊罗马美学》的序言中提出的概念,纵观全书,这个概念也确实是统管了全书的。美学家的思想以及美学家提出的概念范畴,在书中呈现为一个有内在逻辑关系的整体。"和谐"、"善"、"理念"、"整一"、"悲剧"、"崇高"之间的内在的逻辑顺序被呈现出来,古希腊和罗马的美学也被表述为一个一脉相承的历史过程。不过,当时阎国忠老师也确实还没有清晰意识到西方美学史和美学基本理论研究的精华与"缺憾"究竟何在。这一点,可以从1982年,他应北京大学出版社之邀写过的《西方美学史撷华》的长文与1986年又应邀写的《西方美学的历史与逻辑》一文中看到。在这两篇文章中,中世纪神学美学都没有被真正置于视野之中。

但是,转机很快到来。1989年,阎国忠老师就写完并出版了《基督教与美学》一书(一学生协助写了文艺复兴部分)。到了2003年,这本书又以《美是上帝的名字——中世纪神学美学》题名重新出版,较之初版,这一版的变动较大,不但删除了原来的文艺复兴部分,而且还增添了"早期经典"及"隐秘教派"部分,另外,还加入了关于圣奥古斯丁和圣托马斯·阿奎那两篇评传，这样，全书就堪称一部以中世纪基督教神学的历史发展为主线的学术专著，既严整，又充实。而且，这也意味着阎国忠老师迎难而上，正式进入了基督教美学这个美学宝库。

无疑，阎国忠老师是在通过自己的研究提示我们：一直为西方学界漠视的中世纪基督教神学美学其实是美学的第二个渊源，如果只承认古希腊罗马美学的传统，忽视中世纪神学美学的影响，对西方美学史，乃至美学本身就不会有正确和全面的认识。这个断言，当时并没有引起多少人的注意，但是，今天来看，却已经为西方美学史的研究者们所普遍接受。

当然，阎国忠老师也深知其中的风险与艰辛，为了区别于当时国内的对于中世纪美学与基督教美学视而不见的所谓西方美学史，阎国忠老师称自己的美学史为"另一类西方美学史"。这是因为，在他看来："整个西方美学史就是提出并确认存在一种超验之美，探讨如何通过审美超越，从经验之美升达到超验之美并与之融通起来，为人的自我实现和自我救赎，即人的自由提供一种可能。"① 显而易见，不要说是在当时，即便是在现在，阎国忠老师的这样一个断言，可能也要激起不少西方美学专家的反弹。无疑，阎国忠老师就是在这个意义上，才称自己心目中的西方美学史为"另一类西方美学史"。不过，在我看来，这却不是"另一类西方美学史"，而就是西方美学史、真正的西方美学史。因为否则我们的西方美学史的研究就会落入"丧失了来自形而上的超验层面的支撑"，或者是落入"批判陷入了肤浅的经验主义和功利主义"。②

人与世界之间，在三个维度上发生关系。首先，是"人与自然"，这个维度，又可以被叫作第一进向，它涉及的是"我—它"关系。其次，是"人与社会"，这个维度，也可以被称为第二进向，涉及的是"我—他"关系。同时，第一进向的人与自然的维度与第二进向的人与社会的维度，又共同组成了一般所说的现实维度与现实关怀。然而，美之为美却奠基于意义维度与终极关怀。这个维度，应该被称作第三进向，涉及的是"我—你"关系。组

---

① 阎国忠：《攀援集——经验之美与超验之美》，中国社会科学出版社2014年版，第483页。
② 阎国忠：《攀援集——经验之美与超验之美》，中国社会科学出版社2014年版，第483页。

成人类的意义活动的,恰恰就是审美活动,当然还有与宗教与哲学。它是"感性直观的思",而后面的两者却是"超验表象的思"、"纯粹的思";审美活动是以形象去呈现绝对价值、终极价值,而宗教与哲学却是以信仰去坚守绝对价值、终极价值,或者是以概念去表征绝对价值、终极价值。

显然,相对于把美学与知识维系在一起,西方从中世纪美学、基督教美学开始把美学与精神生活维系在一起,西方的中世纪美学、基督教美学以及由此开始发端的超验之美,因此而成为对于美学的超越维度与终极关怀的层面的回归。这是美学之为美学的真正开始。正如威廉·巴雷特在论及基督教的历史贡献的时候曾经说过的:"这个转变是有决定性的。"①西方美学的全新的现代维度,由此而徐徐展开。

这是一种精神的美学、灵魂的美学(所以阎国忠老师才处处强调西方美学与信仰、与爱、与自由的密切关系),按照黑格尔的说法,是"精神在艺术、宗教、哲学中的圆满完成"。也正是出于这个原因,"精神高于自然"(黑格尔),也就成为其中一个基本的美学底线。正如黑格尔所说:"他们的眼光老是望着天上。"②由此,人的绝对尊严、绝对自由、绝对价值无比庄严地登上了美学舞台。

当然,于是就还要再一次地提到黑格尔的发现:"关于精神的知识是最具体的,因而也是最高的和最难的。"西方的美学历程也是这样,一旦真正触及了"最具体"的美学命脉,也就踏上了探求"最高的和最难的"美学真谛的道路。

遗憾的是,由于年龄的关系,阎国忠未能再鼓余勇,为我们写出一部完整的以"超验之美"的追问为核心的西方美学史。他说:"年纪大了,没有勇气面对几千年积累下来的庞大的历史资料。"不过,阎国忠老师也并没有停止探索的脚步,而是历经坎坷、披荆斩棘,在经过了长期的认真研究之后,为我们勾勒出了以超验之美为核心的西方美学史的逻辑框架。

其中,柏拉图无疑是西方美学的奠基者和开创者。他所谓的"美本身"

---

① [美]威廉·巴雷特:《非理性的人》,杨照明等译,商务印书馆1999年版,第95页。
② [德]黑格尔:《黑格尔早期神学著作》,贺麟译,上海人民出版社2012年版,第31页。

就是指超验之美，由于超验之美是超越一切经验之上的，所以他认为通达超验之美之路只有爱和"回忆"。[①] 同时，美学学科的诞生，也与超验之美密切相关。恰是在审美超越性的意义上，鲍姆伽登将美与诗理解为哲学问题，而且这在德国古典美学中形成了一种传统。还有康德，它将超验世界称之为"物自体"，并把它看作是构成美学的"绝对合目的性的主观性原则"的"超感性的机体"，在他看来，审美活动就是一种与超验的即自由的根底相结合并为实现其过渡提供了可能的生命活动。谢林同样相信有一个超验世界的存在，并且相信这个超验世界的"初象之美"能够通过艺术的"映象之美"显现出来。迄至黑格尔，它尽管批评了康德以"理性的主观观念"的形式去调和超验世界与经验世界的对立，以主观合目的性去解释审美的超越性，但也同时肯定了谢林将超验世界与经验世界的统一理解为"理念"本身，将艺术看作是超验之美的显现。在黑格尔看来，"绝对理念"就是"绝对心灵"，而"绝对心灵"就是"绝对的自我外化"，哲学、宗教、艺术都属于"绝对心灵"的领域。艺术的目的是"绝对本身的感性表现"，美则是"将理念化为符合现实的具体形象，而且与现实结合成为直接的妥帖的统一体"。[②] 最后，即便在当代，美学学科的发展也还是离不开超验之美。杜夫海纳、海德格尔、梅洛·庞蒂的存在主义对经验之美与超验之美做了第二次综合。

坦率说，为了学习美学，我学习过国内的许多西方美学史著作，这些著作各有特色，也各具成就，但是，也难免都有遗珠之憾：这就是对于西方美学的主脉——超验之美的漠视。例如美的神圣性问题，在西方，它本来是意味着与终极意义、根本意义密切相关的精神性的美、灵魂的美进入了美学研究的视野，而且，它完全来自西方的基督教文化，可是，我却经常看到，国内的不少西方美学研究者却偏偏把它比附为中国美学的"美大圣神"，甚至把它泛化为无处不在的超越美。然而，超越之美与超验之美却是截然不同的。

以我个人的对于西方美学史的阅读与学习体会而言，在西方的超验之美

---

① 阎国忠：《攀援集——经验之美与超验之美》，中国社会科学出版社2014年版，第484页。
② 阎国忠：《攀援集——经验之美与超验之美》，中国社会科学出版社2014年版，第484页。

的背后应运而生的,应该是一种把精神从肉体中剥离出来的与人之为人的绝对尊严、绝对权利、绝对责任建立起一种直接关系的全新的阐释世界与人生、阐释美学的模式。美固然无处不在,但是,美也不是万金油。就美之为美而言,它应该是生命的终极价值、根本价值、绝对价值的呈现。生命的终极价值、根本价值、绝对价值的呈现,这就是美的根本秘密,也是西方美学家们披荆斩棘艰难思索之后的恍然大悟。

当然,对习惯了超越之美的中国人来说,对于作为超验之美的生命的终极价值、根本价值、绝对价值的呈现,可能会有些陌生。其实,借助中国人所熟知的马克思的话来说,它无非就是"假定人就是人,而人同世界的关系是一种人的关系,那么你就只能用爱来交换爱,只能用信任来交换信任,等等"。① 在这里,亟待去做的,是不再关注现实的价值标准,却转而关注终极的世界之"本"、价值之"本"、人生之"本",作为依据的,也已经不是现实的道德与政治标准,而是终极的人之为人的绝对尊严、绝对权利、绝对责任。它面对的是在生活里没有而又必须有的至大、至深、至玄的人类生存的终极意义。这个终极意义,必须是具备普遍适用性的,即不仅必须适用于部分人,而且必须适用于所有人;也必须是具有普遍永恒性的,即不仅必须适用于此时此地彼时彼地,而且必须适用于所有时间、所有地点;还必须是为所有人所"发现"而且也为所有人所坚信的。或者说,这个终极意义,就是以"人是目的"、"人是终极价值"来定义国家、社会与人生,也是以"人是目的"、"人是终极价值"来定义美、审美与艺术。

俄国哲学家别尔嘉耶夫指出:"只有在人与上帝的关系上才能理解人。不能从比人低的东西出发去理解人,要理解人,只能从比人高的地方出发。"② 这句话无疑有助于我们去深刻理解作为生命的终极价值、根本价值、绝对价值的呈现的超验之美。类似于对于纯粹的红、纯粹的白、纯粹的圆、纯粹的方的关注。科学家告诉我们,其实大自然里并没有纯粹的红、纯粹的白、纯粹的圆、纯粹的方,只是因为人类渴望纯粹的红、纯粹的白、纯粹

---

① 《马克思恩格斯全集》,第42卷,人民出版社1979年版,112页。
② [俄]别尔嘉耶夫:《论人的使命》,张百春译,学林出版社2000年版,第63-64页。

的圆、纯粹的方，所以才会转而以纯粹的红、纯粹的白、纯粹的圆、纯粹的方来衡量现实的一切。这当然是人类的虚拟，但也是人类的一种价值预设。其中存在着某种高于、多于具体事物的东西，而这"多于"和"高于"，就类似于人类的超验之美。人们可以从现实的红、现实的白、现实的圆、现实的方来考察问题，但是，也可以从纯粹的红、纯粹的白、纯粹的圆、纯粹的方来考察问题，无疑，一旦从后者出发来考察问题，就意味着必须转过身去考察问题。它考察的是：现实中形形色色、纷纭万状的现实的红、现实的白、现实的圆、现实的方，是接近于纯粹的红、纯粹的白、纯粹的圆、纯粹的方，还是远离纯粹的红、纯粹的白、纯粹的圆、纯粹的方。而这正是俄国哲学家别尔嘉耶夫指出的"只有在人与上帝的关系上才能理解人"，它追求的是无限大，大到全人类都毫无例外地予以认可追求。也是最完美，完美到全人类都毫无例外地无限向往。也因此，它需要去做的，就仅仅是去见证人之为人的绝对尊严、绝对权利、绝对责任，仅仅是去见证人之为人的成为"人"而不是成为"某种人"，为此，它不惜去逆向观察，去从未来看现在、从超越来看现实、从无限来看有限。于是，它先满足超需要，然后再满足需要；先实现超生命，然后再实现生命；而且，不再从"肉"的角度来评价自身，而是从"灵"的角度来评价自身；不再从自然世界的角度来评价自身，而是从精神世界的角度来评价自身。它孜孜以求于如何在生命的虚空里去不懈打捞"爱与美"的意义，孜孜以求于我是谁？我从哪里来？我到哪里去？以及"人类希望什么"、"人类将走向何处"之类，从"人是目的"之类的根本困惑，孜孜以求于在人之"所是"、"所以是"之外的"所应当是"以及在人类亟待证实的东西之外的人类亟待证明的东西。

　　总之，超验之美指向的是生存的终极困惑与终极目标，类似于存在论的"终极存在"、知识论的"终极解释"、意义论的"终极价值"。它是世间唯有人自身才去孜孜以求的问题。源于人类精神生活的根本需求，指向人类生存的根本问题。知道了这一点，也就知道了西方美学历程的根本走向。同时，也就知道了阎国忠老师倾尽毕生之力去不懈探索的良苦用心。

三

更值得注意的是，阎国忠老师的研究并没有止步于西方美学史。进而，他又在美学基本理论研究领域，提出了自己的看法。

阎国忠老师指出：所谓西方美学史，其实就是被整合在一起的各种版本的美学原理，因此，他十分注意在西方美学家的思想之后"接着讲"自己对于美学基本问题的思考。而且，在他的美学思考中，还始终坚持从超验之美的角度出发。在他看来，将美学置于神学的语境中可能不是最为恰当的选择，但是，这却无疑要较之过去的被框定在自然哲学的框架里要更为合适。正像康德说的，美是不可分析的，美与人、与善、与知识相关，也与心境和习俗相关，更与信仰相关。在这个意义上，似乎应该说，美是一种过渡：一半在感性中，一半在理性中，即信仰中。由此，他积极探索，审慎构想，最终借助柏拉图和基督教神学的思想资源，而发展为自己的美学体系。这体系，可以称为信仰美学。

阎国忠老师指出：美学固然是感性之学，但是，在一定意义上，也是信仰之学。人必须超越自己，这是信仰之所以可能的前提。

可是，这一切究竟如何可能？

在这里，涉及的是对于宗教与宗教精神以及对于信仰本身的正确把握。

首先是宗教与宗教精神的区别。

涂尔干指出："宗教是一种与既与众不同、又不可冒犯的神圣事物有关的信仰与仪轨所组成的统一体系，这些信仰与仪轨将所有信奉它们的人结合在一个被称为'教会'的道德共同体之内。"[①] 这就是说，宗教可以区分为信仰、仪式、信徒三个因素。其中，"仪式、信徒"两者，可以称为"宗教组织"；"信仰"，则可以称为"宗教精神"。前者是看得见的教会，后者是看不见的教会。前者，以宗教载体以及宗教风俗为主，后者，以基督教的思想文

---

① [法]爱弥尔·涂尔干：《宗教生活的基本形式》，渠东等译，上海人民出版社2006年版，第54页。

化体系为主；前者，意味着基督教文明，后者，意味着基督教文化。

弄清"宗教组织"与"宗教精神"的区别无疑异常重要。众多的西方美学史研究者都忽视了基督教美学的宝库，就是因为对于这两者的简单混同。因此，他们在拒绝基督教组织的同时，也就同时拒绝了其中的"表达了神圣事物本质的表象"①的信仰、"直接由心到心，由灵魂到灵魂，直接发生在人与上帝之间"的信仰。②

同时，信仰也并不唯独属于宗教。

人类是意义的动物，信仰，则是对于人类借以安身立命的终极意义的孜孜以求。卡西尔指出：人类"被一个共同的纽带结合在一起"，这个"共同纽带"就是终极意义，也就是"信仰"。③它是人类的本体论诉求、形而上学本性，也是人类的终极性存在，借用蒂利希的看法：它是"人类精神生活的深层"，"人类精神生活所有机能的基础"。④至于人类的哲学、艺术与宗教等，则"都被看作是同一主旋律的众多变奏"。可惜我们过去既误解了哲学、艺术，也误解了宗教，或者误以为信仰只隶属于宗教⑤，或者误以为信仰只隶属于哲学、艺术，其实，尽管在形式上存在理论的、感性的抑或天启的区别，但是，这三者的深层底蕴却都应该是信仰。

具体来看，宗教当然不是哲学，也当然不是艺术，但是，它却同样具备人类的本体论诉求与形而上学本性。正如西方哲人保罗·蒂利希曾郑重提示的：宗教是文化的一个维度，而不仅是一个方面。这里的"宗教"，其实就是指的宗教背后的"信仰"。这是因为，不是宗教缔造了人，而是人缔造了宗教。宗教的本质无疑也就是人的本质。因而人的超越本性应该也就是宗教的超越本性。而宗教对于人性中的神性的强调，则恰恰是对于人自身中超出自然的部分亦即超越本性的部分的强调。这个部分，当然也就是人类的本体论诉求与形而上学本性。无疑，正是这个"本体论诉求与形而上学本性"，

---

① ［英］普理查德：《原始宗教理论》，孙尚扬译，商务印书馆 2001 年版，第 67 页。
② ［美］詹姆斯：《宗教经验种种》，尚新建译，华夏出版社 2008 年版，第 17 页。
③ 参见［德］卡西尔：《人论》，甘阳译，上海译文出版社 1985 年版，第 78 页。
④ ［美］保罗·蒂利希：《文化神学》，陈新权、王平译，工人出版社 1988 年版，第 9 页。
⑤ 哲学艺术都是在宗教的基础上起步的。因此与信仰并非水火不容。歌德说：如果人不信仰哲学，那就信仰宗教吧，其实也是在提示我们去关注哲学艺术背后的信仰。

使得宗教不但应该蕴含"仪式、信徒",而且还应该遥遥指向"信仰"。遗憾的是,对此,众多西方美学研究者却往往习焉不察。

因此,从表面看,宗教似乎只是对某种超自然力量的孜孜以求,但是,真正的宗教,却必须是对超自然力量背后的人类借以安身立命的终极价值的孜孜以求。这就是宗教的"本体论诉求与形而上学本性",宗教也因此而与人类的信仰息息相通。所以,黑格尔才会时时提示着宗教中的所谓"庙里的神"①,可惜,自古到今,诸多的宗教偏偏都是有"庙"无"神",尽管也追求某种超自然力量,但是,在超自然力量的背后的人类借以安身立命的终极价值却相对淡漠甚至空空如也;当然,有的宗教却不然,不但有"庙",而且有"神"。在所追求的超自然力量的背后,还隐现着对于人类借以安身立命的终极价值的追求。它起源于对人的"有限性"之克服和超越的"领悟无限的主观才能","它使人感到有无限者的存在"②,这也就是麦克斯·缪勒揭示的宗教所蕴含的信仰内涵——"领悟无限",或者斯特伦揭示的"终极实体":"在宗教意义中,终极实体意味一个人所能人认识到的、最富有理解性的源泉和必然性。它是人们所能认识到的最高价值,并构成人们赖以生活的支柱和动力。"③由此,人类的"何以来,何以在、何以归",人类的心有所安、命有所系、灵有所宁、魂有所归,都因此而得以解决。

由此,不难想到,基督教恰恰是一种不但有"庙"而且有"神"的宗教,一种能够透过对超自然力量背后的人类借以安身立命的终极意义的孜孜以求去实现人类的"本体论诉求与形而上学本性"的宗教。而基督教本身对于美学的重大启迪,也恰恰就在于其中"起拯救作用的,并不是宗教本身,而是宗教信仰所提倡推行的仁爱与正义",④也就是生命的终极价值、根本价值、绝对价值的美的呈现。

阎国忠老师说:所谓西方美学史,其实就是被整合在一起的各种版本的美学原理,显然,借助信仰思考而呈现出来的生命的终极价值、根本价值、

---

① [德]黑格尔:《逻辑学》上卷,杨一之译,商务印书馆1974年版,第2页。
② [英]麦克斯·缪勒:《宗教学导论》,陈观胜等译,上海人民出版社1989年版,第11页。
③ [美]斯特伦:《人与神:宗教生活的理解》,金泽等译,上海人民出版社1992年版,第3页。
④ [法]博泰罗等:《上帝是谁》,万祖秋译,中国文学出版社1999年版,第161页。

绝对价值的美,就应该属于美学原理的核心所在。阎国忠老师还说,他十分注意在西方美学家的思想之后"接着讲"自己对于美学基本问题的思考。显然,在这里,亟待"接着讲"的,就正是对于借助信仰思考而呈现出来的生命的终极价值、根本价值、绝对价值的美的弘扬。

我还注意到,阎国忠老师把自己的关于美学基本理论的思考称作"信仰美学",而且,美、爱、自由和艺术这四个概念,是阎国忠老师的美学体系中的四个核心概念。而且,围绕这四个概念,阎国忠老师也已经逐渐建立起自己富有特色的美学思想体系。

具体来说,美和爱的关系是阎国忠老师从20世纪90年代以来就思考的一个问题,在他看来,这是任何一种有影响的美学必须面对的一个基本问题,最早的一篇思考爱、自由与美的文章,是1995年发表的,题为《美·爱·自由(论纲)》(《学术论丛》第五期),隔了十四年后,又于2009年发表了《爱的哲学与美的哲学》(《文艺研究》第七期),继续推出他对于爱与美的思考。至于对于信仰的思考,"2004年,潘知常教授约我为《学术月刊》就审美活动与信仰问题写一篇笔谈,从此,开始介入信仰问题的讨论"。

在这当中,信仰问题当然最为重要。因为这是美学研究的一个全新的重要维度。阎国忠老师指出:我们的理论界、学术界、文化界很少讲信仰,其实,信仰是少不了的。人和动物的区别,说到底,就是人会反思,有实现自我的需要,也就是有信仰。而且,信仰对于个人是精神支柱,是一切行为的最终指向和根本动力;对于民族是精神的图腾,是民族之所以凝聚在一起,团结奋斗,兴旺繁荣的保证。没有信仰的人,也许是物质生活上的富豪,但必定是精神上的侏儒;没有信仰的民族,也许能够统领一个时代,但必定不会有辉煌的未来。

因此,信仰本质上就是从此岸的、经验的世界向彼岸的、超验世界的超越。当然,这完全是属于精神领域的事。那么,信仰意味着什么呢?首先,意味着在自己之外,在最高层面和终极意义上,为自己树立了一个敬畏、崇拜、向往的目标。其次,信仰意味着在存在或真、善、美面前,找到了自己应有的位置和意义。因为你意识到了你既不是一切,也不是中心,在你之外还有另一种你永远无法企及的伟大的存在。最后，信仰意味着你有了一种最高的需求，一种趋向真、善、美的动力。总之，信仰意味着你在现实的物质生活之外有了一种超越的精神生活，意味着你正在走出自我并踏上通往理想境界的途中。可惜的是，美学一经诞生便以科学自命，不再侈谈信仰。殊不知信仰是人类生命之维，即便是最纯粹的科学也不能完全排除信仰，何况美学这样与人类生命攸关的科学。

还值得关注的，是阎国忠老师对于自由、爱与美学的关系的思考。

按照我的理解，对于自由与爱的提倡，与对于信仰的理解直接相关。

信仰是人类对于自己的一种终极关怀。但是，一般而言，信仰又是孕育于宗教之中的。在西方，则是孕育于基督教之中。马克思说过：它是"人的自我异化的神圣形象"①，"是还没有获得自身或已经再度丧失自身的人的自我意识和自我感觉"，"是人的本质在幻想中的实现"，是"锁链上那些虚构的花朵"。②显然，在基督教那里，价值关系是存在的，但却是被颠倒了的；自我意识也是存在的，但也是被颠倒了的。那么，如何把这个被颠倒了的"信仰"再颠倒过来呢？这正是西方从康德开始所艰辛探索着的工作。其中的关键，恩格斯也早已指明："经济的、政治的和其他的反映同人的眼睛中的反映完全一样，它们都通过聚光透镜，因而都表现为倒立的影像——头足倒置。只是缺少一个不使它们在观念中又正过来的神经器官。"③西方的康德等美学家们所思考的，就是这个"神经器官"，显然，阎国忠老师通过自由与爱所提供的，也是这个"神经器官"。

自由，是基督教给予人类社会的最大贡献。我过去多次说过，中世纪以后，全部的西方哲学，究其根本而言，无非也就是把从基督教的启示真理给予人类的感悟转换为哲学的非启示真理，转换为理性的思考。例如康德，他曾经自述自己的哲学所亟待思考的三大问题是：我能认识什么？我应做什么？我希望什么？众所周知，这也就是他的哲学的三大批判的主题。当然，倘若转换为基督教的语言，那也可以说，他所讨论的问题无非是："上帝

---

① 《马克思恩格斯选集》，第1卷，人民出版社1995年版，第2页。
② 《马克思恩格斯选集》，第1卷，人民出版社1995年版，第1页。
③ 《马克思恩格斯选集》，第4卷，人民出版社1995年版，第699页。

（自由）"是无法认识的（《纯粹理性批判》），但是必须去相信"上帝"（自由）的存在（《实践理性批判》），希望借助审美直观，让"上帝"（自由）直接呈现出来（《判断力批判》）。

当然，之所以如此，其中是有其深刻原因的。我们知道，基督教的最大转换，是个人与神之间的直接对应。其结果，因为每个人都是不再经过任何中介地与绝对、唯一的神照面，每个人都是首先与绝对、唯一的神相关，然后才是与他人相关，每个人都是以自己与神之间的关系作为与他人之间关系的前提，于是，也就顺理成章地导致了人类自由意识的幡然觉醒。人类内在的神性，也就是无限性，第一次被挖掘出来。

由于在基督教中人与人的关系被人与神的关系所取代。人首先要直接对应的是神，至于与他人的对应，则必须要以与神的对应为前提，而人与神之间的直接对应，无疑应该是自由者与自由者之间的直接对应，因此人也就如同神一样，先天地禀赋了自由的能力。所以，人有（存在于）未来，而动物没有，动物无法存在于未来；人有（存在于）时间，而动物没有，动物无法存在于时间；人有（存在于）历史，动物也没有，动物无法存在于历史；人（存在于）意识，动物也没有，动物无法存在于意识。人与神的直接对应使得人不再存在于自然本性，而是存在于超越本性，不再存在于有限，而是存在于无限，不再存在于过去，而是存在于未来。人永远高出于自己，永远是自己所不是而不是自己之所是。

当然，这里的人的存在，其实就是自由的存在。

由上述讨论出发，长期以来为我们所见惯不惊的西方思想家的关于人与世界的讨论也才能够令我们幡然醒悟。例如，关于"感觉到自身"与"思维到自身"，其实，就现实关怀而言，"感觉到自身"无疑是指的实是、什么、实然、知识的、实体属性、逻辑的确实、怎样活、经验的世界、有限目的、客观的正确等，都是指的现实关怀、形而下维度，而"思维到自身"则无疑是指的应是、应如何、应然、价值的、价值属性、道德的确实、为何活、超验的世界、无限目的、主观的确信，等等。而康德之所以强调后者不属于知识领域，而属于信仰领域，之所以强调必须"假定有一位上帝"①，也突然让我们恍然大悟，原来，"使一个人成为幸福的人与使一个人成为善良的人并非一回事"。②西方的思想家也都是在强调"作为本体看的人"、强调"人就是世界的最后目的"③、强调要把人"提升到地球上一切其他有生命的存在物之上"④、强调要"赋予人作为一个人格的生存的存在以绝对的价值"⑤。

至于爱，则当然就是自由的表征。借助中国人所熟知的马克思的话来说，它是"假定人就是人，而人同世界的关系是一种人的关系，那么你就只能用爱来交换爱，只能用信任来交换信任，等等"。⑥因此，所谓爱，无异于一种对于生命的终极价值、根本价值、绝对价值的坚守，所谓"和基督一起屈服，胜过和恺撒一起得胜"。英国小说家西雪尔·罗伯斯曾经为一句墓碑上的话而感动："全世界的黑暗也不能使一只小蜡烛失去光辉。"爱，就是永远也不会"失去光辉"的在"全世界的黑暗"中的"一只小蜡烛"。

西方哲学家丹尼尔·贝尔说："每个社会都设法建立一个意义系统，人们通过它们来显示自己与世界的联系。"⑦美学也"需要设法建立一个意义系统"，当然，这也就是阎国忠老师的全部努力的深刻用心之所在。

四

还回到本文开头所提出的那个"胡塞尔问题"：我如何才能成为一个有价值的哲学家？

也是在本文的开头，我说：在拜读阎国忠老师的美学论集《攀援集——经验之美与超验之美》的时候，我认为，他的毕生努力其实也都是围绕着这

---

① ［德］康德：《判断力批判》，下卷，韦卓民译，商务印书馆1993年版，第119页。
② ［德］康德：《道德形而上学原理》，苗力田译，上海人民出版社2002年版，第62页。
③ ［德］康德《判断力批判》下卷，韦卓民译，商务印书馆1993年版，第100页。
④ ［德］康德：《实用人类学》，邓晓芒译，重庆出版社1987年版，第2页。
⑤ ［德］康德《判断力批判》上卷，宗白华译，商务印书馆1985年版，第45页。
⑥ 《马克思恩格斯全集》第42卷，人民出版社1979年版，第112页。
⑦ ［美］丹尼尔·贝尔：《资本主义文化矛盾》，赵一凡等译，生活·读书·新知三联书店1989年版，第197页。

样一个他对自己提出的同一个问题：我如何才能成为一个有价值的美学家？

是的，要回答这个问题，实在并不容易。

时间已经非常久远，还是在20世纪80年代之初，我在郑州大学毕业留校之后，曾经向学校提出考研的要求，但是被拒绝了，换来的补偿是，我可以去北京大学进修学习，时间多长，由我自己决定。于是，1983年寒假后，我就去了北京大学哲学系，随美学研究生班（其中有张法、刘小枫等），开始了将近两年的刻苦学习。记得当时一起进修学习的，还有王旭晓、章启群、王鲁湘等十几个来自不同高校的年轻教师。那是一个意气风发的时代，也是一个非常年轻的时代。阎国忠老师当时也才四十七岁，比现在的我还要年轻许多。当时，因为学习西方美学史的课程，我跟阎国忠老师多有接触。而且，到现在我也必须要说，我在西方美学史方面的学习，就是从跟随阎国忠老师的学习开始的。当然，也就从那时开始，阎国忠老师严谨求实、不慕虚名的学风，就给我以深刻影响。而且，或许也就是出于这个原因，这次细读阎国忠老师的《攀援集——经验之美与超验之美》的时候，看到阎国忠老师讲的他的老师朱光潜先生做学问的时候无时无刻不以"忠"和"公"作为道德尺度，忠于学术，公于学术，因为要忠，所以怀有"宗教家的精神"，"死心塌地爱护自己的职守，坚持到底，以底于成"。我就觉得，这也是阎国忠老师身上最感人的地方。而当我看到阎国忠老师讲的他的老师朱光潜先生曾经一个人抱病去北大图书馆查找资料，出门时由于气力不支坐在台阶上，被一个学生发现后扶回家中。我也觉得，这何尝又不是阎国忠老师的美学一生的象征。我还看到，阎国忠老师讲：如果说宗白华先生的美学是"散步"，那么我的美学就像是攀援。散步是一种休闲，一种享受；攀援则是一种拼搏，一种奋斗。我也觉得，这确实就是这么多年来我所了解的阎国忠先生，一个以拼搏为乐、以奋斗为乐的令人尊敬的美学前辈。

台湾黑松汽水有一句广告词："生命就应该浪费在美好的事物上"，我相信，这也一定是阎国忠老师的心声。

当然，岁月给我留下的更多的记忆，是后来的阎国忠老师对我的美学研究工作的关心与批评。从20世纪的80年代开始，我提出了自己的关于生命美学的设想，以我当时二十多岁的年龄，无疑决然想象不到这会给我日后的学术生涯带来什么。探索者的艰难，是我在后来的经历中才逐渐咀嚼到的。可是，早在1995年，阎国忠老师就在《走出古典——当代中国美学论争述评》中给了生命美学以与实践美学等其他美学主张同等的地位。只要联想到那个时候的我还只是一个不满四十岁的年轻人，就会知道，阎国忠老师的这一评价是何等不易。继之，在1997年第1期的《文艺研究》，阎国忠老师又发表了《关于审美活动——评实践美学与生命美学的论争》，再后来，在2001年第6期的《郑州大学学报》，阎国忠老师又发表了《何谓美学——100年来中国学者的追问》，不久，他又把这篇文章扩展成了一本专著：《美学建构中的尝试与问题》，把生命美学与其他六种美学模式并列，作为20世纪中国美学探索的主要成就。可是，这对于一个当时仅仅四十多岁的年轻学人来说，该是何等的诚惶诚恐？！无疑，阎国忠老师的鼓励对于我的鞭策是十分重要的。当然，阎国忠老师对生命美学也多有商榷，这些商榷，也早就化作了我在推进、完善生命美学时的动力。

不过，也有歉疚之事。记得是在21世纪初年的时候，阎国忠老师约我写一本《二十世纪中国文艺美学史》，这是他主编的丛书中的一本，我一开始热情很高，不但积极准备，而且还去北京开了一次筹备会。而且，趁开会之便，又去阎国忠老师家里拜访了一次。可是，后来越写越觉得自己并不适合，可能自己也毕竟年轻，尽然没有想到中途撒手会给阎国忠老师带来的被动，竟然就率意而为，直接给阎国忠老师去信，辞去了这个任务。我猜，我的率意一定给阎国忠老师带来了不小的麻烦，可是，我后来惊奇地发现，阎国忠老师竟然丝毫不以为忤，还是照常与我联系、交流，还约我去他后来任职的浙江台州学院开会。阎国忠老师的宽容与大度，让我始终难忘。

这次阅读阎国忠老师的《攀援集——经验之美与超验之美》，给我的感受也是这样。

众所周知，而今的学术风向早已斗转星移。"著书都为稻粱谋"，类似阎国忠老师这样的著名学者，往往是走去申请重大项目，然后交给其他人去做的路子，自己主要只负责申报项目和申报奖项，剩下的，就是去指导具体完成项目的年轻学人如何去写作。我要声明，我丝毫没有贬低这样一种学术生产模式的意思，凡是存在的，都是合理的。时代使之然，自然也没有必要苛求于任何一个学人。不过，我也认为，一个学人也可以通过与这样一种学术风气保持距离的方式，来表明自己的态度。而且，这很重要！因为实在没有办法设想，康德与黑格尔怎么去组合一个学术团队，更无法设想，黑格尔的《哲学史讲演录》、《美学》、《历史哲学》、《宗教哲学讲演录》竟然是他指导不同学术团队合力完成的成果。在人文科学，其实谁都知道，倘若如此，那只是笑柄而已。也因此，无论别人如何选择，我这十五年来是始终固执坚持不去申报诸如重大项目之类的项目的。当然，这会因此而影响诸多的"福利"，那也只能如此了。无疑，就是出于这个原因，我很推崇阎国忠老师的研究工作。尤其是年过花甲之后，身居北京大学，又具学术盛名，却竟然能够如此孜孜以求，自己思考，自力更生，一个字、一个字，都是自己去写，哪怕年过八十，也还是自己亲笔去写学术论文——为心中的困惑而写，为学术而写，而不是为评奖而写，更不是为完成项目而写。我认为，这才是一个美学家身上的最最可贵的东西，也才是阎国忠老师留给我们的一瓣心香。

也因此，我要说，阎国忠老师已经以其毕生之力，让自己真正成为一个有价值的美学家！

这，就是我在阅读阎国忠老师《攀援集——经验之美与超验之美》之后想说的第一句话，也是我在完成这篇读书心得后想说的最后一句话。

作者简介：潘知常，南京大学新闻传播学院教授。

阎国忠的自然美与艺术美关系论[①]

杜寒风

自然美问题,是美学基本理论的重要问题,它作为美的一大存在领域,一般美学论著都不会避开这个重要的问题。西方美学史上一些著名美学家发表过对于自然美的看法,意见也不尽一致,我国现当代美学家曾在不同历史时期,对自然美进行过研究,虽然取得了不少的学术成就,但也存在着认识上的问题。为因应时代的需要,厘清美学理论上的困扰,北京大学著名美学家、美学史家阎国忠教授关注自然美问题,先后发表了系列论述自然美及相关内容的论文,均收入《攀援集——经验之美与超验之美》一书(中国社会科学出版社2014年版)。可见阎国忠对之的研究,持续了十余年。

针对艺术美高于自然美的说法,阎国忠不以为然,他在《从鉴赏自然中获取教益》里希望"现代人……不仅要走出自我,而且要走出艺术,直面自然,浸润自然,……人们感到,自然给予人的那份喜悦和振奋是任何艺术所无法比拟的"。艺术不再能满足人对自然的情趣,在此自然美有它的独特优势,非艺术美所及。鉴赏自然美不只是官能的享乐,如康德所言人内心具有一美丽的灵魂。阎国忠分析道:自然美的问题不光涉及审美鉴赏,还涉及人对自然的态度,自然美对人类生存和发展的影响远远不是艺术美可以比较的。康德意义上的道德观念类似一种植根于自然本性中的生命意识,作为"绝对命令"本来与生俱有,是直接的。自然美的存在表明,自然就是道德

[①] 拙文首次发表于《中国美学研究》第8辑,商务印书馆2016年12月版,朱志荣主编。

的真正基础,道德就是来自自然的"绝对命令"。阎国忠尤其推崇康德论述自然美中重视自然美的思想,在其几篇论文中或多或少加以引用相关引文,以唤起人们对康德自然美思想的正确而全面的认识,纠正已有的误读。黑格尔、佐格尔等康德之后的美学家们没有继承康德自然美思想的重要内容,致使在自然美的问题上存在着理解的不足,这个不足又影响到中国百年美学发展中一些中国著名的美学家如宗白华、吕澂、朱光潜、邓以蛰①、黎舒里、华林、李泽厚等人对自然美轻视的误判。自然美低于艺术美的看法,是存在问题的,有必要在理论发展的今天进行重新审视。阎国忠的自然美思想应引起人们的充分重视,对自然美的不足的判断与结论应予以改正了。本文主要研讨阎国忠《攀援集——经验之美与超验之美》一书中的自然美与艺术美关系论(自然不能不论及自然与艺术的关系)②。

一

阎国忠不同意为许多人认可的"艺术是美的集中体现"这个命题,进行了反驳,在《艺术与美——一个马克思主义者与一个新唯美主义者的对话》中有两者的对话:

---

① 杜寒风在《艺术百家》2013年第5期发表《邓以蛰的自然与艺术关系论》一文中道:"邓以蛰讲的自然比较含混,有时是指山水花草之类的自然对象,有时是指人的遗传本能、感官知觉,有时是指社会生活的人事、知识,得分具体情况看其所讲的含义。……艺术虽不能完全脱离自然,但邓以蛰在这里探讨自然与艺术关系的目的,还是高扬了艺术超越日常世俗的理想一面,要艺术家打破惯性习惯,冲破难关,勇于创造,达到艺术和谐自由的境界。艺术胜于自然之处,便是艺术存在的合理性之体现,也是创作主体、接受主体的能动性之体现。"

② 刘淮南在《河北学刊》2013年第3期发表《艺术美并不"高于"自然美》,提及了著名诗人、学者何其芳,对于艺术美"高于"自然美(以及生活美)的说法,曾提出过不同意见,在20世纪60年代就发表文章以为无法比较和判断它们整个的高低,"可惜,他的意见并未受到学术界应有的重视"。著名美学家、美学史家、北京大学叶朗教授在《美学原理》里认为,自然美、艺术美"它们都有赖于人的意识的发现、照亮和创造。**就它们都是意象世界,都离不开人的创造,都显现真实的存在这一点来说,它们并没有谁高谁低之分**"。"从美作为审美意象这个层面,即从美的本体这个层面,自然美和艺术美没有高下之分"。可以这么说,自然美与艺术美无法比较的观点正在发生大的影响,被更多的美学专家接受。

马：心灵的产物就一定比自然造物更美吗？

新：我想是的。经过心灵的加工，本来分散的东西可以集中起来，本来驳杂的东西可以纯粹起来；本来短暂的东西可以变得恒久。比如艺术作品中对黄山、庐山、桂林山水的描写。这些自然风景中许多不美或妨害美的部分都被剔除了。其中有些作品已经流传了几个世纪，而且还将继续流传下去。

马：但是，黄山、庐山、桂林山水的美是多层次、多侧面、多维度的组合。艺术家在观赏中发现了一个或几个层次、侧面、维度，于是倾注了自己的意念与情感，再现它、描述它、渲染它、赞美它，把它传达给欣赏者。黄山、庐山、桂林山水在艺术家笔下集中了、纯粹了，欣赏者无须亲自去游历便能在最短时间内看到它们的最美和最动人的景致，这当然是艺术的无可取代的长处，但是它的代价是舍去黄山、庐山、桂林山水的其他许许多多的侧面、层次、维度。要知道，欣赏具有一种创造的性质，把欣赏者固定在一个或几个侧面、层次及维度上，欣赏者就很难体验那种"山重水复疑无路、柳暗花明又一村"的兴致和乐趣，就没有了欣赏中的起起落落、实实虚虚和紧张的期待心理。至于说艺术的恒久性，认真说来，在漫长岁月中，真正具有恒久性的艺术品是极少数，可能是千分之一或万分之一，其他大部分则流失了，残损了和被遗忘了。而黄山、庐山、桂林山水虽然也在变化，却依然风韵不减，豁然地兀立在人们面前。当然也不能否认此外一些自然景物在历年的灾害中失去踪影。

新：那你认为自然美高于艺术美吗？

马：不，我认为艺术美与自然美是无法进行比较的。歌德说过，当自然看起来像艺术的时候是美的；当艺术看起来像自然的时候是美的。这就是说人们从观赏自然中培养了一种艺术的情趣；又从欣赏艺术中形成了一种评价自然的尺度。我们不能设想失去任何一方，另一方能够存在。

黑格尔在《美学》中认为艺术美是由心理产生和再生的美，自然美只是属于心灵，反映的只是一种不完全不完善的形态，且自然美的概念既不确定，又没有什么标准，艺术美高于自然美。阎国忠质疑说："就黑格尔所说，艺术美是由心灵产生和再生的，但是，自然美不也是'属于心灵的那种美的反映'吗？自然之所以美是由于用艺术美的眼光看它，既然如此，决定的方面就不在自然本身，而在人们的眼光，也就是所谓的心灵。自然美的概念是'不确定'和'没有什么标准'的，原因就在于心灵本身，因为心灵总是个别的，总是被个别的情境所制约，心灵的共同性则是抽象的结果。但是，自然美并不因此低于艺术美，因为艺术美作为心灵的产物，同样没有确定的概念和标准。"[1] 自然美也是要经由人们的心灵，是由其决定的，尽管人们在对自然美艺术美的审美活动中可以有共同之处，有共同美，但自然美与艺术美则因心灵的个别性都是存在着不确定和没有什么标准之处。人们可以在艺术作品中看对黄山、庐山、桂林山水的描写，获得审美感受，但代价是舍去许许多多的层次、侧面、纬度，就是说艺术家的作品不能穷尽自然美、穷尽自然所原有的东西，所取的只是他关注的一个或几个层次、侧面、纬度，所以不去自然看山看水，只满足于艺术家提供的作品中描写的自然，是远远不够的，就其实质说还不是真正欣赏自然美，艺术作品中的自然美不是真实的自然美本身。艺术可以自然为对象，艺术家的加工必有舍弃、选择的地方，是照自己的意愿、情趣、理想为自然对象描写的，不能替代其他人对自然美的独特感受，其他人进行欣赏或创作也有自己不同于艺术家关注的一个或几个层次、侧面、纬度。黄山、庐山、桂林山水不管艺术家怎样描写，都还兀立在人们的面前，可以满足不同时代人们对自然美的欣赏，是向人类开放之美。当然，我们不否定山水也在变化，自然景物在灾害中的丧失、损坏，但无论怎样丧失、损坏，绝大部分自然之美是依然存在的。人非得亲身经历到自然中欣赏自然美，艺术中的自然美，不过是人们无条件欣赏自然美或虽有条件但不能成行欣赏自然美的代用品。许多人不满足于艺术作品中描写的自然景物，而是要亲自到大自然中去看一看，实地欣赏自然美，可以满足自己

---

[1] 阎国忠：《人与自然的统一——关于美学基本问题》，《攀援集——经验之美与超验之美》，中国社会科学出版社 2014 年版，第 98 页。

对形态多样的自然美欣赏的乐趣、愿望。因此心灵的产物就一定比自然造物更美的观点并不能说服人。阎国忠在《给实践美学提十个问题》中写道:"不错,艺术美是较为集中的,而自然美是分散的,但是,是不是集中的一定比分散的更美? 我们是更喜欢一览无余,还是喜欢层出不穷呢? 艺术美比较精致,自然美比较粗糙,但是,在我们看惯了精致的东西后,不是更喜欢粗糙的、朴实的、原始的、甚至怪诞的东西吗? 艺术美一经创造出来就不再变化,具有恒定性,自然美却随着岁月的流逝和季节的变化而不断改变着自己的面貌,但是,真正具有永恒价值的艺术美是很少的,而自然美正因为其日新月异、变幻莫测而受到人们的永久的青睐。"艺术作品并不都能够成为传世之作,即使作品传世了,由于各种原因,有可能不能保留下来,成为人们的永久遗憾的也很常见。所以艺术的恒久性也只是相对的。就这点说,还不如自然美中的一些事物具有恒久性。以艺术美有恒久性、自然美富于变化的理由说艺术美高于自然美不准确。在阎国忠看来,即使人们所说的自然美的缺点,永远是短暂的,偶然的,不可重复的,换一种角度看,这也成为了它的魅力,成为它的特出之处。"正因为自然美是短暂的,所以才具有一种永恒的魅力,那短暂一瞬便永远定格在我们的心中,成为我们最为珍贵的记忆;正因为自然美是偶然的,所以才越出了审美定式,给我们心中平添了几分神秘感,并唤起我们好奇的心理;正因为自然美是不可复制的,我们才会意识到人的制品与自然之间的距离,才会激励我们从自然中汲取灵感,去进行真正意义上的创造。"① 谢林在《先验唯心论体系》中以为,远非纯粹偶然美的自然可以给艺术提供规则,毋宁说完美无缺的艺术所创造的东西才是评判自然美的原则与标准。阎国忠指出:"就谢林所说,艺术之所以能够展现美之构成的条件和过程,是因为艺术是具有意识的行为,且艺术创造较之自然的生成要短促和简单得多,自然美同样有其构成的条件和过程,不过这些条件和过程潜藏在漫长的历史长河中,不易觉察,不易表现而已,而且,对于美来说,清楚地显示它的创造条件和过程不一定比把它置于未知的神秘、

---

① 阎国忠:《从鉴赏自然中获取教益》,《攀援集——经验之美与超验之美》,中国社会科学出版社 2014 年版,第 93 页。

朦胧的背景中更有诱惑力。"① 自然美中也不能无视有美的条件和过程存在，不然就无法进行对自然美的审美活动，人与自然无法形成审美关系，人对自然美的认识不是立竿见影就完成的，而是需要保持探索自然奥秘、探求自然美的求知、好奇、探险等精神方面的动力。阎国忠写道："由于受春夏秋冬季节更迭的影响，甚至受晨昏昼夜光照变化的影响，它永远是短暂的，偶然的，不可重复的。再好的美景，一旦狂风大作或夜幕降临，也就成为过去。但是，这一点并不会削弱我们对自然美的兴趣，相反，更易激发我们一睹自然风采的热情"②。他所举例子中就有三峡的某些自然景观要消失了，驱使多少人从四面八方涌向三峡的例子。往往是在某些自然景观将要消失的时候，更易体会到它们将要消失的遗憾，而促使人们争相去到景地写生、拍照、摄像留念。因人为的原因，如建设或故意损毁，都有可能导致一些自然美现象的不复存在，将要或已经消失了的自然美，常常给不能看到它们的人们带来永久的遗憾。阎国忠意味深长地看到了政治、经济、文化上的竞争所带来的恶果最终都转嫁在自然上，在战争中遭到破坏的首先是默默无言的自然界。爱护环境、爱好和平的人们，应警醒起来，阻止、减少同类对自然界的破坏、对自然美的破坏，我们毕竟共有一个地球，人类再不能为了欲望的贪婪、为了偏见的仇视等缘由而丧失良知自相残杀，自毁家园，蹂躏自然，祸及子孙。

阎国忠在《人与自然的统一——关于美学基本问题》里说：自然与艺术，作为审美客体，一个是给定的，一个是人工的；一个是实在的，一个是虚幻的；一个是直接诉诸感官的，一个是借助现象的，它们恰好构成了人的审美活动的两面，从而将人的内在世界结成为一个整体。自然激发了人的最初的审美趣味，艺术则把它培养成特定的鉴赏力；自然教会了人按照美的规律去创造，艺术则赋予这种创造以自由的本性。自然与艺术对人的功能不同，人们接受艺术和自然也就有不同审美领域的侧重，都有利于审美经验的

---

① 阎国忠：《人与自然的统一——关于美学基本问题》，《攀援集——经验之美与超验之美》，中国社会科学出版社 2014 年版，第 98 页。
② 阎国忠：《从鉴赏自然中获取教益》，《攀援集——经验之美与超验之美》，中国社会科学出版社 2014 年版，第 93 页。

形成。自然和艺术都有教育的作用,而艺术则在创造上超越了自然,但不能远离自然,与自然决绝。阎国忠认为,将艺术称为"美的集中体现和表现形式"是不妥当的:"因为艺术美就是艺术美,不可能取代自然美,而且,艺术美未必一定比自然更美。自然界的广漠、恢宏、深邃、渺远、恒定、神奇是艺术所不可能企及的。将艺术的目的限止于美,更是不妥,因为虽然艺术家中确有人主张为美而创作,但这就像主张为金钱而创作一样,并不能体现艺术的真正目的,而且凡是大艺术家无不怀有崇高理想和忧患意识,他们的作品往往是将美与真、善集于一体。"① 在他看来,艺术必须是感性的,意味着艺术以自然为其创造的根基。外在的自然为光照、色彩、线条、形体、声音构成的世界,内在的自然为这个世界引发的感觉、知觉、表象、记忆、情绪、情感和经验。艺术也必须是理性的,意味着艺术以超自然为其创造的指向。"艺术在一个意义上,是'发现',是将自然中那些隐而不显的美指给我们;另一个意义上,是'模仿',是用特定的方式将自然中的美复现给我们;再一个意义上,是'创造',是在自然的基础上构建出异于自然并超越自然的美。因此,艺术对于自然,是一种解蔽,一种显现;对于人,是一种自我观照,自我实现。艺术就是以这样的方式,一方面维护着人在'宇宙过程'中的崇高地位,另一方面告诫人们不要在'园艺过程'中走得太远。"② 艺术在自然之上增加人的印记,是人创造出来的,不是自然里所固有的存在,是人们施展才华、交流情感的重要领地。作为人工人为的作品,达到极致,就宛如天成,人们从自然的角度给予艺术以高度的评价,虽是人工制品,但看起来不是人工人为做成的,反过来人们对自然美的评价可用某门艺术的语言进行评价,恰反映了两者的密切联系。歌德曾阐明了艺术家对于自然有着双重关系,他既是自然的主宰,又是自然的奴隶;第二自然为向自然的奉还,按人的方式使其达到完美的自然不同于所本的自然。歌德关于自然的理解,

---

① 阎国忠:《攀援——我的学术历程》,《攀援集——经验之美与超验之美》,中国社会科学出版社 2014 年版,第 473 页。
② 阎国忠:《自然·生产·艺术——从赫胥黎论"宇宙过程"与"园艺过程"谈起》,《攀援集——经验之美与超验之美》,中国社会科学出版社 2014 年版,第 139 页。

不光指自然界，也指人类的社会生活①。自然是艺术创造的前提、本源，艺术是中介，说明自然何等之重要。自然与艺术的关系，反映了人对自然、对艺术的看法，虽然艺术在人类的精神生活中占有重要的位置，无人不受艺术的影响，但不能人为地抬高艺术而贬低自然。我们不能割裂了艺术与自然的关系，要充分意识到自然作为创造的前提、本源的意义。

二

关于自然美的地位与意义，实践美学存在着局限，没有跳出哲学认识论的框架。阎国忠以为在本体论意义上，审美活动的核心问题是人与自然的关系。我们面对的自然界应该怎样描述呢，"我们所面对的自然界：环绕着我们并成为我们赖以生存、繁衍，乃至进行一切生产、艺术活动的本源和栖息地"②。"如果不是从认识论，而是从本体论或生存论出发，如果看到审美活动是人的一种生命活动，自然美是人对与自己生命攸关的自然界的一种意识和情趣，是人和自然之间和谐统一的象征，而艺术不过是用来调节人与自然（以及人与人之间）关系的一个中介，那么就会意识到所谓艺术美高于自然美的说法，只不过是人类中心主义的一种不自觉的流露。"③我们从本体论或生存论出发看自然美的定位与意义，就不会同意实践美学认为艺术美是自然美的反映，艺术美是美的集中和典型的体现等观点。大家习以为常的关于自然美的说法，并不一定能够经得起仔细的推敲，阎国忠对之进行怀疑、质问是有道理的。他写道："自然美的突出特点是与它的存在融为一体，并且始终环绕着人类，成为人类生活中须臾不可或缺的东西，而艺术美却只是作为

---

① 参见杜寒风《歌德对自然、自然与艺术关系的美学思考》，《会通精神——对中西美学思想的认识》，北京广播学院出版社 2002 年版，第 141、136 页。
② 阎国忠：《自然·生产·艺术——从赫胥黎论"宇宙过程"与"园艺过程"谈起》，《攀援集——经验之美与超验之美》，中国社会科学出版社 2014 年版，第 134 页。
③ 阎国忠：《给实践美学提十个问题》，《攀援集——经验之美与超验之美》，中国社会科学出版社 2014 年版，第 417 页。

自然美的补偿和延伸的'第二自然'。"① 人们进行艺术创作，无非是并不只满足于欣赏自然美，而要超越自然，创造出"第二自然"，需要艺术家学习自然，在自然中体验，以艺术的语言进行精心的构思与表达，最终才能产生艺术作品，显现出来人类这一高级动物的创造能力。艺术美要从自然美得到灵感和启迪，当然创造不可能完全符合自然，艺术不能机械地照搬自然、复制自然。"当艺术远离自然的时候，它曾为创造了一个虚幻的世界，所谓的'第二自然'沾沾自喜，而它没有意识到，在一定意义上，它自身因此成为人直面自然，从自然领受生动鲜活体验的障碍。"② 不能因为人创造了"第二自然"而远离自然，艺术创造的第二自然需要依据原本的自然，终不是原本的自然，只以艺术美为满足，而不以自然美为满足，是不能成立的，人需要直面自然。自己创造的东西反成了自己接触自然的障碍，所以需要打破自己在此的偏执而回到自然。鉴赏自然美，鉴赏者以自身的生命去体验自然的生命，其身心情感的投入真切笃实，丝毫不逊于对艺术作品身心情感的投入。这里，阎国忠言明自然也并不就是美，实际上我们看到，他在论述自然美问题，并不都是使用自然美的概念，许多时候是用自然这个词，这个概念也意味着自然并不只是给人带来美，自然还有在美之外的东西。自然的魅力是任何其他东西所不可比拟的。在《关于美学学科的定位问题》一文中，阎国忠指出："自然之打动人除了美之外，往往包括了它的古老，它的广袤，它的坚实，它的丰腴，它的短暂或它的永恒。不仅如此，自然之打动人，更重要的是自然是人的出生地、母亲和家园。人的生命，以至于人的一切技能、知识和幻想最初都是从自然中来的。自然与人休戚相关，因此人的一切努力，从使用工具到组织家庭，到发展科学和进行现代化大生产，都是为了或适应，或协调，或改造人与自然间的关系。如果从这个意义讲，自然的魅力是任何其他东西所不可比拟的，艺术当然也是如此。而且，艺术作为世界和生命的载体，它的根基和归宿在哪里呢？艺术如果仅仅描摹外在的美，而不试

---

① 阎国忠：《给实践美学提十个问题》，《攀援集——经验之美与超验之美》，中国社会科学出版社2014年版，第417页。

② 阎国忠：《从鉴赏自然中获取教益》，《攀援集——经验之美与超验之美》，中国社会科学出版社2014年版，第92页。

图通过美把人引向真和善，引向无限和永恒，引向彻底的人道主义与彻底的自然主义，那么，艺术对于人究竟还有多大价值？再次，当然，自然对人再重要也不能取代艺术，因为人是通过艺术以及其他精神的与物质的手段走向自然的，艺术是人与自然间的中介之一。人是由于有了艺术等这样社会的构成力量和方式，人才与自然形成了关系，人与自然之和谐才成为可能。当然，这不是仅仅就艺术的美讲的，而是就艺术的整个社会功能讲的"。艺术并不就是美。阎国忠能够辩证地看待自然与艺术的关系，两者不可替代，各有所长。不因强调艺术美重要而轻视自然美，也不因强调自然美重要而轻视艺术美。由于中外美学界所存在过轻视自然美的传统，为引起大家看重自然美，我们也能够体察到阎国忠在论述自然美的时候，有着力推尊自然美重要的倾向。但丝毫不能说阎国忠对于艺术美没有深度的研究，阎国忠有创作的经验，发表过中篇小说，所以对于文学艺术美有更深切的创作体悟，对文学艺术不仅限于思辨论证。我们从有关阎国忠关于自然美的论文中，不难看到他对自然事物的美的描写的段落，给人所带来的阅读之美感。

阎国忠依据马克思《1844年经济学—哲学手稿》中美并不是脱离审美的人而存在的，主体与客体的关系是互为对象、相互建构的关系的说法，认为艺术或自然之所以美是因为有能够观照和欣赏它们的人。"既然如此，艺术美与自然美本身就无所谓高低优劣之分，它们可以同时是高或低、优或劣，全看审美的人以怎样一种情趣面对具有怎样形式的艺术或自然。对于一个毫无审美素养的人，再具有魅力的艺术或许也没有意义；而对于一个审美素养很高的人，即便是一片贫瘠的荒野也会有其特有的艺术价值。历史上许多描写讴歌自然的艺术至今仍令我们倾倒，但作为它们的模拟的对象和给予它们以灵感的却是自然本身。如果有人一定要以艺术中的美与自然中的美作比较，说诗中或画面上的山比自然的山更秀丽、更壮观，诗中或画面上的美女比生活中的美女更妩媚、更动人，那恐怕只能算是一家之言，而未必真的表达了什么真理。艺术美与自然美是无法比较的，因为决定的方面是人，而人是有多种需求、多种趣味的整体。其次，如果不把艺术美与自然美看成纯粹客观的，而把具有决定意义的审美的人加进去，那么就会发现，以艺术美去比较自然美，甚至把艺术美置于自然美之上，是完全不现实的，这种比较只存在于美学家的抽象的思考中。因为艺术并不就是美,而且常常并不美,特别是现代艺术。杜卡斯说,'美与艺术并无本质联系',这句话有它的道理。艺术所承载着的是包括政治的、伦理的、宗教的、宗族的等观念,艺术所勾画的是善良的与邪恶的、高贵的与卑贱的、欢乐的与痛苦的种种场景。艺术就外在方面来说,是一个完整的世界,就内在方面来说,是一个完整的生命。艺术的魅力不仅仅是美,而是它对人及世界的生动的描绘和在描绘中倾注的感情。"[1]自然美的魅力与艺术美的魅力各自不同,都能够吸引人,给人带来不同的审美享受。作为审美客体并无谁高谁低之别,都能够成为人的审美对象。这里判断高低是指审美的人的情趣,情趣高低决定审美境界的高低,不是取决于作为对象意义上的事物。主体的素养、能力、水平是起主导作用的。自然是自在的,而自然美不是自在的,所以单就自然物本身还不能称自然美,自然中也有不美的事物。谈论自然美不能离却人的意识、人的思量,这与谈论艺术美不能离却人的意识、人的思量是一样的道理。自然美是生成的,不是既定的,不是与人不发生任何关系的。"自然是既定的,自然美却是生成的,自然能给予人多少审美的快慰,决定于人以怎样的心胸和眼光去鉴赏。"[2]自然对于人是平等的、无私的和包容的,它向所有人敞开自己的怀抱。一方水土养一方人,一方人只要有心都能够就地就近欣赏自然美。自然的功能对人的精神影响和熏陶是多种多样的,可以满足人们包括审美需要在内的精神需要。阎国忠在《人·美·艺术与自由——读高尔泰〈论美〉的几则笔记》一文里,质疑高尔泰"美是自由的象征"命题,提出了美是必然的象征,也有理论建设的意义,这是命题的互补,阎国忠也谈及了自然美的必然,自然美是自由的,也是必然的。一切都有节度,自然美也有节度,自然事物之间存在着内在联系,正因为此,人们才会感到美,如果不是这样,自然就出现混乱,人们就无美感所生,惊恐则难免了。自然有它的秩序、规律,是与人类社会的秩序和规律不同的。对自然的鉴赏与对艺术品的

---

[1] 阎国忠:《关于美学学科的定位问题》,《攀援集——经验之美与超验之美》,中国社会科学出版社2014年版,第264页。
[2] 阎国忠:《从鉴赏自然中获取教益》,《攀援集——经验之美与超验之美》,中国社会科学出版社2014年版,第92页。

鉴赏不同，不是在室内进行，而是需要人走到室外，到广阔的天地中鉴赏，放在家里把玩无法领略到自然。对于艺术品的鉴赏，也有在室外的鉴赏，也有在自然山水中设置艺术品的。这里应该强调不夹杂过多艺术品的自然美对于人之需求之必要，在自然山水设置过多的室外艺术作品，往往破坏了人们对自然美欣赏的兴致，大煞风景。虽然在对自然美的欣赏中，很难完全隔绝与人设置的艺术作品的关联，即使有必要在自然山水设置艺术作品，也还要考虑所设置的艺术作品与环境相融的问题。艺术创作的目的也不是只有美的目的，艺术的社会功能也不是只有美的功能，艺术的价值也不是只有美的价值，艺术的真善美是难以完全分开的。艺术所负载的不是只有美所能包揽的。就艺术家在作品中寄寓的对人的解放、社会的进步的理想来说，也并不都是审美的，艺术家的创作与他的人生观、世界观等都不能分开。

阎国忠觉得，艺术美具有人与自然的中介的性质，它模仿自然又超越自然。艺术以设定的自然超越既定的自然。艺术是心灵的产物，自然也是心灵的产物，人可以直接进入自然，也可以通过艺术间接联系自然，进入艺术世界里的自然，艺术说到底无非是表现自然的一种手段而已，人需要艺术创造，并不意味着艺术就可自顾自地发展，不顾及自然，要告别自然。

……，艺术美要具有人与自然的中介的性质，一个重要前提就是要与自然保持密切的关系：一方面把自然当作模仿的对象，当作源泉，不断地从中汲取营养和资源；另一方面又要把自然当作超越的对象，像朗吉弩斯讲的，与自然竞争，创作出与自然不同的"第二自然"。再一方面，所谓超越，并非以艺术自身去超越自然，而是艺术以其设定的自然去超越既定的自然，所以其结果并非是艺术自身的无限膨胀，以至离自然越来越远，而是创造出更加真实和美的"自然"。歌德说，艺术只有在酷似自然时才是美的。这句话意在告诫艺术家，艺术的真正源泉和归宿是自然。艺术史的事实证明，艺术之走向成熟是与人对自然的兴趣直接相关的，当亚里士多德讲诗有两个来源，一个是模仿，一个是音调感、节奏感的时候，艺术还处在襁褓之中，艺术与技艺尚难区分，而当魏晋时期或17—18世纪的人把笔触直接指向自然，把他们发现的美记录下来的时候，艺术开始繁荣起来，在精神生活领域占据了一席之地，以致不得不有一门学问来讨论它。由这里可以得出一个结论，而这个结论是与主张艺术是美的集中体现和最高形式的人相反，……①

阎国忠强调，要弄清楚美与艺术并不是一个东西，艺术也并不是美的集中体现或最高形式的意义，这不仅便于搞清艺术、艺术美、自然、自然美概念的不同，也便于解决美学与艺术哲学、艺术社会学的关系，认清这三者的联系与区别。李泽厚把美学的研究完全交给艺术社会学是有偏失的。艺术史的事实证明了没有对自然的近距离走近，让自然美进入艺术的表现，艺术则不能谓之成熟，远离自然，与自然相悖，艺术只能走上绝路。西方所谓的"现代艺术"、"后现代艺术"不乏对艺术的颠覆与亵渎，这些"非艺术"成品的出现，是以"艺术"的名义，掩盖他们创造力退化的现象，实为人通过技术得到了制丑力的提高，不能给人类艺术宝库提供真正的经典，不过是欺世盗名、哗众取宠而已，可惜缺乏审美素养、任人驱使而失去了自己大脑思考能力的人们，盲从地接受这些虚假的"艺术"成品，形成这些"艺术"的观念，乃至理论，丧失掉了自己的审美个性与批判精神，无论是成品的制造者还是接受者都没有对人类伟大的艺术理想的孜孜追求及对艺术创造的敬慕与尊重。现当代中外艺术所偏离自然而造成人性的扭曲、艺术的衰退的教训，不能不让人担忧艺术的走向，中外学者讨论过"艺术的终结"问题，也反映了对艺术未来的隐忧和不安，故而走向自然，回返感性，唤醒对人类伟大的艺术理想的追求，倡导艺术创作的创造性，应成为中外艺术发展步入正道的不二之选。

三

阎国忠不同于谢林、黑格尔把艺术置于自然之上，没有他们切断了艺术

---

① 阎国忠：《关于美学学科的定位问题》，《攀援集——经验之美与超验之美》，中国社会科学出版社 2014 年版，第 265 页。

与技术的联系的巨大失误。阎国忠强调自然、技艺、艺术不是异于人类生命的存在,而是人类生命的对应物,值得注意的是,他把它们之间的关系不是看作单向的递进关系,而是看作双向的循环关系。阎国忠将自然美、技艺美、艺术美三者排列,突出它们作为审美活动的领域是互相联系、不可分割的,它们将自然世界、现实世界与想象世界沟通起来,使对美的向往成为人的全部生命活动的一个特征。阎国忠也把自然、生产、艺术相联系,就19世纪末英国生物学家进化论者赫胥黎《天演论》提出的自然是"宇宙过程"、"园艺过程"的观点,分析了艺术与哲学、宗教在维系"宇宙过程"、"园艺过程"平衡中的不同使命。

阎国忠指出人与自然本来是一体的,有着先天的亲和性,自然美对人才是直接的,就是说,自然美不像艺术美那样对人来说是间接的,是有"隔"的。人是在自然中成长的,随着对自然事物加以了解和熟悉,把握自然的规律和属性,对丰富多彩的自然美才能进行鉴赏。自然锻炼了人的感觉器官、审美能力。自然美使人的感觉器官充分调动活跃起来,自然美可以看,可以听,可以闻,可以摸,可以触,人与自然不存在着人与艺术之间的"心理距离",对自然美的鉴赏是最直接的。

>……自然美向人的整个生命发出呼唤,从感觉到记忆,从联想到想象,从理智到情感,甚至从意识到下意识。自然美不仅要你去看,——那丰富多变的色彩,那奇妙无比的线条,那光,那影,那多种多样,甚至是无法穷尽的变幻和运动;而且要你去听,——那小到树叶的沙沙声,大到震耳欲聋的雷击声,还有透过那声音传出的自然的永恒的节律;而且要你去闻,——那花的气息,草的气息,山谷中的气息,海岸边的气息,原始森林的气息,大漠草原的气息;有的时候,还要你去尝,去摸,去用心灵直接感应。①

---

① 阎国忠:《从鉴赏自然中获取教益》,《攀援集——经验之美与超验之美》,中国社会科学出版社2014年版,第91—92页。

这里人不能置身其外，人不是旁观者，而是参与者，把生命融入自然，与作为旁观者鉴赏艺术品是完全不一样的，没有"心理距离"，这是真的不假掩饰的心之触动，情之感兴。阎国忠在《回返自然——美学的当代课题》里讲："艺术之所以要回返自然，不仅是观察、变更自然的需要，也是艺术自身维护和不断强化自己审美本性的需要"。当然，正因为艺术夹杂了许多如政治观念、宗教观念、道德观念等"社会观念"，所以艺术常常给予我们区别于自然的享受，不复有自然美的直接，审美之外还有其他作用。他清醒地看到，人与艺术及人与自然的关系永远不是同一等次的问题。"自然引发了人对艺术的兴趣。艺术作为一种审美活动，归根结底取决于作为自然的、感性的人的存在本身"①。阎国忠引用了康德的著述观点，康德认为，自然在感性方面的直接性是技艺和艺术所无法比拟的，人们对自然的兴趣甚至不需要任何的教导和训练。艺术则不然，多多少少是需要教导和训练的。自然美与艺术美一样，也能够对人类的心灵起到净化或升华的作用。阎国忠讲明了康德所说的引渡与马克思主义讲的人与自然的统一不同，康德的出发点是理性主义，从感性、知性到理性，而马克思主义则是从感性到理性而又返回到感性，是感性与理性的融合。

　　阎国忠反对将自然美与艺术美形而上地对立起来，把自然美看作是外在的、形式的、必然的、短暂的，把艺术美看作是内在的、理念的、自由的、永恒的，而否认它们作为美的同一性，"这种观念之所以产生，一个重要的原因就是忽略了作为自然美与艺术美的中介物技艺美的存在。技艺美作为审美客体，既是给定的，又是人工的；既是实在的，又是虚幻的；既是诉诸感官的，又是借助想象的。技艺美是自然美在生产实践领域的延伸，是人以物质手段阐释了的自然美。马克思讲，人是按照美的规律造型的。所谓美的规律，是从观察自然中来的，而造型则是指人将美的规律体现在自己的造物中。自然美是技艺美的源泉，但技艺美反过来又强化规范着自然美。人的生产实践始终是人的基本出发点，自然美的存在与发展最终还是决定于人的

---

① 阎国忠：《回返自然——美学的当代课题》，《攀援集——经验之美与超验之美》，中国社会科学出版社2014年版，第79页。

生产实践。只是由于生产实践的日益深入，自然在过去、现在和未来才显示出不同的美。如果我们忽略了生产实践这个因素，忽略了技艺美的存在，我们就不能解释自然美对人类社会的真正意义。同样，如果我们忽略了生产实践和技艺美的存在，我们也不能解释艺术对人类生活的审美意义"[1]。阎国忠把技艺美引入了对自然美与艺术美关系的论说中，把它当作与自然美、艺术美并列的一个概念，它成为对两者关系论说不可缺少的一个中介性的概念，他强调人在生产实践中的能动作用。生产实践和技艺美，使我们能够对自然美、艺术美的意义有更正确的认识与把握。技艺美、艺术美都是对自然的反馈，并不是所有人的技艺活动都可以看作审美活动，由技艺所完成的人工制品都是艺术作品。虽然艺术美是从技艺美分化出来的，但技艺美不能与艺术美这个概念等同，不能替代艺术美。技艺与艺术又有程度上的差别，艺术无论如何要更自由一些，构思过程更复杂一些，承载的思想内涵要更丰富和深沉一些。它构筑的世界类似现实而又超越现实。技艺美与艺术美的区别只具有相对的意义。阎国忠强调，审美活动是人的一种生命活动，它的高低归根结底取决于人本身，取决于人以怎样的眼光和情趣面对客体，对于一个毫无审美素养的人，一座根雕之所以美，无非就是与某种活物肖似；一部戏剧之所以美，无非是演绎了一出有趣的人间故事，技艺美或艺术美并没有比自然美给予得更多；相反，对于一个有较高审美素养的人，一处美的自然犹如一部人生画卷，一种天趣灵境，其中的意味是一般技艺或艺术美所难以企及的。并不是说部分具体的情况，作为客体的技艺美艺术美就一定高于自然美，得看具体的审美主体与审美客体能否形成审美的关系，人之审美能力的高低就决定了能否品出意味。自然美所具有的意味可以为审美能力高的人所品出，带来精神的飞扬。

阎国忠指出，无论是自然美、技艺美或艺术美，都必然表现为三个层次：直觉—形式、想象—意象和体验—生存境界。自然美有直觉—形式的美，有想象—意象的美和体验—生存境界的美。这一点常常为人们所忽略是

---

[1] 阎国忠：《人与自然的统一——关于美学基本问题》，《攀援集——经验之美与超验之美》，中国社会科学出版社 2014 年版，第 104–105 页。

不对的。他举到一些中国诗画名作打动诗人画家、打动读者观众的例子来佐证他的观点：唐代诗人陈子昂的《登幽州台歌》，杜甫的《望岳》或宋代画家、诗人苏轼的《枯木怪石图卷》打动我们的不在于恢宏或怪异的形式，形式只是它们动人的一个层次，还有更为重要的是体现的苍茫高远、独立不羁的意象或境界。按康德的意思，自然美能够单独唤起一种直接的兴趣，不夹杂其他任何"社会的兴趣"的兴趣。"这种'直接'兴趣的确立需要的不仅是善良的天性与丰富的知识，还包括广博而深厚的人格素养，因为自然美与理性相关联，在中国哲学中则与道相关联（'道法自然'）"①。自然的形式、品格、境界都能够给我们带来诗情画意，带来充分的精神享受，因此，鉴赏自然，接受自然美，也是提高自己素养、修养的过程，当然，这个素养、修养过程非一日之功所能大功告成。

阎国忠以为赫胥黎讲的自然观和宇宙论对我们思考和认识自然、生产和艺术的一般关系，仍然具有巨大的启发作用。赫胥黎所说的"宇宙过程"即大自然生态系统，倾向"调整植物生命类型以适应现时的条件"，"园艺过程"即人类文明的发展和进步，倾向"调整条件来满足园丁所希望培育的植物生命类型的需要"，"宇宙过程"与"园艺过程"存在着对立，动物只是适应自然，没有"园艺过程"，而人不只是适应自然，能够改变自然，有"园艺过程"。若生活资料的生产与人自身的生产过度，"园艺过程"就要被"宇宙过程"惩罚。在自然、生产、艺术的关联中，艺术承担着什么角色？阎国忠指出："如果像赫胥黎说的自然是个'宇宙过程'，生产是个'园艺过程'，那么艺术与哲学、宗教一起承担着通过对自身的反思，维系'宇宙过程'与'园艺过程'之间的平衡，满足人类全面健康发展需要的使命。艺术比哲学与宗教具有先天的优势，因为它自身就是感性与理性、人与自然的统一，自然的完整、节律、秩序和生生不息，也恰是艺术的基本品格。"②作为精神生产的哲学、宗教和艺术可以化解"园艺过程"、"宇宙过程"之间的对立。按

---

① 阎国忠：《人与自然的统一——关于美学基本问题》，《攀援集——经验之美与超验之美》，中国社会科学出版社2014年版，第119页。
② 阎国忠：《攀援——我的学术历程》，《攀援集——经验之美与超验之美》，中国社会科学出版社2014年版，第473页。

阎国忠的理解，哲学是一种思辨，宗教是一种内省，艺术是一种创造。它们都不屈从于"工具理性"和"机械理性"，不认可绝对的人类中心主义的主张。艺术又有优于哲学与宗教之所在，既能反馈自然，又能超越人自身。艺术的品格，亦是艺术学习自然、效法自然之所在，艺术是调节者之一，起到"园艺过程"、"宇宙过程"之间平衡的作用。在《美·爱·自由与信仰》中，阎国忠强调"美的意义就是宇宙向被文明所分割、异化的人发出的呼唤，让人挣脱工具理性的压抑，回返感性；挣脱一切违反人性的僵化和虚浮的钳制，回返自然"。他以为，艺术作为"园艺过程"的一个因素不会终结，因为它就在"宇宙过程"途中。它既记录着自然，又描述着人。说到记录自然，是指那些在生活资料的生产和人自身的生产中直接面对的山、水、森林、草原、阳光、空气，说到描绘人，是指那些在两种生产中孕育的思想、情感、风俗、习惯。阎国忠强调了记录自然、描述人都是在两种生产中进行的，可见两种生产的重要地位。若艺术对这一切不再感兴趣，则意味着艺术的使命的丧失，如果这一切从人们眼前永远地消失，则艺术不复存在，空有其名。

"美学不应舍弃自然美，而应给它以比艺术美更为重要的位置，特别在今天这个自然环境遭到了极大破坏，相应的人普遍失去了精神家园的时代"[1]。现代物质文化需求不能满足人对自然的亲近和向往，人在自然中才能发现自己的价值、自然的价值，明了自己与自然的关系，在自然中获取教益。自然不是被动的角色，自然成了主动的角色，人也不是绝对的主宰，可以任意驱使奴役自然。无论物质文化发达到什么程度，自然都不可替代，人都不能脱离自然而生存而发展，人永远都要从自然得到灵感和启迪。随着中国当今美学对自然美研究的重视，自然美的地位必将得到提升，成为美学的一个中心议题，而不必成为研究艺术美的一个相比的陪衬，在世界面临生态危机，人类普遍重视环境保护的今天，自然美有包括它与艺术美关系在内的

---

[1] 阎国忠：《关于美学学科的定位问题》，《攀援集——经验之美与超验之美》，中国社会科学出版社2014年版，第265页。

不少研究课题，需要更多的学界之人加以关注，吸收中外美学等学科的古今理论成果，进行"拨乱反正"、理论创新，在自然美课题上加强研究的力量。"艺术美'高于'自然美（生活美）……不是一个科学的命题，我们在今后的教学和研究中应当放弃这个说法。而放弃这一说法并不意味着我们就放弃了从价值论的角度考察艺术美，而恰恰能够更着力于对艺术美之艺术价值方面的深入探讨"[①]。而"生态中心主义的美学观，不是将艺术美，而是将自然美看作最高的美、典范的美"[②]。这还是陷入非要比较高低的窠臼了，没有走出来，也是不能成立的。阎国忠讲过这样具有辩证精神的话："不要忘记自己是从自然中来的，并始终生活在自然中，也不要忘记自己是自然的最高造物，自然应在自己手中生成"[③]。阎国忠关于自然美与艺术美关系论的主张，不离人与自然统一这个美学的基本问题，较能辩证地处理好两者关系，使两者各美其美，真正互补，对于我们深化对自然美、艺术美关系的研究，认识它们的定位、性质与价值，都具有重要的参考价值。

作者简介：杜寒风，中国传媒大学文法学部中文系教授、博士生导师、博士。

[①] 刘淮南：《艺术美并不"高于"自然美》，《河北学刊》2013年第3期。
[②] 陈望衡：《生态中心主义视角下的自然审美观》，《郑州大学学报》2004年第4期。
[③] 杨道圣：《美学：从感性之学到信仰之学——阎国忠教授访谈录》，《文艺研究》2015年第4期。

从现象学的观点看"超验之美"

张云鹏

自古希腊柏拉图区分美本身和美的事物并提出"美是理念"以来,西方美学史上对美是什么的回答,就形成了一条理性观念主义的路线。沿着这条路线,因时代与文化氛围的差异、哲学思想及概念范畴的嬗变演进,不同历史时期的哲学家—美学家提出了含义虽有差异,但都可作为超验本体的关于美本身的各种观念和命题。譬如作为最高实体的"形式"(亚里士多德)、流溢出精神及物质的"太一"(普罗丁)、基督教神学家们的"上帝"(圣奥古斯丁、托马斯·阿奎那等)、作为绝对合目的性的主观性原则的超感性的机体的"物自体"(康德)、通过艺术的"映像之美"而显现出来的具有"初象之美"的超验世界(谢林)、理念经过自身的运动而在回到自身阶段时在感性对象上得以显现的"绝对精神"(黑格尔),如此等等。

阎国忠先生对西方美学史上这一理性观念主义路线所提出的种种关于美本身的超验存在,一方面将其阐释为"超验之美",而另一方面则凭借这种创造性阐释而建构了自己的美学理论体系。什么是"超验之美"呢?他首先将超验之美与美的超越性作了区分:"凡美都有超越性,指的是对自己有限旨趣,特别是与自己相关的世俗功利的超越;而超验之美是指对整个经验世界的超越。美的超越性就是康德讲的'桥梁',其意义在于将人从感性引渡到理性,从有限引渡到无限;而超验之美像点燃着的一盏灯,其意义在于让理性和无限——生命的终极境界闪烁出光明。美的超越性涉及的是人的认识和情趣，超验之美则把人们的认识和情趣升华为信仰或信念。"[1] 在此，他强调的是"超验之美"的终极性；其次，他凸显了超验之美的整体性："形式、肉体、模仿、想象、爱等，每一个因子都必然地引发和导致超越性，但只有将它们融合为浑然的整体，从而达到主客合一、物我两忘的境界，超越性才会升华为超验之美。"[2] 整体超越和终极指向大体上阐明了超验之美的含义，但如要深化对它的认识和理解，就需要把它置于其所建构的美学理论体系中。

一、理论体系

自20世纪90年代以来，阎国忠先生陆陆续续地写作并刊发了内容上具有关联性的一系列文章，如《美·爱·自由（论纲）》《关于美、爱与信仰的理论思考》《超验之美与人的救赎》《爱的哲学与美的哲学》《柏拉图：哲学视野中的爱与美——一种神话学的建构》《美、爱、自由与信仰》《回返自然——美学的当代课题》《人与自然的统一——关于美学基本问题》《从生态学到哲学与美学》《自然·生产·艺术》等。反复阅读这些文章就会发现，其中蕴含着一个新的美学理论体系。如果要对其加以命名的话，可以初步地称作"爱与美的哲学"或"自由美学"。

《爱的哲学与美的哲学》这篇文章从六个方面阐述了这个美学理论体系的内涵：一、爱的家族与美的家族；二、爱的秩序与美的秩序；三、爱的历程与美的历程；四、爱的本原与美的本原；五、爱的定位与美的定位；六、爱的意义与美的意义。对其加以概括，可更简洁地表述为爱与美的定位、内涵、本原、历程（过程）和意义。

"定位"是对爱在人的心理机能和美在价值判断中位置的确立。西方近代哲学尤其是康德哲学把人的心理机能分为知、情、意，这种划分已被学界广泛接受并形成了悠久的传统，这当然在一定程度上证明了它的"合理一

---

[1] 阎国忠：《攀援集——经验之美与超验之美》，中国社会科学出版社2014年版，第483页。
[2] 阎国忠：《攀援集——经验之美与超验之美》，中国社会科学出版社2014年版，第483页。

合法"性。按照这一划分,爱就会被定位"近于—融于—体于"情,而"远于—隔于—绝于"知和意。与上述心理机能的划分相对应,价值判断分立为三,这就是求知之真、意志之善、缘情之美。美的价值或被看作真和善的流溢或衍生,或被看作真和善的感性形式,或被看作联结两者的桥梁,这似乎也已成为不易的定论。阎先生对爱与美的定位,在一定程度上突破了传统的界限,表达了一种新见。就"爱"而言,他认为心灵通过调节、整合理智、意志、情感的方式确证自身、维系自身、超越自身,从而达到人的内在与外在统一的心理机制与力量谓之爱。具体言之,爱与三者的关系表现为:"爱兼具这三者(理智、意志、情感),爱需要理智的指引,意志的推动,情感的激发,爱需要一个完整的心灵,同时爱又必须超越理智、意志和情感,使心灵趋向更大的整体。性、生产、交往、皈依或归属、自我实现是爱的诞生地,理智、意志、情感在这里,在冲撞交融中达到了融合;与理智、意志、情感的不同角度和不同层次的组合又造就了爱的家族和美的秩序。理智、意志和情感造就了爱,同时造就了理智、意志和情感本身,只是由于爱的引导,才为理智超越知性,意志超越欲望,情感超越情欲,最终在存在、道或理念的层面上达到同一提供了可能。"[①]就"美"而言,他认为美有不同于真和善的自己的思维方式,自己的认识功能,自己的历史和逻辑;而且进一步,只有这三者结合在一起才构成了人的生命的终极追求和最高价值。这意味着美是融汇真和善于一身而成的更高的价值。

"爱的家族与美的家族"实际所阐发的是"爱"和"美"的内涵。在对理智、意志和情感的综合与超越中,"爱"不是单一的,而是复合的;具体地说,就是在不同情境中所产生的欲望、认同、同情、怜悯、依恋、友情、新奇、尊敬、忠诚、仰慕等"情绪—情感—情调—情致"与自我价值的实现等因素组合而成的一种心理体验或经验。它所体现的是人类"克服孤独、分离、疏远,追求完整,融入社会和自然的一种内在的需要和趋向"。"美"同样不是单一的,体现在对象方面,则是协调、比例、匀称、秩序、规律、统一、充实、完善等特征;当对象的这些特征和主体的不同心境相碰撞和相融

[①] 阎国忠:《攀援集——经验之美与超验之美》,中国社会科学出版社2014年版,第32页。

合而形成一种价值判断时,美便成为一种"表征和象征"。

无论是体验或经验还是表征和象征,作为家族,它们可以被划界区分,从而具有诸多层次和类型。于"爱"而言,则有性爱、慈爱、友爱、敬爱、恋爱、博爱、仁爱(人类之爱)、惠爱(自然之爱)、圣爱等。于"美"而言,则有作为个体事物的美,作为类的事物的美;作为个体的精神的美,作为类的精神的美;作为事物与精神的综合体的现实——社会、民族、国家、人类的美;作为超越自我和现实的终极境界的存在、道、圣神、理念的美。

审美作为活动具有一个过程乃至历程,这不仅体现在作为审美对象的事物个体上,它更进一步体现为具有诸多类型和层次的爱与美的转换递升的进程上。因为"爱,就是融入,是由自身向他人,向世界的逐步融入";"美,就是过渡,是由有限向无限,向理想境界的逐步过渡"。①阎先生所谓"秩序",也就是爱的融入和美的过渡的"过程—历程"。爱的秩序和美的秩序虽有内外之分,但其实是这同一个"过程—历程",因此,"这个秩序总的可以表述为:从个别到一般,从物质到精神,从社会到自然,从具象到理念,最后到'天、地、神、人'融为一体的境界"。②

"本原"探讨的是爱与美产生的动力之源。在此,阎先生将弗洛伊德的本能说(性)、马克思的生产说(物质生产与人自身的生产)、马克思及哈贝马斯的交往说、基督教的宗教皈依理论和马斯洛人本主义的自我实现说融为一体,力图从自然(先天)与文化(后天)以及两者多种因素之间相互渗透、包容、递进的复杂关系中对审美动力、原因作出整体性的说明。

海德格尔的存在论之所以也是一门阐释学,其原因在于不能问存在的什么,而只能问存在的意义。作为存在的特例的人的生存,也是在追问上手之物的"为何之故"中建构自己的周围意蕴世界的。审美活动作为人的生存的特例,更为充分地显示了生存的意义和价值。阎先生对此的解释是:"爱,确证了人必须走出自己,并且与群体、与自然、与世界融合在一起。"因此,爱的意义就是一种发现并寻求共在、结构和创造、超越有限趋向无限

---

① 阎国忠:《攀援集——经验之美与超验之美》,中国社会科学出版社2014年版,第25页。
② 阎国忠:《攀援集——经验之美与超验之美》,中国社会科学出版社2014年版,第489页。

的力量。"美,确证了人的整体情结,并为人勾画了融入群体、自然、世界的轨迹。"因此,美的意义就是以认识和改造自然为目的的伟大的造型运动的表征,是人的自我生成、自我完善、自我救赎的真实写照,是人的最高境界——心灵与自然、个体与群体、有限与无限统一的象征。①

在由爱与美的定位、内涵、本原、历程(过程)和意义所构成的理论体系中,超验之美毫无疑问是其核心、灵魂和归宿。因此,如果对超验之美的理解是匮乏、片面和肤浅的,那么任何读者都不可能真正进入这个思想的王国。既如此,那么在此首须发问的是,面对众多的美学,作者为何建构了这样一个理论体系并赋予超验之美如此之高的地位和重要性呢?笔者以为有三个原因和根据。

首先,基于对美学学科的反省和理解。著作《美学建构中的尝试与问题》以及《何为美学》、《关于美学学科的定位问题》、《体验·反思·思辨——关于美学方法论问题》、《中国美学缺少什么》、《谁在接着朱光潜讲?》、《关于审美活动——评实践美学与生命美学的论争》等一系列论文,对美学的定位、基本问题、范畴与方法论作了深入而独到的思考,这可以看作是作者的元美学。他接受美学是哲学的分支的观点,因为一方面美学有自己的形而下的经验的领域,另一方面美学又秉有形而上的超验的本性。他赞同将美学对象确定为审美活动,因为审美活动所具有的三个层次(直觉—形式、想象—意象、生命体验—终极境界)一方面植根于现实的物质实践,另一方面指向理想的超越境界。他认为美学的基本问题是人与自然、感性与理性的同一问题。在对美学学理的反思中,他始终强调审美的"超越—超验"方面。

其次,则是作者对西方美学不同路向的借鉴和批判。他重视借鉴吸收古希腊柏拉图美学、中世纪基督教美学、德国古典美学、存在主义与现象学美学,因为被他称为"另一类西方美学史"的上述美学"提出并确认存在一种超验之美",它们均都着力"探讨如何通过审美超越,从经验之美升达到超验之美并与之融通起来,为人的自我实现和自我救赎,即人的自由提供一种

---

① 阎国忠:《攀援集——经验之美与超验之美》,中国社会科学出版社2014年版,第34页。

可能"。① 相反，对仅仅张扬经验之美而搁置超验之美的但丁开启的自然—人文主义、休谟阐发的经验—感觉主义、布瓦罗倡导的古典—理性主义、德国古典美学之后的生命美学、20世纪的心理主义美学等作了清算与批判。

最后，基于对中国美学的反省及其缺陷的认知。作者认为中国美学的根本缺陷在于没有把美学这样的人文学科同自然科学区别开来，因此它，一、缺少借以与现实对话的话语，缺少批判的、否定的精神；二、缺少对人的整体的把握，缺少爱这个重要的理论维度；三、缺少形而上的追问，缺少相应信仰的支撑；四、缺少可以作为依恃的、与时代和社会的现代化进程及审美和艺术发展的总体趋势相适应的完整的哲学。②

借助于这种反省、借鉴和批判，作者提出了自己美学建构的设想，即美学既是感性学，同时也是信仰之学。

二、多维度的阐释及其综合

按胡塞尔现象学"意向性"的含义及其结构"意向作用——意向对象"的原理来理解，爱与美就构成了这样一种意向性关系："爱——美"，这也正是阎国忠先生所表述的：爱的意义就是指向美，美的意义就是彰显爱。把这个结构落实到信仰与超验之美上来，则是："信仰——超验之美"。

由于作者对中世纪基督教神学和美学作过长期而深入的研究，基督教神学对其美学思想的浸润和影响是显而易见的，因此对超验之美阐释的宗教维度就特别突出和鲜明，以至于读阎先生的相关著作和文章，有时会感觉他已把美学转变为宗教学了，审美的功能在一定程度上代替了宗教的功能，这可以看作是当年蔡元培的"以美育代宗教说"在当代的理论反响和回应，也可以看作是对西方马克思主义者马尔库塞关于审美和宗教两种拯救理论的融汇合一的贯通。

作者把信仰放在了人的规定性的高度，认为有无信仰是人与动物的区别

---

① 阎国忠：《攀援集——经验之美与超验之美》，中国社会科学出版社2014年版，第483页。
② 阎国忠：《攀援集——经验之美与超验之美》，中国社会科学出版社2014年版，第291-300页。

之一。信仰作为人的精神支柱，究其实质是一个作为弱者的有限个体在苦难的尘世生活里如何救赎不安的灵魂和超越现实此岸而到达永恒彼岸世界的问题。如此来理解信仰，信仰便与希望和上帝之爱连接在一起。"信、望、爱三者之间的相互关系是基督教神学的重要论题之一。……一方面，就心路历程讲，信是望的前提，人们只能期望那些在它看来可能实现的事物，而且必须借助这种信念才可以达到；而信与望又是爱的前提，完全不相信和不在期盼中的事物不会引发爱；另一方面，就道德品位讲，爱又是信与望达到纯正完满的前提。因为爱是道德之母，爱不需要依赖知识和利益，而以与上帝结合为根本目的。毋庸置疑，由审美激起的爱中，包含着某种信念与企望"。①以信仰所具有的三位一体结构，人既有如此信仰之意识（生活）样式，便有如此之爱——"上帝之爱"和如此之意向对象——"上帝之美"。作者因此才说有两种美和两种爱："基督教神学肯定世界存在着两种美与两种爱。上帝的美是最高的美，是美的本源；自然的美是上帝的造物，是上帝的光辉映照下的美。同样，上帝的爱是最圣洁的爱；世间的爱是蒙受圣恩的爱。"②作为宗教信仰对象的"上帝—上帝之美"具有神圣性，它既是一个信、望、爱的崇高对象，也是一个信、愿、行的宗教践履。

作者对超验之美的宗教阐释，虽然使用了上帝的概念，但他所讲的信仰，除宗教的含义外，还有康德所讲的理性的含义，是理性信仰。两种信仰的区别在于，宗教信仰讲的是被救赎，被超越；理性信仰讲的是自我救赎，自我超越。但既然是信仰意向，它也必定"设定—指向—构造"一个意向对象，按阎先生的解释，这是一个在最高层面和终极意义上的令人敬畏、崇拜、向往的目标。这是在"通向这个目标途中，找到了自己既不尊大又不卑屈的位置"；使自己"具有了一种最高的需求，一种拒绝平庸，脱出世俗，追求永恒的动力"。③

超验之美理性维度的阐释，就是按古希腊柏拉图哲学思想和其后近代哲学以来形成的理性主义传统，将其称为"理念"或"绝对理念"。这种阐释

---

① 阎国忠：《攀援集——经验之美与超验之美》，中国社会科学出版社2014年版，第11页。
② 阎国忠：《攀援集——经验之美与超验之美》中国社会科学出版社2014年版，第11–12页。
③ 阎国忠：《攀援集——经验之美与超验之美》，中国社会科学出版社2014年版，第491页.

的显著特点是，严格在经验与超验之间划界，以此凸显超验之美的神圣性和崇高性。"美是'理念'，是'形式'，一切事物之所以美，是因为'分有'了'理念'或显现了'形式'，'理念'或'形式'所占的比重越多，距离经验世界越远，越具有神圣性，也就越美。"① 在将超验之美与经验之美作比较时，作者把经验之美看作是感性的，它给人的感觉是和谐、适宜、快乐；而超验之美则是理性的，它给人的感觉是景仰、依从、震撼，是从自我解脱出来的冲动和惊喜。作者由此得出结论说，超验之美隐含着崇高的精神底蕴。如此一来，经验之美与超验之美的区分就成了优美和崇高两种审美形态的差异。

作者在对超验之美作宗教、理性乃至实践维度的阐释时，也常常并且最终做着综合的工作，这就是用西方哲学的传统主题——存在——来"总括—综合—融汇"诸种维度，使其归于统一或同一。超验之美"这个对象作为一种实体可以叫作上帝、太一、神；作为一种理念可以叫作道、逻各斯、绝对理念；作为一种境界可以叫作终极境界、涅槃、极乐世界。我们且用一个哲学的术语，统合在一起，称它为融真善美为一体的'存在'"。②

作者从不同的角度对这种综合作了诸多说明，譬如在解释"信仰"的含义时，就切进了存在："信仰可以是指一种实体，一种理念，或者一种境界，但无论何种信仰，其核心的内涵必定是融真、善、美为一体的超验的存在，其中真是它的本体，善是它的趋向，美是它的表征；作为认识的对象是真，作为意志的对象是善，作为爱的对象是美。"③ 或者从价值论的角度切入存在，"真、善、美是对存在，即道、绝对理念、上帝，或神的不同的表述，它们是统一不可分割的。"

用"存在"对上帝、理念、太一、终极境界等超验之美的不同称谓做综合，这就又回到了西方哲学的起点和主题。其实，上述称谓本就是不同哲学家对存在探索的不同角度和所建构的理论成果。只是在这个探索的过程中，他们几乎全部将存在实体化了，从而演化成了形而上学。在海德格尔看来，

---

① 阎国忠：《美因何而神圣》，载《中州学刊》，2016年第1期，第151页。
② 阎国忠：《攀援集——经验之美与超验之美》，中国社会科学出版社2014年版，第63页。
③ 阎国忠：《攀援集——经验之美与超验之美》，中国社会科学出版社2014年版，第492页。

这就是存在的遗忘。为了克服形而上学，海德格尔提出了存在论差异，即存在与存在者的区分。前期，他从此在去追问存在，由于对时间问题的思考不成熟，致使他的《存在与时间》仅完成了对此在的生存论分析，或者更准确地说，仅触及到了此在的时间性。于是便有了思想的转向之说，对于这个思想转向，学界有诸多看法，海德格尔本人也有不同的说法。以笔者的观点，海德格尔后期的转向走了两条路子，转向存在本身走的是纯思想的道路，转向艺术、诗歌等走的是诗的道路。前者也仍然是一种形而上学，后者则是走向了审美现象，从而使他的存在哲学成为一种"泛化美学"（伊格尔顿语）。在海德格尔后期思想的影响下，萨特、梅洛－庞蒂、杜夫海纳等人的学术研究也都走向了审美现象。阎国忠先生对上述诸家所做的综合作了客观的评述："杜夫海纳、海德格尔、梅洛－庞蒂的存在主义经验之美与超验之美做了第二次综合。与第一次综合不同，这是在存在论或本体论意义上的综合。这同样是一种超越，但不是单纯认知的过程，而是人自我实现的方式。它的起点不是纯粹的感性，而是感性与理性，同时也是经验与超验的原始同一，即杜夫海纳说的：我与自然间某种'先定的和谐'——'共同的实体性'。它的终点不是绝对理念，而是人与自然的最终和解，即海德格尔说的对'世界'即'在世界之内可通达的存在者'的'领会'，'天、地、神、人共舞'；就是梅洛－庞蒂说的通过身体'感知'并'拥有整个世界'。"①

三、两个基本问题

仔细阅读阎先生的相关文章，会发现他所谓超验之美与经验之美的区分，其实是美本身与美的对象的区分，放在存在论的视野里，则是存在与存在者的区分。辨明了这一点，就会面对如下两个基本问题：一是超验之美究竟是理性美还是感性美，即如何理解它的存在特性？二是超验之美与经验之美的关系，即如何理解这个处于两者之间的"与"？

在西方"哲学史—美学史"上，这两个问题是贯穿始终的，是各家各派

---

① 阎国忠：《攀援集——经验之美与超验之美》，中国社会科学出版社 2014 年版，第 485 页。

不能回避的。古希腊的柏拉图把美本身看作"理念",其存在特性当然就是形而上的、理性观念的。现实世界的美的事物(经验之美)与理念世界的美本身(超验之美)的关系,是分有和模仿。德国古典哲学的黑格尔继承了柏拉图的思想并有所发展,把美看作是绝对理念的感性显现,表面上看,这个命题似乎在理性中加入了感性的因素,相比柏拉图的命题具有了更大的合理性。但这个绝对精神是在否定了感性自然后回到自身的纯精神,是它而不是感性才是这个命题的重心所在。

针对德国古典美学空前张扬的理性主义,阎先生作了鞭辟入里的批判:"在德国古典美学中,经验之美只是一个被超越和被扬弃的环节,它的意义仅仅在于显现超验之美。特别在黑格尔那里,当他把所有感性的东西纳入理性的范畴,当康德的'物自体'、自然、惠爱、天才,席勒的感性冲动与形式冲动,歌德的人格、预感,谢林的理智直觉、无意识等概念被他悬置、淡出或消解了之后,不仅与身体相关的经验之美失去了必要的根基,而且超验(理念)之美本身也遭到了质疑。"①

一方面是对德国理性主义的批判,另一方面则在感性的向度上对柏拉图的思想遗产进行了极富创造性的开掘。《哲学视野中的爱与美——一种神话学的建构》一文把柏拉图放回到他原初的思路和语境中,即在神话学中,通过对"爱"的深度阐释,力图揭示通往"美本身"两条道路所包含的感性因素。一条作为自我拯救之路和智慧之路,它"源起于内在的'仍然隶属于质料的感官事物的(客观)趋势,争取分有理式的本质东西'的冲动";另一条作为被拯救之路和迷狂之路,它"源起于外在的以其最高真实和美向人发出召唤的超然的力量"。"但无论是哪条路,都不能离开爱神的引导或凭附,'美本身'与'爱的深密教'同在,所以从根本上说,只有一条路,这就是爱之路"。②

阎先生对"超验之美"存在特性的看法,包括了如下几点:一、超验的美通常被称作理性的美;二、超验之美是理性与感性的结合。"我认为,感

---

① 阎国忠:《攀援集——经验之美与超验之美》,中国社会科学出版社2014年版,第485页。
② 阎国忠:《攀援集——经验之美与超验之美》,中国社会科学出版社2014年版,第487页。

性是要被超越的，但是，理性同样是要被超越的，审美活动的终极境界是感性与理性，即人与自然的完美的结合。这种结合在爱与美的秩序中已经先验地昭示给我们了。"① 三、超验之美是经验之美的"积累—积淀"。"超验之美，即美本身虽然从根本上说来自经验之美，但是这里讲的经验，不是任何个体的人的哪怕一生中积累起来的经验，而是人类在千百年中共同经历和体验过的经验。这种经验已经作为'原始意象'先于个人经验沉淀在人们的无意识中，成为人们判断事物之美与丑的先验的尺度。因此，超验之美或美本身的确不是经验范围的事，而是超验范围的事，是柏拉图以为的'回忆'，实即信仰领域的事。"②

超验之美作为理性，作为理性与感性的结合，作为经验之美的积淀，这三种看法之间显然存在着矛盾。但如果对阎先生的表述做一通观，并联系他对德国古典理性主义的批判和对柏拉图爱与美的神话学所做的感性阐释，那么我们可得出如下的结论，即他认为超验之美是感性和理性的统一，这与他所讲的美学的基本问题是人与自然、感性与理性的同一问题的观点是一致的。但问题在于，感性和理性在审美活动中是如何统一的？如果仅仅一般地讲统一，那么黑格尔的"美是理念的感性显现"也是一种统一。

在这个问题上，海德格尔通过存在论区分所揭示的存在与存在者的关系会给我们有益的启发。这个关系表现在两个方面：一、存在就是对存在者之存在的给出。存在就是对存在者之存在的给予，或者说是对如其本然的存在者的意义的赋予的发生。从这个意义上讲，存在是存在者得以被理解的境域。但这并不意味着存在是存在者的一种可能性条件，因为存在完全与对存在者本身的敞开一道发生。海德格尔认为，存在不是自在自为地持存着的早先之物或晚出之物，本有乃是对存在和存在者而言的时空上的同时性。从此—在的角度看，因为存在对存在者之存在的给出是对此在而言的，所以，"此—在乃是时间—空间与作为存在者的真实者的同时性，它作为具有建基作用的基础、作为存在者本身的'之间'和'中心'而本质性的现身"。③

---

① 阎国忠：《攀援集——经验之美与超验之美》，中国社会科学出版社2014年版，第490页。
② 阎国忠：《攀援集——经验之美与超验之美》，中国社会科学出版社2014年版，第298页。
③ ［德］海德格尔：《哲学论稿》，孙周兴译，商务印书馆2012年版，第235页。

二、存在者显现存在。存在依赖并需要存在者,所谓"依赖",即是说,若无存在者,就绝没有存在之在;退一步说,离开存在者的存在只是潜在的存在,但绝没有无存在的存在者。所谓"需要"即是说,存在只能在存在者中显现自身,因此"存在总是如此坚定地邀请了存在者(进入存在之中)"。①此时,存在作为征用而发生。存在者对存在的显现,包含着两个方面。一方面,显现存在,这是狭义的显现;另一方面,遮蔽存在,但这种遮蔽是显现的遮蔽。狭义的显现与显现的遮蔽构成广义的显现概念。

存在与存在者的上述关系,一方面消解了传统哲学对存在的实体化,另一方面打通了存在本体与存在者的间隔。超验之美存在特性以及与经验之美的关系,可做如此理解。用现象学的观点看,理性与感性的统一,不是由感性走向理性(如黑格尔),而是由理性回返感性,这就是存在现象学还原的本义。当理性回返感性的时候,理性感性化了,虽然还是观念,但它是感性观念,是精神气象,它诉诸感觉和体验而非认知,因为感性回归的高峰就是感觉。在由感性到理性发展的过程中,感觉是最初的从而也是最简单的;但在由理性到感性的复归中,它是最后的从而也就是最丰富的(马克思说:"感觉通过自己的实践直接变成了理论家")。由马克思的感性活动看,这是对于人的感觉异化的反抗和革命,是感觉的解放,是与"自然的人化"的历史进程相对应的"人的自然化"的历史进程,马克思因此说"历史是人的真正的自然史"。

回归了感性的审美感觉具有如下层次:五官感觉(外觉对象之感性形式,内觉自身为"悦耳悦目")、心理感觉(外觉对象之意蕴,内觉自身为"悦情悦意")、精神感觉(外觉由对象所显现的形上观念,内觉自身为"悦志悦神")。五官感觉、心理感觉、精神感觉是审美感觉整体的三个垂直层次,三个层次之间逐层递进,渐次深化,之间毫无间隔。以此原理看超验之美与经验之美,两者已经没有了"界—限","与"就是超验之美和经验之美在审美感觉中的当下显现。

作者简介:张云鹏,中国计量大学人文社科学院教授。

---

① [德]海德格尔:《尼采》下,孙周兴译,商务印书馆2002年版,第1033页。

意象·意境·艺术
——读阎国忠先生《攀援集——经验之美与超验之美》有感

高 译

阎先生在《攀援集——经验之美与超验之美》中对美学家朱光潜先生的审美理论里关于"意象、意境、境界"做了深入的研究与探讨,其精湛的分析和独到的梳理整合,对于我们今天的美学研究和艺术创作表现都具有十分重要的现实意义。阎先生认为"意象、意境、境界在文学批评史上同时被人们所接受,并且被置于核心概念的地位,这固然体现了学术思想及风格上的丰富性,却也无可避免地带来审美观念及价值取向上的不统一,所以,自美学作为一门学科在中国确立以来,几近一百年中,对这些概念的辨析和厘定一直是学界关注的问题,而且对这个问题的解决被认为是继承中国美学传统,建构具有中国自身特点的现代美学的一个关键。"[1] 因而,阎先生关于意象、意境、境界的探研也引发我对艺术鉴赏、艺术体验、艺术创作的一些新的感悟。

一

对于审美活动而言,阎先生认为:"审美活动可以分成三个层面:一个是直觉——形式的层面,一个是想象(包括联想)——意象(意境)的层面,

---

[1] 阎国忠:《攀援集——经验之美与超验之美》,中国社会科学出版社2014年版,第361页。

一个是审美体验——境界的层面。"①审美活动里"直觉——形式"确实是非常重要的因素之一，它是人们进行审美与鉴赏，艺术与创作的首要条件，可以说，没有"直觉"人们就无从进行最基本的审美活动，然而，它又不是一般意义上的"直觉"，这个"直觉"，一定是人们对美的事物对象的一种敏锐度的体现。正因为如此，我想它在人们的审美活动里起着至关重要的作用。形式即一切美感结果，抑或是杰出的艺术作品。由直觉到形式，也是审美活动的一个过程。显然，直觉是最为关键的。因此，阎先生把它放在了审美活动中的首位，在审美活动里，"直觉"会给人们直接带来一定的审美效果，阎先生认为："朱光潜在《给青年的十二封信》中第一次向中国读者介绍了'意大利美学泰斗'克罗齐'为美术而言的美术'（art for art's sake）的观点，同时，也就将'意象'与克罗齐的'直觉'联系在了一起。'image'一词，朱光潜翻译为意象。……在这里，朱光潜进一步申发了"直觉乃单纯的意象"的观点，并且把意象与美联系起来。（"美术的意象"）……直觉的对象是个体（particulars）概念的对象是共性（universals）。直觉仅在心灵中形成事物的意象，概念则以此意象为主词加以种种判断。"②这也就是说，直觉可在人们内心中直接升华为主体的审美意象世界，到达自我心性的直接要求。阎先生以朱光潜的分析为例说明了它的合理性，即"非美术的意象没有经过美术家的心灵综合作用，只是零落杂乱，而美术的意象则经过心灵综合作用，所以于'繁杂之中寓有单整性（unity in varirty）。换句话说，非美术的意象是死的，美术的意象是有生命的"。③他又分析指出"这里所谓的'心灵综合作用'是通过直觉实现的；但直觉并不是单纯的感官的活动，它'背面的支配力是情感'，所以克罗齐又把'美术即直觉'一个定义引申为'美术即抒情的直觉'（lyrical intuition）。换句话说，'在美术的直觉中情感与意向融合成一体，这种融合就是所谓'心灵综合'，所谓'创造'，所谓'表现'，总而言之，就是美术"。④这里心灵的综合作用就是一个人直觉的必然要素，它

---

① 阎国忠：《攀援集——经验之美与超验之美》，中国社会科学出版社2014年版，第377页。
② 阎国忠：《攀援集——经验之美与超验之美》，中国社会科学出版社2014年版，第363页。
③ 阎国忠：《攀援集——经验之美与超验之美》，中国社会科学出版社2014年版，第363页。
④ 阎国忠：《攀援集——经验之美与超验之美》，中国社会科学出版社2014年版，第363页。

需要人们情感的支撑与生命的支撑,尤其是艺术家与美学家。所以,美术即直觉。是因为"美术是独立的,是不受是非善恶苦乐诸概念支配的,是超现实的;就来源说,美术是人格的产品,是时代的产品,是与宇宙生命脉搏交感共鸣的。"① 这是非常精辟的分析与释解,直言出直觉——形式的相互依存关系,可谓高妙异常。同时,阎先生还认为:"在朱光潜看来,美学（aesthetic）一词,应译为直觉学,因为 aesthetic 本心知物的一种最单纯、最原始的活动,其意义与 intuitive 极相近。美感经验就是直觉经验,直觉的对象是意象,因为意象要求全副心神投入进去,不旁迁他涉,不管它为某某,所以他给它加上限制词,称之为'无沾无碍的独立自足的意象'。……他说:'在美感态度中,我们也是在从知觉到反应动作的悬崖上勒缰驻马,把事物摆在心目中当作一幅图画去玩索。不过审美者的目的不像实用人,不去盘问效用,所以心中没有意志欲念;也不像科学家,不去寻求事物的关系条理,所以心中没有概念和思考。他只是在观赏事物的形象。唯其偏重形象,所以不管事物是否实在,美感的境界往往是梦境,是幻境。'"由此可以看到,"直觉"对审美的重要,我想阎先生之所以这么看重直觉,就是因为直觉中包含有感觉的敏感成分和重要作用,而对于审美与艺术（形式）来讲,感觉是绝对必要的前提条件。我们知道对于美学的认知与确立,就是围绕着感觉学展开的,实则就是直觉与形式的关系问题。具体来说,阎先生提出的直觉——形式的关系就直接涉及艺术家的创作结果——高妙的艺术作品;艺术的形式和内容是相互依存的,而内容又是核心根本的,其具有形而上的特征,这个特征的微妙玄通,意味深长,决定者就是人们的审美直觉,这就需要我们对它的存在进行适当分析与论证。

美学家宗白华先生认为"'美学'的英文 Aesthetics,德语 Ästhetik,源于希腊的 Oncotrnos,是关于感觉性的学问题底意思。""美学底主要内容就是:以研究我们人类美感底客观条件和主观分子为起点,以探索"自然"和"艺术品"的真美为中心,以建立美的原理为目的,以设定创造艺术的法则

---

① 阎国忠:《攀援集——经验之美与超验之美》,中国社会科学出版社 2014 年版,第 363 页。

为应用"。① 这里，宗先生首先确定了美学是研究感觉的学问，它主要包含四个方面的内容，即美感的客观条件和人的主观因素，自然和艺术品的真美表现，美的原理及创造艺术的法则等四个方面。这些实际又都会涉及人——艺术家美学家的主体思想意识，哲学、心理学、分析学、形象学、艺术学、美学等方面的内容。这里，宗先生首先提到感觉性的概念，事实上，"感觉性"是艺术审美和艺术表现的首要问题，也是基本问题，甚至讲是核心问题。可以说，没有"感觉性"的作用，艺术审美与艺术表现就无从谈起。所谓"感觉性"即是指人——艺术家美学家对事物的敏锐观察力、鉴赏力与判断力的综合反映，感觉之学即是研究人——艺术家美学家敏锐的抽象思维活动中的文化内涵，属于高妙的形而上理性思维的层面。因为美学是艺术表现的哲理性升华，它可以通过艺术作品的方式体现出来——艺术的审美、格调、品位、气韵、神采、意蕴以及境界等内涵，它也可以通过抽象化为理论符号形式——美学理论来表达。也就是说，凡是高妙精湛的艺术作品与艺术理论，不管是哪一种再现形式，它们都不可能脱离开哲学思想而单独存在；否则，就会限于低层次的理论表述。从另一方面看，哲学与艺术两者又是相互依存，相互融合，又相互统一的，才会产生高妙的美学思想。宗先生认为"美学的研究，虽然应当以整个的美的世界为对象，包含着宇宙美、人生美与艺术美；但向来的美学总倾向以艺术美为出发点，甚至以为是唯一研究的对象。因为艺术的创造是人类有意识地实现他的美的理想，我们也就从艺术中认识各时代、各民族心目中之所谓美"。② 对此，西方现象学理论也有关于美感产生与创造的很好分析，它能进一步透析艺术家的思想与灵魂，认识和把握艺术家的审美过程中一些精微的艺术变化，从而帮助我们能够顺利地进入美学的认识层面。西方哲学家胡塞尔曾经说过："不论实显性体验由于过渡到非实显性而经历的改变有多么彻底，被变样的体验仍然与原初体验具有一种重要的本质共同性。一般而言，每一实显性我思的本质是对某物的意识。……共同具有这些本质属性的一切体验也被称作'意向的经验'。就

---

① 宗白华：《艺境》，北京大学出版社1987年版，第5、6页。
② 林同华主编：《宗白华全集》（2），安徽教育出版社2008年版，第43页。

它们是对某物的意识而言，它们被说成是'意向地关涉于'这个东西。"①我想，胡塞尔的"实显性体验"即是人的思想意识的有效实证表现，是其精神的自然外化再现过程的表达，它具有形象性特点。"非实显性体验"即是人还未被实证的丰富思想意识得到外显，它的内容同样具有无限丰富性的特征。"变样的体验"即人正在进行着体验，抑或体验后之变化结果，它是人不确定性运动着的思想意识，也具有表达的无限性丰富性的区域。"原初体验"为人最初的思想意识，或本色意识，为艺术家美学家的心性所在——天然本质，具有不变性之特质，其最终结果是"意向的经验"的生成。而这一切的"体验"，都离不开艺术家美学家的审美直觉，直觉程度的高低就决定了艺术——形式的高低和理论的高低。胡塞尔的分析能帮助我们进一步认识人的思想意识的基本内涵。严格意义上讲，不管人的思想意识对审美之物发生了多大变化，增进丰富了多少内容，其事物之本体性质不会改变的，它都是具有"一种重要的本质共同性"的，即人——艺术家美学家的本体生发的精神意识。这一点对于艺术与美学都是关键性的，它不仅表明一个人思维的意识是否正确有深度，而且也会带来不同的思想意识结果，这种特性尤其表现在艺术创造表现上与美学理论的分析中。正如宗先生所说："我们或许接触到美的力量，肯定了她的存在，而她的无限的丰富内涵却是不断地待我们去发现；千百年来的诗人艺术家已经发见了不少，保藏在他们的作品里，千百年后的世界仍会有新的发现。'每一个造出新节奏的人，就是一个拓展了我们的感性并使它更为高明的人！'"②一切经典艺术都证明了这一点。宗先生的分析清楚地告诉我们，艺术就是展示出的"美的力量"，而这一"美的力量"就是艺术家"意向的经验"审美生成，它是离不开艺术家的审美直觉的。事实上，艺术家的审美发现、审美思考、审美鉴赏、审美表现（艺术创作）的各个环节过程都离不开自己的敏锐的直觉——形式的把握，以及思想意识的切身真实体验，才会有最佳的表现形式——艺术。画家刘海粟在长期的艺术实践里反复寻觅着自我的"实显性体验"与"原初体验"，在他

---

① ［德］胡塞尔：《纯粹现象学通论》，商务印书馆1992年版，第105-106页。
② 宗白华：《艺境》，北京大学出版社1987年版，第225页。

九十高龄之后，依旧多次亲临黄山之巅，凡优美之处都留下了他的足迹，他遍观体悟黄山的云海波涛，柏崖松青，晨光暮色，氤氲彩虹的壮丽景色，从中体悟出："生命本是流动，客观变化既无一刻之停滞，主观情绪亦变动不已。生命者生机也，艺学亦生机而已。在广漠神秘之自然界固无往而非生机。然生机之动，非自然之动，而为我人自动之动。……斯所谓真、美归一之所在也"①的意向经验，显然，这一哲理性思想意识就是艺术家感悟的意识化结果，它自然而然地转化为刘海粟的笔墨色彩之中，我们观刘海粟的黄山写生图，豪迈苍浑，水墨氤氲，色彩迷幻，大气磅礴，可谓刘氏画风独树一帜；而这一切艺术表现都无须他人的指导，却是来自艺术家心灵深处对自然山水精神感悟的生发，用艺术家的直觉转化为最佳的艺术形式，即阎先生的"直觉——形式"。中国绘画艺术表现的最高法则就是"法无定法"——"无法之法"，其法皆在于艺术家的心源，心源所致，妙笔生花，气韵生动。所以，阎先生分析到"朱光潜由此得出结论说：直觉除形象之外别无所见，形象除直觉之外也别无其他心理活动可见出。有形象必有直觉，有直觉也必有形象。直觉是突然间心里见到一个形象或意象，其实就是创造，形象便是创造成的艺术"。②可见，阎先生将"直觉"的作用放于审美活动的首位，是有其科学性和合理性的，尤其是对我们从事艺术创作表现与理论研究都会给予极好的启发与指导作用。

二

关于意象问题，阎先生则更为细致地加以分析和厘定，他认为："意象，顾名思义，包括意与象两个成分，而且两个成分不可分割，因此单纯的直觉无法面对意象，必须诉诸想象或联想，换句话说，意象只能成为想象或联想的对象，只能在想象或联想中呈现出来，直觉则无能为力。意境与意象处于同一层面，只是表现形式不同。意象是以客观的、空间的、静态的形式出

---

① 蓝蕙：《中国名画家全集·刘海粟》，河北教育出版社2003年版，第193页。
② 阎国忠：《攀援集——经验之美与超验之美》，中国社会科学出版社2014年版，第364-365页。

现的；意境是以主观的、时间的、动态的形式出现的。……意象之意是象中之意，意境之意是境中之意，所以，它们都是受限定的；同时，意象之象是寓意之象，意境之境是融意之境，所以，它们又都是可在想象与联想中绵延的。"① 阎先生认为意象是以客观的、空间的、静态的形式出现的；仅靠直觉还不能完全生成意象，还需借助于想象和联想的帮助才可以到达。这当然也离不开人们的主体性作用，他说"应把意象与形式区别开来。朱光潜开始理解的与直觉相对的意象应为形式，它是直接呈现于人们的感觉面前的，不假思索的，虽然可能包含某种意味，但真正打动人的是外在的光泽、韵律、声音、色彩、形体等。"② 并指出"把意象界定为直觉的对象这种观念，由于引进了立普斯的移情作用说而受到了冲击。克罗齐把直觉说成是'抒情的直觉'，承认在直觉中融注着情感，但他绝对排斥联想或想象；而立普斯却认定在美感经验中有联想或想象的介入。……诗境往往是一种梦境，在这种境界中，诗人越能丢开日常'有意旨的思想'，越信任联想，则想象越自由，越丰富。"③ 阎先生认为朱光潜于是从克罗齐的"形象（意象）直觉说"中游离出来，在直觉之外强调了想象或联想在艺术活动中的作用，认为艺术的创造与欣赏都有联想或想象的介入是有其深刻道理的。并针对朱光潜的"美感经验只限于意象突然涌现的一顷刻，但是作诗却不如此简单。在意象未涌现之前，作者往往须苦心构想，才能寻到它。纵然它有时不招自来，也必须在潜意识中经过长期的酝酿。在意象涌现的一顷刻中，诗人心中固然只直觉到一个孤立绝缘的意象，对于它不加以科学的思考或伦理的评价，但直觉之后，思考判断自然就要跟着来。作者得到一个意象不一定就用它，须斟酌它是否恰到好处；假如不好，他还须把它丢开另寻较满意的意象。这种反省与修改虽不是美感经验，却仍不失其为艺术活动。"④ 阎先生分析认为，这里所谓反省、思考、判断，实际上就是想象。"朱光潜为划清与早期将意象与直觉混同的界限，此时将想象区分为两种：一种是'再现的想象'，另一种是

---

① 阎国忠：《攀援集——经验之美与超验之美》，中国社会科学出版社 2014 年版，第 377 页。
② 阎国忠：《攀援集——经验之美与超验之美》，中国社会科学出版社 2014 年版，第 377 页。
③ 阎国忠：《攀援集——经验之美与超验之美》，中国社会科学出版社 2014 年版，第 365-366 页。
④ 阎国忠：《攀援集——经验之美与超验之美》，中国社会科学出版社 2014 年版，第 368-369 页。

'创造的想象'。前者'只是回想以往由知觉得来的意象，原来的意象如何，回想起来的意象也就如何'；后者则'根据已有的意象做材料，把它们加以剪裁综合，成一种新形式'，而材料是自然的，形式才是艺术"。① 这也就非常清晰地说明了人们在创作中，如何运用好想象与意象各自的作用，才是最关键的，也才能够最大限度地发挥自己的创造力。其实，这是一个相当复杂的抽象思维的意识活动，厘清想象与意象的不同性质和作用，我们才会更好地深入探研与开拓它们的审美表现的艺术功能。

对于意象的看法，朱光潜是这么说的："意象容易引生情感，却不一定能引生情感，所以不是所有的意象都是可以构成诗的境界的。比如举头向外一望，我看见房屋、树木、道路、人马等，在我心中都印下意象，可是，我对它们默然无动于衷，它们没有感动我，对我可有可无，我不加留恋，它们就没有成为诗的境界。但是，这些寻常的事物的意象也可能触动我的某一种心情，使我觉到在其他境界下不能觉到的喜悦或惆怅，使我不得不在它上面流连玩索。如果我把那依稀隐隐约约的情与景的配合加以意匠经营，使它具体化、明朗化，并且凝于语言，那就成为了诗。杂乱的、空洞的意象的起伏只是幻想（fancy），完整的意象与完整的情趣融贯成一体，那才是诗的想象（poeticimagination）。又说到"在美感经验中，我们须见到一个意象或形象，这种'见'就是直觉或创造：所见到的意象须恰好传出一种特殊的情趣，这种'传'就是表现或象征：见到意象恰好表现情趣，就是审美或欣赏。创造是表现情趣于意象，可以说是情趣的意象化；欣赏是因意象而见情趣，可以说是意象的情趣化。"② 显然，朱光潜先生是表明构成诗的意境是绝对需要意象的，意象又是会由人的心情所致的，引发出情感。好的诗应该是将完整的意象与完整的情趣融为一体，那才具备诗的想象力，并从中发现诗人的创造能量。这时诗人的情趣就会转化为美的意象，美的意象中寄存着诗人的情趣，到达诗化境界。阎先生精湛地指出："依照这个意思，情趣与意象都是在'见'，即直觉的一刹那发生的，也是由'见'，即直觉统合起来的。因此

---

① 阎国忠：《攀援集——经验之美与超验之美》，中国社会科学出版社 2014 年版，第 369 页。
② 阎国忠：《攀援集——经验之美与超验之美》，中国社会科学出版社 2014 年版，第 370-371 页。

凡能'见'的人，会直觉的人便可以称之为艺术家。这个观点在这里得到了纠正。因为朱光潜发现艺术与直觉毕竟不是一回事，艺术有个传达问题，由于有传达问题，艺术便必须诉诸语言（这里所谓的语言，按朱光潜在一篇文章的定义，应为'实有事物或想象事物的一种符号系统'），而语言并非是情趣、意象之外的附加物，而是与情趣、意象同时发生的同一件事。情趣与意象（作为统一体）同时也就是语言，或者更确切地说，情趣与意象就呈现于表现它的语言之中。不是有了情趣与意象，然后才去寻找一定的语言来表达，而是在情趣与意象的生成之中就有语言的介入。因此，语言在艺术活动中不仅赋有表达的功能，在某种意义上还秉持结构的功能。由于语言的介入，原来朦胧的情趣才会明朗化，原来杂乱的意象才会完整化，同时明朗的情趣和完整的意象才会统一而为一种意境。"[1] 阎先生在这儿指出了诗的艺术语言的产生是与诗人作者的情趣与意象同步生成的，这样的转化过程需要诗人的把控能力，有赖于诗人多方面的修养与综合素质，才会创造完美的诗境。对此，阎先生更明确地告诉我们："对于艺术家，是由情趣见到可表现那情趣的意象（因情生景），或有由意象而见到其中所表现的情趣（即景生情），然后把那情趣意象混化体凝定于恰如其分的语言，传达给别人。读者则首先见到传达出来的语言，由语言而见意象（意境，或完整境界），由意象而见情趣，然后把那个情趣意象语言混化体（艺术品）在想象中再造出来。艺术家与读者都须凭借直觉与想象，都付出某种创造的功夫，因此都不是很容易的，尤其是艺术家。艺术家要从"无"开始，他们的感觉必须更加敏锐，想象必须更加丰富，情感必须更加深挚，能见到我们所不能见到的，感到我们所不能感到的，并且能够把所见所感的一切用语言恰当地表达出来。所以，艺术家一般比我们要高一着，不是人人都可以成为艺术家的。"[2] 可见，阎先生对诗人艺术家的创造给予了充分的肯定和赞誉，诗歌创作就是由无见有，由想象，到意象，再到语言，其蕴含了诗人极其丰富的精神世界与审美情趣，以及诗人的格调境界，因此，在阎先生看来，的确做一个艺术

---

[1] 阎国忠：《攀援集——经验之美与超验之美》，中国社会科学出版社 2014 年版，第 371 页。
[2] 阎国忠：《攀援集——经验之美与超验之美》，中国社会科学出版社 2014 年版，第 372 页。

家不易，做一个优秀艺术家则更难。

同时，在概括总结朱光潜先生的"意象"观点里，阎先生这样分析道："意象既为人类认识事物的方式，在成为审美意象时必然获得一种新的性质，否则一切意象便都成为审美的了。这种新的性质就是'单整性'。由于具有'单整性'，审美意象便不是'死的'，而是有'生命'的。审美意象的'单整性'，即希腊人讲的'繁杂之中寓有单整性'，是经过心灵综合作用的结果。一般情况下，心灵综合作用有两种途径：一是直觉，二是想象。……由直觉所得的意象可以称作'感官从外物界所摄取的意象'，这种意象因涉及感官的不同，有视觉意象、听觉意象、运动意象等，由想象所得意象则可称之为'心里所想象的意象'。……意象是在直觉或想象中诞生的，因此涉及心与物两个方面，这两方面是不可分割的。与意象同时形成的心理效应可以称之为情趣。意象与物有关，是有见于物的心中的图影，情趣与心有关，是有感于心的物的回音。情趣是'内在的、属我的、主观的、热烈的、变动不拘的，可体验而不可直接描绘的；意象是外在的、属物的、客观的、冷静的，成形即常住，可直接描绘而却不必使任何人都可借以有所体验的。'"[①] 因此，"意象的'孤立绝缘'，不旁牵他涉，是审美经验的一个特点，但艺术品却必须是由众多的意象组成，造成一个完整的'意象世界'。'意象世界'对于艺术尽管还是外在的，在其背后还必须透出某些属于思想感情的东西，但是艺术之为艺术正在于它所营构'意象世界'。一个作家或一个读者，如果只有丰富的人生经验，深刻的情感，而没有对'意象世界'的洞悟与把握，便依然是站在艺术的门外，当然也就不能从艺术的返照中玩味人生的真谛。"[②] 由此可见，意象在艺术的审美与创造的整个过程中具有多么重要的作用，一个艺术创造者仅有人生经验与艺术表现手法是远远不够的，他必须对审美的意象世界有极高的体悟与把握的能力，才可以将意象世界展现于世人。阎先生对意象的观点与梳理，使我们更进一步认识到它的意义和作用，帮助我们能更好地拓展意象的精神领地与审美维度。

---

① 阎国忠：《攀援集——经验之美与超验之美》，中国社会科学出版社2014年版，第372–373页。
② 阎国忠：《攀援集——经验之美与超验之美》，中国社会科学出版社2014年版，第374页。

三

关于审美体验——境界的提法,则是阎先生最为关注的核心。他在分析朱光潜先生关于意境、境界的问题时,着重强调了意境的重要性。他说:"艺术除了营构意象之外,还须造成某种意境。意象是'个别事物在心中所印下的图影',是'创造个别意境的基础',意境是在意象基础之上,融意象、情趣与语言为一体的艺术生命本身。意象可以指包含、视、听、嗅、味、触运动诸器官所生的印象在内的'心中的一切意象'(mental image),意境则是指意象背后'心中一切观照的对象'(object of contemplation),即一切呈现于直觉及想象中的社会现象与人生经验。在一定意义上,意境就是艺术中所体现的艺术家的'思想和情调',是'弦外之音'、'言外之意',是寓无限于有限之中的东西。"[1] 这里,阎先生在概括和借鉴朱光潜先生理念的基础上,提出了自己的独特分析和认识,认为意境就是在意象基础上,融意象、情趣与语言为一体的艺术生命本身,并且,是通过直觉和想象来呈现的社会现象与人生体验,传达艺术家高超的思想情调,寄无限于有限之中的,古今中外的大艺术家都是这样完成自己美好的艺术使命的。阎先生分析认为这是"朱光潜则借用西方近代审美心理学成果,从直觉、联想及想象的不同层面加以限定,意象自身以及它与情趣的关系、意象在艺术品中的地位都比较清晰了;而且由此旁涉到意象的构成、功用,意象世界,意象与意境等的讨论,这些均是前人所不曾注意的。意境这个概念,从王昌龄到王国维都强调其'真'(真实、真诚)的意义,包括意真、境真及意与境合一的真。朱光潜则把它与意象联系起来,看成是意象之上之后属于'思想情调'方面的东西,认为意象是一种'形式',在意象之上之后必须透出艺术家的独特心境,即意境,意境是艺术品的灵魂。"[2] 同时,阎先生认为"意境必须借助意象表现出来,而意象又必须具体地指向意境,因此,意境与意象的关系是内

---

[1] 阎国忠:《攀援集——经验之美与超验之美》,中国社会科学出版社2014年版,第374页。
[2] 阎国忠:《攀援集——经验之美与超验之美》,中国社会科学出版社2014年版,第376页。

在的、确定的,是不可更易的。……意境与境界同指艺术的内在精神和生命,因此常常可以通用,但是意境一般指艺术作品表露出来的艺术家的思想情调,境界则指艺术作品在思想上及艺术上所达到的完善的程度。"① 正如宗白华先生所说的那样"艺术的境界,既使心灵和宇宙净化,又使心灵和宇宙深化,使人在超脱的胸襟里体味到宇宙的深境"。②

由此,我们就又会联想到宗先生对人生境界的追问,他将境界问题分得很细,即人在世界生存中大致归结为以下五种境界:一为满足生理的物质的需要,具有功利性的,叫功利境界。二为人群共存互敬互爱的需要,叫伦理境界。三为人群组合互相制约的需要,叫政治境界。四为研究科学的需要,称学术境界。五为返璞归真,天人合一的需要,又称宗教境界,"但介乎后二者的中间,以宇宙人生的具体为对象,赏玩它的色相、秩序、节奏、和谐,借以窥见自我的最深心灵的反映,化实景而为虚境,创形象以为象征,使人类最高的心灵具体化、肉身化,这就是'艺术境界',艺术境界主于美"。③ 这就体现出宗先生对人生境界的独特观法。不难看出,宗先生是将人生境界的最高点定位于"艺术境界",因为艺术境界可以把人自身的精神灵魂,通过色相、秩序、节奏、和谐等传播方式加以外化呈现,化实景而为虚境,化普遍为典范,化平凡为神奇,创造象征性的审美艺术形式,以塑造人类心灵审美精神世界;而艺术境界的基本宗旨就是传播美的艺术思想,这才是最有价值和最有意义的人生境界。因而,宗先生十分看重艺术家心灵修炼的高低,他认为:"一切美的光是来自心灵的源泉:没有心灵的映射,是无所谓美的。"④ 宗先生深信艺术境界的创造是客观景致与主观情怀相互碰撞的结果,客观景物会带给艺术家主观上无限创作激情与创作动力,它有助于艺术家审美意境的表达,也关乎着艺术家内在的心声。所以"艺术家禀赋的诗心,映射着天地的诗心。山川大地是宇宙诗心的影现,画家诗人的心灵活跃,本身就是宇宙的创化,它的卷舒取舍,好似太虚片云,寒塘雁迹,空灵

---

① 阎国忠:《攀援集——经验之美与超验之美》,中国社会科学出版社 2014 年版,第 375 页。
② 宗白华:《艺境》,北京大学出版社 1987 年版,第 164 页。
③ 宗白华:《艺境》,北京大学出版社 1987 年版,第 151 页。
④ 宗白华:《艺境》,北京大学出版社 1987 年版,第 151 页。

而自然！"①宗先生这样的描述，就自自然然将中国传统的哲学理论中的"澄怀味象"、"澄怀观道"、"道法自然"与"天人合一"的思想观念相融相协地体现出来，表现在他的美学理论中。他发现，艺术这种微妙境界的呈现，是有赖于艺术家平素的精神涵养与天机的培植，这是非常关键的。艺术家要有良好的素养和心境，在长期的涵养积淀中，这种素养和心境才能得以完成，其艺术自然就会空灵动荡而又幽隐深长，能够启迪人的胸襟，净化人的心灵。故"美是难的"（柏拉图语），"所以艺术境界的显现，绝不是纯客观地机械地描摹自然，而以'心匠自得为高'，（米芾语）尤其是山川景物，烟云变灭，不可临摹，须凭胸臆的创构，才能把握全景"。②那么这又是何为呢？在宗先生看来，艺术的意境不是一个简单的平面再现，而是一个境界的深层次创构，是艺术家形而上哲理性审美思维的巧妙转化，是艺术家高妙的审美艺术感觉的存在对自然现象的映射，它更接近于艺术的禅境。"于是绘画由丰满的色相达到最高心灵境界，所谓禅境的表现，种种境层，以此为归宿。……禅是动中的极静，也是静中的极动，寂而常照，照而常寂，动静不二，直探生命的本原。……静穆的观照和飞跃的生命构成艺术的两元，也是构成'禅'的心灵状态。"③可见，宗先生是将艺术的意境上升到人性与哲学的高度，表达艺术家的生命本体，体悟动静、虚实、内外、主客体的真实存在，表现的艺术是诗中有意，意中有诗；意中有象，象中有意；境中有象，象中有境的生命本原；它不但体现于魏晋隋唐人的诗境艺术中，也同样存在于宋元明清画家的画境艺术里，可谓"象外之象"、"超迈空灵"的艺术境界。这就是境界，它与我们中国传统哲学里道家思想理念，如"涤除玄鉴"、"澄怀观道"、"大象无形"、"大巧若拙"、"逍遥游"、"唯道集虚"等思想观念是一脉相承的。

由此可见，阎先生尤为注重审美意境的作用是与朱光潜、宗白华两位先生的美学理念相一致的，他说："审美体验——境界则是更高一个层次。在这个层次中，本来受限定的意获得了解放。所谓境界是一种思想，精神的

---

① 宗白华：《艺境》，北京大学出版社 1987 年版，第 153-154 页。
② 宗白华：《艺境》，北京大学出版社 1987 年版，第 154 页。
③ 宗白华：《艺境》，北京大学出版社 1987 年版，第 156 页。

境界是一种超越的境界；而当意不再有象或境的限定后，便失去了自身的定性，成为无主体同时无客体的一种生命体验，一种超凡的自由。生命体验不同于直觉、想象或联想，它是柏拉图讲的'出神'状态，是融于物，物融于我，物我两忘的状态。人只有到了审美体验——境界层次才能充分体会到审美的愉快。"[1] 也就是说，人只有在这样的心境下，才能获得精神上的彻底解放与审美自由，提升自我人格与人生境界，实现人生的价值与意义。

作者简介：高译，北京大学艺术学院副教授，绘画艺术家。

---

[1] 阎国忠：《攀援集——经验之美与超验之美》，中国社会科学出版社 2014 年版，第 377 页。

第四编 学术访谈

通向艺术哲学之路
——阎国忠教授访谈录

楚小庆

楚小庆：您好，阎老师！今天的访谈的主题是艺术哲学问题。最近您在《艺术百家》上连续发表了几篇文章，主要是谈艺术哲学的，我想问的第一个问题是，您对艺术哲学是怎样理解的，您认为在当前艺术学研究中，艺术哲学处于什么样的地位？

阎国忠：艺术哲学，顾名思义就是艺术界域中的哲学，或哲学视野中的艺术。就前一种意义上说，隶属于哲学，是哲学的分支；就后一种意义上说，隶属于艺术学，是艺术学的分支。作为艺术学的分支，它既是艺术学的端点，又是艺术学的基点。说是端点，因为它建立在艺术学研究的基础上，是艺术学的最高抽象；说是基点，是因为它是艺术学的最后根据，是全部艺术学的立足点。

楚小庆：请原谅我提出的疑问：如果像老师讲的，不是陷入一种循环论了吗？——没有艺术学，就没有艺术哲学，因为艺术学是艺术哲学的基础；而没有艺术哲学，也就没有艺术学，因为艺术哲学是艺术学的最后根据。

阎国忠：事情往往是这样：开始的时候，我们虽然做了，但并没有意识到它的真正意义，只是做到一定程度，甚至是最后的时候，才逐渐清醒，乃至恍然大悟。我们研究艺术学，一般不是从艺术哲学开始，因为那要在理论与实践上有一定的积累，而是从艺术学开始，从艺术的一般问题的研究中一步一步地逼近艺术中那些属于形而上的问题。应该说这个过程是艺术学不断深入并走向成熟的过程。这就是说，是否形成了一种艺术哲学，即是否找到了能够将全部艺术学奠立其上、统摄其中的立足点，是衡量一切艺术学成熟与否的标志。

楚小庆：但是，我以为，从艺术学到艺术哲学存在不小的跨度，无论是谁都很难仅仅依靠对艺术自身的研究进入哲学的领域。

阎国忠：的确如此，因为艺术哲学毕竟是一种哲学，进入这个领域还需要有哲学方面的素养。艺术哲学的形成，意味着艺术被理解为全部存在的一个组成部分，它的存在、运动、价值与其他事物紧密地联系在一起，同时又据有自己独特的不可或缺的地位，而这就需要有超越艺术自身的宽广角度和眼界。

楚小庆：不是我知难而退。我以为研究艺术学，有一定哲学方面的底子就可以了，不必陷在哲学的玄想里。据我了解，有许多著述尽管没有完整的艺术哲学，却不乏艺术哲学层面的依据和表述。

阎国忠：我知道，你是指曾长时期支配我们艺术学的马克思主义哲学反映论、黑格尔的美学和存在主义哲学等。无疑，在我们的文艺学研究中处处都可以找到它们的痕迹，文艺学界没有受过它们影响的几乎是无。但是，正因为如此，我们就更需要进行反思，以便批判地继承那些有价值的东西，创立适合自己时代需求并能与传统文化衔接起来的艺术哲学。

楚小庆：那么，您是怎样评价马克思主义哲学反映论、黑格尔的美学与存在主义哲学影响下的文艺学的呢？

阎国忠：首先谈谈马克思主义哲学反映论吧。马克思主义哲学反映论是奠立在唯物主义之上的认识论，核心的命题是物质第一性，意识第二性，是一切意识及意识形态都来源于物质生活实践，应该说，这本身是无可怀疑的真理，但是将这样一个哲学命题移植到文艺学中，阐释文学艺术具体规律的时候就出现问题了。我在北大中文系读书的时候，一位叫毕达可夫的苏联专家讲的就是马克思主义反映论意义的文艺学，即将文学艺术看作是对社会生活的反映，将真实性看作是评价艺术水平的最高标准，将现实主义看作是最基本的创作方法和艺术风格。讲文学史、文学批评和作家作品的老师都是老一辈的著名学者，比如游国恩、林庚、季镇怀、冯仲云、王瑶等，虽在学术上具有很高的造诣，在表述上却也难跳出哲学反映论的框架。听他们的课得努力捕捉那些框架外的具有鲜明个性化色彩的理解和体验。

楚小庆：我翻过那个时期的一些文学史和艺术史著作，确实存在着一种你说的"框架"，也就是一种模式，即总是从社会存在，主要是经济入手，来解释具体的文学艺术现象。您20世纪80年代初出版的《古希腊罗马美学》似乎带来了一种新的空气：强调从经济、政治、文化、科学、宗教、习俗等总体上把握每个时代；从生活、思想、情趣、个性、际遇等总体上把握每个美学家；在与总体的关联中，同时在相互补充和更递中把握每一个美学范畴。后来，您在一些文章中还将文学定义为人认识或把握自己的一种方式。您的这种理解显然已经超离了反映论的框架。

阎国忠：对，那是我在1987年发表的一篇长文《人与文学的历史趋向》和后来在《走出古典——中国当代美学论争述评》一书中提到的。

事实上，从80年代开始，文艺学界都在探索着如何从原有的反映论框架中摆脱出来。1980年钱中文、钱谷融先生先后发表文章，对文艺是社会生活的反映提出了质疑。随之，围绕艺术本质问题形成了持续六七年的声势浩大的论争，出现了或以情感，或以意象，或以审美，或以人的本质对象化，或以"自由同一"等为核心范畴的艺术论。论争并没有提供最后的答案，但为得出这个答案提出了种种思路。从中不仅可以看到构成艺术的各个侧面，也可以多少看到它的整体。艺术就像是人的另一体，不过是虚拟想象中的整体，是人们所思所想，所喜所好，所忧所惧，所言所行的活生生的写照。

楚小庆：这么说，艺术就不仅是认识问题，而具有本体论的意义了。

阎国忠：事实上，对"反映"这个概念，也可以从本体论的角度来理解。卢卡奇在1963年出版的《审美特性》一书就是以"反映"为核心概念讲本体论的。依照他的理解，反映首先是存在的问题，是一切生物赖以生存繁衍的基本条件，没有反映能力的必然要灭亡。劳动、巫术、宗教、科学、艺术等不过是人类特有的反映方式。这部书1986年就由徐恒醇先生翻译过来了，可惜没有引起学界的注意。人们只是看到艺术作为反映的认识功能，而没有看到艺术作为存在自身的价值。没有看到艺术之所以是存在的反映，因为它自身就是一种存在，并且与其他存在不可分割地统一在一起。

楚小庆： 看起来问题在于从本体论意义来理解"反映"，来建构马克思主义文艺学。

阎国忠： 不过，从本体论看，"反映"这个概念是不够贴切的，而且容易产生误解。卢卡奇后来意识到了这一点，所以在写《关于社会存在本体论》的时候，就以"实践"取代了"反映"。他明白地说：实践是人作为社会存在或客观存在的核心，"只有根据这种实践的真实的存在性质对它的前提、本质、结果等等进行本体论的考察，才能理解这种存在的全部现实的重要标志"。实践较之"反映"是更根本的概念，也更能够体现马克思主义哲学本体论的性质。马克思就将自己所主张的新唯物主义称为"实践唯物主义"，而且讲："哲学家们只是用不同方式解释世界，而问题在于改造世界。"但是，如何将艺术哲学奠立在实践本体论之上，是个需要深入探讨的问题。

楚小庆： 20世纪80年代后期，哲学反映论在文艺学界就很少谈论了，代之以黑格尔的美学。在大学课堂上讲的是"文艺美学"。从哲学反映论到黑格尔的美学，这种转向说明了当时文艺学界已经意识到在艺术哲学上需要进行新的探索。

阎国忠： 据我所知，黑格尔《美学》被介绍到中国，比马克思主义哲学要早，对学界的影响有个漫长的过程。朱光潜先生翻译的中文版是1979年1月出版的，正是学界开始对反映论的艺术学进行系统反思的时候。应该说，中国的文艺学界之所以形成现代意义的艺术概念主要得益于黑格尔。黑格尔不仅确立了一个完整的独立自主的艺术概念，将艺术定义为"理念的感性显现"，而且确立了作为"自由的艺术"的最高旨趣——"认识和表现神圣性、人类的最深广的真理的一种方式和手段，确立了作为"心灵的演进过程"的艺术史观，这些对中国的文艺学界都成了最基本的参照系。黑格尔将美学与艺术哲学看成一个东西。认为只有艺术谈得上美，自然界只有美的雏形。讨论艺术何以为艺术，就是讨论艺术何以成为美，而美本质上是一种理念。不过，这种观念经过中国学者们的阐释和发挥，形成了这样几个判断：一、艺术是"艺术家审美意识的物态化形式"；二、艺术是"美的集中体现"、"艺术的目的是美"。显然，这几个判断都是不正确的，因为"审美意识"并不是艺术家进行创作的全部动机；艺术只是美的一种形态，不可能将全部美集中于自身；艺术之所以存在和发展有远比美复杂得多的社会原因。这些在我的一篇题为《艺术与美——一个马克思主义者与一个新唯美主义者的对话》的文章中专门做了阐述。我今天要谈的是另一个更重要的问题：这种新唯美主义究竟给我们带来了什么和让我们丢失了什么？——我们将它和黑格尔的论断做一个比较：黑格尔是个客观唯心主义者，他所谓的美是超越所有个体经验的"理念"或"绝对理念"，而这里所谓的美却是植根于艺术家个体经验的"审美意识"。对于超验的"理念"或"绝对理念"，艺术只是它的感性载体，它们之间不可能是等同的，所以黑格尔认为哲学、宗教比艺术更高级；对于植根于个体经验的"审美意识"，艺术不仅是它的载体，而且就是它本身，艺术与美因此是直接同一的。这就是说，我们扬弃了黑格尔的客观唯心主义，但却陷入了主观相对主义，因为"审美意识"既然是属于个体的，就必然是相对的，这样美就没有了普遍价值和客观标准，除非我们借鉴康德的审美的"共通感"，把"理念"或"绝对理念"还原为某种共通的审美情趣。

楚小庆： 您将这种主张称为"新唯美主义"？这很有意思。的确，它与19世纪唯美主义有许多相同之处。

阎国忠： 自我、感觉、形式是唯美主义的几个理论支点。不过，新唯美主义是作为哲学反映论文艺学的对立物产生的，是文艺"向内转"思潮的理论形式，在"文化大革命"之后的年代里，曾经是推动文艺摆脱政治羁绊、强化自身价值体认的重要因素，但是，由于将自我与社会、感觉与理性、形式与理念割裂开来，新唯美主义又逻辑地走向了另一面：自我的无限膨胀，感觉的肆意弥漫，形式的极度张扬。于是，我们看到，文艺在"告别革命"后，回到卑琐的自我中；在"拒绝崇高"后，沉溺在低俗的情趣里。影视剧里有的是靓男美女，灯红酒绿；文学读物中有的是丰乳肥臀，狗盗鸡鸣。所谓"美女写作"、"下半身写作"一时间成为一种争相热捧、相互比拼，但令人不齿的时尚。

楚小庆： 所以，我们还常常听到另外一种声音：关注真实，追求高雅。

阎国忠： 问题是文艺还要不要有一个"最高旨趣"？大凡有良心的艺术家总希望给社会带来一些积极向上的东西，而不是相反。黑格尔所期望的

"神圣性"和"最深广的真理",被称为"审美的乌托邦",虽然还在人们心头盘旋,但是,经过生命哲学和心理主义的冲击,已经显得影影绰绰,恍惚迷离,人们不得不把目光转向现代艺术哲学。所以从20世纪90年代之后,包括弗洛伊德的精神分析学、马斯洛的人本主义心理学、巴赫金的对话理论、伽达默尔的解释学、梅洛·庞蒂的知觉现象学、萨特的人学、罗兰巴特的结构主义诗学等纷至沓来,并且都找到了一批追随者,其中尤其是海德格尔的存在主义哲学,更引发了学界的广泛关注和持续不断的讨论,在一个时期里几乎主导了文艺学的研究。

楚小庆: 是不是可以这样说,20世纪90年代之前,影响着中国艺术哲学的主要是黑格尔和德国古典哲学,之后则主要是海德格尔和存在主义哲学?

阎国忠: 对海德格尔和存在主义有个阐释、理解、消化和接受的过程,现在还处在这个过程中。这个过程也就是将其与已经积淀下来的观念,包括反映论的艺术学、黑格尔的美学,冲撞、比较、融合的过程。最后应该是在更高的层面上达到一种整合,形成能够贴近中国现实并与中国传统诗学衔接起来的新的艺术哲学。

楚小庆: 这样说,您认为海德格尔和存在主义对中国文艺学的影响不是哪一种观念或哪一个命题,而涉及它的整体?

阎国忠: 黑格尔和德国古典哲学与海德格尔与存在主义有一个根本的区别就是前者是一种二元论的认识论,后者是一元论的本体论。二元论的认识论是人类形成自我意识之后,将自己与周边世界区别开来,并以自己为主体看待周边世界的理论体现,是人类以自身为出发点认识、适应、变革周边世界所采取的一种态度和观念。我们知道,19世纪之前的有神论和无神论,唯心论和唯物论,人文主义和科学主义大多是奠立在二元论的认识论之上的,但是,进化论与生态学兴起之后,出现了由二元论的认识论到一元论的本体论的转变。这种转变最初体现在叔本华、尼采的生命哲学中。人们认识到人与自然本来是一体的,自然就是包括人在内的世界的总体。自然犹如小到微生物大到宇宙星云构成的一个巨大的链,人恰好处在它的中间。人类为了认识自然,将自己从这个链中抽离出来,客观地面对自然对象,是不可避免的，甚至是必需的，这是就认识论意义说的，但认识论由于自身的局限，永远不能消除康德所谓的"自在之物"，不能回答自然、世界或宇宙是什么，人与自然、世界或宇宙是什么关系，人在自然中地位与其归宿是什么。不仅是海德格尔，20世纪西方哲学，比如梅洛·庞蒂、萨特以及杜威、卢卡奇、葛兰西等都从不同角度表达了这种一元论的本体论。

楚小庆： 那么，怎么表述海德格尔的一元论本体论？记得您在一篇文章中称之为"此在—存在本体论"。

阎国忠： 海德格尔自己将其称为"基础存在论"或"基本本体论"，对存在——包括人在内的存在者世界的追问是其基本问题。在他看来，存在是个最普遍和自明的概念，却又是不可定义的概念。长久以来，人们谈论存在，往往直接从存在这个概念入手，或是指所有存在者的聚集体，或者指某种超越性的实体，而真正的存在却被遗忘了，因为存在属于"前概念"，是与现象相联系的"无条件的总体性的表象"，所以，他认为有必要换一个角度，从存在者——人开始。在他看来，存在与存在者是相互关联的整体，存在因存在者而成其为存在，反过来，存在者又因存在而成为存在者。存在只是通过存在者的"领悟"而得以确证和敞明。这个存在者，不是指其他的事物，而是指人，即"此在"。人作为"此在"不同于其他"存在者"，人不仅为他"'存在者'本身而存在"，而且"具有从'世界'方面来领悟本己存在的倾向"和"紧迫性"。"领悟"——这是人的本真的生存（Existenz）方式。对于存在，人可以没有明确认识和确定的概念，但不可能没有"领悟"。

楚小庆： 这样，对世界、人以及人与世界的关系便应该有新的理解。

阎国忠： 重要的是由此颠覆了真理这个概念，从而颠覆了作为传统哲学，包括艺术哲学的全部基础。对于真理，人们习惯于从二元论的认识论出发，理解为陈述与被陈述者相"符合一致"。这个意义上的真理，被海德格尔称为以叙述的"正确性"为根据的"命题真理"。海德格尔认为，"命题真理"可以提供某种知识，但并不能通达存在者，使存在者得以现身，因此必须追寻更为原始的真理，即存在者的无蔽状态。所谓存在者的无蔽状态，按照海德格尔的解释，意思是任何存在者都不是孤立的，而是与世界联结在一起的，因此只有进入世界之中，才可能被揭示或敞开。揭示或敞开并非就认识论意义讲的，而是从本体论意义讲的。对于此在来讲，就意味着超越地生存，即"在世界中存在"，对于世界来讲，则意味着世界成为世界的生成。因为世界不是别的，就是一个关联性的、标志着此在之为此在，并由此在本身再带到自己面前的结构。真理，归根结底是此在的基本机制。

真理问题对于艺术之重要在于艺术是为真理而存在的。从人们开始议论艺术是什么的时候，就与真理纠结在一起。柏拉图为什么批评希腊悲剧艺术？亚里士多德又为什么强调诗比历史更真实？孔老夫子也称诗可以兴、观、群、怨。两千年来无论人们对艺术如何界定，模仿也好，镜子也好，反映也好，直觉也好，有意味的形式也好，理念也好，意象也好，都不能没有真理这个基本因子，问题是在二元论的认识论的影响下，人们总是从功能性（有用性）的角度理解艺术，将真理理解为与存在者的符合一致，将逼真的再现看作是艺术的定性。而在海德格尔看来，真理对于艺术不是他者，而就是它的本质和本源，艺术之为艺术就在于"开启"或"建立"一个世界，从而使"存在者的真理自行设置入作品"。（按海德格尔的说法，"自行"是从"本有"方面讲的；"设置"是指存在对人的"劝说"和"允诺"）凡·高的"农鞋"对于我们不仅是一双破旧的农鞋，而是敞显了一个新的天地。深深打动我们的不是"农鞋"本身，而是农妇的艰辛和她的焦虑、忧伤和喜悦。这个天地为农妇并伴随农妇而存在。这里——就是在这里，我们领悟了真理，因为存在者整体被带入并保持于无蔽状态中，也看到了美，因为自行遮蔽的存在被照亮并被嵌入在作品里。

楚小庆：能不能这么理解？——沐浴在无蔽之真理及美的光辉中，这就是所谓的"诗意地栖居"。

阎国忠：对"诗意地栖居"，人们往往从浪漫主义意义上去理解，其实，按照海德格尔意思，人的生活本身就是一种栖居的生活。人与动物不同，就是人需要并能够以天空之下，大地之上相贯通为其尺度考量他的栖居，而诗意就是来自这种考量。作诗也就是考量，所以作诗是人所具有的栖居的基本能力，也是人之本质——自由和超越性的体现。

楚小庆：就对诗或艺术的定位和寄予的期望来讲，海德格尔应该说和德国古典主义传统是一脉相承的。

阎国忠：可以这样讲。所以根底里和德国古典主义一样，具有虚幻的乃至悲观主义色彩。但有一点是肯定的：它将整个世界看成是一个相互联系的和动态的过程，将人看成是与世界，与其他存在物相关联的存在物，并从这个立场出发重新为真理命名，为诗或艺术定位。由于这个原因，对于后现代思潮，对感觉主义、形式主义、享乐主义、消费主义起了消解和抵制的作用。所以说它具有虚幻的，乃至悲观主义色彩，是因为它的出发点或逻辑起点，如卢卡奇批评的，是"孤独的个体"。所谓"此在"是作为个体的人，而不是作为属类的人；所谓"在世界中存在"是作为个体的人在世界中存在，而不是作为属类的人在世界中存在。人与世界的关系是通过"领悟"、"语言"、"筑居"建构起来的，而不是通过社会实践建构起来的。作为"被抛到世界中"来的孤独的个体，人不可能不面对既定的现实，也不可能逃脱"计算机"和"漂泊者"的命运。

楚小庆：这是不是意味着必须回到马克思主义关于人的理论上来？

阎国忠：我想是的。确切地说，是回到马克思主义实践本体论上来。人是什么？马克思先后有两个答案：一个就本源意义讲，人是自觉自由的活动；一个就现实意义讲，人是社会关系的总和。自由自觉的活动，指人的生产实践，包括生活资料的生产与人自身的生产；社会关系的总和指的是在生产实践中构成的诸种关系。所以如果要给"存在"找一个家，这个家首先是实践，而不是语言，语言也是在实践中形成的。人所以能够"领悟"存在，"在世界中存在"也是因为人的实践。马克思主义将人与自然理解为在实践中交互生成的关系，是人之为人，自然之为自然的本质和本源，这就是马克思主义实践本体论。

楚小庆：我打断一下。您在许多文章中都讲到，实践不仅是物质生产，即生活资料的生产，而且是人自身的生产，您不认为这两种生产中生活资料的生产是更根本的和具有决定意义的吗？

阎国忠：我不这样认为。通常讲，劳动创造了人，但这个意义的创造不是"无中生有"的创造，就像"创世纪"里讲的上帝那样，而是已经有了人的原型，即类人猿的情况下创造的。劳动一开始是类人猿的劳动，只是当类人猿学会使用工具，并以工具为媒介彼此结合在一起的时候，才渐渐进化为人的劳动。生活资料的生产一开始就同时是人自身的生产,两种生产实则是同一过程的两面。所以,马克思、恩格斯将两种生产统称为"生命的生产"。

楚小庆:确认马克思主义哲学本体论是实践本体论,对于人们一直追问的问题——人是什么,人是从哪里来的,人的未来在哪里,能够提供怎样的认识呢?

阎国忠:所谓哲学本体论就是世界本原论。这个本原就时间意义,即生成意义说是始源的意思,就空间意义,即构成意义说是基元的意思。世界何以成为世界与世界何时成为世界应该是同一个问题。马克思主义实践本体论告诉人们的是:"生命的生产"——生活资料的生产与人自身的生产是作为始源或基元的生活场域,是日常生活的最基本的结构。正是由于生活资料的生产与人自身的生产的不可分离,才使生产不仅表现为人与自然间的物质交换,同时表现为人与人间的生理与心理的结合,从而使"自然的社会化"与"自然的人化"成为可能。还告诉人们:"生命的生产"——生活资料的生产与人自身的生产是作为始源和基元的基础模式,是一切生产活动的基本定性。生活资料的生产之区别于一般动物的"生产",在于使用工具,只是由于工具的存在,人才揖别了自然,人与自然间才形成了对象化关系。但是这里有个前提,就是人自身的繁衍,没有人的繁衍,没有一定规模的生产,任何工具的使用都不可能超出类人猿的水平。生活资料的生产与人自身的生产一方面是人与自然间的物质交换,另一方面是个体与群体间的融合;一方面表现为主体性、"目的论"、自我实现,另一方面表现为主体间性、合目的性和自我超越,这两方面构成了一个矛盾统一的辩证过程,为人类所有生产活动,包括交往活动提供了原始模式。此外还告诉人们:生命的生产——生活资料的生产与人自身的生产是作为始源和基元的内在驱动力,是全部历史的开端。历史的驱动力和开端不是西方马克思主义者阿格妮斯·赫勒讲的"自觉意向",也不是萨特讲的"为自身的目的而突出的将自身整体化的功能",即"需要"。作为生物性存在,人与其他动物有着共同的"需要",但人的"需要"是"生命的生产"的一个环节,而不仅是生命活动的一个环节。作为生命活动的环节,"需要"是以生存为其限度的生命内在过程,因此活动仅仅是生命的自我复制和绵延;而作为"生命的生产"的环节,"需要"却是生命超越自身在自然中不断的生成，因此，"需要"永远是生产的一个契机，"需要"——满足"需要"——新的"需要"，是"生命的生产"的内在逻辑。所以，从本质上说，动物的"需要"是自然造就的，是有限的；人的"需要"是生产的产物，是无限的。历史的永恒的驱动力不是人作为生命活动的"需要"，而是使"需要"成为人的"需要"的"生命的生产"。正是通过"生命的生产"——生活资料的生产与人自身的生产，在建构了现代文明的同时，实现了人自身从自在到自为，从"无声"到"有声"，从灵长类到现代人的转变。

楚小庆：据我所知，就美学界来说，实践作为哲学本体论的确认，最早开始于20世纪90年代有关艺术本质和本体的讨论中，但是，并没有得到足够的响应，只是到了21世纪初年，随着对海德格尔的"基本本体论"和国内人类学本体论的清理才真正作为美学的基础建设被提到日程上来。目前，问题的核心似乎仍然是如何理解实践这个概念。人们已经不满足将实践仅仅理解为劳动，即生活资料的生产，但总是围绕着劳动做放大或拼贴式的处理，没有将同样具有本原意义，并且与劳动紧密交织在一起的人自身的生产纳入视野，这显然影响了讨论的继续深入。

阎国忠：我想，当时卢卡奇的学生阿格妮斯·赫勒在哲学本体论意义上提出"日常生活"的时候，她的本意也是拓宽实践这个概念，以便给世界一个更全面、合理的解释。但是，正如卢卡奇和科西克批评的，"日常生活"是在理论与实践尚未分化的情况下形成的最原初的反映形式，其中属于本质的东西被淹没在了现象之中。同样，如果把实践扩展为一般的感性活动，或者在劳动之外把意识、情感、精神活动都纳入其中，其结果必然是取消了真正作为世界本原的哲学本体，因为所有实践之外的感性活动，所有意识、情感、精神现象都不能自己说明自己，都是在实践基础上和在实践活动中获得自己的定性的。

楚小庆：您在一些文章中称，以实践（生产劳动）直接解释审美现象是不够的，在实践与美之间存在着许多环节。指的是什么？

阎国忠：如果实践不是仅仅指物质生产活动，即生活资料的生产，而是将人自身的生产包括进去，那么就会触及到一系列与审美活动相关的因素，其一，是性的因素。美与性有关，这是不言而喻的。男人有男人的美，女人有女人的美，同时，男人看女人和女人看男人有不同的尺度。看人是如此，看其他对象也大多如此，因为人长了一双性的眼睛。不仅服装有男款、女款，汽车、居室、宠物也有男款、女款。希腊神庙的柱式有仿照男性躯体的"多利亚式"和仿照女性躯体的"伊奥尼亚式"。著名的自然主义者桑塔耶纳称"大自然是性的第二个领域"，检视一下人们用来评价山、水、树木、花草的词汇，诸如雄伟、挺拔、婀娜、靓丽等不都源于与性相关的联想吗？其二，是交往的因素。没有交往就没有美。性所以与美有关，因为性是最基本的交往，但人需要有更广泛的交往，家庭、亲友、种族、集团、阶级、国家都是交往的产物，因为这个原因，因为像休谟说的美与同情、爱有关，所以美不能不打上种种不同的烙印。在妈妈的眼里，孩子总是最美的；在焦大的眼里，最美的绝不是林妹妹。其三，是认知的因素。美背后是真，所以审美活动总要触及认知机能。当人们信以为真的东西，突然变成假的了，美就不再成为美了，除非本来就知道是假的，欣赏的就是真的假，所以，归根结底还是真。因为与认知机能相关，出乎意料，使人感到新奇的东西、含蓄朦胧，让人难以辨识的东西往往能够激起更大兴趣。其四，是自我实现的因素。美虽有可传达性，但总是与个人的性格、趣味相关。美是最个性化的，审美活动是最本己的活动，所以，只有在美和审美活动中，人才能透出真实的自己。我的美是我的生命的最准确的标记。

楚小庆：记得在《爱的哲学与美的哲学》中，您还提到归依或归属的因素。

阎国忠：我想，可以归到交往中来理解。所以单独提到归依或归属，是因为要强调人对自然的关系，人对自然的认同感、亲和感和依恋感。显然，这种情感除了先天的因素之外是在两种生产中形成的。

楚小庆：回到艺术哲学上，是不是说，艺术作为一种审美活动与人们的性、交往、认知、自我实现活动分不开，而最终植根于生活资料的生产与人自身的生产？

阎国忠：但是还必须补充说：不仅仅如此。

楚小庆：为什么？

阎国忠：因为艺术不仅仅是一种审美活动，特别是原始艺术。现在被视为原始艺术的，其实只是用来从事狩猎、游戏、巫术、战争、两性交往和日常生活的实用品，美是它的一个因素而已。现代艺术也不仅仅是一种审美活动，不论对其做多么宽泛的界定。卡西尔说：美不是艺术的本质。V.C. 奥尔德里奇说："美的"这个词被谨慎的批评家抛弃了，即使一些守旧的人也已意识到这个词不适于谈论艺术。当然，他们说的不一定都对。随着人们生活条件的改善和闲暇时间的增多，对审美的需求也在逐渐拓展和提高，因此，美在艺术中必然越来越占据更重要的地位。但是，艺术不同于一般审美活动，艺术是一种自觉和自由的创造性活动，自它从狩猎、游戏、巫术、战争、两性交往和日常生活中独立出来后，便承载了人把握世界、调节人与自然的关系和完善自己的特殊功能。

楚小庆：以我为例吧！我读现代艺术作品，比如毕加索的《阿维农少女》、杜尚的《喷泉》、蒙克的《呐喊》等很少和美或丑联系在一起，总是琢磨画面背后隐喻或象征性的内容。

阎国忠：所以对艺术作品，特别是海德格尔说的"伟大的艺术作品"，绝不能仅仅从审美的角度去欣赏和评价。"伟大的艺术作品"如果是美的，它应该是真理的光环，而真理是靠实践历史地生成并彰显出来的。人们之所以能够想象天、地、神、人共舞的境界，是因为实践中感受到了作为"被抛到世界来"的人的困窘。所以艺术哲学应该告诉我们的不仅是艺术的本原是什么，而且应该告诉我们艺术是如何在历史中展开的，在人类实践中充当着什么角色。

楚小庆：这就是我正要提到的问题：实践本体论如何回答艺术的使命或黑格尔所谓的人类最高旨趣问题？

阎国忠：应该说，实践本体论回答了艺术本源问题，同时也就为回答艺术何以展开，艺术往哪里去提供了可能。就像麦子从种子来又回到种子去；人从大地来，最终又回到大地去。基督教讲的"回归"就是这个意思，不过，它讲的是人从上帝来又回到上帝去。艺术从实践中来，在实践中获得发展，必然在也只能在实践中找到归宿。艺术虽然有自己的历史，但它的历史不是孤立的，而是人类实践的伴生物。艺术不会终结，终结的只是艺术的某种表现形式，因为实践是永恒的，除非人类自身不再存在了。所以，为了回答艺术何以在历史上展开和在实践中扮演什么角色，必须立足于实践本体论。什么是艺术的最高旨趣？我以为，艺术的最高旨趣不是黑格尔所谓的"绝对理念"，也不是海德格尔所谓的"诗意的栖居"，而是通过表现实践的伟大历史进程反作用于实践，推动人的全面发展和人与自然的和解和统一，也就是马克思讲的"彻底的人道主义与彻底的自然主义的统一"。

楚小庆：记得您曾提到艺术哲学要从一般艺术学问题上升到形而上的层面，人与自然的和解和统一是形而上层面的问题吗？

阎国忠：所谓形而上问题，按照海德格尔的说法，就是对使存在者成为存在者的存在的追问。这应该属于先验或超验的领域。人与自然的和解和统一，就人自身讲，就是人的本质力量的全面占有。这是一种理想，一种理念，一种境界，一种信仰，是一个永远追求，不断逼近而无法最终实现的目标。与空想社会主义者的"乌托邦"不同的是，它奠立在实践本体论基础上，并以历史唯物主义为其支撑，它的真正意义不在于对未来做出任何许诺，而在于为现实的实践提供一个方向，以便将人类的智慧和能力集中起来，形成共同的合力。

楚小庆：这就是说，形而上问题虽然属于先验或超验领域，但它植根于经验，而且是经验在理论上的延伸。

阎国忠：在实践本体论意义上，艺术本身所以成为一种表现形式或生存形式，就是因为它就从属于实践，是实践的一种特殊形式。

说到这里，我们有必要将马克思在不同语境中提到的三个命题——艺术是把握世界的一种方式，艺术是一种精神生产，艺术是一种社会意识形态作为一个重要课题进行认真的反思。

楚小庆：好像这方面的研究和议论已经很多了。

阎国忠：问题是没有作为一个思想的整体来研究。马克思没有给艺术一个定义，但是在这三个命题中却表达了一个完整的艺术概念。艺术是一种精神生产，这句话见于《资本论》，是讲艺术的第一性质。由于是精神生产，所以将艺术与生活资料的生产和人自身的生产区别开来了，同时与一般审美活动区别开来了。作为精神生产，艺术必然是由"生产"、"产品"、"消费"三个环节组成的系统,这三个环节互为因果,互相制约,最终结果要体现在作品中;作为精神生产,它的存在和发展要以一定物质生产的一定规模和水平为基础,但与物质生产又存在某种不平衡性。艺术是一种把握世界的方式,这句话见于《政治经济学批判·导言》,是讲艺术的第二性质。马克思意在将艺术与哲学这类用"头脑"通过"整体"掌握世界的"专有方式"相区别,强调它通过现象,并始终不舍弃现象的具象的方法,即直觉与想象的方法。在他看来,现实主义作家狄更斯、萨克雷就是运用这种方法真实地描绘了19世纪英国社会的现实。马克思用了"掌握"这个词,而不是"反映"或"再现",我理解"掌握"除了肯定社会生活的本源性质之外,还突出了艺术活动的主体性和创造性,而这样就与艺术是精神生产的命题衔接了起来。这就是说,艺术掌握世界不仅具有认知的性质,还具有生产的性质:"掌握"的过程就是生产的过程,"掌握"的结果就体现在生产中;或者反过来说,生产的过程就是"掌握"的过程,生产的目的就是进一步地掌握世界。艺术是一种意识形态,这句话见于《政治经济学批判·序言》,是讲艺术的第三性质。无论是作为精神生产,还是作为掌握世界的方式,艺术总是要有自己的选择和追求,而这种选择或追求并不完全取决于艺术家自己,而取决于他在社会中所处的地位和处境,取决于他所代表的社会价值取向和兴趣。社会是个"网",艺术家无论如何不能跳出这个"网"。艺术作为一种意识形态,在社会机体上的地位是确定了的,伟大的艺术家所以能够真正地掌握世界,并生产出让世界震撼的作品,不是因为他们跳出了这个"网",而是因为充分利用了这个"网","网"成了他们用以迅速和广泛传播自己声音的工具。

楚小庆:艺术之为艺术是不是还应该有第四性质?我指的是美或美感。

阎国忠:马克思没有就艺术与美之间关系提出任何论断。但是,他在谈到古代希腊艺术的时候,提到了"艺术魅力"这个概念。可见,马克思并没有忽视艺术这方面的特质。我们是否可以将"艺术魅力"与美看成一个东西?如果可以,那么就与流俗意义上的美的概念大相径庭了。马克思认为,希腊艺术之所以具有"永恒的魅力"不是它怎么"悦耳悦目"、"和谐统一",而是它将"人类发展得最完美的地方",人类的"童年"展示给了人们,从而勾起了人们对充满天趣的童年的记忆和联想。由此可见,在马克思的意义上,"艺术魅力"或美不是或不完全是超离"精神生产"、"掌握世界的方式"和"意识形态"之外的东西,而就寓于它们中间——同样是"精神生产",艺术与科学不同;同样是"掌握世界的方式",艺术与哲学不同;同样是"意识形态",艺术与道德不同,原因就是艺术同时具有一种审美的功能,而恰是由于这个原因,伟大的艺术作为"精神生产"、"掌握世界的方式"或"意识形态"才可以期望达到像希腊艺术那样所谓的"永恒"。

楚小庆:这样,我就理解了。结合你在《艺术的悖论》中的观点,是不是可以这样概括:在实践本体论意义上,艺术来自实践,从属于实践,并最后反馈于实践。艺术的本质和最高旨趣就是作为精神生产、掌握世界的方式和意识形态使人认识自己、调节自己、超越自己,达到与自然的和谐统一。

阎国忠:可以这么说。这仅仅是我对马克思主义艺术哲学的认识,而且是初步的。我希望这成为一个课题,有更多人参与研究和讨论。在艺术哲学层面上,我们有着先天的不足,需要付出更多、更坚实的努力。

楚小庆:今天,您谈得很系统,稍加编辑就会成为一篇逻辑谨严的论文。访谈就到这里,辛苦了,谢谢阎老师!

作者简介:楚小庆,江苏省文化艺术研究院副院长、《艺术百家》常务副主编。

美学：从感性之学到信仰之学
——阎国忠教授访谈录

杨道圣

一、美学研究的开端

杨道圣：阎老师，您好！中国大学里的美学研究者主要分布在哲学系和中文系，前者偏重哲学思想，后者偏重文艺理论。您在1955年进入北大中文系，之后还发表过小说，但您后来的美学研究更多的是在哲学领域进行的。您是如何开始美学研究的呢？

阎国忠：进入美学领域，其实不是我的选择，而是组织安排的。在大学，我读的是中文系。大三那年的暑假，中文系团总支组织团员去平谷县参加劳动，我当时任团总支书记，是带队人之一。其间接到中文系党总支的通知，要我速返回学校，接受新的任务。回来后得知，学校决定在全校组建大政治课教研室，要各系从现任学生干部中推荐两个人。中文系选中了我和于民。从此，我和于民就有了两种身份，既是学生，又是教师。当时讲的课是毛泽东的《实践论》和《矛盾论》。这两本书，我们也是刚刚接触，所以先参加学校组织的培训，然后登台讲课。听课的学生就是我们的同学。面对一起读书、睡觉、打闹的同学，我感到不好意思，同学们也不把我当回事，经常做小动作，开玩笑。当时就是在讲授这两部书的过程中，我开始领略了哲学和逻辑语言的魅力。也就是一年多，到快毕业的那年，大政治课教研室取消了，我和于民归并到了哲学系，成为新成立的美学教研室的成员。

杨道圣：当时北大美学教研室的于民先生、葛路先生等人更多地做艺术理论的研究，但您虽然是中文系出身，您的美学研究一开始就和文艺理论区别开来了。

阎国忠：中文系几年，接触了一大批学问家，文学史方面有游国恩、吴组缃、林庚、王瑶等，语言学方面有王力、魏建功、朱德熙、周祖谟等，而文艺理论方面，除了讲古典文论的杨晦之外，几乎没有他人。当时，吕德申先生还很年轻。一门分量最重的课——文艺学引论，是由一位苏联专家毕达可夫担任。讲的是反映论意义的文艺学，虽有收获，但不解渴。在他们的影响下，我对文艺理论基本上没有兴趣，觉得古典语言和文学才是真正的学问，所以尝试性地写第一篇论文的时候，选择的题目是陶渊明的生平和创作，记得杨晦先生看过后给出这样的评语："你走的还是老一代的路。"好在后来，系里请蔡仪先生来讲了几次美学。蔡仪一上来就在黑板前摆放了诸如希腊雕塑、文艺复兴时期绘画和中国山水画在内的十余张图片，不是一般地讲"人民性"和"艺术性"，而是讲艺术美的特性和它的本源。这样的视角，这样的分析当时觉得特别新鲜，犹如进入了一个新的世界。美学就这样闯入了我的心灵。我隐隐地感到其中有某些文艺理论应该给出而未能给出的答案。

杨道圣：您曾经离开北大，去新疆工作，后来返回北大，重新登上美学讲坛，这个过程一定经历了不少艰辛。

阎国忠：说起来话长。那是1963年，原任北京航空学院院长的武光同志调任新疆维吾尔族自治区党委书记处书记，要北大校长陆平从教师中为他选配一名秘书，我因此离开了北大。此后不久就是"文化大革命"。1973年，北大发函调我回来，商调函被私自压下了；1978年，北大又再次发函，这时新疆局势虽已逐渐平稳，但出台了一个新政策，加强了对知识分子出疆的控制。我能够离开新疆经过了许多周折，历时一年多。说实在的，从到了新疆，还没有想过重返北大，那时只有一种信念：一切听从组织安排，但一直没有放弃对美学的关注和思考。所以到"文革"后期，不仅读了许多书，积累了一摞手稿，而且发表了五六篇评论文章。包括当时风传于民间的手抄本《第二次握手》，包括王蒙刚刚发表的《向春晖》、《队长、野猫和半截筷子的故事》、《最宝贵的》。所以,我有信心重新站在北大的讲台上。当然,我也意识到登上北大的讲台不是那么容易。就在我回到北大不久,一位曾给我上过逻辑课的老师因"课程内容陈旧"被学生赶下了讲台。这件事对我和所有年轻教师震撼都很大。所以我未敢掉以轻心,抓紧一切时间读书、备课,好在教研室主任杨辛先生很理解我,给了我充分的时间。

但我的时间还是有限的。北大当时百废待兴,后勤给我的住房是一间半废弃的厨房,而且房子里面堆满了渣土,墙面污秽不堪,一根电源线悬在空中,没有床和任何家具;房子外面杂草丛生,紧靠着马路,没有院墙。这一切都需要我自己和老伴去清理和置备。好在有几个同学来帮忙。于是花了差不多两个多月的时间清理渣土,粉刷墙壁,拉线装灯,平整院落,搭建厨房和围墙,幸好后勤借给了我几张由条凳和木板搭的床,我的老上司送了几把椅子。这样,总算把一家老小安顿下来。不过,就在这同时,我还必须东奔西走地去办理老伴的工作,女儿的转学,儿子的入托。我从小吃过苦,住过干校,不怕受苦受累,但可惜的是由此耽误的宝贵时间。不过,我想这或许是为重返美学所必须付出的代价。

杨道圣: 那时候,年轻的老师好像都是从做老教师的助教开始,慢慢跟着学习,之后才能走上讲台。您是一回来就直接上讲台讲美学吗?

阎国忠: 当时,北大的美学教研室刚刚恢复不久,许多课还在建设中。美学原理和美学史都是作为专题课开的。西方美学史是唯一系统的课,但朱先生已经不给本科生上课了。我本来是朱先生的助教,在朱先生的指导下讲过18世纪法国启蒙运动美学,回来之后,教研室让我继续准备西方美学史的课。这样,我就有了施展抱负之地。大约经过了一年的准备,于1981年初,写出了第一本著作《古希腊罗马美学》(北京大学出版社1983年版),并为1977和1978级学生开设了同一名称的断代史课。

二、关于美学史的观念

杨道圣: 朱光潜先生的《西方美学史》,注重讲述思想家的文艺理论思想,您在《古希腊罗马美学》中所表达的观念与朱光潜不同,更多关注美学概念和范畴的含义阐释,并且试图在它们中间寻找到一种逻辑关系。如果说朱先生的美学史更准确地说是文艺理论思想史,您的美学史更倾向于哲学美学,但在美学思想背景及内容方面似乎更丰富也更深入。

阎国忠:朱光潜是我的老师,我是学习他的美学理论成长起来的。朱先生在写《西方美学史》的时候,我帮助找人誊抄,是他的第一个读者,同时,他授课的时候,我给学生做辅导。可以说,我对西方美学史的基本了解都来自朱先生。我与他的不同,在于我力求从哲学的角度去阐释和书写美学史。在《古希腊罗马美学》的前言中,我表达了一种"整体"观。所谓整体观,也就是被卢卡奇表述的"总体性"。我认为,特别是古希腊罗马时期,没有专门的美学家,能够称得上美学家的,大都是视野宽广、涉猎广博的思想家、政治家、道德家、文艺家,甚至是数学家、生物学家、医学家,他们的美学就包含在政治、哲学、文艺或自然科学著述中,所以研究美学史,必须把他们每一个人如实地看成汇聚了各种学术思想的一个整体。而为了将这样一个整体表现出来,就需要读他们所有的书,柏拉图的《理想国》是讲城邦政治的,但其中涉及了对美和艺术的理解;亚里士多德的《动物志》是讲动物分类和习性的,其中涉及了审美观念的起源。这些书不仅要读而且要与其他所有的书对照地读,并找到其中的内在联系。同时,美学家虽是个整体,却不是孤立于时代之外的,与时代总是存在着这种或那种的联系,而这些联系正是他所以生成、所以产生影响的重要原因,这就是说,他们属于一定的时代,是这个时代学术文化的组成部分,与时代构成一个整体。为了将这样的一个整体呈示出来,就需要读这个时代有关的书,包括政治的、经济的、宗教的、道德的、艺术的,当然还有哲学的。我确实在书中以很大的篇幅介绍社会和文化背景,在我看来,背景犹如花盆中的土壤,是花的生命之源,其中包含着花之为花的真正的秘密。《亚历山大远征记》不是讲美学,但对我们了解当时的社会和精神文化,以及美学家们的生活和思想是少不了的。

杨道圣:您在《古希腊罗马美学》的序言中就提出"整体的美学史"的概念,您也试图把这些美学家的思想以及他们的概念范畴呈现为一个有着内在逻辑关系的整体。

阎国忠：我是这么认为，对于整个美学史来讲，任何美学家都只是其中的一个环节，美学史自身又构成了一个整体。当然，这个整体仅仅是整个古希腊罗马历史的一个部分。相比较而言，这个整体是最难把握的，因为贯穿这个整体中的是美学范畴，是范畴间的逻辑关系。只把美学家和他们的观点按时间排列起来，并不就是美学史，它不能说明这个美学家何以超越了前人，那种观点何以为后来的观点所取代。人们得到的只是一个个美学家孤立的写照和一种种美学观点单独的描述。当然，这种范畴之间的逻辑关系不能仅就其自身来找，而必须将其纳入社会与文化的总体过程中。我写《古希腊罗马美学》，其中一个至今仍感到欣慰的是，在"和谐"、"善"、"理念"、"整一"、"悲剧"、"崇高"之间找到了一种内在的逻辑顺序，从而将古希腊和罗马的美学表述为一个必然的历史过程。

杨道圣：是的，所以读您的美学史，有点像黑格尔写的哲学史，非常注重前后的逻辑关系。在完成《古希腊罗马美学》之后，您没有像当时学术界习惯做的那样，由于对于基督教的陌生，跳过中世纪，进入文艺复兴和近代，而是对其进行了深入系统的研究。在1989年就出版了《基督教与美学》（辽宁人民出版社1989年版）一书。您认为中世纪的基督教美学主要的特点是什么？能否从学术上建立一种当代学者所提出的"神学美学"呢？

阎国忠：圣奥古斯丁曾说：他写过一部书叫《论美与适宜》，那部书后来被他销毁了，因为其中犯了一个错误，就是从事物自身，即事物的内在关系中去寻找美，而没有意识到真正的美在事物之外，即事物的外在关系。这是新柏拉图主义给予他的一个重要启示。圣奥古斯丁的转变是个开端，决定了中世纪基督教神学美学的整个走向。

说实在的，写《古希腊罗马美学》的时候，我也是围绕事物自身来思考美的问题的。柏拉图和新柏拉图主义的观点对我虽然有许多启发，但并不认为它是主流。在阅读了大量基督教神学的著作后，我在观念上发生了类似圣奥古斯丁那样的变化。不仅对柏拉图和新柏拉图主义，连同圣奥古斯丁开启的基督教神学美学有了新的认识，而且对美学本身的性质、旨趣、范畴、方法有了新的思考。

我不认为将美学置于神学的语境中是切当的，但认为比框定在自然哲学范围里是合理的。正像康德说的，美是不可分析的，因为美与人相关，美与善相关，美与知识相关，美与心境相关，美与习俗相关，更根本的是美与信仰相关。美是一种过渡，一半在感性中，一半在理性中，即信仰中。柏拉图和新柏拉图主义讲的"理式"，是一种信仰，中国的老庄讲"大美"，也是一种信仰。柏拉图依仗有奥林匹斯宗教的背景，采取神话学的方法，许多问题不加论证，正因为如此，连他的弟子亚里士多德都未能说服。亚里士多德之所以能够质疑他的老师，是因为他面对的是由亚历山大东征所洞开的更广大的世界，更复杂多样的宗教信仰，更丰富深厚的历史文化。但是，亚里士多德不谈信仰，把美归之为事物自身的"整一"，这种学说不适合基督教蓬勃兴起的罗马社会。圣奥古斯丁等教父们继承柏拉图和新柏拉图主义的衣钵，努力从"事物之外"寻求对纷纭复杂的世界的统一性及其美的解释。他们把这一切归之于上帝。伪狄奥尼修斯说："美是上帝的名字。"不过，基督教神学讲究的是信、望、爱的统一，首先是要信，而后是望，再后是爱。最后要体现在爱上，只有深深地爱，才会有真正发自内心的望和信。这叫作与"世俗德行"不同的"神性德行"。上帝的存在是可信、可望、可爱的，不是像"理式"那样不可企及，因为上帝是三位一体的存在，上帝既是他自身，又是他所创造的世界，又是永无终止的创造过程，因为人作为上帝的造物，必然彰显着上帝，并最后回归于上帝。柏拉图的"理式论"没有解决"一"何以成为"多"（理式是一，世界是多）的问题，基督教神学的三位一体论解决了。可以说，三位一体论既是基督教神学的本体论，也是认识论和方法论，是它的核心。通过研究中世纪基督教神学著作，我得出的结论是：一直为西方学界漠视的中世纪基督教神学美学其实是美学的第二个渊源，如果只承认古希腊罗马美学的传统，忽视中世纪神学美学的影响，对西方美学史，乃至美学本身不会有正确和全面的认识。

杨道圣：当代的一些美学原理和美学概论的著作都希望能综合涵盖中国美学史和西方美学史的内容，但似乎心有余而力不足，甚至很难达到某一位历史上美学家所达到的高度，这样美学原理，美学概论的学术意义就变得非常可疑，您怎么看待今天的美学原理与美学史的关系呢？

阎国忠：我理解，美学史无非是历史上的美学原理，所以，今天的美学原理就是明天的美学史。美学原理与美学史的区别，在于它的当下性，在于立足于现实的审美活动，同时汲取历史上经过抽象的审美经验，从哲学层面上对人们的审美观念进行综合和概括。由于这个原因，美学原理即便某些方面没有达到美学史曾有过的高度，但总是在通往新的更高的高度的途中。

杨道圣：但似乎中国美学史在美学原理的研究中更难被吸收和发展，中国美学史的很多概念和范畴无法在今天的美学原理中得到表述，虽然有很多学者努力把诸如"意象"，"意境"，这样特别重要的美学范畴赋予现代意义，但也不是很成功。

阎国忠：美学是从西方引进的，中国美学史是在美学的框架内对中国传统诗论、画论、书论等进行综合的产物。这种综合是两种文化和观念体系间的碰撞、交融的过程，这个过程是十分复杂的。问题首先是如何理解和表述中国美学史。在我看来，从王国维开始，中国美学史的研究存在一个根本性纰漏，就是将美学与文艺学混同在一起，没有跳出传统的诗论、画论、书论的框架，对道家，包括魏晋时期的新道家，宋明之后的儒家，包括晚近以来的"新理学"挖掘、整理和研究得不够。美学是哲学的一个分支，基本性质和功能是将形而下与形而上连接起来，成为人们超越自我，通往有限的"桥梁"，而不仅仅是指证什么是事物的美或美的事物在哪里。"天地有大美而不言"，对于文艺学只是立论的前提，就像《文心雕龙·原道》所表述的，而对于美学却是全部立命的根基。

三、关于当代中国美学

杨道圣：学界大多数认为朱光潜成为一位马克思主义者是当时社会政治环境影响的结果，但您在《朱光潜美学思想研究》中却认为朱先生走向马克思主义是逻辑的必然，外在环境只是一个方面。

阎国忠：围绕这个问题，可以谈三点认识：第一，马克思主义在中国的胜利是历史的必然性，这个胜利不仅仅是指政治的和军事的，也是指思想和理论上的，当然，后者是一个更为复杂和长久的过程。第二，20世纪60年代的美学批判—讨论是这个过程的一个侧面，是马克思主义与非马克思主义的一次交锋，但不是表现在各派之间，而是表现在不同思想倾向之间。第三，朱光潜接受马克思主义既是思想界、理论界形势的要求，也是他自身学术发展的要求。马克思主义不仅为他彻底摆脱克罗齐主义提供了可能，而且为他最终将"美是主客观的统一"这个审美心理学命题奠立在马克思主义哲学的基础上提供了可能。

朱光潜是个真正的学者，马克思主义对于他不是一种"身份证"，已经是年逾六旬的人了，为了弄懂马克思主义，还请了一个白俄妇女做家教，从头学习俄语，并且后来与德文、英文对照翻译了马克思的《1844年经济学—哲学手稿》、《政治经济学批判》的部分章节，与此同时连续写了几篇分量很重的评论文章。一个已经步入晚年的老人，能够持续二十多年研读马克思主义，如果不是出于发自内心的爱好和信从，是可能的吗？

杨道圣：他为何晚年花那么大的经历翻译维科的《新科学》呢？这与他作为一个马克思主义者之间有什么联系吗？

阎国忠：1983年，朱光潜应邀去香港讲学，对钱穆坦诚地申明，自己是马克思主义者。这一点可以从他晚年的一系列著述得到确证。可以说，马克思主义从根本上改变了他的价值理念、学术视野和治学方法。维科的《新科学》是他生前最后一部译著，那时朱光潜大半时间住在医院里，有一次听师母说，为了弄明白罗马法的问题，他一个人抱病去北大图书馆查找资料，出门时由于气力不支坐在台阶上，被一个学生发现后扶回家中。这件事令我特别感动。朱光潜为什么将最后的时光交给了维科的《新科学》？根据他自己的说法，有三个动机：一是60年代批判他的弟子克罗齐的时候，曾错误地将他归入唯心主义一派，其实，他是"历史唯物主义的先驱"，他讲的"人类历史是由人类自己创造的"，就是后来被称作的"实践观点"，这一点需要澄清；二是不能孤立地读马克思的书，必须参照其他有关的著作，特别是像《新科学》这样在西方学界产生过巨大影响、为马克思多次称道的著作；三是《新科学》讲的"诗性智慧"、"认识凭创造"可以帮助我们进一步弄清"美是主客观的统一"，而不是"美是客观的"，"文艺是对客观世界的反映"。从这里可以看出，朱光潜的立足点完全是马克思主义。

杨道圣：朱光潜和宗白华作为中国当代美学史上两位重要的美学家，他们之间的对比非常有趣。朱先生从文学研究入手研究美学，宗先生则从研究哲学入手而研究美学。朱先生翻译了黑格尔的美学著作，而宗先生翻译了康德的美学著作。但他们的美学表现的形态却完全不一样，您如何看待朱光潜与宗白华之间的不同？

阎国忠：这个问题比较复杂，几句话说不清楚。总的来看，朱光潜与宗白华先生都是中国美学的开拓者，在半个多世纪中引领和主导了中国美学的发展，但是，他们的学术背景不同，立论基点不同，叙述模式不同，所产生的影响也不同。朱光潜早年留学英国和法国，受经验主义、实证主义影响较深，热衷于心理学，将克罗齐的直觉主义移植到心理学，并在此基础上建构了自己的美学——文艺心理学；宗白华早年留学德国，受康德、叔本华以及法国生命哲学家柏格森的影响较深，在朱光潜潜心研究比较心理学的时候，宗白华已经对西方哲学做了历史性的梳理和批评。宗白华赞赏康德的是他宣布了理性为自然立法者，推崇叔本华的是他将"不死的物质改变为活跃的生命意志"，服膺柏格森的是他的"创造进化的宇宙活力"。在宗白华看来，宇宙本体应该是一种无意识的、不可捉摸的但充满活力的意志，这是一切生命和美的源泉，是一切艺术的范本。艺术何以是美的？原因是艺术家以自己的生命情调，表现了自然的生命意志，使其有如自然的创作。宗白华有两句很经典的话，一句是"自然是个大艺术家，艺术是小自然"；另一句是"自然是精神的物质化，艺术是精神的物质化"，显然这比较接近中国自身的传统。

杨道圣：他们后期都成为马克思主义者，可能改变的原因不一样，他们的美学思想和美学表达方式仍然非常不同。

阎国忠：是这样。后期的朱光潜和宗白华受马克思主义影响学术上都发生了重大转变。对于朱光潜，这是20世纪60年代的事；对于宗白华是20世纪40年代末的事。朱光潜之接触马克思主义是为了反思自己和回应其他几派的挑战，其结果是完成了对克罗齐的批判，实现了从心理学向哲学的转变，将"美是主客观统一"命题奠立在"实践观点"之上；宗白华之接触马克思主义，则是基于对现实生活与传统哲学间不兼容的思虑，其结果是对康德、叔本华、柏格森以及耽于玄想的中国古典哲学的质疑与扬弃，是新的宇宙观和人生观的建立。宗白华先生自己曾说，他的座右铭是"拿叔本华的眼睛看世界，拿歌德的精神做人"，这只是他早年的写照，晚年则以歌德的生命不息、奋斗不止的精神超越了叔本华看世界的眼睛。有人说，宗先生身上体现了一种魏晋风度，这种看法极其表面。宗白华不仅是一个马克思主义者，而且是马克思主义的研究家、阐释者，他给我们留下的《西洋哲学史》、《中国哲学史提纲》、《近代思想史提纲》等，在我看来，是迄今能够看到的最好的历史唯物主义与辩证逻辑的教科书之一。宗白华曾对唯物主义怀有许多疑虑，其中一个关键的问题是，如果世界是物质的，精神从何而来？后来宗白华以反映论做了回答。并且以反映论重新解释了艺术与自然和生活的关系，他坚持美是客观的，但有一个重要的补充：要"通过"主观的感觉、情绪、思维去"发现美"。而且，宗白华理解的客观不只是自然本身，而包括人类社会实践。这样，我们就可以得出一个认识：朱光潜与宗白华一个从心理学入手，一个从哲学入手，最后都在实践中找到了归宿，可以说是殊途同归。

杨道圣：80年代之后美学界似乎对于中国的政治出现了一种冷漠，对于领导人关于文艺的讲话很少触及，您却在这一段时间发表了一系列有关毛泽东和邓小平文艺思想研究的文章，您为何特别关注他们呢？

阎国忠：我将毛泽东与邓小平的文艺学称为文艺政治学，并先后发表了两篇文章。我的动机是：第一，辨明文艺与政治的关系，对于文艺问题，可以而且需要从政治的角度去讨论；第二，辨明毛泽东的文艺思想标志着文艺政治学的确立，肯定其在当代文艺学领域的学术地位。我讲"辨明"，因为学术界在这两个问题上存在着激烈的争论。

文艺与政治有没有关系？谁都不会否认有关系。但自20世纪80年代后期，出现了一种所谓"向内转"的思潮，认为政治对于文艺是外在的、非本质的，文艺应该回到自身，把"表现"或者"美"当作唯一的目的。当然，这种认识是不正确的，因为一个事物之所以存在和显现正在于它与外部世界的关系。所谓本质就是内化了的关系。人是什么？希腊人讲是理性。理性就是一种关系。理性的产生和确证靠的就是关系。一个根本没有关系的人，是谈不上理性的。丹纳很懂得这个道理，他在《艺术哲学》中对各个时期文艺的分析，都是立足于其所处的时代、环境和气候。这就证明外在与内在不仅不是对立的，而且是可以相互转化的。政治，如果指的是政治体制和国家形式（以及阶级等社会形式），对文艺可以说是外在的，但是，当这种政治体制和国家形式转化为一定的政治观念并渗透在艺术家灵魂中的时候，就成为内在的了，而这种转化是不可避免的、必然的。而且，从20世纪初，国外政治学界就在讨论一个问题——政治中的人性或者政治无意识问题。实际上这是一个老问题。亚里士多德就曾说：人天性中就有一种交往冲动，人是政治动物。不过，这个问题之所以重新被提出并受到学术界的重视，是因为得到了现代人本主义心理学和人类学的支持。如果是这样，那么，政治对于文艺就更不是什么外在的了。

所以，我认为，如果不是抽象地谈文艺与政治的关系，那么可以将其分成这样三个层次：一个是文艺与作为上层建筑的政治的关系——文艺是政治的干预者；一个是文艺与作为意识形态的政治的关系——文艺是政治观念的阐释者；再一个是文艺与作为原始情结的政治的关系——文艺是政治情结和意向的体现者。总之，文艺与政治是人类生活的两个侧面，它们之间相互适应与相互冲突的关系不仅是构成丰富多彩的社会存在的条件，也是它们自身不断完善和走向成熟的条件。

杨道圣：政治和艺术的关系在历史上实际上也一直是很重要的问题，无法回避。可能结合历史上政治与文艺关系的具体表现更好谈论。

阎国忠：无论什么时候，历史总是一面镜子。中国古代有"文以载道"或"文以明道"的传统，所谓"道"对于儒家来讲，就是人伦之道，对于道家来讲，就是自然之道，被视为社会生活准则的"君君、臣臣、父父、子子"既是人伦之道，也是自然之道。这里无疑包含了作为君、臣、父、子的文艺家与其他人之间的政治以及伦理关系。从汉代开始，历代王朝大都设立了主管诗歌、音乐、绘画的机构，用以了解和疏导民情，粉饰和宣扬自己的政绩。《贞观政要》很有代表性，可以看出帝王们如何看重文艺在维护封建政权中的作用。西方国家同样如此。柏拉图的《理想国》及其姊妹篇《法律》就谈了许多文艺与政治的关系，之所以要将悲剧家和喜剧家们驱逐出去，理由就是他们宛如成立了另一个政权，可以不顾城邦国家的秩序和法律。亚里士多德是政治学的创始人，他的《政治学》最后一章专门讨论了音乐在净化心灵和形成和谐的城邦秩序中的作用。可以说，无论中国和西方，文艺与政治的关系从来不是什么问题，更不会将其对立起来。

杨道圣：伊格尔顿的《审美意识形态》中特别提出美学是资产阶级的意识形态，这就把美学、艺术的问题同一个特定阶级的自我认识联系在了一起。所以无产阶级理论家也会特别在这一点上同资产阶级有意识地区别开来，要对自己的美学、艺术作出定义。

阎国忠：文艺与政治的关系作为文艺学的问题的提出是在资产阶级与无产阶级两大对立的阶级形成以后。也就是政治成为阶级的政治以后。资产阶级为了将自己阶级利益渲染成所有阶级的利益，把文艺推向了阶级斗争的舞台；无产阶级为了摧毁强大的资产阶级统治，则需要有一种高度的阶级自觉，并调动一切物质的和精神的力量，包括文学艺术。马克思、恩格斯有关经济基础与上层建筑、意识形态关系的论述，关于统治阶级的思想是占统治地位的思想的论述，关于文艺要反映无产阶级革命现实的论述第一次将文艺与政治的关系置放在历史唯物主义框架内，为这一问题的解决奠定了理论基础。列宁在《党的组织与党的出版物》、《列夫·托尔斯泰是俄国革命的一面镜子》等中对这一问题做了初步但基本的表述。在这个基础上，首先是毛泽东，其次是周恩来、朱德、邓小平等以政治概念为核心，系统讨论了文艺与时代、文艺与群众、文艺与社会生活以及普及与提高、继承与革新、发扬优秀的民族文化传统和借鉴国外先进文化等问题，从而创立了我们所称的文艺政治学。之所以称之为文艺政治学，因为这不是围绕某个观点的一般陈述，而是一个奠立在马克思主义哲学之上的完整的理论的建构，虽然作者自己并不一定是有意为之。

杨道圣：政治家关于文艺的思想与思想家对于文艺与政治关系的理论反思可能出发点不一样，但是它们之间的关系应该是一个既有理论意义，也是非常有意思的话题。美学需要拓展自己的视野，认真研究文艺政治学或审美政治学。

阎国忠：文艺政治学作为文艺学的一个分支，目前并没有为学界普遍接受，但是这并不重要，因为文艺理论和实践，特别是这一个多世纪以来的文艺理论和实践已经并将继续确证它的无可置疑的存在。

杨道圣：李泽厚提出的"实践美学"在80年代的学界产生了很大的影响，也有很多的追随者，但您似乎对于实践美学持批判态度。

阎国忠：20世纪60年代的美学讨论的一个重大收获是将"实践"概念引进美学，从而终结了直观地看待审美活动的观点。但是以李泽厚为代表的"实践美学"，仅仅从经验层面上理解实践，将实践等同于具体的物质生产，具有明显的理性主义的倾向，因此遭到了来自四面八方的质疑。其中一个根本性问题是自然美的问题。自然并不是具体的物质生产实践的产物，比如月光、虹霓、海潮，它的美是从何而来的呢？李泽厚的解释是因为实践从根本上改变了人与自然的关系。显然，这里混淆了两个概念，一个是作为人的物质生产活动的具体的经验的实践，一个是作为人类认识和改造自然行为总体的超验的实践。马克思讲的"人化自然"指的是后一个实践，即实践的总体。不仅是空间意义的总体——包括人与自然间的所有物质交换活动，人的全部生命的生产；也是时间意义的总体，包括人在自然中生成与自然通过人生成的整个过程。李泽厚将"人化自然"混淆为具体的经验的物质生产实践，并且仅仅从结果上看待物质生产，因此不理解或者忽略了实践不仅造就了作为审美对象的自然，同时造就了作为审美主体的人，不仅在自然中打下了自己的烙印，使之具有了"自由的形式"，同时使人实现了自己的本质，具有了自由的眼睛。人并不是从"自由的形式"中去发现自己的自由，而是用自由的眼睛去构造对象的"自由的形式"。对于没有自由的眼睛的人，对象永远是外在的、必然的，这就是人的主体性。李泽厚漠视实践的主观性，所以涉及"主体性"问题时不得不借助于康德，借助于人类学，而这恰好证明了马克思在《费尔巴哈论纲》中对旧唯物主义的批评。

后实践美学在这一点上是正确的，就是强调审美活动的超越性，认为审美活动是"以实践为基础超越实践的活动"，当然这里讲的是具体的经验的实践。

杨道圣：但后实践美学缺乏更坚实的哲学基础，进一步的讨论易于陷入空泛。您借鉴西方马克思主义者的概念试图对于马克思的实践观作更进一步的发展？

阎国忠：马克思讲的"人化自然"是作为总体的自然，这是本体论，为什么一定要讲本体论？因为本体论回答的是世界的始源和基元的问题，这是任何一种系统的哲学的基本的立足点，有了本体论才有相应的认识论和方法论。马克思主义哲学首先是一种本体论，这一点在西方马克思主义学者中基本上得到了共识，但是怎么去认识和表述？卢卡奇写了一本书，用了"社会存在本体论"的提法，其基本和核心的概念是"劳动"，也就是物质生产，认为只有"劳动"才实现了自然向人的过渡，才将自然与人统一在一起，构成了整个世界。但是这个提法遭到后继者的不断地质疑。与劳动相比，葛兰西更强调人的自在与自为的主体性，认为马克思主义实践哲学的基础是"意志"，"意志"与实践活动、政治活动是同一的。卢卡奇的学生阿格妮斯·赫勒则认为"个体"以及"个体再生产"是第一个本体论事实，没有"个体再生产"就没有"社会再生产"，所谓"日常生活"就是个体再生产诸要素的聚合。哈贝马斯更是直接批评了建立在"劳动"概念之上的哲学本体论，并提出了"相互关系"或"交往"理论。他指出：尽管马克思本人容纳了制度的框架，没有忽视生产关系以及以符号为中介的相互作用，但这方面并没有包含在后来的马克思主义哲学坐标系中，为了克服这一局限应借鉴弗洛伊德有关家庭和交往的学说。其他人就不说了。

如何看待这些质疑？能不能说他们都没有道理？不能。"意志"既是实践的动机，又是实践的产物，谈实践理应包括实践中的"意志"，那么，为什么葛兰西要特别强调"意志"呢？我想是因为要申明实践并不仅是物质活动，也是精神活动，从而将问题的重心引向主体，引向"批判的武器"，引向文化领导权。当然，"意志"本身无论如何不是本体论事实。最值得重视的是阿格妮斯·赫勒的"个体再生产"与哈贝马斯的相互关系或交往理论。"个体再生产"是指劳动吗？不仅是劳动，也包括两性的结合。没有两性的结合，怎么有"个体再生产"呢？不过，一旦涉及两性，就不是单纯的"个体再生产"，而是社会再生产了。讲到"相互关系"和"交往活动"，劳动无疑是一种"相互关系"和"交往活动"，哈贝马斯将其并立甚至对立起来是不对的。问题只是劳动并不是关系的全部，如果是那样，人与人之间的问题就很单纯了。除了劳动之外，还有家庭、血亲、氏族、民族、宗教等的关系，而这些关系是在两性关系的基础上发展起来的。这两类关系以及由此派生的其他关系交合在一起才构成了今天我们面对的这个既有序又无序，错综复杂、千奇百怪的人类社会。

从20世纪30年代开始，围绕实践概念进行的半个多世纪的讨论，得出了什么认识呢？一个是对实践概念的不断充实和丰富，一些新的现代思想和文化因素的融入；一个是实践本体的确认成为逻辑的必然，延续已久的传统阐释逐步被扬弃。这就是说，经过对实践概念的多角度多层面的拓展之后，认识重又返回到马克思、恩格斯创立马克思主义哲学时立论的原点：人的生命的生产——生活资料的生产与人自身的生产。马克思与恩格斯在《德意志意识形态》中讲：根据唯物主义观点，历史中的决定因素，归根结蒂是直接生活的生产和再生产。但生产本身又有两种，一是生活资料的生产，即食物、衣服、住房以及为此所必需的工具的生产，一是人类自身的生产，即种的繁衍。恩格斯在《家庭、私有制和国家的起源》中将"直接生活的生产和再生产"称为"生命的生产"，说：自己生命的生产（劳动）或他人生命的生产（通过生育），立即表现为双重关系，一方面是自然关系，一方面是社会关系。应该说，这就是马克思主义实践本体论的经典表达。为什么这样说呢？因为它完整而准确地回答了世界的始源和基元问题。我这里用了始源和基元两个词，始源是指时间、开端，基元是指空间、基础。这就是说，"生命的生产"，即生活资料的生产与人自身的生产是作为始源和基元的生活场域，日常生活的最基本结构；是作为始源和基元的基础模式，一切生产活动的基本定性；是作为始源和基元的内在动力，全部历史的开端。很遗憾，限于时间，这些问题这里无法展开。

杨道圣：现在美学研究者对于美学原理的问题越来越不感兴趣，更热衷于当代的审美文化的研究，这是一种媚俗呢，还是强调对于现实的关注呢？

阎国忠：审美文化作为一种专业术语是在以下条件下提出的：一是经济大潮的兴起；二是文化与文化学的升温；三是美学的相对沉寂。北大带了个头，将南墙推倒了，与市场连接在一起，从而发出了经济与文化联姻的信号。应该说，美学为了介入这一浪潮，获得自己的话语权，借文化的名义走出象牙之塔，这本无可非议。但是，问题在于作为一种理论，甚或一门学科审美文化能否成立？我对此是持否定态度的。因为审美文化以这样几个认识为其前提：一、美就是美的事物，与主体无关；二、文化中可以区分为审美的与非审美的；三、美学是或者可以是一门实证科学。这三个前提我以为都不能成立。美与美的事物的区别是个老问题，从柏拉图时候就提出来了。如果美就是美的事物，那么美学就没有必要存在了，因为美学是哲学的分支，是人文学科。审美的文化与非审美的文化怎样区分？人是按照美的规律造型的，一切文化都可能具有审美的功能。美与不美是相对的，如果茫茫沙漠中一座孤零零的土房突然出现在你面前，你会感到它美，而这座土房放在豪华别墅边上，你会感到它丑陋，而且寒酸。今日看起来是非审美文化，几百年后可能就是审美文化。美学现在不是将来也不会是像数学那样精密的科学，它的意义不在指证什么是美或什么是丑，不是从对象寻找美的尺度，而是让人自己成为美的尺度，即养成一种高尚的审美趣味和人格。在这个意义上，我说美学是否定之学，超越之学。

当然，我不否定审美文化所带来的积极的方面，这就是一批美学专业的学者转向了文化学，在"经济唱戏，文化搭台"年代及以后起到了理论上引导和推动的作用。

四、关于美与爱、信仰的关系

杨道圣：从您 90 年代以后发表的一些文章来看，发现您对于美学的研究有极大的拓展与深化，经常提及的美和爱的关系，美和信仰的关系等，这些已经超出了传统美学学科的范围，而更多的是把美的问题当成一个真正的哲学问题来思考了。

阎国忠：美与爱、信仰的关系是 20 世纪 90 年代以来我重点思考的问题。问题是这样提起的：如果美是主客体碰撞和交融的结果，那么与主体相对应的客体和与客体相对应的主体是什么？我的回答是：客体是包括形体、运动、色彩、秩序、节奏、气息、声音等在内的事物的整体，与客体相对应，主体是包括每一种感官——视觉、听觉、嗅觉、味觉、触觉，每一种生理机能——神经系统、血液循环系统、呼吸系统、消化系统、生殖系统等在内的人的整体。但迄今审美心理学仅仅围绕着心理经验，即直觉、感兴、想象、移情、孤立绝缘、心理距离等解释美感现象。直觉、感兴、想象、移情、孤立绝缘、心理距离等一定会激起美感？——不是吗？直觉可以让我们厌恶，如果面对的是一堆发臭的垃圾；想象可以令我们痛苦，如果呈现的是不堪回首的往事；心理距离可以使我们变得冷漠，如果我们有意无意地置身于欢乐或悲怆的情节之外。亚里士多德讲悲剧可以引起哀怜和恐惧之情，前提是消除人们的心理距离。直觉、感兴、想象、移情、孤立绝缘、心理距离之所以引发美感是因为其背后还有一个更深层的原因，这就是我说的爱。爱，在我看来不仅是心理经验，而且是生存经验，是人特有的一种生命元素和冲动，是人类完善自我、走向文明的根本的内驱力。我们看到燕子飞来飞去为它的孩子喂食，觉得很美，因为我们有爱；我们听说一条狗在主人遇难的地方没日没夜蹲守了半年，觉得很美，因为我们有爱；当国旗在天安门前冉冉升起，庄严肃穆的人群，铿锵有力的音乐，晨曦所投来的最初一抹光明，觉得很美，甚至有一种无以言表的激动和兴奋，因为我们有爱。直觉、感兴、想象、移情、孤立绝缘、心理距离本身并不能触动我们，让我们感到欣慰和愉悦的是意识或没有意识到的爱的存在，是意识或没有意识到的与对象的亲近和融和。

杨道圣： 您在此基础上又提到了自由的概念，美、爱、自由和艺术这四个概念成为您的美学思想里面四个核心概念，并且围绕这四个概念，您已经建立起自己富有特色的美学思想体系。

阎国忠： 我比较忌讳"体系"这个词，因为美学是在不断提问中发展的，"体系"不免会作茧自缚。美所以激起我们的爱，并让我们感到一种莫名的快慰，为什么呢？这需要从理论上加以说明。仅仅去描述它不是美学。美必然激起爱吗？我说：是的。爱与美可以互相参证。凡是你感到美的，总会引起你的爱恋；凡是让你爱的，总会伴有一种审美的快感。世上如果没有美，就不会有爱；同样，世上没有爱也绝不会有美。原因就是它们都植根于自由，并让人回返自由，沉浸在自由之中。这里需交代一下自由这个概念。黑格尔认为人的本质是劳动，马克思肯定这个说法，但在劳动之前加了一个词组"自由自觉"。动物也有劳动，但没有自由自觉的劳动。自由是人的本质，但本质的实现是个永恒的过程。所以，我对于自由做了这样几层表述：

第一层，认识并驾驭自然的必然性。这是马克思主义哲学的传统说法。何以认识和驾驭必然性？因为人是类的存在物，智慧可以通过类来积累和传播。而这样就必须有第二层，消除作为单个人的片面存在。人的进化史是不断融入类的过程，单个人无法与动物区别开来，因此不可能超越自我。但是还有第三层，就是个体与类的统一，感性与理性的统一，自然与社会的统一，即自我本质的全面占有。自由是人的本质，是人的最高享受和最高境界，世上没有什么比自由给人的愉快更深沉，更纯粹，更圣洁，由于这个原因，自由距离人显得很遥远，但幸运的是生活实践成全了人，有了一颗爱美的心和一双审美的眼睛，因而时时能体验到自由的存在。

但是，仅仅指出爱与美植根于自由因而互相参证还不够，所以我在一篇文章中从结构、秩序、历史、本原、定位、意义六个方面讲了爱与美的关系。从结构上讲，它们都是复合概念，都是一个家族，且相互之间有着内在的联系；从秩序上讲，爱与美的家族中存在着由个别到一般，由物质到精神，由社会到自然，由具象到理念，最终达到天、地、神、人融合为一的心路历程；爱的秩序我们很少讲，但柏拉图讲，孟子、董仲舒也讲，马克思·舍勒还写了一部书。从历史上讲，爱的历史就是爱的家族得以生成、爱的秩序得以展开的历史，美的历史同样是美的家族得以生成、美的秩序得以展开的历史；从本原上讲，性、生产、交往、皈依或归属以及自我实现是爱与美共同的本原；从定位上讲，如果心灵可以区分为理智、意志、情感，价值结构可以区分为真、善、美，那么这两者之间显然有一种相互对应的关系，不过是不平衡的对应关系。爱不是与理智、意志、情感平行的、独立的部分，而是理智、意志、情感的共同基础、内在机制、价值导向。美则是与真、善平行的、独立的部分，美与欲念、知觉、联想、想象、同情心紧密联系在一起，有自己的思维方式，自己的认识功能，自己的逻辑和历史，但与美对应的不是情感，而是包括情感以及渗透在情感里的理智、意志在内的爱。因此，美又可以成为真、善的表征；从意义上讲，爱确证了人必须走出自己，与群体、与自然、与世界融合在一起，是发现并寻求共在的力量，结构和创造的力量，超越有限趋向无限的力量。美确证了人的整体情结，并为人勾画了融入群体、自然、世界的轨迹，是以认识和改造自然为目的的伟大的造型运动的表征，是人的自我生成、自我完善、自我救赎的真实的写照，是人的最高境界——心灵与自然，个体与群体，有限与无限统一的象征。由此可见，如果不是仅仅从伦理的角度看待爱，不是仅仅从心理的角度看待美，而是将它们连接在一起，从哲学角度去看，那么就势必会触及美学的根本课题——人生的最深层也是最耐人寻味的真理。

杨道圣：您这些概念和思想的形成似乎很多是受柏拉图和基督教神学的影响，您似乎也在努力使用这些思想资源发展成一种理性化的信仰，或者可称为信仰美学。

阎国忠：据我所知，此前还没有人对爱与美的关系做这样系统的论述，但在观念上和方法上做了一系列的铺垫。其中对我影响最大的是孔子、柏拉图、圣奥古斯丁、圣维克托·理查、圣托马斯·阿奎那、弗洛伊德、马克斯·舍勒、乌纳穆诺、A.H.马斯洛等。特别要提到的是我从基督教神学讲的三位一体中进一步理解了黑格尔所说的"外化"，马克思所说的"对象化"。这是一种方法论，其实就是辩证法。三位一体，本来是讲圣父、圣子、圣灵的关系，基督教神学家们把它阐释为造物者、创造、世界的关系，存在、心智、灵魂的关系，理解、记忆、意志的关系，爱者、爱、被爱者的关系，观照者、观照、被观照者的关系。如果我们将这样的方法运用到现象界，去分析世上的事物，比如一块石头，一株树木，一个活着的人，那么可以说，它们都是三位一体，是既是自己，又是自己的对立物，同时是由前者向后者的转化。说到这里，我要特别谈一下真、善和美的关系。我谈了美是真、与善的表征，它们是三位一体的关系。怎么理解？圣托马斯·阿奎那说，上帝是一个，作为存在，作为认识的对象，上帝是真；作为趋向，作为伦理的对象，上帝是爱；作为表征，作为审美的对象，上帝是美。不光是上帝，世上任何事物也是如此，如果是美的必然也是真的和善的，比如燕子喂食、狗守护主人，天安门升旗的例子，我说那很美，难道不也是真和善吗？所以亚里士多德说美与善不可区分，不同的只是美可以表现在不动的事物上；而"美是真的花朵"更是美学上的一种共识。真、善、美之间有无错位和抵牾呢？有，因为真、善、美有至少三个层次，一个层次是：真——事实的真，善——功利的善，美——形式的美；一个层次是：真——逻辑的真，善——

317

伦理的善，美——意象的美；再一个层次是：真——真理的真，善——至善的善，美——理念的美。如果你不在同一层次上看待真、善、美，比如，把真看成事实的真，善看成是功利的善，而把美看成是理念的美，即"大美"，或者，你把真看成是真理的真，善是至善的善，而将美看成是形式的美，那它们之间肯定是不协调、不对应的。当然，事情是复杂的，即便在同一层次里——我指的是第一和第二层次，也难免有这样那样的不协调，但是在第三层次里，即在最高境界中，这种不协调就全都消泯了，因为它超越了所有的有限性，是所谓的"天人合一"，是哲学的、道德的、宗教的，也是审美的境界。但是，还有一个问题需要澄清，无论哪一个层次的真、善、美，都是在观照中呈现的，没有离开主体的真、善和美，也没有离开客体的真、善和美，正像普洛丁讲的：如果你想欣赏美的太阳，必须有太阳般审美的眼睛。而太阳的美也只能在这样审美的眼睛里得到确证。所以全部问题都在于如何养成一种观照或审美的能力，一种超越自己有限性的修养和境界。所谓救赎无非如此。

五、关于美的超越性问题

杨道圣： 最后还有一个问题：您在一些文章里说，审美活动是一种超越性活动，不仅是对感性的超越，也是对理性的超越，是对这两方面的双重超越，美学的基本问题是人与自然的统一，这样的观点显然与鲍姆加登以来的传统美学有很大的不同，您能否简要谈谈您的思路？

阎国忠： 超越性问题实际上是人如何实现自我、获得救赎的问题。这个问题首先是柏拉图提出的，是柏拉图全部哲学和美学，包括理念论、爱欲论、回忆论、迷狂论、灵魂不灭论的核心。柏拉图第一个指出在感性之美之外，有一个"美本身"，即理念之美，第一个确认从感性之美到理念之美是一个超越过程，不过，这个过程是在"爱神"的"引导"或"凭附"下实现的。这些思想后来基督教神学继承下来了，只是"爱神"连同"美本身"换了一个身份，叫上帝。

美学被鲍姆加登定义为感性之学，但是他所谓的感性之学与亚里士多德以及后来的休谟等不同，是作为低级认识论的感性之学，是"为以知性认识为基础的科学提供材料"的感性之学。这就是说，感性学的意义是在与理性的连接中，即在超越性中确认的。康德不认为鲍姆加登的感性学能够成为美的科学，在他看来，美学的核心概念不是美或作为它的载体的艺术，而是作为先验综合判断（反省的）的审美判断力，而恰是这个审美判断力才真正揭示了感性学作为低级认识论的规定根据，审美活动的中介性质，以及从纯粹美到依附美，从美到崇高，从审美判断到审目的判断之间过渡的可能性。康德为整个德国古典美学定下了基调，席勒、谢林和黑格尔所做的是把这个超越过程从主观方面转向了客观，美被定义为"绝对理念的感性显现"，艺术、宗教、哲学被确认为是通向绝对理念的途径和形式。

康德等的讨论没有超出认识论范围，这种过分崇尚理性主义的倾向后来受到了广泛质疑，于是存在主义者杜夫海纳、海德格尔立足于生存论的本体论，将超越性问题置于"此在—存在"的框架内，不过超越性仍然被看作是"思"、"言"、"诗"这样纯然精神性的过程。

杨道圣：这样说来，美的超越性问题是否与您所说的实践本体论有关？

阎国忠：是的。在我看来，本体论不仅关系到世界的本源，也关系到世界的归宿。实践作为本源，是人的生命之根，作为归宿，是生命的最高境界。用马克思的话说，就是"彻底的人道主义与彻底的自然主义的统一"。美的超越性问题应该放在这个意义上来讨论。这同样是一种理念，一种信仰，但这与"审美乌托邦"不同，是建筑在对人类历史的考量上，并包孕在实践概念中的客观的可能性。"天、地、人、神共舞"也好，"诗意地栖居"也好，作为生存方式，如果是可能的，唯一能寄以希望的就是实践，首先是物质生产实践。

人与自然的统一，既是人与外在自然的统一，又是人与内在自然的统一，也就是感性与理性的统一，所谓超越就是感性与理性间的双向性超越，仅仅是感性向理性的超越是不够的，因为单纯的理性或单纯的感性都是片面的，而且，在"技术理性"日益泛滥，感性日益遭到压抑和扭曲的今天，（科学的手段发达了，自然的器官退化了，这意味着什么呢？意味着机器正在取代人自身。）强调一下理性向感性的回归似乎有着非常现实的意义。因为在我看来，感性不是别的，就是自然本身，就是自然所赋予人、从而使人有可能向理性延伸的一切。感性是理智、意志、情感的共同基础，不仅理智要依恃于感性，意志、情感同样要依恃于感性。理智在通往真理的途中要对感性加以分析、概括和抽象，但是它所抽象的东西永远是感性的一个部分。打个比方：理智是采矿者，感性则是伏脉深广的矿藏；理智是气象学家，感性则是瞬息万变的大气环流。理智的任务是引导感性，但是，理智自身的谬误常常要靠感性来纠正。美学既是感性之学，又是信仰之学，而这就是它区别于并优越于其他人文科学之处，它的使命就是告诫人们，不要忘记自己是从自然中来的，并始终生活在自然中，也不要忘记自己是自然的最高造物，自然应在自己手中生成。

杨道圣：非常感谢阎老师接受我的采访，请允许我表达一下我的访谈感受。您作为新中国第二代美学家，和国内其他美学研究者之间最大的不同是您一直把美学作为哲学问题，您非常看重借着这些西方哲学家来说当代的美学问题。在您的美学史里，不只是述，更重要的是评。您晚年的这些文章更多的是"六经注我"，西方无论是古代的还是当代的思想资源都是要用来阐述解释您所关注的美学问题。这应该是研究美学史的目的，而美学理论也应该如您这样有扎实的史的根基。感觉目前的美学研究这两个方面没能很好地结合在一起。您的研究方法为中国美学理论的发展提供了一条确实可行的路径，美学作为哲学的一个分支，是对于现实中表现出来的问题的哲学反思，它不能限制在纯粹的学科范围之内，而是对于人生深沉的反思，表达了一种对于超验的追求，就是您所说的是一种信仰之学。

作者简介：杨道圣，北京服装学院艺术设计学院教授。

第五编 新的攀援

镜·灯·路
——论美的神圣性

阎国忠

美的"神圣性"是对人而言的。就西方而言，最初提到美的"神圣性"的是最初将人比作"小宇宙"的德谟克利特。德谟克利特说："凡是期望灵魂的善的人，是追求某种神圣的东西，而寻求肉体快乐的人则只有一种容易幻灭的好处"，又说："大的快乐来自对美的作品的瞻仰"。美的神圣性是人的需要的产物，如果人没有一颗"善"的心灵，就不存在美的神圣性问题，也就没有由对美的"瞻仰"而带来的"大的快乐"。所以，美的"神圣性"不是自然科学的问题，也不是宗教神学的问题，而是哲学，特别是美学的问题。毫无疑问，宇宙是否神圣，上帝是否神圣，并不取决于它们自己，而是取决于人的智慧，道德理性和生命体验。

美之所以神圣是因为人是理性的动物，需要理性上的满足。美不过是一面镜子，用以发现和确认自己。其他动物无所谓美，因为它与自然是同一的，自然不是它的对象。人则不同，人虽也是感性的，但人有理性，懂得反省，能够与自然拉开距离，并将其当作观照的对象。人因为是感性的，所以对自然有一种认同感、亲和感，因为是理性的，所以又有一种超越感、神圣感。这样，在人面前就有两种美，一种是感性之美，一种是理性之美；与之相应，有两种快乐，一种是通过感官引起的快乐，所谓"耳目之娱"，一种是通过体验产生的快乐，所谓"心神之娱"。前一种美，在美学上称作经验之美或相对之美，后一种美称作超验之美或绝对之美。中国古代将后一种美叫作"大美"。熟悉西方美学史的人都知道，美学的开篇就是柏拉图对这两种美的区分和对后一种美，即"美本身"的阐发。所谓"美本身"，就是美的理念，就是超验之美。按照柏拉图的说法，超验之美作为理念是"恒定静一"，"独立不改"的，是诸神所栖居遨游的"真实界"的表征，而经验之美只是因"分有"超验之美而美的，因此是短暂的、虚幻的。人的灵魂是理性的灵魂，只有在理念中，即超验之美中才能够实现自己，并与诸神共享类似"濒临美的汪洋大海"般的永恒的快乐。柏拉图之后，新柏拉图主义、基督教神学、德国古典哲学都延续了这样的话题。

一湾清流，一丛翠绿，一盏华灯，一曲情歌可能是美的，但不会是神圣的；而一面旗帜，一处遗址，一段传奇，一座书院不仅可能是美的，而且会是神圣的，这是因为在它们的感性形式下隐含着理性的内涵；同时因为这些理性内涵彰显并确证了人自己超越感性的理性的本性。

美之所以神圣，进一步说，是因为人需要走出自我，融入世界之中。美不过是悬在前面的一盏灯。理性是什么？亚里士多德说：理性是人之为人的"基质"，是一种"评判审虑的机能"。人需要辨别真假，为自己寻找一个可靠的生存环境；需要区分善恶，为自己确立一种合理的行为准则，同时需要评判美丑，为自己谋划一个值得向往的精神境界。但是，真或假的判断不关涉善恶，恶的可以是真的；善或恶的判断不关涉真假，假的可以是善的，唯有美或丑的判断是以真假、善恶为其底蕴的判断，是关涉事物整体的判断，同时也是需要整个生命投入其中的判断。依照康德的讲法，这不是纯粹理性的判断，也不是实践理性的判断，而是介于它们之间，并将它们沟通在一起的"判断力"的判断。在这个意义上，海德格尔说"美是真理的去蔽"，康德说"美是道德的象征"，应该说是有道理的。美因何而神圣？就是因为美的背后是真、善，是一种完整的并且崇高的生命境界。

真、善、美是统一的，审美判断在一定意义上就是真与假、善与恶的判断，不同的是：在经验层面上，感性是评价根据，所谓真，是实存意义的真，所谓善，是功利意义（合目的性）的善；在超验层面上，理性是评价尺度，所谓真，是本真意义的真，所谓善，是至善意义的善。经验之美确证了人有一双经验的眼睛，世界是一个经验的世界；理性之美确证了人有一双理性的眼睛（内在感官），世界是一个理性的世界，因为这个原因，人不可避免地陷入了生命的二元论中。人不能没有感性的享乐，因为人不能没有实存意义的真和功利意义的善，但也不能没有理性的追索，因为人不能没有本体意义的真和至善意义的善。但是没有理性作为支撑的感性的享乐常常是令人堕落的陷阱，而没有感性作为根基的理性的愉悦又常常使人堕入玄想的黑洞。所以，在步入启蒙时代之后，经过上百年的反思，人们终于发现为理性所曾构建的超验世界中的主人，不是柏拉图和亚里士多德说的神，而是生活在经验世界的人自己，同时发现古罗马人朗吉弩斯讲的"崇高"不仅可以是写作的风格，而且可以是感性与理性、经验与超验相统一的神圣的审美境界。

英国经验主义者柏克第一个将美与崇高做了区分，认为美的根源是人的"社会交往"的本能，崇高的根源是"自我保全"的本能。当危险临近，但并不危及自身生命的时候所产生的感觉，就是崇高感。崇高感是一种夹杂着快感的痛感。崇高的对象一般是巨大的、坚实的、垂直的、朦胧的，从而具有"可恐怖性"。康德继续了这个话题，但从多个方面对柏克做了修正。康德不认为美与崇高根源于人的本能，而强调通过想象力与悟性或理性概念之间的关联——美是悟性与想象力相互协调的活动，崇高是理性与想象力相互协调的活动。认为崇高只存在于"我们的内部和思想的样式里"，并且"在它自身结合着心意（认识能力与意欲能力）的运动"，所以，仅仅感性或悟性的形式不足以表现崇高，仅仅巨大、坚实、垂直、朦胧不足以表现崇高，仅仅自然表象——自然的合目的性不足以表现崇高。与美不同，崇高给人的感觉是"想象力活动中的严肃"，是"惊叹或崇敬"，而不是游戏，如果说是愉快，那就是"间接"的愉快，是"经历了瞬间生命力的阻滞，而继之以生命力的更加强烈的喷射"的愉快，是与理性概念相应和而激起的"超感性的使命"感觉的愉快。

这里印证了孟子的一句话："充实之谓美，充实而有光辉之谓大。"崇高是闪烁着"光辉"的美，既照亮了自己，也照亮了世界，于是人们发现在经验世界之外有一个超验的神圣的世界，一个值得向往、值得敬仰的世界；同时发现人虽然生活在经验世界中却有着对超验的神圣的世界的企望，一种超越自我、融入世界的使命和兴趣。

一面旗帜，一处遗址，一段传奇，一座书院之所以神圣，因为它们每一个都不仅是表象，而是一种意象，都隐含有超越实存的真——合规律的真和超越功利意义的善——伦理意义的善，因此对于确证自我、融入世界的人都是一种启示，一种憧憬，一种激励。

美之所以神圣，再进一步说，是因为人永远不会满足自己，始终处在从感性到理性，从个体到社会，从有限到无限的途中。在这个意义上，美对人就是一条路，而优美与崇高不过是其中的两个环节。这是哲学，也是美学的一个基本的问题：人是什么？人的归宿在哪里？——几乎所有的回答都涉及一个概念：自由。人是理性的存在物，理性的本质是自由，所以人只有获得自由才算是实现了自己，而要获得自由，就要超越感性的不自由，这是一个永无终止的过程，因此，与其说自由是一种"超越性的存在"，毋宁说是一种思维和生存方式。审美活动或艺术就是在这样的意义上成了哲学和美学的问题。人们甚至一开始就意识到审美活动或艺术本身就是自由的，人只有在审美活动中才能够体验到超越有限性的愉悦，树立起对自由的信念并踏上通往自由的路。

柏拉图是第一个这样做的人。他相信审美活动就像"回忆"，能够将人引向人的本己，引向与诸神共在的"真实界"，这个过程是由一种外在的力量——爱神引导和驱动下实现的。他的弟子亚里士多德同样是从外在方面寻找美的根据，但归结到事物的"形式因"。在他看来，任何事物都是形式与质料的综合体，形式占有的比重越高，就越善越美，否则就越不善不美。这是事物自身不断逻辑地进化的过程。

康德与黑格尔换了一个角度。康德设想了一个主观的合目的性原理。认为"审美判断力"自身就是一种过渡——将纯粹美与附庸美，优美与崇高，审美判断与审目的判断连接在一起，同时，审美判断力还蕴含着"自然事物和那不可认识的超感性界的关系的原理"，从而使人从悟性到理性，从认识机能到欲求机能，从合规律性到最后目的，从自然概念到自由概念的过渡成为可能。黑格尔则提出了一个客观的合规律性的原理。认为美就是理念向自身的回归，但与柏拉图不同，他理解的理念是"丰产"的，而且"按照它的概念必须发展为一些定性的整体"以及"特殊的个体",所谓回归就是理念通过这些整体与特殊个体的互相转化逐步实现自身的过程。

这是前人给我们留下来的重要成果,其中有许多值得借鉴的东西,但是,其中有一个问题,就是能不能将人理解为孤立的个体,将审美活动理解为孤立的过程?马克思讲,人之所以是有意识的存在物是因为人是类的存在物;之所以是类的存在物是因为人是有意识的存在物。美几乎是人的一种近乎本能的需求,但这种"似本能"植根于人的类生活之中。审美活动的背后总有一个共同的群体,特别是在崇高的鉴赏中,不仅类的意识,而且国家意识、民族意识、道德意识、宗教意识等都会介入其中。美的神圣性实际上是各种社会意识的综合体现,其中积淀着人类数十,数百,甚至数千年形成的共同智慧。一面旗帜,比如中华人民共和国国旗是神圣的,因为它是我们这个伟大国度的象征;一处遗址,比如奥林匹斯山是神圣的,因为它是古希腊人心目中诸神的所在地;一段传奇,比如耶稣的受难和复活是神圣的,因为它寄予了基督教信徒们对上帝的信、望和爱;白鹿洞、岳麓、嵩阳、应天四大书院对于中国知识界和文化界是神圣的,因为它曾是称得上中国文化脊梁的众多先贤周敦颐、程颐、程颢、朱熹、范仲淹、司马光、文天祥、王夫之、曾国藩等传经论道、著书立说、授徒讲学的地方。美的神圣性是对一定的人类群体而言的,一个人无所谓神圣性,因为一个人不可能超越自己。美的神圣性是美的哲学或社会学的概念,不是美的生理学或生物学概念。这就是说美的神圣性与社会交往,与爱相关联,美的秩序就是爱的秩序。大美的背后是大爱。什么是自由?——超越有限,融入群体,实现自我。审美活动之所以是一条通向自由的路,因为审美活动是通过融入群体,通过爱超越有限和实现自我的活动。从经验之美到超验之美,即从感性到理性,从自然到自由,从有限到无限,每一层递进都意味着融入更大的人类群体,同时意味着在更大程度上超越有限和实现自我。

康德在《实用人类学》中称人"作为有理性能力的动物","具有一种自己创造自己的特性",表现在:第一,保持着自己和自己的类;第二,锻炼和教育着自己的类;第三,将类当作社会性系统进行治理。这段话表明,康德晚年意识到了理性与类的不可分割。理性就是类的意识,理性或类的意识就是人区别于其他动物的特性和立足点。以这个观点反思康德在《判断力批判》中所讲的"主观合目的性原理",会觉得其中讲的只是应该讲的一半。审美判断是单称判断,但有普遍的有效性,可以要求别人的赞同。为什么?因为人之间有"共通感",为什么有"共通感",因为人是类的存在物,不可能脱离类的意识或潜意识。所谓"合目的性"是指人类或者说是作为人类一分子的个体。这就不难理解为什么康德晚年大力批判"审美的个人主义"。美作为镜、灯和路首先是属于人类的,其次才是属于个体的。美的神圣性是人类进行自我保存、自我教育、自我治理的方式,每个个体只有作为类的一分子才会理解、景仰、向往美的神圣性,也才有可能在审美活动中得到精神上的提升,乃至达到实现自我,超越自然的自由境界。

(原载《光明日报》2016年2月17日第014版)

美因何而神圣？

阎国忠

美因何而神圣？——作为美学问题涉及美学的学科性质，是美学诞生以来人们一直关注的基本问题。这个问题的重新提出，其意义在于推动我们对美学史，即美学已有的成果做一次认真的检讨，同时在于对美学在当代的使命——呼唤、追寻、彰显伟大社会实践中的美的神圣性做一次切实的反省。

一

美因何而神圣？我们暂且用一句话回答：因为美在本质上是一种超验性存在。美常常寓于感性的形式中，因此人们常常从经验层面去理解，但仅仅是感性形式，比如一朵花，一束草，一座山峦，一条溪流可以让人感到美，但不会感到神圣，而一面国旗，一处遗址，一曲音乐，一段传奇却可以让人感到神圣，而不仅是美，或者说，让人感到一种神圣的美，而不仅是感性的美。感性的、经验的美，是依靠感官、想象可以感知的美，它给人的感觉是和谐、适宜、快乐，而神圣的、超验的美则是必须借助生命体验才可以领悟的美，通常被称作理性的美，它给人的感觉是景仰、依从、震撼，是从自我解脱出来的冲动和惊喜。自美学产生以来，感性的美与理性的美、经验的美与超验的美的区分就是美学的一个基本的课题，美学所做的就是告诫并推动人们在享有感性的、经验的美的同时，去追索理性的、超验的美，以便提升自己的修养，并沐浴在美的神圣性之中。

柏拉图在《会饮》及《斐德诺》篇中的议论是我们熟悉的。他在美学上的最大贡献就是提出了"美本身"的概念,将美与美的事物做了区分。他认为,美的事物是人每日每时都在经验着的,但是"美本身"却是超然于经验之上的,它"恒定静一,独立不改",是"以美本身为学问"的崇高体现,是奥林匹斯诸神"徜徉遨游"的"永恒的真实界"的象征,因此,只有少数哲学家才能有幸达到,而且必须在"爱神"的引导或"凭附"下,经过"学习"、"了解"、"见出"、"孕育",或者经过"迷狂"、"回忆"这样艰难的过程。审美活动的意义就在于使人越出平庸,晓悟神圣,超越自我,跻身永恒,从而获得救赎。

亚里士多德在《形而上学》中讲:一切事物都是质料与形式的统一体,不同的是质料与形式之间的比重,因为这个原因宇宙万物呈现为从纯质料到纯形式逐步进化的严整序列,而这也就是善与美具有不同层次的原因。从无机物到有机物,从植物到动物,从人到天使和天体,质料所占比重越来越小,形式所占比重越来越大,这个过程就是善与美不断澄明和纯化的过程。美是神圣的,因为美作为"形式因"是在与质料的争持中获得定性的。

柏拉图与亚里士多德的表述不同,一个从人的角度讲如何从逐层递进的审美活动中接近神圣,一个从对象的角度谈如何从渐趋进化的美的事物中了悟神圣,但是如果我们将"理念"与"形式"做一个比较,就可以看出,他们从根本上讲是一致的,因为"形式"实际上也就是"理念"。亚里士多德批判柏拉图的"理念"既是作为概念的"普遍",又是作为实体的"个别",但他所谓的"纯形式"与柏拉图几无二致。所以柏拉图与亚里士多德的结论应该是一致的:美是"理念",是"形式",一切事物之所以美,是因为"分有"了"理念"或显现了"形式","理念"或"形式"所占的比重越多,距离经验世界越远,越具有神圣性,也就越美。

二

美因何而神圣?我们不妨进一步说:因为美隐含着崇高的精神底蕴。我们的感性达不到的东西,超出经验的东西未必就神圣,一个想象中的"外星人"如果真的出现了，我们会感到惊奇，但不会感到神圣；一座远古时代的图腾被发掘出来了，我们会感到怪诞，但不会感到神圣；一处山头被削平了，一个不知名的人像耸立在上面，层云缭绕，时隐时现，我们会感到诡异，但不会感到神圣，因为它们虽因外在的形象冲击了我们的感官，挑战了我们已有的经验，而没有内在的足以打动心灵的崇高的精神底蕴，使我们升达超验的境界。所谓蕴含在美中的崇高的精神底蕴，我指的是作为本真存在的真与作为它的内在趋向的善，是人类生命和理想的完整的体现。惊奇、怪诞、诡异是对真和善的扭曲或乖离，所以它产生的心理效果是让人收敛自我，守护自我，与对象保持最大限度的距离；而神圣性所产生的心理效果则是让人忘记自我、解放自我，与对象融为一体，合而为一。

美的神圣性是对人而言的，动物没有神圣性问题，所以它的最早提出标志着人作为"小宇宙"的发现。德谟克利特是最早提出"小宇宙"和美的神圣性的，但德谟克利特及其后的苏格拉底都没有超验之美，即"美本身"的概念，他们强调的是经验之美的功利价值与善的意义。在苏格拉底看来，"凡是我们用的东西如果被认为是美的和善的那就都是从同一个观点——它们的功用去看的"[①]，所以粪筐比金盾美。这个观点受到了柏拉图的批判。但是美与功利和善没有关系吗？显然不是。18世纪英国学者休谟就是十足的美的功利主义者。在他看来，决定美之为美的只有一个标准，就是适用、便利、安全。这种观点不无合理之处，但极易导致相对主义，当然更不能揭示美与善的本质上的联系。亚里士多德和他们不同，他的立足点不是事物与人的关系，而是事物本身。善是什么？善就是事物的合目的性的形式，比如匀称、秩序、和谐；任何事物都有自己的目的，也都有实现目的的形式，就是在这个意义上善与美是同一的；如果说善与美有什么区别，那就是美在静止不动的事物上也可以见出。亚里士多德的"合目的"的概念后来被康德、歌德等所接受，成为他们美学的一个基本的理论支点。

当柏拉图认定在现实世界之外存在一个理念世界，当亚里士多德认定世界存在着与"纯质料"相对的"纯形式"的时候，也就是当美与善被置于所

[①] 北京大学哲学系美学教研室编：《西方美学家论美和美感》，商务印书馆1980年版，第19页。

谓"真实界"层面进行讨论的时候,美、善与真的关系问题也就提出来了。这时候有一个新的提法:"至善至美",之所以叫作"至善至美"是因为它是"真实界"的表征,是至高无上的,同时是绝对的和永恒的。柏拉图将美的理念分成三个层次,第一是"和谐";第二是"智慧",第三就是"至善至美"。亚里士多德将"至善至美"理解为"原始的创造者",同时是万物进化的极致。这种美与善、真相关联的观念经过新柏拉图主义的张扬到圣奥古斯丁及中世纪神学家的手里,遂与基督教教义合流逐渐形成了真、善、美三位一体的哲学表达。圣奥古斯丁说:上帝"至高、至美、至能,无所不能;至仁、至义、至隐,无往而不在;至美、至坚、至定,但又无从执持,不变化而变化一切,无新无故而更新一切"。这就是说,上帝之所以具有无上的权能,因为上帝本身"至高"、"至美";上帝之所以能够统御一切,因为上帝本身"至仁、至义、至隐";上帝之所以成为世界的创造者和归宿,因为上帝本身"至美、至坚、至定"。① 圣托马斯·阿奎那以上帝的名义将亚里士多德的"四因"说整合在一起,论证了真(存在)、善(趋向)和美(表征)三位一体的关系。他认为上帝是存在的,而且是作为"第一原因"的存在,所以上帝是真;上帝是运动着的,而且是"第一主动者",所以上帝是善;上帝是"元始主动原理",是"最高度的完全",而且是"各种完全之因",对于一切完全具有"规范性",所以上帝是美。②

美与真、善的统一性在宗教的背景下,通过对神的描述获得了完整的表达,所以当神秘主义者艾克哈特等将神与神性区分开来,并将神性与"内在的人"关联在一起的时候,当人文主义者但丁等以"自然是上帝的儿子"的名义将视角转向自然的时候,美、真、善在人与尘世的统一就成了美学关注的主题。

美与真、善是统一的。美说到底是真、善的一种表征。所以,美学史上不乏这样一些议论:"美是真理的花朵","美是道德的象征"。但是,这样认识有一个前提,就是承认真、善、美可以有不同的层次,因此可以形成不同

---

① 参见〔古罗马〕奥古斯丁《忏悔录》,周士良译,商务印书馆1981年版,第5页。
② 参见拙著《美是上帝的名字——中世纪神学美学》,商务印书馆2015年版,第221-222页。

的相互错位的关系。在我看来，如果说美与真、善是统一的，至少可以有这样三层意义的表述：第一，作为形式（型式）的美，作为实存的真，作为合目的性（以及功利性）的善；第二，作为意象的美，作为合规律性的真，作为伦理的善；第三，作为理念的美，作为本真的真，作为至善的善。休谟认为房子的美是因为住着舒适，歌德认为橡树的美是因为实现了自身的目的，这些可以通过感觉、想象，在经验层面上予以确证，而柏拉图、亚里士多德意义的"美本身"和"纯形式"是感觉、想象所达不到的，它之所以是神圣的，恰是因为超越了经验的有限性，拓展了人的心胸和境界，从而使人在心灵上获得了极大的提升。

三

美因何而神圣？我们还可以再进一步说：因为美是人藉以获得救赎的生存机制，是通向自由的"桥梁"。美所以有超验性，是因为人不满足滞留在有限的经验世界；美所以统一于真、善，是因为人希望理想境界和生命本身一样是完整的。美的神圣性是人的需要的产物，而需要是在长久的生活实践中逐步形成并不断变化着的。所以，金字塔对于古代埃及人是神圣的，对希腊人则不一定是神圣的；奥林匹斯山对于古代希腊人是神圣的，对于中世纪的法兰克人、哥特人则不一定是神圣的。巴黎的埃菲尔铁塔对于今天的中国人只有观赏的意义，而对于法国人则是1789年那场具有世界意义的大革命的神圣的纪念；同样，地处西北高原上的延安对于中国人是革命圣地，而对于日本人则只能勾起那段血腥的历史的记忆。美的神圣性与人的民族意识、国家观念、宗教信仰、道德理想、历史情结、文化传统有关，所以总是特定时代集体意识或无意识的体现，同时总是通过集体智慧得到确认并传承下来。

这就是说，美的神圣性作为一种需要，首先是民族、国家以及其他人类群体的需要。任何一个民族都需要通过敬奉远祖、修建祠堂、谱写史诗与传奇故事为自己树立一种精神的图腾；任何一个国家也都需要以国旗、国歌、国徽，以及纪念堂、馆、柱、碑等的形式为自己营造一座理性的圣殿。在这个意义上，美的神圣性实际上是民族之魂，国家之魂，是民族和国家的号召力和凝聚力的表现。

作为民族和国家的存在形式，宗教、道德、历史、文化的传承也都需要美的神圣性，因为美的神圣性就是它们得以发扬光大的资本和根据。宗教需要通过美的神圣性维系对彼岸世界的信仰；道德需要借助美的神圣性树立现实生活行为的典范；历史需要以美的神圣性统领人们的记忆；文化需要将美的神圣性作为引导人们前行的旗帜。

只是由于人是类的存在物，生活在一定民族和国家以及一定宗教、道德、历史和文化的环境里，所以人才向往美的神圣性。世上没有仅仅一个人的民族和国家，没有仅仅一个人的宗教、道德、历史和文化，因此也没有仅仅属于一个人的神圣性。美的神圣性对于人类个体本质上是一种"归属"或"皈依"感，按照人本主义心理学的说法，这是人的最基本的需要之一，是人作为类的存在物与类相同一的标志，也是人得以超越和实现自己的标志。任何人，不管是谁，只要你心上还悬着一种美的神圣性，说明你找到了一个令你敬畏和向往的属类的对象，说明了你在群类生活中有了得以安身立命的根基。

美的神圣性与人作为类的存在物相关，与一定民族、国家及其存在形式，宗教、道德、历史和文化相关，但是在本质上它是超越这一切之上的。它是建立在经验基础上的超验性的体验，是个体性与人类性的统一，感性与理性的统一，自然性与社会性的统一。它不需要在自身之外设定一个虚拟的理念世界，也不需为自己寻找一个功利主义的感性动机，因此，不需要诉诸有限感性与有限理性，包括基于其上的想象和幻想，以获得它们的认同。在这个意义上，一切能被我称作具有美的神圣性的对象都只是我们通向超验的美的神圣性的象征性表征。

没有一个感性对象能够完全彰显美的神圣性，因为美的神圣性就是"美本身"的特性，是具有深厚精神底蕴的超验性存在，而这种超验性又植根于经验之上，植根于人的生命的根底部，所以美总是呈现为一种从感性到理性，从实在到理念，从有限到无限不断递进的秩序。美的神圣性既是对终极境界的体验，同时又是对自我生命的感悟。这种对美的秩序的反思，开始于柏拉图和亚里士多德，到德国古典哲学时已经非常深入。

康德肯定在"依存美"与"纯粹美"之间，"优美"与"崇高"之间，审美判断力与审目的判断力之间存在着一种过渡。他相信"判断力"自身就存在着一种"自然事物和那不可认识的超感性界的关系的原理"，并从四个方面做了论证：一、作为"愉快或不愉快的情感机能"，"判断力"使"认识的机能"与"欲求的机能"统一在一起成为可能；二、作为"认识机能"，"判断力"使"悟性"与"理性"统一在一起成为可能；三、作为"先验原理"的"合目的性"，"判断力"使"规律性"与"最后目的"统一在一起成为可能；四、作为"应用"的"艺术"，"判断力"使"自然"与"自由"统一在一起成为可能。①

黑格尔肯定从自然美、人体美到艺术美存在着一种秩序，不过所依据的不是物种的进化，而是理念通过实在向自身的回归，因此在他的体系中最终排除了自然美和人体美。他所讨论的是艺术，而艺术在理念回归过程中逻辑地让位给了宗教和哲学。在他看来，理念向实在的回归是理念自身的要求，理念不应是柏拉图式的抽象的存在，而应是"丰产"的，而且"按照它的概念，必须发展为一些定性的整体"，其中"要有它的特殊个体以及这些特殊个体的发展和互相转化"②，所以，黑格尔根据理念与形象相互融合统一的程度对艺术的普遍风格（象征型、古典型、浪漫型）与门类（建筑、绘画、雕塑、音乐、诗歌、戏剧）的演进做了历史的和系统的分析。

康德和黑格尔都是理性主义的二元论者，他们一个从主观方面，一个从客观方面理解美的秩序，而没有看到这两个方面实则是统一的。康德将美等同于"审美判断力"，认为美的秩序就是"判断力"自身，即想象力与悟性或理性相协调而形成的秩序；黑格尔则将美归诸为理念，认为美的秩序就是理念向自身回归，在感性显现中形成的秩序。其实，"判断力"并不仅仅涉及想象力与悟性或理性，其背后必定有"理念"作为根据；"理念"并不高悬于人的主观世界之外，它就是人的理性的产物，是感性经验的升华。他们

---

① 见［德］康德《判断力批判》上卷，宗白华译，商务印书馆1987年版，第6、36页。
② ［德］黑格尔《美学》第1卷，朱光潜译，商务印书馆1979年版，第28页。

没有理会，或者说没有理解和容纳柏拉图的爱的观念，而这是柏拉图哲学的真正精华。爱，既是感性的，也是理性的；既是内在的，也是外在的；既是个体，也是人类的；既是有限的，也是无限的，爱是现实生命的整体体现，也是理性境界的构成核心。爱是联结经验世界与超验世界的中介，"判断力"之所以激起愉快或不愉快，不仅在于想象力与悟性或理性的协调与否，还在于背后是否有爱；"理念"之所以引发审美的愉悦和享受，不仅在于显现在感性中，还在于"理念"本身寄予着爱。爱与美不可区分，爱在事物中的体现者是美，美在心灵中的对应物是爱。所以孔子说"里仁为美"。美需要一种审美的眼睛，这个眼睛不是长在脸上，而是长在心里。只是因为爱的存在，美才呈现为由低到高不断递进的秩序，成为人自我救赎并获得自由之路。

四

我们之所以讨论美的神圣性，目的在于呼唤美的神圣性。应该说，我们这个社会并不缺少对美的兴趣，但是缺少对美的神圣性的尊重，而没有对美的神圣性尊重的兴趣是浅薄庸俗的兴趣。

美是经验性与超验性的统一，而人们往往将它割裂开来，把美仅仅理解为经验性的对象，于是又倒退到古希腊诡辩派哲人希庇阿斯的水平。什么是美？"美就是让视觉、听觉感到愉悦的东西"，这是希庇阿斯的回答。他不知道在感觉的背后还有一个"美本身"，即美的"理念"。将视觉、听觉感到愉悦的东西与美等同起来会让人忘记真正美的存在，更可忧虑的是将人自己的美与事物的美混同起来，以为人的美就是看起来好看，听起来好听的。而人是"万物之灵"，是有理性，有情感，有内在生活的。人的美首先是禀性、品格、心灵的美。自20世纪末风行起来的"选美"选的是什么？不就是脸蛋、身材、风韵吗？所谓"颜值"高于品质，身材压倒人才。一副漂亮的脸蛋就是一张无往不灵的通行证。所以，为了获得这种价值或价值的最大化，一些人倾家荡产并冒着风险去做美容，而另一些人则因为没有这个条件而怨天尤人，乃至悔恨终身。对于这些人，我劝他们读读苏格拉底与美男子亚尔西巴德的一段谈话。亚尔西巴德的"外在"美仅仅维系了数十年，而苏格拉底的"百宝箱"般的"内在"美却一直光耀至今。

美与真、善是统一的，而人们往往将它割裂开来，把没有了精神底蕴的美当作最高或唯一的追求，特别是一些据说是"以美为生命"的艺术家，公然申明"艺术的灵魂和目的就是美"。不幸的是，就是这样的艺术家，有的傲慢得不仅无视国家和民族的利益，而且无视国家法律和公民道德。柏拉图忧虑诗人们在城邦之外另立一套行为准则，另搞一个"戏剧政体"；圣奥古斯丁忧虑音乐和绘画背离上帝，把人引向虚浮的快乐；卢梭忧虑眼花缭乱的剧场和腐化堕落的演员给本来淳朴的伯尔尼人带来不良影响，破坏那里的和谐和宁静。这些人都早已故去了，但却将忧虑留给了我们。不是吗？我们的一些艺术家确努力营造着一些远离现实的千奇百怪的视觉或听觉世界；确努力张扬着一种毫无生活气息的虚浮的快乐；确努力维护和践行着一种行业性的散淡狂放的风气，乃至在少数人中形成了令人不齿的"潜规则"。怎么能设想，一个不关心真假善恶的艺术家会创作出具有神圣性的美的作品？

美作为对象与作为主体是统一的，它们互为条件，互相确证，而人们往往将它们割裂开来，不了解或忘记了审美活动不是纯粹的静观，需要自身的介入，因此需要一定的修养和爱。大自然的美无比丰富，无比深邃，毫无遮拦地呈现给每个人，你能欣赏到什么？按照康德的说法，如果你停留在感性层面上，看到的只是色彩、线条、节律、光照和阴影，得到的是视觉、听觉的愉快；如果你升到"智性"层面上，看到的是它背后的"意象"或"意蕴"，得到的是"道德情感的愉快"；如果再升到"理性"的层面，看到的是整个大自然的"合规律的一致"，以及"大自然好像含有一较高的意义"，得到的则是对"那构成我们生存的终极目的、道德使命"的体认以及因此而产生的愉快。① 大自然如此，社会生活也是如此，你可以只用感性的眼光品评人生，你看到的美可能是十里长街、万家灯火、车水马龙、灯红酒绿；你可以用智性的眼光看待人生，你看到的美可能是扶老携幼、救死扶伤、揆情度理、谦恭礼让；你也可以用理性的眼光体味人生，那么你看到的美可能

---

① ［德］康德：《判断力批判》上卷，商务印书馆1987年版，第143–148页。

是至真至善，大爱大美，是天、地、神、人共舞的终极境界。我们怎样评价一幅绘画，一尊雕塑，一座建筑或者一部小说？你可以把它的美归结为它的感性形式，均匀、和谐、有机统一；可以归结为它的思想意蕴，真实性、思想性、形象性；也可以归结为它的人生境界、生命意识、时空观念、宇宙精神，就看你自身的修养和爱以及刹那间心中所萌生的心境。这就是说，世界之大无处不彰显着美的神圣性，问题是你必须怀有对美的神圣性的向往和尊重。

马克思曾讲，资本"把宗教的虔诚、骑士的热忱、小市民的伤感这些情感的神圣激发，淹没在利己主义打算的冰水之中"。①可以说，在资本面前无美的神圣性可言。在被拜金主义驯服了的人群里，甚至连鬼神都可以送进市场。在这个意义上，美学上的形式主义、唯美主义、享乐主义不过是拜金主义的伴生物。但是，正像马克思说的，资本也是一定历史阶段的造物，是工具，是手段，而决定的东西是人类改造与建构自然的崇高目的及其实践。因为这个原因，应该相信曾有过的神圣不会消逝，将有的辉煌更不会沉沦。所以，为美的神圣性呼唤吧！这是历史赋予美学的不可推卸的神圣责任。

（原载《中州学刊》2016年第1期）

---

① 《马克思恩格斯全集》，马克思恩格斯列宁斯大林著作编译局译，人民出版社1971年版，第4卷，第468页。

美学为什么要奠立在哲学一元论之上？

阎国忠

美学是在哲学二元论基础上形成的。鲍姆加登、康德、谢林、黑格尔无疑都是二元论者。但是美学一开始就提出了一个问题：在审美活动中，主体与客体、感性与理性、有限与无限的统一何以可能？当然，统一被理解为直觉、想象、反思或思辨的过程。20世纪后，随着现象学、解释学、存在主义以及自然主义的兴起，二元论受到了广泛质疑和批评。人们发现，"主体—对象"结构中的主体性，即绝对的主体性，是理性主义的产物。人作为主体和人所面对的客体一样，都处在运动和变革之中，一切存在物都只能在运动和变革中获得自己的定性。人是世界的建构者，但人本身也在被建构，而且人在怎样程度上建构着世界，就在怎样程度上被建构，这是一个浑然无间的同一过程，决定的东西不是绝对主体性，而是主体间性。

但是，应该看到，从绝对主体性到主体间性，这种转变是宇宙观和方法论的转变，无论是人类总体还是每个个体都需要一个长久的反思。原初的人与自然没有区别，既没有自我意识，也没有对象意识，所以也就没有主体性问题。进入文明社会后，人揖别了自然，成为对象性存在，从此将自己与自然对立起来，将自然当作认识和利用的对象。而且随着科学与文化的发展，人类越来越摆脱了对自然的依赖，越来越相信"人是万物之灵"，于是主体性成了处理人与自然关系的绝对的出发点。只是到了19世纪末和20世纪初，地球的生态遭到了严重破坏，大量物种已经灭绝或即将灭绝，人类生存境遇极度恶化了，人们才开始学会尊重自然、反省自身，尝试着批判哲学二元论，并将"人类中心主义"送上了哲学的审判台。

这是极其自然的：我的出发点是我自己。人类的出发点是人类自己。我在改变着，人类也在改变着，没有什么可以逃出自然规律，但这不是我需要思虑的；我所要思虑的是如何把命运掌握在自己手中，去改变环境，创造第二个自然。人不能像上帝那样"无中生有"地创造，但是能在已有的基础上进行创造。艺术是人的作品，是人的生命的写照。就像上帝通过自然显现自己和实现向自己的回归，人也是通过艺术彰显自己和完成向自己的回归。在艺术中，模仿是人的模仿，表现是人的表现，意象是人的意象，真理是人的真理，自然是少不了的，但对人类来说永远是质料，是工具，是背景，是舞台。这就是为什么一直到20世纪的西方现代主义和后现代主义艺术始终盘旋在绝对主体性这个魔咒般的幻影里。

说到这里，不免想起中国古代文人常常提到的"天人合一"。有些人认为这就是哲学一元论，并由此证明中国有与西方不同的思维方式。其实，"天人合一"只是思想境界，而不是思维方式，是诗意的，而非哲学的。所以一直到王国维、宗白华、李泽厚，凡谈到"天人合一"都是作为一种心理体验与"情景交融"、"物我两忘"联系在一起，而这些在柏拉图和新柏拉图主义的传统中并不乏其知音。与西方不同的是，二元论作为思想方式在中国从来没有受到过系统的质疑和批判，而这种质疑和批判恰是哲学一元论得以形成和确立的前提。这就不难理解，为什么哲学一元论至今仍然不能为许多人所真正接受。

应该承认，中国美学界对哲学一元论的重视不是基于对"天人合一"的理解和诠释，而是基于长期以来，特别是20世纪60年代以来，所谓的主观派与客观派的尖锐对立，以及胡塞尔以后西方现代主义哲学的影响。朱光潜提出"美是主客观统一"命题时并没有意识到他所针对的是一种二元论，但他将主客观对立问题提到了人们面前，这是一个契机，开启了与二元论不同的另一种言说方式。"美是主客观统一"，立足点仍然是主观和客观，但它肯定了美是主客观碰撞和交融的产物，从而拒绝了将主观或客观当作立论的根据，这比蔡仪、高尔泰，乃至李泽厚总前进了一步。沿着这样的思路，20世纪80年代，美学界有了对"美的本体"和"艺术本体"的追问，其后90

年代又有了"审美关系"和"审美活动"的讨论。应该说,从"审美关系"转向"审美活动",这是美学开始走向哲学一元论的标志。"审美关系"的说法,混淆了两种主体与客体:介入审美活动前抽象的主体与客体,与介入审美活动后具体的主体与客体。依照这种说法,审美主体与审美客体在介入审美活动前就已经存在,并且决定了审美活动的性质。进一步说,人生来就是审美主体,对象本身就是审美客体,人与对象就处在审美关系中,即便没有介入审美活动。这样就产生了一个问题:审美主体与审美客体是怎样被确认的,又是怎样形成的?如果没有介入审美活动,我们凭什么认定人是审美主体,对象是审美客体?"审美活动"的说法就不同了。审美主体与客体需要审美活动来确证,审美活动却不需要审美主体或客体的确证。审美活动是人的一种基本生命形式,是人区别于动物的一个基本特征,审美活动中不仅包含着人所以成为审美主体与对象所以成为审美客体的全部信息,而且包含着审美活动区别于认识活动、伦理活动,美区别于真、善的全部信息,包含着人与自然交互生成,并最终实现和解与统一的可能性的全部信息。

但是,将美学的对象归之为审美活动,并不意味着哲学一元论的形成,因为在审美活动的本源这个最根本的问题上,还有可能陷入二元论。审美活动是怎样产生的?历来的回答是两个:一个是源自主体的审美需要,一个是源自对象的审美特性。审美需要,据说是人的一种天性,一种本能,是进行审美活动的毋庸置疑的前提;审美特性据说是对象的一种资质,一种性能,是审美活动得以进行的无可取代的基础。应该说,这是典型的二元论。问题之一是我们何以确认审美需要是先天的?如果不是把审美需要混同于生理需要,而看成是伴随理性、意志、情感一起生成的,那么先天之说就不能成立;问题之二是何以确认审美特性是对象所固有的?如果不是把审美特性混同物理特性,而看成是伴随社会文明的进程而不断变异和更新的,那么固有之说也难以成立。事实上,无论是审美需要,或是审美特性都不是本源性的概念,都不能自己说明自己,它们的意义只存在于相互关联和相互依存之中,即在审美活动之中。什么是审美需要?就是对审美对象的需要;什么是审美对象?就是审美需要的对象。而审美需要和审美对象之所以存在,所以变异和更新,只能从审美活动自身得到答案。

将审美活动当作美学的逻辑起点和叙述中心，而将审美主体和审美客体当作审美活动中两种相互关联和依存的因素，这在认识论和方法论上已经是主体间性，而不是绝对的主体性，但是审美活动是怎么产生的这个问题不是认识论和方法论的问题，而是生存论，即本体论的问题。所以进入20世纪以来，哲学界在论证并确认主体间性的同时一直试图构建一种与其适应的哲学本体论。胡塞尔不是其中最合适的代表，但在现代哲学中应是最先系统地批判笛卡尔、康德的二元论，提出主体间性和一元论本体论问题的人之一，尽管他总体上没有超出"认识论批判"范围。他对主体间性的理解，集中体现在"意向作用—意向对象结构"这个概念上。"意向作用"指所谓"客体化"的过程，"意向对象"指"客体化"所涉对象。意向对象因意向作用而综合为"统一体"；意向作用则因意向对象而获得主观的形式。胡塞尔说："自然物的每一个现实物因此被一切意义和改变着的被充实命题所再现"，因为它总是"首先与一个本质上可能的个别意识相关，然后也与可能的共同意识相关"，所以"对此意识复合体来说，一个物应当以主体间的方式被给予，并被认定为同一的客观现实物"。① 显然这是一种认识论。到了晚年，胡塞尔认识到二元论真正问题还不在于"意识"（意向作用）与"对象"（意向对象）的对立，而在于以"几何式的理性"解释整个世界，"抽象掉了作为过着人的生活的人的主体，抽象掉了一切精神的东西，一切在人的实践中物所附有的文化特性"②，从而"为生活世界量体裁一件理念的衣服"。③ 而所谓的"生活世界"，就是"通过知觉实际地被给予的、被经验到的世界"，是"一切已知和未知的实在的世界"，包括一切"时空的形式以及一切以这种现实结合起来的物体形式"。"生活世界"是一切生命活动和实践生活的本源和根本目的，是人们所以能够提出和已经提出的一切理论和实践问题的前提。显然这已经属于一元论的本体论。但是，这个被称作一切理论和实践的

---

① ［德］胡塞尔：《纯粹现象学通论》，李幼蒸译，商务印书馆1992年版，第325页。
② ［德］胡塞尔：《欧洲科学危机和超验现象学》，张庆熊译，上海译文出版社1988年版，第71页。
③ ［德］胡塞尔：《欧洲科学危机和超验现象学》，张庆熊译，上海译文出版社1988年版，第61页。

"本源和根本目的"的"生活世界"却没有动摇他的超验唯心主义的唯我论，因为他坚守的信条依然是"在主观性中寻求它的最终根据"。他没有形成彻底的一元论的本体论，因而也没有形成彻底的主体间性概念，这样，他对"美"的理解只能停止在康德式主观的"形式"论中。

海德格尔看到了胡塞尔因批判二元论不彻底而陷入的困境，所以一开始就试图建构一种一元论的本体论。同样是从人谈起，胡塞尔谈的是人的"我思"，是"纯粹意识"，而海德格尔谈的是"我是"，是人的存在，即"此在"。什么是"此在"？海德格尔做了八点说明，我们择取其五：第一，此在是"在世界中存在"，要与世界打交道，而不是为了进入世界，在世界上表现自己的主体；第二，此在是与他人"相互照面和相互并存的存在"，既是"互为存在"，又是"现成的存在"。第三，此在相互拥有世界的基本方式是"言说"，在"言说"中道出自己，解释自己。第四，正像在世界中存在一样，此在是"原始的我的存在"，是"本己的、当下的存在"。第五，"在世界中存在"体现在"烦忙"中，我所"烦忙"的东西，就是被我作为此在系缚其上的东西。① ——这就是海德格尔称之为的"基础存在论"，即"此在—存在"本体论，以及这个框架内的主体间性。人是什么？决定的东西不是人自己，而是人与世界的关系。所以谈人的主体性，必须看到与人不可分割的世界。欧洲科学出现了危机，原因不是像胡塞尔说的主体性出了问题，而是人与世界关系出了问题；人之间所以有主体间性，不是人有相同的主体性，而是因为生活在同一世界中，而且必须彼此相依、相互照面；人在世界中存在的基本方式是"言说"，主体间性之所以可能也是"言说"，在"言说"中既道出了人与世界打交道的方式，也敞显和确证了人自己；就像人自来就在世界中存在，人自来也是原始的此在。此在既是"本己"的，又是"当下"的，从"本己"到"当下"，人永远处在没有终点的途中；人为"在世界"而烦忙，同时为"本己"和"当下"的此在而烦忙。所以在一定意义上说，我不是别的，就是我所烦忙的那个东西。当我将自己系缚其上的时候，我作为此在就在其中"发生"了。这里，所有问题都是围绕"在世界中存在"这

---

① 见《海德格尔选集》上卷，孙周兴选编，上海三联书店1996年版，第13—15页。

个本体论事实而提出的，包括人与世界、人与他人、主体与对象、本己与当下等的关系，包括言说对此在的构成性作用，从而对一元论主体间性做了相当完整的表述。

海德格尔没有审美活动的概念，但是有"诗意的栖居"与"让栖居"的概念。它们即使不是同一的，也是相通的。在他看来，"诗意的栖居"是此在的本质，人的生活就是栖居的生活；"让栖居"是作诗的本质。人和作诗何以获得这种本质？不是从主体的意志和行为中，而是从语言这个"存在之家"中，因为使意志和行为成为可能的正是语言。"语言才是主人"。无论是人还是作诗"只是在他倾听语言之劝说从而应合于语言之际才说"。而正是通过"倾听和应合语言"，人才将"天空"和"大地"贯通在一起，形成了得以度量自身的"维度"，并得以"诗意的栖居"或"让栖居"。贯穿在这里的正是前面讲的一元论的本体论及主体间性。

海德格尔所理解的哲学本体论的最大弊病是：一、将人理解为孤独的个体，而不是类的存在物；二、将"存在的家"归诸语言，而不是社会实践；三、将人在世界中概括为"烦忙"，而不是筹划和创造。因此，我们不免会提出这样的疑问：奠立在这样一种哲学本体论之上的主体间性是可信的吗？——在同一"世界"中通过"言说"就可以保证此在的"相互照面"和"相互并存"吗？就可以达到"天空"和"大地"相互"贯通"，并形成"度量自身的维度"吗？就可以通过"烦忙"确证和实现自己并与世界达到同一吗？杜夫海纳曾说，现象学还原可以囊括所有的自然经验，但是自然本身无论如何不能还原，因为自然处在生命的根底部，海德格尔没有理会他所谓的生存的危机不是别的，而恰是人与自然关系的危机，避开自然，超离自然，生存尚且可虞，何谈"诗意的栖居"？

这样的弊病在现代哲学中不是偶然的，在梅洛·庞蒂、前期的萨特以及杜威身上也同样存在着。

我们相信主体间性是通过语言、知觉、身体或经验体现出来的，但是不相信语言、知觉、身体或经验就是主体间性的本源，因为语言、知觉、身体或经验本身不是先验的，而是社会实践的产物，如果没有社会实践，我们的"相互照面"和"相互并存"的方式恐怕不会比类人猿高明多少。所以，比较起来，我们更相信马克思在《1844年经济学－哲学手稿》中的一些谈论。马克思说：任何一个存在物都是"对象性的"，"只要我有某一个对象，这个对象就以我作为它的对象"。人作为"自然的存在物"，是"赋有自然力、生命力，是能动的自然存在物"；同时又以他之外的对象的存在为前提的"受动的"存在物。所以，人通过外化进行的创造活动所体现的是"对象性的本质力量的主体性"，而不是通常意义的"主体"。我理解，"对象性的本质力量的主体性"这个表达比"主体间性"更为贴切。"主体间性"的主体之间可以被理解为对等的、同一的，人作为主体与自然作为主体没有区别，而事实上人在与自然的交往中总是处在主导的地位，否则人与一般动物就没有区别了。马克思的哲学本体论是实践本体论，实践当然是人的实践，是人的"生命的生产"，即"生活资料的生产"与"人自身的生产"，是"自然的人化"。马克思认为，只有立足于这样的哲学本体论才能彻底克服唯心主义与旧唯物主义（精神与物质、主体与对象）的二元对立，正确认识世界历史的运动。审美活动就是这里指的实践，但是对审美活动本源与本质的理解必须建筑在实践以及"对象性的本质力量的主体性"这个概念之上。我想，半个多世纪来我们围绕实践概念所进行的持续不断的讨论其最终意义正在这里。[①]

（原载《上海文化》2015年第8期）

[①] 关于实践本体论问题，详见拙文《马克思主义实践本体论与美学》，载《马克思主义美学研究》第17卷第1期。

我们的立足点在哪里？
——兼谈当代美学的中国问题

阎国忠

一、美学应该有自己的立足点

在我们国家已经可以向世界说些什么的今天，美学应该发出自己的声音。这就是常说的话语权问题。决定话语权的不是你的嗓门多大，声音多高，而是你的话语有无内容，是否值得人们去倾听。七嘴八舌，语无伦次只能引起人们的厌烦。要获得话语权，前提就要有自己的立足点。作为中国的学者，要站在中国的角度；作为今天的中国学者，要站在今天中国的角度；同时，作为美学学者，要有美学方面的积累，有可以接着前人讲的美学问题。古往今来的美学，凡是能够成为一家并产生世界性影响的，无不有自己独特的立足点。虽然他们讨论的都是美或艺术问题，但你可以从中看到他们所置身其中的时代、民族、地域等文化元素，可以看到他们以怎样独特的话语回应了美学发展中的问题。他们是为自己民族及其文化发声，为植根于这种文化并具有世界意义的美学理念发声，只是因为这个原因，世界方愿意去关注，去倾听。

二、美学的发展要靠对话

就美学来讲，不是任何发生在中国的，都是中国问题，只有奠立在中国经济、政治和文化基础之上，体现着中国审美活动特性和历史趋向的问题，才是中国问题；不是任何发生在今天中国的问题，都是今天中国的问题，只有能够透出今天中国的经济、政治、文化的历史性变革，并彰显着今天中国的审美理想和精神的，才是今天中国的问题。美学与所有的人文科学一样，是一种社会意识形态，经济以及作为它的集中表现的政治是它的根基。美学的基本问题之一，就是探讨美学怎样随着经济、政治的发展而发展，揭示审美活动的社会和心理本源；就是探讨美学以怎样的形式参与经济、政治的变革，彰显审美活动的认知和教育功能。

但不是有了中国的问题或今天中国的问题，就算有了自己的立足点，就可以拥有话语权了。因为美学是一门科学，它有为世界所公认的一套概念和范畴，有自己内在的逻辑和历史，有需要不断深入研究和讨论的问题。所以，要想有自己的立足点和话语权，就必须学习和掌握所有重要的美学成果，知道美学问题是怎样提出来的，有哪些问题已经取得了共识，今天摆在人们面前的还有哪些问题，并与中国自身的问题衔接起来，以便找到适合自己的切入点。

所有的美学都是对话，以自己民族的语言和文化与其他民族的语言和文化的对话。所谓世界美学就是一种相互对话，从而获取真理的机制。美学既是民族的，又是世界的，因为民族是生活在世界的民族，世界是由民族构成的世界。

三、我们曾走过的路

美学作为一门科学是从西方引进来的。从王国维、梁启超到宗白华、朱光潜，依靠对中国传统诗学、画论的深厚功底以及对西方文化与美学的把握，在一定意义上具有了自己的立足点和话语权，但是就总体上说，当时中国美学尚处在刚刚起步的阶段，中国传统美学尚没有经过系统的整理，西方美学，特别是当时已经介绍到中国来的康德、席勒、黑格尔、叔本华、克罗齐的美学尚没有经过系统的批判，中国当代的审美活动中的问题尚没有经过系统的反思。形诸文字的，除了《〈红楼梦〉评论》、《文艺心理学》等有数的几部著作外，大部分是短论式、随笔式、札记式的，有立论，有结论，但缺少周密的论证。即便是启蒙主义教育这样一个看似较为集中的话题，也没能够真正深入下去，相关的思想资源、理论内涵、价值取向、文化背景等都没有给予系统的讨论和梳理。

20世纪60年代，围绕对朱光潜先生的批判，将重心转入美学的哲学基础——马克思主义哲学方法论。这是全国范围的一次唯物主义与唯心主义论争的重要组成部分，是对以康德、克罗齐为代表的西方唯心主义美学的一次清理。朱光潜通过对自己学术历程的反思确认了这次清理的必要性。蔡仪、李泽厚则通过对《1844年经济学－哲学手稿》的解读将讨论引向历史唯物主义方向，于是中国美学开始走出茫茫的思想旷野，以不同于西方的角度和语言营造自己的立足点，并进入全面思考和探究美学基本问题的时代。

四、来自西方的困扰

但是，进入20世纪80年代之后，随着西方后现代美学思潮的涌入，这一进程受到了干扰。

对于西方美学，我们一直抱着谦逊好学的态度。出于启蒙主义的需要，我们曾经对尼采、弗洛伊德、萨特、海德格尔等怀有浓厚的兴趣。他们确实也大大开阔了我们的思路。但是，随之涌来的所谓后现代主义思潮，包括后结构主义、新实用主义等，却打乱了我们的阵脚。

一个最基本的事实被有意无意地忽略了：西方已经进入晚期资本主义，而我们还处在资本的原始积累过程中。由资本所带来的人格的分裂，社会的对立，道德的沦落，信仰的缺失开始困扰着我们。我们需要一种共通理念，一种和谐的秩序，一种协调的步伐。而西方经过两百年的经营已经走向了反面，以历史性、目的性、整体性为其意念的"现代性"遭到了厌弃。自由、平等、博爱失去了曾有过的光环，蜕变成了纯粹的形式。所以他们需要一种彻底的反叛精神，需要"隔断联系，保存断片"，需要不确定性、非中心性、非整体性，需要解构理性、"躲避崇高"、"零度叙事"。所谓"后形而上学"、"后理论"、"后审美"、"日常生活审美化"、"艺术消亡论"作为理论，充分体现了晚期资本主义的文化逻辑，但无疑失去了资本主义上升时期哲学那种创造力和深度。

后现代主义对晚期资本主义的批判对我们具有重要的参考价值，更重要的是它的滋生和蔓延本身对我们所具有的启示，甚或警示的作用。它让我们看到了资本主义在哲学和精神文化方面所走过的道路———一种从理性到非理性（工具理性），从人性到物性（异化），从艺术到反艺术（无作者、无人称、无主题、无情节、无节奏、无旋律）的历史过程，一种审美乌托邦的构建与毁灭，以及对我们来说，一种从理论到实践进行历史的清理和重建的可能性与必然性。

五、源自传统的疑惑

也许国学热和传统文化的复兴在一定程度上抵消了后现代主义的影响，但另一种相反的倾向又迅速滋生并繁衍开来，迫使我们不得不给以必要的回应。

我们可以听到这样一些议论：中华民族何以有这么大的凝聚力，以致经历了五千年的风风雨雨，坎坎坷坷而始终维系了自身的统一？答案是因为我们有以儒道为核心的文化传统；中华民族何以有这么大的生命力，以致成为世界五大文明中唯一绵延至今的文明？——答案仍然是我们有以儒道为代表的文化传统。近年来，甚至还有这样的议论：只有将中国特色社会主义与传统的儒道文化相连接，从其中寻求"治国良方"，才能"认清社会"，"找回自己"，才能消除政治、经济、道德种种弊病，最终实现"天下为公"的伟大理想。

于是，儒家和道家的学说被推崇为中华文化的精魂，万世不易的真理。

的确，在"仁、礼"、"中、和"、"内圣外王"、"经世致用"、"厚德载物"、"天人合一"等的表述里积淀着古代哲人的伟大智慧，是我们民族赖以生息发展的宝贵的思想资源。但是表述的意义与其说是指表述本身，不如说是指对表述的不断理解和阐释。按照现代解释学的观点，任何表述，也就是概念，都处于不断地被解释中，没有一成不变的概念，而解释不仅是理解的事，也是直觉、体验、经验的事，是一个对话的过程。所以决定的东西不是概念本身，而是概念适合时代需要的程度。不同的时代总会赋予概念以不同的内涵和意义。在概念史的背后总是政治、经济、道德、宗教等交织在一起的思想史。如果这样说是有道理的，那么儒道作为我们民族的精魂就体现在不断地被阐释中，作为真理就体现在不断地被解蔽和彰显的过程中。

　　但是，即便这样说也是有局限的，因为历史已为中华文化的精魂注入了新的，甚至是完全不同的因素；已将真理纳入更完备、更系统、更深刻的知识谱系。宋明以后，由于商业与手工业的发达，个性的勃兴，同时由于受佛教的影响，理学与心学取代了原初的儒道学说；民国初年，新文化运动中，在"打倒孔家店"的声浪里，迎来了"德先生"和"赛先生"，催生了"新儒家"和"新道家"；随之，马克思主义被引进到中国，一种全新的世界观、人生观、价值观迅速在中国大地上传播开来。如果在这以后，在万里长征的途中，在抗日战争的烽火里，在抗震救灾的日日夜夜，在正在各地蓬勃兴起的科技创新园区，你问人们：活跃在你心中是怎样的精魂？照耀你前行的是怎样的真理？他会怎样回答?!

　　德国古典哲学遇到的最大挑战是什么？就是来自施莱尔马赫、克尔凯郭尔、费尔巴哈、叔本华、奥伊肯、狄尔泰、柏格森等各路人马对唯理主义的批评，就是对自然、生命、现实、感性、经验、实践的强调。狄尔泰说："所有精神创造都源于内在生活（目的欲、生命体验、价值意识）与外在世界的关系"（《哲学的本质》，载《历史中的意义》，中国城市出版社2002年版，中译本，第202页）。任何概念，当它开始形成的时候，饱含着活生生的体验和经验，而一旦被抽象出来纳入逻辑体系中，便成为一种传递某种固定意义的符号，因此由概念组成历史并不是活的历史本身，而是它的备忘录，真正的历史就这样被遮蔽了。如今有的学者试图通过对现存史料的梳理和整合，还原出生活在几千年前的真实的孔子、庄子，这种努力是可贵的，但是可想而知是很难做到的。曾经为人们津津乐道的"抽象继承法"之所以是错的，道理就在这里。

六、一个诸元素综合的过程

我们的立足点在今天的中国，在今天中国的美学问题。但今天的中国不是孤立于世界之外，也不是隔绝于传统之中的，西方的美学过去、现在和将来都在不断地影响着我们，传统美学不仅在理论上，而且在实践上制约着我们，甚至可以说就融入在我们的血液中。所以我们必须批判地选择和吸收，这是一个前提。

靠什么去批判地选择和吸收？靠我们今天的审美活动的观念和理想。什么是应该吸收的？——是那些有益于完善自我，健全社会，提升我们的精神境界的；什么是必须扬弃的？——是那些扭曲自我，败坏社会，荼毒我们健康心灵的。但与一切实用主义不同，我们将所有来自历史的东西都还原给历史，从历史的角度评价它们的合理性和必要性，同时我们也将自己放在历史中，从历史角度审视自己的正当性和有限性，最终的尺度不是我们，而是历史地展开的审美活动本身。我们之所以将自己的审美活动的观念和理想当作尺度，是因为坚信我们的审美活动观念和理想是与审美活动的本质和历史趋向相一致的。

不能低估一个世纪来马克思主义哲学对我们的影响，恰是这种影响深化了我们对审美活动的本质与规律的信念。马克思主义关于物质生产与精神生产关系的理论，使我们明白了审美活动的形成和发展与一定时代的物质生产分不开；关于经济基础和上层建筑的理论，使我们明白了审美活动作为意识形态与一定社会的政治生活分不开；关于人的本质对象化的理论，使我们明白了审美活动本质上是人的自我观照，审美活动的历史是人自我完善的历史；关于自然人化的理论，使我们明白了人在自然中生成，自然在人身上生成，人的自由与自然的解放分不开。所有这些为审视评价当今的审美活动提供了依据，为批判地借鉴西方与传统美学提供了依据，因而也为进一步营造并确立中国美学的立足点提供了可能。

七、"深度启蒙"：今天的中国问题

站在中国的角度思考当今中国美学问题，是不是可以得出这样的认识：现代启蒙教育仍然是我们必须要讨论的主题？不过，我们所说的现代启蒙教育既与西方的17、18世纪启蒙运动不同，也与20世纪初年在西方影响下形成的启蒙主义教育不同，可以给它一个名称，叫作"深度启蒙"。根据是：第一，现代启蒙教育完全立足于中国的现实，与中国革命的进程密切相关。启蒙的着眼点不是个体，而是群体，是整个中华民族。启蒙与救亡互为条件，相得益彰。所以现代启蒙不仅是教育界、知识界的事，更是全民的事，本质上是人民群众的自我教育。第二，现代启蒙教育是在马克思主义引导下进行的，启蒙同时就是辩证唯物主义宇宙观、认识论和方法论的传播和普及。启蒙不仅意味着个性的解放与个体的全面发展，而且意味着建立起人与世界，与自然的合理的关系，将人的解放与世界的解放，自然的解放结合在一起。第三，现代启蒙教育以中国特色社会主义建设作为大背景，实质上是社会主义核心价值观的教育，社会主义新人的教育。社会主义建设的伟大实践为现代启蒙教育提供了广阔而生动的平台，同时，现代启蒙教育作为一种生产力为社会主义建设提供了不可或缺的人力资源。之所以还称其为"启蒙"，只是因为与西方启蒙运动一样，它所面对的本质上还是由资本的原始积累所带来的人性的堕落和觉醒，人格的分裂和完善的问题。

显然，启蒙教育不仅是审美教育问题，但主要途径应该是审美教育。其他任何教育，比如政治、道德、宗教、文化教育都只涉及人的精神生活的某一个方面，并且主要是诉诸理性和群体的，唯有审美教育是涉及人的生命整体，既诉诸理性，也诉诸感性；既诉诸群体，也诉诸个体，是真正全面发展的教育。正是这个原因，审美教育虽然同样具有意识形态功能，却能够将其融入人的内在欲求和冲动中，成为人净化和完善自我的自觉行为。资本给人带来的创痛是全面的，审美教育是它的伴生物，同时也是它的对立物。

西方启蒙主义运动中产生了一大批哲人和著述，而且影响至今，与他们相比，我们做得还远远不够，但是，我们也做了许多有价值的研究和探讨，其中一些可以说已经具有世界性意义，比如半个世纪以来围绕"实践"概念所进行的讨论。这是一个世界性课题，而且持续了数十年，但我们与苏联、南斯拉夫、捷克、匈牙利以及英、法等国的西方马克思主义者不同，一开始就是作为中国问题提出来的，是马克思主义中国化的组成部分，也是中国社会主义意识形态和文化建设的组成部分，并且一直与世界的问题——现代性与后现代主义哲学相衔接，是各种思潮相互比较、冲撞和渗透的过程。以"自然人化"为立论的基点所形成的美学体系，不仅在理论上确立了实践的本体地位，而且为系统地整理和阐释中国美学遗产提供了一个相对科学的框架，这应该是中国学者的独特的贡献；从实践概念出发，通过批判康德、黑格尔、立普斯、克罗齐、杜威、海德格尔等，探讨建立唯物主义一元论的美学，乃至提出"美是多层累的突创"这样有价值的命题，应该说也是中国学者的创造性成果。中国是个发展中的大国，不仅在经济意义上是如此，在精神和文化意义上也是如此。中国需要敞开胸怀，吸纳各种有益的学术成果，也有能力消化吸收这些成果，这是我们的优势。我们应该有这个自信。

但是，为了形成坚实可靠的立足点，我们还需进一步努力。因为我们还缺少足以支撑它的完整的哲学，还缺少对现实生活的系统的反思和检讨，还缺少能一以贯之、自圆其说的话语系统。美学的进一步发展，需要形成一个敢于面对现实、干预现实、批判现实的学术环境，形成一个善于相互学习、相互切磋、相互促进的学术空气，更重要的是形成一种潜心学术、痴迷学术、献身学术的治学精神。否则，立足点即便有了，脚却可能因患有软骨病而立不起来。

（原载《艺术百家》2016年第5期）

信仰问题论纲

阎国忠

一、美学是讨论信仰问题的最佳切入点

1. 信仰问题一开始是在宗教范围内讨论的，当宗教作为普遍性问题提出的时候，遂借助了心理学，而当心理学需要寻求存在本身的依托的时候，遂演化为人类学；人类学不足以解释信仰的内在性质及超验性如何可能，于是上升到哲学。美学作为哲学的分支，不是实证之学，而是感性之学、超越之学、信仰之学。

2. 美对人生的意义，一是为人们提供一面镜，使人在看到感性的一面的同时，看到理性的一面；二是为人们提供一盏灯，既照亮自己，又照亮他人；三是为人们提供一条路，将经验世界与超验世界连接起来。

3. 对美学的这种理解不仅体现了中国美学，也是西方美学发展的历史趋向。美学一开始，柏拉图就将"美本身"与美的事物区别开来。中世纪基督教把美说成是"上帝的名字"。经过17、18世纪对感觉、经验、自然的强调，到了德国古典主义哲学，则努力将它们结合起来，论证从感性到理性，从经验到超验，从自然到自由的途径。中国与西方不同，晚了两百多年，正在面临着德国古典哲学当年所面临的问题，思想和精神的深入启蒙仍然是美学界的一个主题。

二、真正的信仰以真、善、美为指向

1. 与其说"美是上帝的名字",不如说"上帝是美的名字"。上帝不过是使美得到醇化和升华的"蛹"。"美是上帝的名字"一方面意味着美拥有了上帝这样崇高的地位;另一方面意味着上帝获得了美这样神圣的称谓。世界因此由一神教取代了多神教,美学因此由自然哲学步入了宗教哲学或神学。

2. "美是上帝的名字",这里的美不仅是美,也是真和善。这种真、善、美相统一的观念是柏拉图留给后人的伟大遗产。真、善、美作为与具体事物联系在一起的经验层面的概念是相对的、有限的,彼此独立的;但是作为超越层面的概念却是绝对的、无限的,相互统一的。它们的关系,可以说是"存在"、"趋向"、"表征"三位一体的关系。是"存在"就要有"趋向",是"趋向"就要有显现。美是庄严的、神圣的,因为美就是真与善的显现。

3. 信仰可以表述为一种实体,叫作上帝、太一、神;一种理念,叫作道、逻各斯、绝对理念;一种境界,叫作终极境界、涅槃、极乐世界,其最高指向和核心的命意就是真、善、美。相对于真、善、美的,是信、望、爱。因为信,所以真;因为望,所以善;因为爱,所以美。或者反过来,因为真,所以信;因为善,所以望;因为美,所以爱。信仰不只是理解的事,也不仅是意志的事,更不仅是情感的事,构成其核心的是人类对自然、对自我,对当下、对未来,对苦难、对快乐的最深切、最持久、最普遍的生命体验和生命意识。

三、信仰的人类学与心理学根据

1. 人类何以要有信仰?休谟讲,是因为面对陌生而强大的自然界,人有一种"恐惧感"。"恐惧是宗教的基本原则。"不过,他又讲:"宗教中有恐惧,也有希望;因为这两种情绪,同时激动人心;每一种情绪都构成适合于它自身的神性。"(《自然宗教对话录》陈修斋、曹棉之译,商务印书馆1962年版,第94页)。休谟的这种分析是可信的,因为它建立在对人的生物性本能的分析基础上，但是，他忽略了一个不应忽略的方面，即人是有理性、会反思的动物，虽然常常是以体验、直觉、联想的形式表现出来的。一般的动物也有恐惧和希望的情绪，但不可能构成任何意义的神性，或被格奥尔格·西美尔称之为的"宗教性"。

2. 自然对于人类既是生命的另一体，又是生命的对立物，这种同一感和陌生感、皈依感和疏离感是信仰得以生成的基本因子，但是，将这种个体的体验、直觉、联想上升为明确的意识，成为一种对某种特定对象的稳定的、恒久的信仰则是通过群体间交往才实现的。马克思说：人是类的存在物，因此是有意识的存在物；人是有意识的存在物，因此是类的存在物。人是在类生活中形成自我意识和对象意识的，从而将人与自然，灵魂与肉体，来世与今世区别开来。所以信仰总是群体的信仰，宗教总是群体的宗教。詹姆斯所谓的"个人的宗教"，只是一种虚设。社会交往是信仰和宗教的真正诞生地。信仰是集体意识与无意识的体现，是集体智慧与创造力的产物。（卡西尔："甚至就是这些个人的力量，也不能改变它的基本的社会性格。"《论人——人类文化哲学导论》刘述先译，广西师范大学出版社2006年版，第142页）

3. 弗洛伊德说，意识只是人类精神生活的一小部分，犹如大海里的孤岛，而无意识是大海本身。但是被视为无意识的，大多是潜意识。潜意识背后不就是性本能，同样是植根于群体生活，社会交往。那些在不经意中从心灵中闪过，从而保存在"意阈阀"之下的印记，就是潜意识。信仰的形成不只是意识的选择，也常常是潜意识的作用。一个偶然的际遇，一个意外的信息，一种神秘的启示，或者一次惊心动魄的幻觉或梦，都可能成为信仰的导因。

四、老子与孔子的信仰经验

1. 可以把《道德经》看成是老子的信仰宣言。对他来说，"道"是万物的本体和本原，"德"是"道"存在和绵延的方式。（"故道生之，德畜之，长之，育之，亭之、毒之，养之，覆之。"）"道之为物，惟恍惟惚"，"视之不足见，听之不足闻"，唯有"常德不离，复归于朴"，方可"同于道"。"同于道",而非将"道"当作知识去论道,所以与"仁义"无关,与"智慧"无关,人应做的,只是"致虚极,守静笃","见素抱朴","绝学无忧"。老子曾生动地描述了他的信仰之旅:"唯之与阿,相去几何?美之与恶,相去若何?人之所畏,不可不畏。荒兮,其未央哉!众人熙熙,如享太牢,如春登台。我独泊兮,其未兆;沌沌兮,如婴儿之未孩;儡儡兮,若无所归。众人皆有余,而我独若遗。我愚人之心也哉!俗人昭昭,我独昏昏。俗人察察,我独闷闷。众人皆有以,而我独顽且鄙。我独异于人,而贵食母。"("食母"指养育万物之道)

2. 孔子相信在人之上有个使"四时行焉,百物生焉"的"天",但是很少谈论"天",凡谈到"天"的地方都与"命"("天命")和"道"("天道")相关,目的是将"天"与人的本性、命运连接起来,为"道"提供一个先验的根据。(《中庸》里讲:"天命之谓性,率性之谓道,修道之谓教。")孔子相信"道不远人","大人"、"圣人"是"道"的最高体现,主张"学道爱人"、"先事后得",并用"志于道,据于德,依于仁,游于艺"十二个字概括了通向信仰的人生经验。

3. 一种差不多共同的忧患意识,差不多共同的怀旧心理,差不多共同的批判精神使老子和孔子共同接受了远古时代留下的一份思想遗产——"道",(据晚近学者考证,"道"或源于伏羲八卦,或源于原始宗教和图腾)但是,由于处境的不同,眼界的不同,对真、善、美理解的不同,遂形成了各自不同的信仰。对于老子来讲,"道"连同"德"是他的宇宙论,从宇宙而推演至人生。所谓"人法地,地法天,天法道,道法自然";所谓"道大,天大,地大,人亦大";所谓"大音希声","大象无形","大成若缺","大盈若冲",出现在老子梦中的是"小国寡民","民至老死,不相往来"的初民社会。对于孔子来讲,"道"和"德"是人生论,由人生而推演至宇宙。"道"是人伦之道,在"道"之上还有一个代表宇宙的"天",而且认为"巍巍乎,唯天为大",但是,他谈论更多的不是"天"之美,而是"道"之美,中庸之美,所谓"先王之道斯为美","周公之才之美","里仁为美",《韶》乐、《武》乐之善之美。出现在孔子梦中的是则之以"天"的唐尧、虞舜和大禹盛世。老子和孔子,一个主张静的、内敛的、无我的,一个主张动的、外向的、有我的，这些主张经过儒道两派弟子的长久的张扬，遂逐渐酿成中华民族灵魂中两种相互"交替的情调"（林语堂：《信仰之旅》胡簪云译，新华出版社2004年版，第97页。），构成了中华民族稳定的充满生命力的信仰的内核；中国至今没有普适的宗教，佛教、基督教、伊斯兰教大多情况下处于边缘化状态，之所以如此，这是一个重要的原因。

五、柏拉图与奥古斯丁的信仰经验

1. 柏拉图相信存在一个诸神栖居遨游的"真实界"，并向我们描述了两种通往"真实界"的道路：一种是"智慧"之路，一种是"迷狂"之路。《会饮》讲的是"智慧"之路。其中，爱神是一个启蒙者、引领者。从"倾心向往"美的形体开始，到"以美本身为对象的学问"，进入"爱的深密教"，全部行程主要靠的是人自身的智慧。《斐德诺》讲的是"迷狂"之路。爱神是主宰者、统御者。在爱神的"凭附"下，人进入"迷狂"状态，通过灵魂的"回忆"，升达到代表至善至美的"真实界"。

2. 奥古斯丁生长在基督教蓬勃发展的时代，他的母亲、哥哥、姐姐都是虔诚的基督徒，但是，他并没有成为"天生的基督徒"，而是在皈依上帝的路上忍受了灵与肉的长达二十多年无比激烈的冲突，最后是在新柏拉图主义的启发，特别在《圣经》的启示和感召下，由母亲陪伴着接受了洗礼。（据《忏悔录》中说，一天，他躺在一棵无花果树下，因忏悔自己的罪恶而痛哭不止，忽听到远处传来一个孩子的声音："拿着，读吧！拿着，读吧！"他下意识地感到这是神的命令，于是急忙跑回住处，打开使徒书信集，读了最初看到的一段："……应追随主耶稣基督，勿使纵恣于肉体的嗜欲。"于是顿觉有一道恬静的光射到心中，溃散了阴霾笼罩的疑阵。）奥古斯丁在晚年写的《教义手册》中将皈依上帝的过程概括为四个阶段：人沉沦在最黑暗的愚昧中，依照肉欲而生活，不受理智干预，这是第一阶段；人借律法得知自己有罪，但若无上帝的救助便无法摆脱情欲的鼓动，于是在原罪的基础上加上了本罪，这是第二个阶段；在上帝的顾念下，对上帝的信与爱生长起来，并逐步战胜情欲的力量，过着义人的生活，这是第三阶段；第四阶段，人若恒久敬虔，百折不挠，便进达到丰满完全的平安境界，实现向自身的回归。

3. 老子与孔子生活在同一时代，他们的年龄相差大约二十年，他们的信仰构成了相辅相成、相得益彰的两面；柏拉图与奥古斯丁则生活在两个不同的时代，年龄相差几近八百年，他们的信仰代表了历史的两个不同的阶段。这是由一种哲学睿思中形成的信仰演变成一种以宗教教义表述的信仰的历史。柏拉图的信仰建立在理念论、回忆论、爱欲论、灵魂轮回论、迷狂论之上，其中有多神教的因素，理念与神的矛盾是最基本的矛盾，真、善、美只有在理念论的框架内才是统一的，这是导致它经新柏拉图主义向基督教神学演化的原因。理念论的核心是肯定理念是世界的本体和本原，一切物质存在都是理念的影子，而理念自身是独立不改、恒定静一的，当这种理念与希伯来的十字架精神结合在一起的时候，逻辑地演化为对唯一的神——耶稣基督的信仰，但是，以神取代理念只是在那个历史阶段才是合理的和必然的，那就是人还没有自觉地意识到自己是世界的主体，是目的，神本身就是人的理念。所以启蒙运动之后，特别是德国古典哲学兴起之后，上帝被人们宣布死了，宗教遂沦为人们通向新的信仰的众多话题中的一个话题。

六、信仰与宗教、哲学、艺术

1. 信仰建立在两种对应的结构中：对于对象来说，是真、善、美的召唤结构，对于主体来说，是信、望、爱的意向结构。信仰是心灵对心灵的召唤，是心灵对心灵的意向，是心灵自我调节，自我完善，自我实现的机制。（王阳明："道生于心，心之所安，道之所在。"《宋论》；康德："假定有个只是其存在就有绝对价值的东西，因为自己就是目的所以能够做正要规定的规律的根据的东西。"《道德形上学探本》，商务印书馆 2012 年版，第 42 页）信仰理会的不是孤独的、封闭的心灵，而是积淀了人类共同的体验和智慧，因而超越自我趋于无限的心灵。如果说信仰是一种"终极关怀"，"终极"是无限的，"关怀"也应是无限的，这种无限性只能寄予生生不息的人类的共同体，寄予人类通过哲学、宗教、艺术所表现出来的夸父式的永无尽头的追求精神。

2. 哲学、宗教，包括艺术，在一定意义上是信仰的载体，既是作为对象的真、善、美的载体，也是作为主体的信、望、爱的载体。哲学、宗教、艺术，一个侧重理智认识，一个侧重道德意志，一个侧重审美情感，正好构成了覆盖整个心灵的，相互区别又相互联系的三个侧面。而且，重要的是，哲学、宗教、艺术处于存在与自我、有限与无限，当下与未来、经验世界与超验世界的结合部，成为由此及彼的桥梁。我们相信，一种信仰的形成、完善和传播不可能不借助于哲学、宗教、艺术，如果连最原始最朴素的哲学、宗教、艺术都没有，恐怕能够存在的只有个体的感性直觉和意念，而不是什么信仰。人之所以有信仰不仅是因为人都有形而上的冲动，同时是因为人都自觉不自觉地生活在哲学、宗教与艺术的影响下、氛围中。（狄尔泰："他生活在国家的领域、宗教的领域，或者科学的领域中——换句话说，他生活在某种特定的生命系统中，或者说，他生活在这些特定的生命系统组成的某种结合状态中，恰恰是这种结合状态所具有的内在结构吸引和构成了这个个体，并且决定了他那些活动的发展方向。"《历史中的意义》，译林出版社2014年版，第36页）我们相信，没有经过艰难的哲学求索就不会有老子和孔子的信仰，没有经过对诡辩派和摩尼教的怀疑和批判就不会有柏拉图、奥古斯都的信仰；相信但丁的《神曲》、康帕内拉的《太阳城》、歌德的《诗与真》、康有为的《大同书》、马克思的《共产党宣言》都曾郑重地向世人宣告了一种信仰；古罗马的万神殿，中国的孔林、孔庙，法国的巴黎圣母院，美国的自由女神像都曾激励人从平庸中走出来，踏上信仰之程。哲学、宗教、艺术与信仰同在，恰恰是因为这个原因，它是不朽的，在黑格尔那里享受到了通达绝对理念和绝对心灵的无上殊荣。

3. 真、善、美作为人类最高的旨趣，是超越一切时代和民族的，但是每一个时代和民族，甚至同一时代和同一民族中可以有不同的载体。哲学上，从自然哲学，到人文哲学，到以人与自然相统一为宗旨的自然主义、存在主义、马克思主义；宗教上，从崇尚权能与力的自然神教，到权能与人格合一的一神教，到以道德意志为旨归的理性的宗教；艺术上，从"对宇宙之谜做出最初解释的"神话，到演绎了人类最悲壮传奇故事的史诗和悲剧，到高扬"自由、平等、博爱"的现代艺术，以及试图撕破一切理性的面纱，揭示宇宙和心灵的深层奥秘的后现代艺术，这就是见诸于记载的人类信仰的历史。

七、由信仰危机引发的思考

1. 所谓信仰危机，应该包含两个方面：信仰自身的危机与信仰载体的危机。人作为有意识的类的存在物，生来就有一种对真、善、美的向往，一种形而上的冲动。信仰是人的一种内在的要求，而且，信仰经过数十年，甚至上百年的酝酿和传播，往往已经深入人心。这种植根于人的心灵深层的东西本不易触动，但是，在一定条件下，比如在民族大迁徙的年代，在黑死病席卷大半个世界的日子里，特别是在资本的原始积累过程中，信仰却一次次陷入了危机。民族大迁徙和黑死病带来的危机，动摇了人们的信仰，使人们不知道真、善、美在哪里，不知道该信什么，望什么，爱什么；而资本的原始积累带来的危机，则颠覆了人们的信仰，使人们误以为金钱就是真、善、美，去信金钱，望金钱，爱金钱。这就是所谓的拜物教、拜金主义。拜物教是真、善、美的信仰的直接对立物。金元帝国里没有"神"的任何位置。而人失去了神性，剩下的只有兽性。于是像霍布斯说的，人成了没有头脑的游魂，世界成了"狼与狼"的战场。

2. 信仰载体的危机，即哲学、宗教、艺术的危机，既是信仰危机的结果，又是信仰危机的诱因。我们感受到信仰危机之痛，同时感受到哲学失语之痛，宗教没落之痛，艺术颓废之痛。毋庸讳言，现在我们不难看到这样一些哲学——庸俗的唯物主义、肤浅的实用主义、极端的个人主义的哲学；这样一些宗教——宿命论、末世论、贿神论的宗教；这样一些艺术——"下半身写作"的小说艺术、装嫩卖萌的舞台艺术、宰杀剖腹噬血的行为艺术。而且，其中无一例外地沾满了铜臭气。

3. 信仰是人类精神生活的最高形式，是宇宙观、人生观、价值观的最高体现，因此克服信仰危机，重新确立真、善、美的崇高地位，是个关涉整个社会的浩大的系统工程。对拜物教和拜金主义，以及与此相关的世纪末情绪的批判，与对哲学、宗教、艺术的深入反思应该是两个相互关联的方面。应该看到，信仰危机既是对心灵的重大创痛，就为心灵的重新激发和更生提供了契机。正是在上帝隐去了或上帝死了的危机中，西方完成了宗教改革，诞生了笛卡尔、休谟、康德、歌德、尼采这样一大批哲学家，形成了近现代意义的哲学和美学，现在我们为信仰发出呼唤，不仅是期望哲学、宗教、艺术的繁荣，而且期望中华民族的伟大觉醒和复兴。

文艺理论何以可能？
——读孙绍振诗学一得

阎国忠

初读孙绍振的书可能会产生一种误解，以为他是反对一般抽象的文学理论的，尤其是反对作为意识形态的文学理论的，其实，他只是主张将研究的重心转向具体的文学创作与文本解读，认为只有建立在对文学创作与文本解读的基础上才可能形成科学的有价值的文学理论，才能真正承载起意识形态的功能；文学创作与文本解读是最基本的，是基础，是前提，是逻辑起点。

文学理论应该并必须是抽象的，这是理论自身的要求，无可厚非。所谓的文学理论不过是将人们对文学的理解综合起来，经过分析和归纳，使之具有一种逻辑的形式，而理解，就必须经过抽象，并上升为概念，从而使个别的彰显出普遍的意义，感性的闪烁出理性的光芒。不经过抽象的，即纯粹的个别只存在于感知中，是不可能被理解的，因而也不可能成为真正的知识。这一点，孙绍振讲得很清楚。在讨论如何建构当代散文理论的一本书中，他讲，任何一种理论都是概括，而概括就要抽象，抽象不免要牺牲特殊性，但这是暂时的，按照马克思的说法，由具体到抽象，然后再回到具体，这是认识的必然过程。抽象自身不是目的，目的是为了更深入地接近具体，揭示具体的本质特征。

文学理论应该并必须承载意识形态功能，这也是文学自身的要求，也无可厚非。文学是人学，而人生活在社会里，生活在政治、经济、文化、宗教、道德的环境中。人们在文学中要满足审美的需要，但也要满足意识形态的需要，即表达自己的政治欲求，以及其他的社会冲动和愿望，这应该是非常自然的。西方学者讲"政治无意识"，这就是说，政治并不总是外在于人的，它常常潜藏在人的无意识中。既如此，文学理论能躲得开吗？这一点，孙绍振讲的也很明白。他在阐释文学作品的解读学时说：解读当然要关注意识形态，但应注意意识形态是理性的，而文学文本的核心却在情感的审美，所以不能离开文学的个案，使文本成为理论的例证，否则人们看到的只是"抽象的意识形态"。

当然，我们不能要求一切有关文学的研究都必须立足于对具体作家的创作与文本解读，政治家关注的是政治；道德家关注的是道德；人类学家感兴趣的是发掘文学的人类学价值；心理学家感兴趣的是揭示文学的心理学功能，他们都有理由不去理会作品里所描述的人物的性格和命运，更不要说美或情趣，但是，文学理论家却必须将研究的重心放在具体的人物形象的建构与解读上，因为这才是文学之为文学的基本定性和基本功能。否则，文学理论家盲目地追随政治家、道德家、人类学家或心理学家之后，将某些不属于文学的东西强加给文学，必然会自贬身价沦为某种说教的"传声筒"。

从《文学创作论》开始，孙绍振就力图阐明这个道理：文学理论要成为文学理论，必须立足于文学创作与文本解读。不过，当时，他所面对的是"正统派教条主义"的文学反映论，按照这种理论，文学与生活是统一的，文学是生活的反映。文学与生活是统一的吗？孙绍振说：不完全是。"任何统一性都是矛盾的统一，事物的本质在于特殊矛盾之中，掩盖了矛盾就混淆了本质"；文学是生活的反映吗？孙绍振说：不完全是。"作家在生活面前并不是照相机或录音机"。文学是"生活在艺术家心中的变体，是艺术家按照自己思维的秩序，艺术风格的逻辑安排的世界，是生活的面貌和作家的心灵的肖像的化合"。基于这样的理解，孙绍振提出了构成他的创作论的"假定"、"错位"、"变异"三位一体的范畴群。"假定"，被他称之为"基本的出发点"。讲的是文学真实与生活真实的关系，是认识论。在他看来，"艺术的目的是真实与虚拟的统一，认识与娱乐的统一"，为了达到这个目的，就不能不借助幻想、想象，就不能没有"假定"。艺术家画一个苹果，不单体现对一个苹果的认识，还包括对许多苹果的理解，同时，还有对苹果的特殊感情，对生活的特殊态度，对艺术的特殊理想，所有这些只能在假定的模拟形态中实现。因为有"假定"，艺术家才有自由，而只有通过自由的想象才能创造出令人销魂荡魄的作品。"错位"，讲的是美与真、善的关系，是价值论。在他看来，美与真、善都是一种价值判断，它们是统一的，但不是没有误差的统一。如果把它们比作三个圆，那么它们之间既不是完全重合的，也不是各不相干的，而是相互交叉、彼此错位的。长期以来，美学界讲"美是主客观的统一"，其实这并没有揭示美的特殊结构、特殊功能、特殊规律。"变异"，讲的是形象建构中各种心理机制的关系，是创作论。在孙绍振看来，"变异"是文学创作的基本手段，一切形象都是对生活的"变异"。所谓"变异"，主要是两个方面：一是知觉在情感的冲击下的"变异"，一是情感在知觉空白中的"变异"。文学是靠情感说话的，但情感是黑暗的，绝大部分要靠知觉来表现，少部分则以"无变异"的感知反衬出情感的变异，这是文学通向理性思维，将生活与心灵融合在一起的唯一途径。审美价值不是别的，就是通过"变异"将主体情感激活，使沉睡的内宇宙被照亮，从而发现美并形成审美体验。

"假定"、"错位"、"变异"作为三位一体的范畴群，其基本的哲学依据是哲学存在论，即矛盾论，这是它与通常意义的反映论的根本区别。正像孙绍振自己申明的：一切存在都是矛盾的统一体，一切文学作品都是通过"假定"、"错位"、"变异"而获得其意义的，这就是文学与人生不离不弃的原因。

进入20世纪90年代之后，"正统教条主义"的反映论在潮水般涌来的西方文学理论的冲击下，偃旗息鼓，销声匿迹了，代之而起的是结构主义、解构主义、现象学、读者反映、新批评、女性主义、新历史主义这些所谓后现代文论，但文学理论却没有因此而有新的进展，反而越来越玄，乃至连文学理论是否存在，是否可能都成了问题。孙绍振对此深恶痛绝，在许多文章中进行了痛快淋漓的批判。在他看来，问题出在三个方面：一是观念上的超验倾向与文学的经验性的矛盾——其结果是为了涵盖面的最大化，牺牲了作品的特殊性；一个是出发点上的意识形态要求与文学的审美特性的矛盾——其结果是为了强化意识形态性，舍弃了文学的审美性；再一个是方法论上的哲学二元论与文学的三维结构的矛盾——其结果是为了达到理性的真和实用的善,而疏离了艺术的美。文学理论作为一种抽象,本来应该能够回到具体中去,说明并指导具体,却因为这个原因丧失了这种资本,所以一些人宣告"理论死了,已经终结了",并不是没有道理。

  孙绍振认为文艺理论的出路只有一个,那就是回到文学本身,而其途径也只有一个,就是从建构"文学文本解读学"入手,并为此提出了三个基本原则:"唯一性"、"文本中心论"与"意象、意脉、形式规范三个层次的立体结构"。"唯一性"要求解读必须着眼于文本的特殊性,而不是在普遍性中徘徊。所谓文本的特殊性,包括对象的特殊性与情感的特殊性,形式的特殊性与历史的特殊性,流派的特殊性与风格的特殊性等多个层次,解读就是将这些层次逐个还原出来,同时也就是将作品的构成过程——人的情致如何选择物象,如何意向化,如何形式化,如何风格化等——还原出来。对"唯一性"的解读是"新认知的产生过程",它要求人们"把丰富的形象感性和内在的智性、把心理直觉和理论的提示结合起来","把分析的和综合的、逻辑的和历史的结合起来"。"文本中心论"要求解读围绕文本展开,而不能纠缠在作家或读者的意向里。在孙绍振看来,文本、作家、读者是互为主体的对话关系,它们相互制约,不可分割,三者中处于核心地位的是文本。"文本中心论"是对长期以来处在主流地位的"读者中心论"的"突围"。"读者中心论"的问题是"忽略了读者心理的局限性",即它的封闭性与开放性——由于封闭性,一些内容明明存在却视而不见;由于开放性,一些内容明明不存在却去反复阐释。与此不同,文学文本,特别是经典文本一旦产生,就是不可更易的了。作家可以死亡,读者可以一代一代地更递,而作品的艺术魅力却不会因此而丧失,而且,文本的这种实体性和稳定性保证了它作为评价作家创作与读者阅读水平的最基本的根据。"意象、意脉、形式规范三个层次的立体结构"要求将文学形象看成一个个活的有机体,而不是从主观到客观的单线、平面结构。"意象"是第一个层次,指的是"外在的、表层的感知的连贯,包括行为和言谈的过程";"意脉"是第二个层次,指的是"决定这些外部特征的作家情感特征"("意脉"者,乃"情感的运动隐于意象群落之中");"形式规范",是文本结构的"最隐蔽、最深邃的层次",其作用包括三个方面:"第一,先于内容,扼杀与之不相容的内容;第二,强迫内容就范;第三,预期生产内容,即按形式规范的逻辑,诱导内容向预留空间生成。""意象"与"意脉"只有经过"形式规范"这个中介才能发生关系,才能形成统一的"有机结构",即文学形象。

"唯一性"、"文本中心论"与"意象、意脉、形式规范立体结构",作为文学文本解读的三个基本原则,其哲学基础,就像孙绍振讲的,依然是存在论,即矛盾论。因为文学文本与一切存在物一样,是矛盾的统一体。"唯一",即特殊,是相对于"普遍"讲的,普遍性与特殊性"相辅相成",没有普遍性就谈不上特殊性。强调特殊性的意义是直面具体,沉入具体,揭示普遍所不能涵盖的具体中细节的真实,同时也是彰显和强化具体中得以向普遍延伸,从而获得普遍意义的那些因素。"文本中心论"是相对于"创作论"、"接受论"讲的。它们是相互制约、互为因果的关系。强调"文本中心论"的意义是因为长期以来人们错误地将"接受"当作中心,忽视了对文本的深入解读与研究,从而使文学理论失去了得以成立的最后依据,同时也是阐明创作与阅读在文本形成中的作用及其相互关系。"意象"、"意脉"与"形式规范"三者本身就是矛盾的组合,是动与静,主观与客观相互转换并交融在一起的过程。

早在古代希腊,人们就懂得了美是和谐的道理。毕达哥拉斯以音乐的和谐比喻天体的美,于是引发了人们对美学的最初的兴趣。但是,这是一种静态的观察所得出的结果,充其量是睿智之见,所以赫拉克利特不以为然,认为问题不在于和谐本身,而在于和谐如何可能,并提出了美产生于"对立面的斗争"这样的命题。这个命题后来受到了黑格尔的大力肯定。同样的道理,孙绍振说,文学产生于矛盾,并且本身就是矛盾的组合,所以对文学创作与文本的分析,实际上就是对矛盾的分析。不过,《创作论》旨在试图通过对文学的外在矛盾——文学与生活,美与真(理性的)、善(功利的)、融入感知或为感知反衬的情感与一般情感的矛盾——的分析将那些决定文学之为文学的审美特征指认出来,使其从所蒙受的遮蔽和扭曲中获得解脱并回返其自身,《解读学》则是通过对文学的内在矛盾——特殊与普遍、文本与阅读,意象、意脉与形式规范的矛盾——的分析,揭示出构成这个作品区别于其他作品的"唯一性"的审美特征,从而使人领略到蕴含其中的艺术魅力。由于文本内在的矛盾层次错落,所以解读就像是进入一个独特的并且无限丰富和深邃的世界。

这一点,当我们进入孙绍振的文本解读的界域,就不得不信服了。我们都读过陶渊明的《饮酒》,都曾为他那委身大化、超然物外的精神所感染,但是我们未必注意将其与其他隐逸者,比如竹林七贤区别开来,未必注意将"这一刻"的心境与其他境遇的心境区别开来,看到它的"唯一性"。孙绍振则从四个层次做了细致分析:第一,缘情而不绮靡,感情也不强烈("结庐在人境,而无车马喧,问君何能尔,心远地自偏");第二,无意中闪现在感觉间的"超凡脱俗之美,朴素之美"("采菊东篱下,悠然见南山");第三,"无心"的心境("山气日夕佳");第四,自然洒脱,无意渲染("飞鸟相与还"、"此中有真意")。通过解读,陶渊明饮酒后那种异常安然、冲淡、超脱的内心世界活脱脱呈现了出来。

我们都读过都德的《最后一课》,都曾为其中师生的爱国情怀所感动,但是我们未必体味到那一刻由平凡而崇高的心路历程,而这是其中最精彩和值得流连之处。孙绍振同样分四层做了解读。第一层,通过告诫孩子们在德军占领下,学习法语的权利可能被剥夺,从而把他们引出常规,逼迫到一种不可逆转的环境中去,感情上来了一个"晴天霹雳";第二层,在孩子们因没有好好学习法语而后悔、而惭愧、而忏悔的情况下,老师讲了一段诗一样的、激愤的话,将不能讲法语的痛苦上升到民族国家的高度;第三层,从老师返回到孩子的视角,强调教室的肃静和肃静中的沉思。于是出现了这样精彩的一笔:"屋顶上鸽子咕咕咕咕地低声叫着。我心里想:'他们该不会强迫这些鸽子也用德国话唱歌吧!'"孩子的想象与老师的慷慨陈词不仅异曲同工,而且异趣同工;第四层,让孩子精神关注的焦点集中在老师身上。老师在孩子的眼里显得有些可怜,但下课时却给人一种很"高大"的感觉,特别是当他使出全身的力量,在黑板上写出"法兰西万岁!"几个大字的时候,老师成了孩子的精神亮点,整个教室里洋溢着一种崇高、神圣的爱国情愫。

我们都读过鲁迅的小说,都曾为其中主人公的死而唏嘘、而惆怅,但是我们或许不曾像孙绍振那样从审美的角度分析他们的死,从而见出每一种死的"唯一性"和"不可重复性"。他们的死总的讲都是悲剧性的,但是其中"蕴含着多元错位":祥林嫂是没有具体凶手的死;阿Q是喜剧性的死;孔乙己是既非悲剧性也非喜剧性的死;夏瑜是英雄的死;魏连殳是冷嘲性的死;子君是忏悔与无奈交织的死;眉间尺是英雄主义与荒诞主义的死。孙绍振不仅引导我们从审美效果上领略了这种种的死,而且向我们揭示了死的背后的特殊的人际关系与社会场域,以及作者的特殊创作心理与艺术手法。

我们只是列举了孙绍振文本解读的几例,而且是随机的,没有刻意选择,就像漫步在一处宝藏时偶然拾到的几块宝石。类似的上百篇的精品解读如此这般地呈现在我们面前,意味着什么?——不仅意味着重新打开了一座通向文学——美和魅力的大门,使一些优秀的文学作品得以焕发出新的生机;而且意味着从文学实践上对"正统"与"新潮"的文学理论提出了挑战,为文学理论的重建提供了可能。

孙绍振谨慎地将他的《创作论》和《解读学》与一般文艺理论区别开来,但是,无疑,他所提出的"假定"、"错位"、"变异",以及"唯一性"、"文本中心论"、"意象、意脉、形式规范结构"等都经过了科学的抽象,本身就属于文学理论,是文学理论的基础部分,而且这些理论有一系列创作和解读的实例作为佐证。不仅如此,《创作论》与《解读学》还为以"文学"这个概念为核心的讨论,即一般文学理论提供了必要的参照,乃至依据。"假定"、"错位"、"变异"是对文学作为一种存在、认识、方法的表述,它的对立面应该是非假定(生活的真实)、非错位、非变异,而这两个方面是相比较而存在的,是矛盾的统一体,没有非假定、非错位、非变异就无所谓假定、错位、变异。所以,孙绍振从一开始就肯定了文学与生活,美与真、善,想象、感觉与情感以及虚拟与写实的同一性。他所批评的"反映"论是"正统"的、"机械"的反映论,并不是一切反映论,比如像卢卡奇那样把反映看作一种存在,即看作人和一切有机物的生命形式。同样,"唯一性"、"文本中心论"、"意象、意脉、形式规范结构"的背后也存在许多理论问题。"唯一性"是就"一"与"多"的关系讲的。什么是"唯一"?不是"多"里的任何一个"一",不是任何的一个陶渊明,不是任何的"最后一课",不是任何一种"死",而是与作家的思想情感以及要表达的主题相切合的"这一个"陶渊明、"最后一课"和"死"。"文本中心论"阻截了任何主观的相对主义的倾向,是让人们回到文学本身,将那些脍炙人口的伟大文学经典从被遗忘和埋没的状态中解救出来。但"文本中心论"是在与"创作论"与"读者论"相关联和比较中确立的,它的确立同时就印证了"创作论"与"读者论"的合法地位。"意象、意脉和形式规范结构"中"形式规范"是具有核心意义的概念,在文本中起着结构意象和意脉,从而沟通主观与客观、情感与理性、外在目的与内在冲动的作用,所有这些都不仅是文学文本解读学的问题,也是一般文学理论和美学的问题。

  当然,这并不意味着《创作论》和《解读学》囊括了所有的文学理论问题,我指的是:文学作为总体是什么,文学的边界在哪里,文学与其他哲学、伦理学、社会学、心理学、人类学、教育学、宗教学什么关系,文学在人类社会生活中的地位,文学如何承载意识形态功能,文学的历史命运与未来,等等,但是,重要的是所有这些问题在他对文学文本的分析中都可以找到相应答案的根据,缺少的只是合乎情理的科学的抽象。在对《饮酒》、《最后一课》与鲁迅笔下主人公之死的解读中,孙绍振的潜台词是什么?是文学具有超功利的性质,但在非功利的层面上与真、善是统一的;文学具有情感的特征,但情感总是与理性交融在一起;文学是人学,是人的存在方式,凡人所欲求的、感动的、期待的、向往的都会在文学中得到体现,不同的只是这一切必须是从形象自身生发,并形象的彰显出来。孙绍振说:特殊大于一般,一般的意义只在回到特殊,指导特殊并接受特殊的检验,当一般已经疏离了特殊,失去了指导特殊的资质的时候,从特殊开始便是达到真理的唯一出路,这应该是对当前文学理论的最诚挚而宝贵的诫告。

后 记

2015年正逢阎老师八十寿辰，阎老师的朋友和学生特别希望借这个机会聚集美学界的一些专家学者，回顾阎老师的学术历程，研讨阎老师几十年美学研究的成果，反思中国当代美学的发展。8月15日，在北大燕南园的美学与美育基地举办了"美学的西方渊源与中国问题学术研讨——暨阎国忠先生八秩寿诞祝寿会"。当时国内美学界老中青三代70多人到会参加研讨和庆祝，有不少学者在参会时就提交了认真撰写的研究论文。当时由商务印书馆编辑出版的《美学七卷》也恰好出版，为大家完整的了解和研究提供了很大的方便。

在会上，大家就阎老师美学研究的各个方面展开了热烈的讨论，讨论尤其关注在这样几个方面：

一、阎老师的西方美学研究，大家一致认为《古希腊罗马美学研究》、《基督教与美学》（后来修订再版为《美是上帝的名字》）与蒋孔阳先生的《德国古典美学》同为国内西方美学断代史研究的开创之作，对后来的同类研究产生了很大的影响；

二、阎老师的美学理论的研究，对于朱光潜美学思想的研究成为权威著作，对于实践美学的反思与批评，以审美活动作为美学研究对象的系统深入的论述都成为中国当代美学重要的思想资源；

三、阎老师的《走出古典——中国当代美学论争述评》一书，为当代中国美学史的撰写提供了一种典范，不是仅关注几位著名美学家的思想和理论，而是把当代学界对于美学问题的论争充分细致地梳理，提供了一个完整的学科视野；

四、阎老师2000年以后发表的一系列关于美与爱，与信仰关系的论文

（这些都收在《攀援集——经验之美与超验之美》一书中），使得中国当代美学理论的眼界大开，美学成为对于现实问题的哲学思考，使得美学理论与当下中国面临的现实问题建立了紧密联系。

在这样深入的研讨基础之上，一些学者在会议之后继续思考研究，又完成了数篇论文。这些论文也都收录在其中，可以比较完整地反映美学界的学者们对于阎国忠先生美学研究的反思和评价，同时也反映了当代美学各个领域发展的前景和面临的挑战，为接下来的美学研究提供了有益的借鉴和启发，值得每一位美学研究者阅读深思！

这本文集的完成实在有太多太多需要感谢的人，感谢杨辛先生、钱中文先生、叶朗先生、聂振彬先生、李醒尘先生、曾繁仁先生、李衍柱先生等诸位老先生的指导和支持！感谢朱良志先生、王旭晓先生、高建平先生、朱志荣先生、姚文放先生等诸位先生的热情的支持和参与！总之，我们感谢每一位参会、供稿、给予编辑、出版的师友，是大家的爱心和热心促成了这本文集的完成与出版！

最后，还必须感谢为了文集出版付出太多心血的文化艺术出版社编辑先生，正是他们本着精益求精的精神，使这本文集得以令人满意地面世，非常感谢！

《攀援：美学高原前的足迹》编委会
2017 年 5 月